U0599107

太阳升起的时候

秦万鑫　秦万明／著

作家出版社

第一部　萌芽

一

这是二十世纪五十年代中后期城市中心地带的一条小巷，狭窄的小巷两侧，两排穿木结构的瓦屋由北向南歪斜，高高矮矮、密密匝匝、紧紧挤在一起。一些低矮的屋檐口伸出街沿，仿佛不能承受岁月的重压，无奈地抖掉身上的瓦片，裸露出沧桑的木椽。瓦屋相距十余间，就有一座门檐高挑、气派森严、黑漆大门紧闭的公馆。

小巷两侧的瓦屋原来都是商铺，大都是卖绣品的手工刺绣作坊。铺面全部由一个个约七八寸宽不等的木板组成，经历岁月风雨的铺板早已褪去当初鲜活的神气，露出斑驳的木质纹理和裂痕。

小巷巷面不宽，几步就可以从街这面跨到对面，但却有这个城市为数不多的青石板路面。坚硬的青石板早已被岁月打磨得光润圆滑，两道碾轧出的深深的车轮印子从巷口一直往巷尾延伸。

想象得出来，这是一条曾经繁华的商业街，每天清晨各家的铺板就哗哗啦啦全部取了下来，敞亮着等待生意。屋子里摆放着一到两副绣花绷子，绷子上紧绷着尚未完工的绣品。绣花匠在印着花鸟虫草图案的真丝绣品上灵巧地舞动双臂，飞针走线，又不时地抬起头来，瞥向过往的客商，随时准备起身迎接。一到傍晚的时分，就听得小巷噼里啪啦一阵阵铺板关上的声响。

不知多少年了，这些屋子的铺板再也没打开过。小巷倒是人越来越多。夏天，太阳早上晒对面，下午晒这面，青石板路也晒得热浪滚滚，小巷就显得格外烘热。当傍晚来临，吃过晚饭，屋里仍旧蒸笼一般。这时人们开始搬出木板凳、竹椅子、马扎到屋外，有的更是取下几块铺板放在地上，人就直挺挺躺上去。乘凉的男人光着冒汗的身子，只穿一条火幺裤，女人上身也只穿一件汗衫，毫无顾忌，奶子大的，少不得男人就偷偷盯上几眼。大家不停地摇着蒲扇，脚板已经伸出街沿，大声地和对面屋前的人聊着天。

当小巷稀稀落落的几盏昏暗的路灯亮起来，屋子里的灯大多就关了。小孩子跑出屋门，欢快的叫声不断。男孩在玩滚铁环，掺“牛牛”。女孩在“跳房”，抬“新媳妇”，还有男孩女孩一起在木电桩下玩“救救猫”……

一个六七岁大小的小男孩从小巷铺面里跑出来，他看看正在玩耍的小伙伴，独自一人滚着铁环往巷尾跑去，一路上嘴里哼个不停……

巷尾拐角处，有一片高高的青砖围墙。围墙角落处，拴有一只瞎子老太婆喂的小白猪，它老是喜欢在混着自己粪便的泥里滚来滚去，浑身上下污浊不堪。就连小孩也不喜欢，常常捡起石子扔向它。

围墙里面，是一幢别致的欧式小楼，尖尖的屋顶下，白色的窗户对着小巷。每当夜晚来临，窗口前就出现一个身影在拉小提琴。琴声像天籁之音，与这条小巷的环境显得那么不协调。

小男孩滚着铁环跑向这里，在围墙外灯光暗处停下来，他呆呆地站立在墙角下，神情专注、眼神痴迷地望着窗口，静静地聆听琴声……像被谁胳肢了一下，他扭动着身子笑了，用铁环钩跟着琴声上下舞动，又在铁环上敲击着节拍。

听着听着，他在地上捡起砖块和瓦砾，垒起一道道高低不平的屏障，然后跟着小提琴声，滚着铁环在这些屏障间忽快忽慢来回穿梭，铁环不断冲上屏障上下翻滚。有时在一道屏障前，琴声突然发生转折，他就娴熟地用铁杆将铁环一钩，铁环就稳稳地在地上站立下来。他听着琴声，铁钩左右摆动铁环，他的头也跟着琴声左右摇晃。当琴声再次激越高昂，他猛地一推铁环，铁环又迅速在屏障间滚动起来。他使出吃奶的劲，忙得满头满脸都是汗，头上汗水已将额前的头发浸湿粘在一起，他偶尔伸手一抹，脸上就出现一道道黑黑的汗印。小男孩神情专注、充满喜悦，天真烂漫的脸洋溢着内心无比的快乐和兴奋。

他仿佛觉得那些音符就像在外婆家河边看见的一群摇动尾巴的蝌蚪，于是他掏出粉笔，在青砖墙围上不停地涂画着蝌蚪一样的记号。他跟着琴声的起伏，有时踮起脚，伸长手臂奋力向上，有时又猫着腰，还有的时候干脆就像一只小狗爬行在墙角下不停涂画……

当琴声停下来，小男孩慢慢站起身，后退几步，他踮起脚尖向小楼窗口张望，这时窗口上的拉琴人的身影也在向小男孩张望。黑夜中，他们的眼里都闪动着光亮，他们的目光对视着。小男孩似乎有点儿不好意思地笑了笑，回身滚起铁环一溜烟儿跑了，还不时回头张望。于是，窗口那个面容清癯冷峻的拉琴人，目光一直盯着跑去的小男孩，露出开心的微笑。

有一天，小男孩滚着铁环来到墙外，当琴声响起的时候，他扔下手中的铁环，从怀里掏出一支竹笛，跟着小提琴乐曲吹了起来。他开始还背对着窗口吹得很小声，后来就转过身对着小楼窗口，使劲吹起来。轻快明亮的竹笛声不断射向那扇窗口……

琴声悄然停下，窗口上，拉琴人静静地像一幅剪影，在聆听竹笛声。小男孩也停下来，一边张望一边用粉笔在墙上涂画着音符。琴声又响起来，小男孩跳起身跟着欢快地吹起竹笛。琴声再次停下来，停了很久。小男孩呆呆地望着拉琴人的身影，他等得不耐烦了，又在墙上涂画着，一边不停地抬起头睁大眼睛向小楼窗口张望。

院落沉重的黑漆大门的一扇缓缓拉开了一条缝，里面走出一个老人，他轻手轻脚慢慢转到墙边，看着小男孩。

“小孩?”他轻轻叫了一声。

小男孩一抬头，慌忙把竹笛往怀里一藏，机警地望着他。

“过来?”他向小男孩招招手。

小男孩没有上前，而是往后退着……然后又跑上前，飞快捡起地上的铁环，一转身滚着铁环跑了。

“林子青！林子青!”一个小女孩冲着从身边跑过的小男孩大声喊，见小男孩头也不回，小女孩气呼呼地一甩辫子，嘟起嘴朝小男孩身后吐出一句：“街娃!”

老人看着小男孩跑去的身影，脸上浮现出慈爱的微笑。他转到青砖围墙下，凑近墙壁仔细看着小男孩涂画的那些符号，慢慢地他抬起头，目光里有一丝光亮在闪烁。他望着小男孩跑去的方向沉吟半晌，若有所思地微微点点头。

他向小女孩招招手：“小朋友，来!”

小女孩走到他身前，很礼貌地微微欠欠身：“爷爷好!”

“你认识他?”

“认识啊！他叫林子青。”

“哦，你等等!”老人回身走进大门，不一会儿又走出来，手上拿了几本书，“把这几本书给林子青。以后你不能叫他街娃!”

小女孩接过书，低下头嘟起小嘴，小声嘀咕：“他就是街娃，我就要叫!”

老人开心地笑了：“小姑娘，你叫啥名字?”

“我叫周缨!”

“周英?”

小女孩急切地摇摇头说：“是‘红缨枪’的‘缨’!”

“呵呵。我还以为是……”

“不是，不是，是‘红缨枪’的‘缨’!”小女孩比画着握住红缨枪的姿势。

“呵呵呵！知道啦！知道啦！”老人被小女孩认真的神情逗乐了，爱抚地伸出手去摸小女孩的头。

小女孩一退躲开他的手，拿起书慢慢回身，走了几步，又开心地蹦跳起来，一溜烟儿跑了。

老人默默看着她远去，回身走进那扇黑漆大门，他若有所思，嘴里轻轻地念叨：“林子青……”

二

红海洋席卷了全国。这条小巷铺板上都涂抹上了红色油漆，还用金黄色油漆勾勒出一个方框，框子里面写上了伟大领袖的语录。除了这些，小巷依旧那么凌乱、狭窄、喧闹，只是那些孩子都长大了，小巷显得更加拥挤。

公馆里住着的人已不再那么纯粹，昔日公馆的主人，退守到二进四合院里端，占据着上厅房、上房和厢房这些公馆最好的位置。而一进四合院里，那些下房、耳房，则搬进去人口众多的市民。四合院里，大家上上下下，进进出出，内心虽各有耿介，表面上也还相处得比较平和融洽。

昔日权贵的子女和市民孩子小时候还无拘束一起玩，随着年龄长大后交往就越来越少。公馆孩子骨子里还残留着贵族的傲慢，对平民的孩子在内心深处有一种轻视，他们感到那些孩子粗野、低俗、寒碜，暗地里叫他们“街娃”。街面上的孩子则觉得公馆里的孩子毫无生气，胆小、柔弱、清高，他们也给公馆的孩子取了很多绰号，像皮肤白净的就叫“白肉”、瘦弱的就叫“灯影”。街面和公馆里的孩子随着他们一天天长大，有些延续了童年的友情，成了好伙伴，也有个别少男少女间发生了轰轰烈烈而又凄美的爱情故事。

这样一个空间狭窄、各式各样的人杂居、不同阶层的人们相处的小巷。在这个非常的时代，注定要发生很多很多的故事。

炽热的夏季，傍晚时分，隆隆雷声越来越近，一道道闪电刺破黑夜。风起了，一阵紧过一阵刮过小巷，屋顶上瓦砾被吹起，叮叮当当滚落下屋檐。紧接着，黑云压顶，雷鸣火闪，豆大的雨点噼噼啪啪打下来。小巷的人们欢快呼喊着，手忙脚乱收拾起在街边乘凉的竹椅、马扎，还有那些铺板。路上行人双手捂着头，惊呼着往家里跑。

林子青站在街沿边，他嘴唇紧闭，雨点不停地打落在他身上。他抬头望着黑压压的天空中不断闪刺的雷电。

他的脑海浮现出下午那一幕：一辆“嘎斯”卡车满载着带着棍棒的人飞快地驶进小巷，在那座欧式小楼的黑漆大门前戛然停下来，紧跟着车上跳下一群年轻人，左臂上都戴有“红卫兵”和“工人兵团”的红色袖套。人们气势汹汹用棍棒砰砰地敲击黑漆大门，一边大声吼叫：“开门！开门！开门……”

黑漆大门打开了，满脸惊恐的老人一露脸，人群就蜂拥而入。一个“工人兵团”头领模样的人厉声喊道：“楚天明，反动艺术权威，里通外国的卖国贼，现在对你实行无产阶级专政！红卫兵小将们，凡是有‘封资修’的东西统统抄走。”说着就将一块早已准备好的木牌挂在老人的脖颈上，木牌上面黑字赫然写着：

打倒里通外国的反动艺术权威

楚天明

木牌打上了一道凶狠刺目的红叉，让人恐怖战栗。

众人一声呼叫，冲进黑漆大门。

林子青看见高年级学生邓卫东和学校的一些同学也在里面。邓卫东是学校高三级学生，他是学校老师、同学公认的才子，一个文学方面很有天赋的人。他身材魁伟、相貌英俊、性格豪爽，是学校很多女同学的梦中情人。而今，他是学校红卫兵造反兵团的头目。

此时，邓卫东身着崭新的橄榄绿军装，深褐色武装带紧紧扣在腰上，腰间上挂一个“五四式”手枪皮套，露出锃亮的枪把，上面一束红缨随着他的走动而不停晃动。他神情严峻、威风凛凛地注视着四围。他看见林子青，微微一怔，转身进大门去了。

楚天明站在一旁，看着那些红卫兵将屋子里沙发、红木家具搬到车上，那台“博兰斯勒”钢琴也被搬出来抬上车，他的眼里露出惋惜和心疼的神情，仍然没动。当工人造反兵团头目抱着小提琴出来时，楚天明浑身颤抖着扑了上去，沙哑地哀声叫着：“不！不！不！”一边伸手抓住小提琴。兵团头目恶狠狠地一推，楚天明一个踉跄，但他双手仍旧紧紧拉着琴盒不放手。“放手！”兵团头目厉声呵斥，见楚天明毫不松手，他挥起手中的棍棒往楚天明的手打去。

林子青和周缨站在围观的人群中，他们被眼前暴力的场面惊呆了，恐惧令林子青浑身战栗揪心，周缨也不由得上前紧紧拉着他的衣角。

当这把小提琴这么近距离地又是以这种方式出现在林子青眼前，他的头仿佛被重重地一击，他一下蒙了。他不知听过多少遍这把小提琴的演奏，却从来没有见过它。在他贫穷饥饿的童年中，是它给他带来了心灵的抚慰和无尽的满足。每当他感到委屈悲伤，听见这把小提琴的琴声时，他就感到这把小提琴好像知道了自己内心的苦痛和悲伤，如泣如诉的好像在轻轻抚摸自己的心灵，他就不再孤独而感受到一种温暖亲切的拥抱。他把这把小提琴当成自己最好最好的朋友，但他又不能接近它。它在他心中像天使般圣洁高雅，他只能远远地聆听它天籁般的声音，只要一天没听到它的声音，他就仿佛丢魂落魄。

他从拉琴人给他的书中知道了曲谱音符，觉得那些音符就像蝌蚪在上下游动。一本学习小提琴演奏的书让他有些沮丧，他没有小提琴，但他很快找来父亲以往绣花用的靠手板当作小提琴，把鸡毛掸上的毛拔光当着琴弓，按照书本上的要求模拟拉琴的姿势。他在听小提琴声的时候，常常会禁不住右手比画着拉琴的姿势，左手手指也飞快地在靠手板上跟着音符前后跳动。

难道？难道这把小提琴就要被人凶暴地夺走，遭受蹂躏，永远从自己身边消失？

这一刻，他仿佛忘记了恐惧，突然冲了上去，将兵团头目撞倒在地，夺过小提琴。兵团头目站起身，拍了拍身上，盯着林子青吼道："妈的！你的劲还大呢，你是啥子人？唵！"兵团头目又四下望了望。

林子青盯着他，没有吭声。

"你要破坏无产阶级专政？唵！"兵团头目一脸怒气地盯着他，推了他几掌，见他动也不动，又拿起棒子对他的胸前戳了戳。

林子青咬着牙还是紧紧抱着小提琴。

"拿给我！"兵团头目厉声吆喝，一边伸出手。

林子青紧紧抱着琴转过身去。

兵团头目恼怒地一棒子打在他肩上。林子青不由得一弯腰，他回过身来，恨恨地看着兵团头目。

楚天明两眼流出泪水绝望地哭喊着："别打了，别打了！"他上前护着林子青凄惨地说："孩子，孩子，给他！"

“不!”林子青倔强地说道，紧紧抱住小提琴。

又是一棒子击打在林子青的肩背上：“我看你还硬!”

“别打了，别打了!”楚天明挡住举起的木棒，对林子青说，“给他吧! 给他……”

“不!”林子青紧紧护着小提琴。

兵团头目再次扬起木棒……

“啊!”周缨尖叫了一声，紧紧捂住嘴。

一只手猛地将兵团头目的胳膊抓住，兵团头目回身一看是邓卫东，邓卫东放下他的胳膊：“刘队长，算了，这是我同学。”

这次抄家是工人兵团和红卫兵的共同行动，由这个兵团小头目带队。刘队长看了看邓卫东，收起木棒，又伸手去夺小提琴，嘴里骂道：“妈的，这个破玩意儿还让你把命豁出来了？敢跟老子作对!”

“算了算了，刘队长!”邓卫东挡开他，又对林子青说，“给我!”林子青看着邓卫东的目光，邓卫东向他轻轻点点头，林子青慢慢松开了手。邓卫东抱着小提琴，对刘队长说：“这样好了吧?”兵团头目悻悻地看着他，嘴里嘟囔着又厉声呵斥楚天明：“你给我老老实实站好!”转身又去指挥那些人搬东西。

楚天明被押上车，站在车前，脖颈上还挂着那块木牌。临走时，邓卫东悄悄对林子青说了几句。“嘎斯”载着抄家的物件和楚天明离开了……

一道闪电横空而过，紧接着霹雳一声炸雷，打断了林子青的思绪。他猛然冲入狂风暴雨向小巷口跑去，穿过几条大街小巷，来到省乐团礼堂，他的一身早被雨淋得湿透了。他远远看见礼堂大门有两个站岗的哨兵，又机警地跑向礼堂一侧围墙边的黑暗处。他左右看了看，一个纵身双手抓住墙头，伸头望了望里面，双腿一蹬跃上了墙头，消失在围墙里。

到礼堂了，他的心禁不住怦怦加快了跳动，蹑手蹑脚向礼堂大门摸去，礼堂大门紧锁。他转过角落，向礼堂的后台小门跑去。

“谁？”一声大喝，紧接着听见枪栓拉动的哗哗声，林子青赶快慢下脚步蹲下身。在昏暗的灯光下，他看见邓卫东向四处警惕地张望，便慢慢靠过去，见邓卫东向他招手，他跳起身蹿到邓卫东跟前。

邓卫东看看四周压低声音说：“快！从舞台后门进去，锁挂在上面没锁死，小提琴就在里面……”

“楚老师呢？”林子青急切地问。

“现在关押在那边，先把他的小提琴拿走，小提琴就在舞台的……”邓卫东话还没说完，那边急急跑过来了几个人，邓卫东猛然转身，枪机拉得哗哗作响，大声喝道：“口令？”

“红色。回令？”一听就是那个刘队长沙哑凶狠的声音。

“风暴。”

“哦，是邓卫东啊，咋个红卫兵司令做起小兵的事来了？”刘队长放慢脚步走过来。

邓卫东急忙把林子青一推悄声说道：“快进去，我来对付！”

林子青摸到后门，取下佯装锁上的门锁挂在一边门扣上，推开门溜了进去，又转身掩上小门。舞台上各种抄家运来的东西堆得满满的，林子青在黑夜中摸索着，他感觉到自己的心“咚咚”地像是要跳出胸膛，浑身也不停地哆嗦。他慌乱地四下摸索：一卷卷字画，堆得乱七八糟的书籍，各式各样的古家具……不知过了多久，他在里面也没找到小提琴。他急得快要哭出来。他不断地把那些东西往一边挪开，又轻轻放下，但就是那么一点儿声响，在这黑夜里，在他耳边都是那巨大的轰鸣声，好像整个世界都可以听到。

一道手电光晃动着从小门照射进来，一个影子走上舞台，手电光柱往四处照了照，一声凶狠的吼叫："谁在里面?"

林子青听那声音就知道是那个兵团的刘队长，他惊出一身冷汗，连忙匍匐在地上，又慢慢伸手抓住一张板凳。手电光向他这边晃动着，他听见脚步声慢慢向他走近，他的呼吸仿佛停止了，浑身血液仿佛凝固了，他的手紧紧握住凳子……

"噼嚓!"一道闪电急速划过，一声霹雳从天而降炸响在礼堂，惊得刘队长把手电筒掉在地上，他慌忙捡起退出舞台。

邓卫东在门口捏着一把汗，他一直紧紧握住自动步枪，想着应付突发的情况。见刘队长退出来，这才松了口气说："刘队长，我给你说没有情况，你就是不信，是信不过我啊?"

刘队长自语道："这就怪了，门没有锁上，锁又挂在上面?刚才好像是有个人影?"说着，将门锁上。

邓卫东呵呵一笑："你是不是看到女鬼了!"大家都笑起来。邓卫东掏出烟，给大家发上，又给刘队长点燃，顺手把一盒烟塞进刘队长的包里。刘队长足足吸了一口烟，也笑了："女鬼？女鬼……哈哈哈!"

大家又是一阵哄笑。

"老弟，有你在这儿，我就放心了。"刘队长拍拍邓卫东，带着人走了。

邓卫东等他们走远了，连忙掏出身上的钥匙，打开小门的锁。

林子青又起身继续寻找，室外雨声和雷电掩盖了空旷的礼堂中的碰撞声。当他把全部东西挪开后，也没找到那把小提琴。他像泄了气的皮球无力地坐在舞台地板上。这时他听见邓卫东在门口急促地叫道："在墙上，在墙上!"

一道闪电划过黑夜，舞台雪白的背墙上，一刹那清楚地呈现出挂在上面的小提琴盒，林子青心中一阵狂喜，一个箭步冲上去取下小提琴。他想了想，又用衣服把小提琴包起来，这才急急退出小门。

林子青睁大眼睛四处张望着跑向围墙，邓卫东端着半自动步枪跟随在他身后，机警地看着四周。到了围墙边，邓卫东一个下蹲，林子青踩在他肩膀上爬上墙头，又接过他递上来的小提琴，一个纵身跳出墙外。

林子青在风雨中不停奔跑，在小巷口，街面上已经人迹稀少，他顺着黑乎乎的街沿，狼一样警觉地看着周围。当他摸过前国民党少将警备司令的公馆门前，周缨在黑漆大门后，黑夜中明亮的眼睛透过大门的缝隙，紧紧盯住黑暗中跑过来的林子青。

“林子青!”她打开门缝轻轻叫了一声。

林子青看了她一眼，摆摆手，飞快地向家里跑去。他悄声溜进家，蹑手蹑脚爬上了小阁楼，把小提琴放在自己床下，又用那些破烂的东西遮盖住，这才松了口气。他从惊魂未定中慢慢地平静下来。他来到周缨家的院落里，在井里提了一桶水从头上淋了下去。

周缨在屋里默默看着，她回身张望了一下，见母亲在隔壁房里，就悄悄拿起一张脸帕蹑手蹑脚走出屋，她轻轻走到林子青身后，把脸帕往他胳膊弯一塞，林子青一回头，周缨食指在嘴边比画着，嘴里轻声道：“嘘……”

林子青紧紧握着脸帕，呆呆地看着周缨退回屋里。

三

林子青第一次看见小提琴是在周缨家里，那是周缨过生日那天。周缨早早地就悄悄对他说，外公要给她过生日，要她约上几个要好的小朋友，还特地叮嘱她，要叫上林子青。

周缨外公是原国民党警备区司令，几个舅舅也是国民党军队高级军官，解放前夕随国民党部队去了台湾。由于他也是穷苦出身，那个兵荒马乱时他拉上一帮人做了杀富济贫的土匪。抗战时期，接受国民党收编，授衔少将师长。后来开赴抗日前线，在与日本人的一次战斗中右腿中弹留下残疾。他作战英勇，为人正直，治军有方，后被调任这座城市的警备区司令。国民党军队兵败如山倒，他没有像很多同僚那样飞往台湾。他在内心还是很赞同共产党的主张，内心也没有多少惧怕，坚持不愿飞往台湾而留了下来。解放军兵临城下，当地国民党部队接受和平整编，周缨外公作为国民党起义部队高级将领，开始也还受到新政权不错的礼遇，但后来逐渐被排斥。而后，运动一个接着一个，他也和很多国民党的高级军政人员，被政府无休止地进行政治思想改造，每周一三五，都要去办事处参加交代思想和行为的学习。

周缨外公年事已高，右腿残疾，依仗一根紫檀木拐杖行走，但威仪犹在。他身板高大结实，头发花白浓密，脸上红润有光，目光淡定而炯炯有神。尤其是挺直的背脊，显示出军人的刚毅威严。一根黑紫檀的手杖在他手上，已经不仅仅是辅佐行走，更是一种气度。

他每次去办事处学习出现在小巷，身边总是跟随着抱着高脚圆凳子的周缨。周缨个子瘦小，吃力地抬着红木凳子，满脸涨得通红，紧靠着小巷里侧，垂着头躲避着四周投来的目光。

一次，大雨刚过，小巷石板路面上那些坑洼还积着水，一辆天蓝色“伏尔加”小轿车飞快地驶过，不断溅起路上的积水，惊得路人四处躲闪，躲避不及的身上少不了被溅得一身泥水，但路人都只是恨恨地嘟囔着，敢怒而不敢言。

周缨外公刚好政治学习回来走在小巷，他抬眼望了望，皱了皱眉头，从街沿走下，站到街面上。他眼里透出威严的神情，握住紫檀手杖，对着小轿车轻轻挥动。手杖仿佛是一支魔杖，“伏尔加”连忙刹车，在他跟前停下来。司机有些恼怒又不敢发作，他脸色惊慌地从车窗探出头望着这个威严的老人，心里打鼓一样。周缨外公愤恨地吐出一个字：“狗！”然后慢慢地回身走去，嘴里骂道：“要是我的司机，老子把你拖下来毙了！”

林子青望着他高大的身躯，心底充满钦佩和敬仰。看见跟在外公身后的周缨，吃力地抱着木板凳，一脸苦相，躲躲闪闪生怕别人看见，他不由得上前从周缨手里拿过板凳，小跑着给周缨放到家门口。

周缨呆呆地看着他，眼里滚动着泪花。

林子青和周缨是一个小学班上的同学，周缨多才多艺，性格活泼，自然大方，秉承了外公的个性。她的名字就是外公给她取的。外公一方将门，他很希望把威名传承下去，但女孩刀枪之类名字总不适宜，这个“红缨枪”的“缨”字倒很合外公心意。果然周缨个性越长越有点儿像男孩，外公倒是很高兴说：“这丫头有点儿野！野点儿好，野点儿好！”外公一直鼓励她和街面上孩子玩。

周缨从小没有见过自己爸爸，外公和妈妈总是说，爸爸去很远很远的地方了。她不知道，爸爸原来就是外公手下的一员得力干将，被国民党收编后，授衔上校团长。他没有去台湾，也跟随外公留下来。他在周缨尚未出世时，被举报当土匪期间有血案在身而被羁押，后来就失去音信。周缨不知道这些，心里总是期待着爸爸回家的那一天。

当林子青那天帮她把外公去学习坐的板凳拿回家，她心里充满了感激。她最怕的就是给外公去抬板凳，板凳的笨重让她感到很吃力，她只有双手抱在怀里才能走动，但更让她害怕的是让小巷的孩子看见，尤其是让学校同学看见。她怕别人知道自己有个国民党身份的外公。每次给外公抬板凳去，抬板凳回，她感到简直就是在受酷刑。但在母亲严厉的呵斥下，她只得眼含委屈的泪水抬着凳子磨磨蹭蹭、惊恐不安、躲躲闪闪地去。她要不就尽快跑在外公前面去，要不就远远地落在后面，这成了她感到最痛苦最难受的事情。林子青那天帮她把板凳抬回家，她一下如释重负，看着林子青的身影，她的心感到了一种依赖和温暖。

后来很多时候，她抬着板凳一出现，她就想看见林子青，而林子青好多时候都在悄悄地等她。这时他就会跑上前来，从她手里拿过板凳，飞快地跑在前面去等她。她感到自己不再孤独无助，感到一种让自己心里踏实的力量。

她喜欢跟着林子青玩，要他教她滚“铁环”、拉“响簧”、掺“牛牛”、打“弹子”这些街面上男孩爱玩的东西。她毕竟是女孩，也喜欢和街面上女孩一起跳橡皮筋，跳“房”，逮“救救猫”。她精力旺盛，常常玩得满头大汗却不肯停下来。她聪明伶俐，在游戏中技艺令那些女孩打心眼儿里佩服。她爱把家里好吃的零食拿出来给小伙伴吃，这些处于饥饿像馋猫的小伙伴就更喜欢和她在一起玩。不觉间，她就成了小伙伴的中心人物。

周缨在学校成绩好，深得老师的喜爱。在学校的节假日的文艺演出中，都有她的节目。她的舞跳得最好，还会拉二胡，从小就显示出了她的艺术天资。林子青和她既是同学，又同住一条小巷。每天林子青都要和姐姐去周缨院子里的那口井里挑水回家。这就让他们走得更近一些。

学校有一个被称为“头霸王”的高干子弟，这个高干子弟接连留了两次级，年龄大，加上生活优裕，发育早，已是牛高马大。看见模样姣好的女同学就怪声怪气地叫着。其实啥也不懂，就像那些半大子的小鸡公，打鸣声还沙沙哑哑，叫半截子就哑声了。

一次放学的路上，“头霸王”一路跟着周缨，流里流气叫着“美人！美人！小美人！”周缨气得脸色发白，心恐惧得咚咚咚地跳，她慌乱地加快了步子。“头霸王”身后跟着几个同伴，一个劲哄笑。

“头霸王”更来劲了，他追上周缨，伸手掀开周缨的短裙，又拉扯她的内裤。

“呵呵呵！……”他的举动引起同伴一阵放肆的哄笑。

周缨又羞又气，浑身发抖。她圆眼怒睁，对着“头霸王”狠狠打了一耳光。

“头霸王”捂着被打的脸尴尬地笑着。同伙又是一阵哄笑。“头霸王”恼怒了，他恶狠狠地骂道：“你个国民党！”他扯下周缨书包，往街上扔去。

林子青从后面赶来，他上前捡起周缨的书包和散乱在地上的书本。“头霸王”又气又恨，对着林子青就是一脚，继而和同伙对林子青大打出手。林子青被他们打得鼻血长流，脸上也肿了起来。林子青冲到街边抓起一块砖头，一声怒叫，冲向“头霸王”。“头霸王”被他一副拼命的神情惊呆了，连忙和同伙四散而去。

后来林子青和周缨上学常常结伴而行。路上，周缨时常给林子青带来糖果一类吃的东西。林子青开始还不好意思，周缨显得很霸道，不由分说往他怀里塞。林子青觉得周缨和街面上女孩不一样，大气，聪慧，一举一动都有一种与街面女孩不一样的优雅，他也喜欢和她在一起。

林子青每天要去周缨那个院子挑水，但还没去过周缨的家，周缨的家在这个二进四合院的最上端，上院中间那两扇黑漆大门经常紧闭，显得森严神秘。

周缨生日这天，林子青带去了自己的礼物，是他亲自画亲自绣的一块手帕，手帕上是一只振翅飞向天空的小鸟，这是他用心做的。

他推开二进四合院上院沉重的黑漆大门，有些紧张地进入到院落，眼前的四合院让他感到惴惴不安。过了天井，几阶青石步梯伸向大厅。大厅门前，两根粗大的圆木柱稳稳地矗立在雕花石座上，撑举着大厅前宽大的飞檐。飞檐向上挑起，沉稳中有一种按捺不住的霸气。

屋子的门窗都是木纹通畅的上好楠木，下半部是浅浮雕花鸟图案，上部是雕花镂空的花格窗户。大厅中央，一对明清时代的紫檀木太师座椅摆放在茶几两侧，发出幽暗的紫褐色光亮。后面靠墙处，一座一人高的古铜摆钟竖立在地上，长长的钟摆有节奏地摇摆着，发出均匀有力的声响：嘀嗒！嘀嗒！嘀嗒！……

林子青感到一种压抑和自卑，富裕和贫穷在这条小巷里竟然就是一墙之隔。

“来了！来了！”周缨和小伙伴叫着笑着跑出来。林子青一看，没有班上的同学，全部又是女孩，就有点儿不好意思，脸也红了。这个时候，他忽然感觉自己的礼物太寒碜，他有点儿不好意思拿出来，几天前他还无不骄傲地告诉周缨给她亲自绣了一只小鸟。

周缨看着他，伸出手：“你给我带的礼物呢？”

林子青手放在口袋里，手心汗也出来了，他犹豫着，脸更红了。周缨拉过他的衣服，伸手从他包里掏出来。

“哇！好漂亮啊！”女孩们围着周缨叫了起来，周缨兴奋地叫道：“外公！外公！林子青来了！”

外公走出里屋，乐呵呵地说道：“我看到了，知道！知道！”

“你看，他给我的！”周缨举起手帕。外公点点头，一口北方话：“噢？绣得好！你爸爸在这条街上绣花手艺就数一数二呢！真是将门之子会耍刀枪，木匠之子会弄斧凿！”他看着手帕上的小鸟：“小鸟？好！你们就像它，等翅膀硬了，就可以自由地飞了！”他对着林子青端详了一下，他多次看见林子青帮周缨拿板凳，心里感慨不已。他忍不住伸手摸了摸他的头：“好小子！好小子！周缨说你打架很厉害？”林子青闷头闷脑地吐出一句：“是别人先打我……”

“呵呵呵……”外公忍不住大笑起来。

生日聚会上，林子青第一次看见小提琴，那是周缨一个叫马丹丽女伴的。当那个小女孩开始拉《祝你生日快乐》，琴弓在搭上琴弦的一刹那，林子青这才知道了，他以前听见围墙里传出的声音，就是这样的精灵发出来的。

以往多少个夜晚，他在围墙外聆听围墙里小楼窗口飘出的琴声。那仿佛是上天传下的声音，钻石般闪亮，悠扬辉煌。一会儿让人感到阳光明媚，舒缓平静，像广阔无垠的原野。一会儿又是激越奔腾，像湍急奔涌的河流。有时又那么忧伤，像一个人在暗自抹泪。每次他都被深深地迷住了，直到琴声停下来，他才恋恋不舍离去。

在他心中，能发出这样声音的只有上天的精灵。他很想看看这是个什么样的精灵，很想看看和精灵共舞的人。但这座小院黑漆大门紧闭，很少有人进出。有一次，林子青看见里面走出来一个老头儿，个子高高的，穿一身灰色中山装，神情严峻，深邃的眼睛透露出一丝忧郁，林子青和他对视的一瞬间，他的目光在林子青身上停留了一阵，然后自顾自地走了。

有一天，琴声结束后，林子青慢吞吞地离开，不断回头，目光越过高高围墙向那小楼灯光望去，他看见那个老头儿站在窗前，黑暗中一双深邃的眼睛闪烁着光亮，他的心被这目光深深地吸引着。

后来周缨将那个老头儿送的两本书给他的时候，他才知道听到的是小提琴声音，还知道了五线谱和小提琴的演奏基本要求。不久，他就完全可以在乐谱上记下所听到的曲子。

今天看见小提琴，林子青简直入了迷，他的眼睛一刻也没离开小提琴。当那个小女孩拉完一首《祝你生日快乐》乐曲，小伙伴们旋即拍手欢呼起来。林子青仍旧紧紧盯着小提琴，他想去摸一下，又怕她们笑。周缨看见他的痴迷的神态，走上前从小伙伴手里拿过小提琴递给他："你拉?"

"我？……"

"拉吧！怕啥？我要听！"

林子青有些惶惑，他从来没有拉过，他只在老头给他的书上看过小提琴演奏的基本要求。刚看了小女孩拉琴，他知道该怎样拉琴了。在周缨的催促鼓励下，他试着拉了起来，他拉起以往在围墙外听到过的琴声片段……

"哇?!"周缨和那些女孩都瞪大眼睛。

四

每到夜深，狭窄的小阁楼上，林子青总要拿出楚天明的小提琴，在昏暗的灯光下，仔细端详，他的内心不断涌上喜悦和冲动。

这是一把金红色的小提琴，琴身大部分的红色已经褪去，呈现出火焰般的亮色。整个琴身曲线圆润有型，丰腴饱满，让人会想到断臂的维纳斯女神。琴身由边缘向中央缓缓凸起，色泽也由浅渐深，中央隆起的部位透出深沉的暗红色。婀娜的琴腰，两个对称的"f"形音孔圆润轻灵的弧线，更增添了几分窈窕多姿的动感。音板上，一条条笔直舒展的木质纹理流畅地从上而下，竖立的木纹在琴身中央稍密，向两侧由密渐疏扩展延伸。木纹的横面上隐约见到像扭曲的树根般的纹理，弯弯曲曲伸展在木质中。琴的背板，四周向中间逐渐圆润隆起，琴背是两块枫木相拼而成，中央一条拼接线向两侧由粗到细延伸着粗犷的虎斑纹理。横向虎斑纹理中，可以清晰看见有像金丝般的卷曲细纹密密相间，缠绕在一起。

他轻轻一拨动琴弦，清澈的琴声就倾泻而出。

当他从左侧那个“f”形的音孔往里面看，看见一火柴盒般大小的商标，上面写着“东方红”字样。下面一排小字是生产厂家“中国营口乐器厂”，他又有些疑惑了。他看见过“东方红”小提琴，完全不是这个模样。

看见这把琴，林子青就会想到那个老头儿。

楚天明一直没有消息，听说又被押送到一个地方去了。

学校早已停课了，不同的红卫兵和工人兵团派别开始了武斗。他不敢在家里拉这把小提琴，他生怕别人听见知道他偷了这把小提琴。他决定带着这把琴躲到乡下外婆家去。

这天，天还没放亮，他早早地起来，用一个破旧的麻袋将小提琴装上，出了门。

以往每到学校暑假之时，林子青总要去乡下外婆家，那是距离城市有几十里地，一个还保留着原始风貌的平原乡村。

乡村公路的长途汽车每天只有早上一班车。那种客车也不知道是哪个年代的了，车身油漆斑驳，行走起来像老牛一样喘息。车头前面拱起一个长嘴巴，车顶尾部上一张绳网罩着堆满的行李，像是高高翘起的屁股。这长途车远远一看，很像一个巨大的屎壳郎。

乡村公路是碎石路面，坑坑洼洼。长途车在公路上摇摇晃晃了两个多小时，终于到了一个小镇。外婆家离小镇还有几里地，他下车后进入了乡间小道。

眼前是大片大片的水稻田，秧苗已经蓬行了，绿油油密密匝匝的长得很旺盛。田里的秧鸡子黑黝黝闪亮的身子顶着红红的鸡冠偶尔腾起，又很快落在不远处，发出“咕咚！咕咚！咕咚!”的叫声。开始褪去绒毛的半大子家鸭，不时三三两两，从秧田穿出，笨拙地爬上田埂，用扁扁的小嘴梳理刚长出的羽毛，还不时侧着脑袋，盯着走近的来人，呆头呆脑的模样，让人忍俊不禁。

太阳很大，风热乎乎的，夹带着秧苗清香还有田地边牛屎坑的粪便味道。

外婆家就在那条大河边上。

远远望去，那条河流两岸高高的桤木和麻柳林带，黑压压密密匝匝，顺着河流蜿蜒伸展。林木下面更有百家竹疯长，这是一种很细的竹子，指头般粗细，根系连成一片，像长鞭一样不断地在地下乱窜，填满林子的每一个缝隙。

外婆家是一座典型的平原农家院子，苍翠碧绿的竹笼紧紧环抱着院落，院落四围是百家竹扎成的密密实实、齐人高的篱笆墙，院子两扇栊门也是百家竹扎成，这两扇栊门白天很少会去关，除了赶集的时候，才会拉拢，也就是告诉来人，家里没人。

院子里有一株高大粗壮的椿芽树，已经是枝叶繁茂，但还不时可以采摘嫩芽来煎鸡蛋。清晨，天才蒙蒙亮，“四喜”就站在椿芽树最上面的枝干上，矜持放开嘹亮的歌喉，悠扬婉转地歌唱。傍晚，个头特别大的“马伯劳”就霸道地占据了高枝，粗狂放声吼叫，直到夜色覆盖了村庄。

尤其让人感到很惬意的是，一条小溪欢快地从竹篱笆外流进后院的厨房前，流过几步石阶，又悄悄流出竹篱笆的另一端。灶房的屋檐下，有一口青石板砌成的方水缸，取水就直接在小溪里舀上来倒进石缸。

林子青很喜欢乡村的古朴自然和原始的气息，还有这里的淳朴的乡音。

外公家境还算殷实，土改成分划为下中农。本来，外公年轻时家境贫寒，也是一个雇农。少年时代，一个拳师看他身架灵巧，习武天分极高，就收他为徒，天南海北闯荡多年以后，外公回到乡下。后来他参加乡上和县里比武“打金章”，一路打到省城，虽未拔头筹，也是进入了三甲之列。这在乡间早已是名声大震，遂被当地一个大地主招去做了贴身保镖。在一次主子与仇家的恩怨中，月黑风高之夜，仇家雇杀手前来要置大地主于死地，外公拼死相护，放倒几个杀手，后连中几镖，血泊之中护着主子仓皇逃离，躲过一劫。事后，大地主感谢他救命之恩，将这个四合大院连同里面农具、耕牛以及仓库的稻谷麦子一并送与他，还搭上四合院周围几十余亩良田。

外公时来运转，娶了当地十里八乡一枝花，家境也还不错的姑娘。那时候外公风光，只是没有好好经营这份家业，成天和人切磋武艺，喝得烂醉。几年下来，田地仅剩下十余亩，就连四合院也卖掉一半，后来倒是外婆理家，家境才没有进一步衰落。外婆从小家境不错，也很讲究，她面目清秀，皮肤白净，干净利落，头发随时梳得光光生生，一个真丝发网兜住后面的发鬟，一根祖母绿玉簪别在上面，显得端庄雅致。

林子青童年很多时候就在这里度过，上学后，遇放暑假他就会到这里来，一直待到学校开课。这里很多童趣是他在城市里体会不到的。乡下的小伙伴会带着他在河边用鳝鱼骨头，或是打死几只青蛙拴在线上，放进河边浅水处，不一会儿就可以钓上来很多螃蟹。然后剥下硬壳，水里清洗干净，撒上带出来的盐巴和海椒面，找来一些枯草，点上一把火，一会儿就吃得香喷喷的。在稻田放水晒田的时候，稻田中低洼处的小水凼，小鲫鱼成堆地张着嘴困在里面，这个时候提着小木桶，简直就是直接用手捧鱼，往桶里放就行了。小伙伴还会教他用竹子做捕鸟的机关，或去河对岸草丛中捡野鸡蛋。至于逮“叫姑姑”、粘“叮叮猫”、钓鱼、叉鱼……简直数不胜数。

乡村的傍晚是宁静的，空气中弥漫着诱人的炊烟味。这个时候院落的上空，淡蓝色炊烟袅袅升起，环绕院落的林木腰际间，暮霭云集悬浮，远远望去像是涂抹了一笔淡淡的黛青色。

高大的树枝顶上，个头硕大的“马伯劳”在骄傲地叫着成调的曲子。密实的竹林盘里，回窝的画眉清澈响亮相互呼唤应答着，此起彼伏。河岸丛林深处，“鬼登哥”从梦中醒过来，迫不及待地发出充满寂静夜色的啸叫声。

放牛娃光着屁股骑着水牛从河里上来，在暮色中悠悠缓缓地走在田野上，田里的人扛着秧耙陆陆续续回到院子。半大子的家鸭从秧田爬上来，笨拙地摇摆着身子，大脚丫噼里啪啦发出声响，急促地跑过院坝，回到鸭圈。而那些鸡雏，则不紧不慢，一边觅食一边慢慢向鸡窝走去。

乡村最让林子青喜欢的是这条宽阔的河流。他感受到一种从未有过的自然宁静和内心的涌动，他常常独自一人坐在河岸，他的心里就仿佛听见了小提琴的声音，无数的音符就像小蝌蚪一样向他游来。

汹涌澎湃的大河让他的游泳能力得到很大提高，也让他更勇敢。他喜欢横渡过宽阔汹涌的河流，游过对岸浅水处那些水草和芦苇爬上河堤，那是自然的河堤，是河床由深到浅延伸到岸上，由无数大大小小的鹅卵石和沙砾形成的。

河对岸很少人家，桤木树和麻柳树遮天蔽日，地上落叶厚厚的，踏上去软绵绵很舒服，他进入对岸的那片林子，毛色鲜亮的野鸡和拖着长长尾巴的“山楂子”不时扑啦啦地飞起，圆滚滚肥硕的“竹鸡子”也在齐腿深的草丛中不时跑过。

他喜欢顺着河岸往上游走，一直走到那片树林尽头。远处河面更加宽阔，水流也更湍急，白花花的一片，像是从天而降。这个时候，他会凝视河流上游，那是望不见尽头的。它们从哪里来？这么源源不断不分昼夜永不停息地奔流？

河流让他最为震撼的时候到来了，上游开始放“河楯”

了，那些深山砍伐下的巨大原木，随着山洪漂流而下，犹如千军万马，不分昼夜，乘驾汹涌澎湃的河流滚滚而来。河面上满是“河楯”漂浮，数不清的粗大原木挤在一起，相互碰撞，又借着汹涌的水势，撞击着装满大鹅卵石的竹笼垒起的河堤“鱼嘴”，不时发出一声声沉重的闷响。

林子青的心被这样的场景震撼了，他深深感到了河流的伟大和力量。

而让他更加钦佩的是那些农村小伙伴的勇敢和灵巧，居然能够在这些漂木中跳跃着，从这一根跳到那一根，一直跳到河对岸去。

林子青童年来这里时，外公就想教他习武。外公总想把他的武功传承下去，他还惦记着自己习武生涯曾经的辉煌。但几个儿子中竟没有一个跟他学过。现在年代变了，谁也不愿再习武，外公见这个外孙，聪慧机敏，身架子不错，手脚也灵巧，他又动了想法。

喝了酒的外公，脸上就像红公鸡冠子似的，人也兴奋起来。他解放前参加了“袍哥”组织，解放后少不了挨些批受些气，人也慢慢变得蔫啾啾的，但一说起那些“打金章”的往事，那眼睛就红中发亮。

“快喝了！菜都吃完了还在喝，硬是喜欢喝蓑衣酒？”外婆开始收拾碗筷。外公连忙把筷子和酒杯攥紧，饶有兴致说起自己最风光的“打金章”：“那年，我去省城，是省城‘打金章’，那可不是每个人上得了的！先要在乡里‘打兰章’，再去县上‘打银章’，最后才到省城‘打金章’。那天‘打金章’，吃的肉包子有这么大！你说打起来凶不凶！”外公夸张比画了一下脸盆大小，口水也流出来了，“有个人拳法厉害，几天连打几个下去。轮到我上去，这人心黑，我还没站稳就给我来了个‘黑虎掏心’，我连忙后退……”

外婆扁扁嘴：“你看你都说了几百遍了！我的耳朵都听起茧子了。”她悄悄地把外公酒瓶拿走，拿上一瓶装了白水的酒瓶放上，“我晓得，你最后打赢了。”

外公嘿嘿一笑：“是啊，不过三拳，我就让他倒桩，趴在台上起不来，呵呵呵……不过三拳！”外公眉飞色舞地不停在林子青面前比画着。

“打赢了又咋了？还在念！你把人家公社上的人打得睡了几个月，你又咋了呢？还不是把你弄去关起，又是赔礼又是赔钱？”外婆说起就有点儿气。

外公尴尬地笑笑：“这么多年，我打过哪个？还不是他欺人先出手！”外公又倒上一杯，一喝，咂巴着嘴，又看看酒瓶：“咦？糟了！今天打的这个酒掺了水的？”

外婆抿嘴一笑转过身去。

林子青饶有兴致听着外公说起以往的比武，他心里也很想学习武功。在学校，在小巷里，总有一些让他很憋气的事情。那是没啥道理可讲的，谁的拳头硬谁就说了算。尤其被学校高干子弟打了那一次后，他就希望自己更强大。有段时间他大有要习武打遍天下不平事的豪气。

很多个清晨和晚上，林子青在外公的教授下，蹲马步，踢腿，出拳，练些基本的拳脚功夫。练石杠铃、石锁、俯卧撑，打沙包。几个月下来，外公有些泄气了。那天正在跟外公练武，院门口来了个吹笛子的老人，老人一边走一边不停地吹竹笛。正在蹲马步的林子青马上跑了出去，挑了一支竹笛把笛膜贴上，一吹，老人点头称好：“吹得不错，送你一支吧！”

林子青那天就在河边不停地吹竹笛。再练武时，外公叹息说：“你心不在这个上面，学不好武功。”林子青也感到自己除了对音乐特有兴趣之外，其他的怎么也静不下心来。外公说：“这样吧，以后我也不按规程来了，我教你一些实用的，能降服对方的招数。你学会后，如果对方不是学过武功的，几个人还是近不了你的身。记住！不能随便对人动武，武功是保护自己，不到万不得已，不能出手！”

几年暑假下来，小学还没毕业，在外公教授下，林子青在武功方面大有所获。和乡村孩子比试，他一个人可以同时面对几个孩子而轻易获胜。外公看着也很开心。外公拍着他的头，叹息道：“可惜了，现在世道不同了，学这个没得啥用了。可惜了！可惜了！”

乡下的日子给林子青留下深深烙印，这里也是贫穷的，而四周是那样宁静祥和，人也是那么质朴善良。

以往的回忆是甜蜜而充满童趣的，林子青这次来到外婆家，感到乡村没有一点儿城市那种紧张的运动气氛，还和以前一样宁静祥和。大自然仿佛像一个庞大的交响乐队静静地在迎接他的到来。他的内心彻底放松了，他再没有顾忌，完全敞开心扉，饥饿已久的心疯狂地享受着音乐大餐。

在清晨、傍晚，在茅草屋、大河边、竹林盘……宁静的乡村小提琴声悠扬飘荡着……

他常常想起拉琴的老头儿，他怎么样了？回家了吗？他急切地希望再见到他，要把琴给他送去。几个月后，林子青用麻袋裹住琴回到城里，他在城外等到天黑，趁着夜色，悄悄地溜回家。

五

小巷仍旧像以前一样，天色刚晚，那些在外面劳累了一天陆陆续续回到家里的人，就开始出现吵闹声。林子青家对面，住着一个在搬运公司拉架架车的男人，低下的社会地位，沉重的体力活路，饱受人间的轻视，使他脾气异常暴躁。这个汉子，精瘦精瘦，全身被烈日晒得黝黑发亮，他面目沧桑，忧愤怨怒，脸上少有过笑容，常常听到的就是对饭食不满，喝了点儿酒，借着酒劲，声音由低到高，最后是怒骂狂骂。温和善良的女人委屈地争辩：“你看嘛！这些肉娃娃都没有吃，就是你一个人在吃，还在嫌少？”男人恼怒道，夹起一片肉：“你割的啥子肉？这么瘦，连点儿油气都没得？”女人委屈地分辩：“我等了半天也没得肥点儿的，我有啥办法？人都没得吃的，那个猪还长得肥？”男人恼怒破口大骂：“狗日的你还有理！吃！吃！吃！吃你妈的！”说着端起碗就往小巷的青石板地上砸，一副气得就要吐血的样子。路人停下来观看也不知如何劝阻。最后男人骂累了，没劲了，才渐渐平息下来。

林子青隔壁的邻居，经常是已经为人父母的儿子和母亲对骂。这儿子的儿女都十多岁了，他母亲也是六十有余，体弱瘦小，佝偻着背，满脸褶皱，一口牙也没了，瘪着个嘴，全靠捡拾垃圾生活。谁也看不出她原来是地主婆。这是在她儿子口中骂出来的。开始还是嘀嘀咕咕就是些鸡毛蒜皮的小事，后来声音就大了，儿子气得脸色发白：“你说我借了你五万元？”老太婆瘪着嘴嘀咕道：“是给了你五万啊！你没借？”儿子破口大骂：“狗日的！那是五几年五万元，你现在还在说五万元！嗆？我抢了银行都还不起！”

吵闹声立即引起路人的惊诧，那个年代五万元可是吓死人的一笔钱，比抢了银行还令人恐怖。经历过解放初期使用旧币的人会忍不住笑，是啊，那个时候一张平信邮票就八百元！那时候的五万也就是现在的五元。

那老太太也是嘴牙伶俐，叽叽咕咕地不断回应：“你说是那个时候的五万，那你就还我那个时候的五万？”儿子气得快要晕过去：“你这个咬卵犟！你要气死我？嗆……”那媳妇也不是个善人，在一边嘀嘀咕咕添气，更有那些孙女，也会叽叽喳喳骂自己的奶奶："地主婆！地主婆！"

这个时候小巷人就越围越多。一般邻居也见惯不惊，但实在看不下去了，也就好言劝说。那些不是本小巷路过的人，见对老人如此的恶劣，就会停下来，听了一会儿实在忍不住，就指责做儿子的，还问旁边的人："这个人是不是老太婆的亲生儿子？"得到肯定答复，路人也会义愤填膺，仗义的人就会上前拖起做儿子的，怒声呵斥："简直是忤逆不道，天理不容！走，派出所去！"当儿子的这才有所收敛，吵闹才渐渐停下来。

每当周围发生这样的事情，林子青的心情就会跌入到最低点，他感到很沮丧。他对自己所处的环境非常失望，对未来感到迷茫惆怅。只有拉起琴，他才忘记了周围那些不开心的事情，进入到另外一个世界。他希望改变自己的环境，改变自己的未来，他不愿意像这里的人，一代一代就这么活下去。

他一定要有一把属于自己的小提琴。

原来那次在周缨的生日后，林子青就要父亲给自己买小提琴，但父亲坚决不答应："学那玩意儿做啥？好好读书！"

时隔多年，楚天明的小提琴又勾起了他拥有一把小提琴的强烈渴望。他已经离不开小提琴了，乡村几个月拉琴下来，小提琴深深吸引着他，诱惑着他，他已经陷入了对小提琴痴迷的状态。他再也不能割舍对小提琴的情感。而这把小提琴是楚天明老师的，楚老师回来，就要给他送去，他的心再一次涌上了拥有一把小提琴的强烈愿望。

林子青又一次嗫嚅着把自己的想法给父亲说了，父亲仍然坚决地摇摇头："我们家吃饭都恼火，哪里有钱给你买那个玩意儿。"一句话让林子青的心顿时坠入无底深渊。

父亲常说的是："好好读书才是出路，我没读过书，吃了多少亏啊！"可眼下学校的现状谁也不知道还能不能继续读书。父亲忧心忡忡，在他心中，如果读不了书，也不能去学那个吹拉弹唱，学个手艺才是正道，人要学到可以谋生的技艺，才能维持基本生活。这个儿子看起来聪明伶俐，却偏偏喜欢小提琴。这玩意儿总不能当饭吃吧？总不会又像他爷爷那样，那种结局让林父不寒而栗。

林子青的父亲林柏荣原来是这条小巷一个受人赞誉的绣花手艺人。十三岁那年，他从附近的农村来到这座城市一个绣花铺当学徒。

本来林父祖上的家境是不错的，林父的爷爷，是清朝一个举人，在当地也是有头有脸，有豪宅数座和良田数百亩。林父的爷爷喜欢花草，宅院前后名花草木遍布仍不满足，不知听谁说罂粟花最为艳丽，于是悄悄弄来几颗种子播在后院，悉心照管，秋后还真开出了火一般灿烂的花朵。不知谁去告发，说他私种鸦片！官府来人一查，那是铁板钉钉，死罪一条。于是拔走罂粟，一根绳子把人绑了，投进死牢，继而抄家没收财产。顷刻间，一方富绅落得家破人亡，一贫如洗，仅剩下宅院一处，薄田数亩。

到了林子青爷爷这一辈，家境日渐败落。家境好时，他自小琴棋书画无所不能，很有艺术天赋。他拉得一手好二胡，还弄回来一个西洋乐器，当时叫“梵婀玲”，也就是现在的小提琴。后来罂粟飞来横祸，家境急转直下，林子青爷爷就以烂为烂，也不知是内心因为那几株罂粟不平衡，沉沦中竟然吸上鸦片。后来开始变卖田地，再后来又变卖那一宅大院。一家老小竟无栖身之地，搭上个草棚才有了落脚之处。林子青爷爷望着几个嗷嗷待哺的儿女，伤心绝望之余，竟然抛开妻儿家小，一走了之，再无音信。

林父那时才几岁，他母亲实在无力抚养差点儿就把他送人。林父幼小历经家境巨变，人间冷暖，心酸苦难，后来来到这座城市，在师傅家当刺绣学徒。他十分珍惜机会，勤劳、用心，一年后，他就可以做那些要求极高的绣品。像二龙戏珠这样难度很大的活计，在师傅指点下也能完成得很好。他还学会了图案的描画，像一般翎毛花卉、仕女高士，有啥残缺的图案都能补画得自然流畅。三年后，他虽脸上还带着孩子气，但手艺俨然是大师傅一样。他的手艺给师傅带来了不少的生意，让师傅喜忧参半。二十岁那年，师傅觉得他翅膀已经硬了，可以自己高飞，遂给了他几十大洋，让他去自立门户。

没过几年他买下了当初租的铺面，有了自己的基业。主要是绣那些高档精品，像古装戏的丹凤朝阳、二龙戏珠、龙凤呈祥。这些图案和绣品要求极高，价位也很好，但一般手艺是做不好的。其他那些铺面很多就绣些鸳鸯枕套、牡丹被面。他的绣花技艺在这小巷几十家绣花铺面中是佼佼者。

解放前夕，凭着他的绣花技艺和为人厚道，他的铺面已经是开得红红火火，来自陕西、河南的“老陕”都喜欢和他打交道，不光是把高档的精品交给他，干脆把中低端的绣品全部交给他打理。于是，他将更多的要求不高的牡丹被面、鸳鸯枕套发给乡村的那些女工去做，然后收上来，再交给客户，从中获得一些收益。他天生就有那种经商才能，厚道诚信，口碑极好，那些客商在别家没做成的生意，到他这里来总有个满意的结果。小巷铺面有的人卖不出去的绣品，求他帮忙卖，他也爽快答应。一经他手，好像绣品就变了个样，很快就可以卖出去。在这条小巷，他赢得了同行和客商的赞誉。

这个时候，他还孤身一人，这样一个已经初露头角的年轻人，少不了有人为他说媒。而最后他的婚姻也和绣花有不解之缘。

乡下收上来的绣花货品，他总要仔细检查，没做好的，他也要亲手修补再交给客户。后来，他发现有个花工的绣品绣得特别好，少不得多问几句。连续几次的称赞，人家就有心要做成这桩美事。媒人就是那个来接货的中年女人，林父称赞的花工就是她弟弟的女儿。中年妇女做事干脆利落，赶在众人之前就筹划这门婚事，她一提出马上得到林父认同，他跟随中年妇女前往乡村，姑娘父母见老板亲自前来，姐姐又耳语一番，全家大喜。盛情过后姑姑又问侄女，侄女笑而不答，偷眼看着林父。姑姑心知肚明，再问林父，林父也是傻笑不语。还未离开，虽未正式言明，但双双心中已应答了这门亲事。

不久，这小巷就锣鼓唢呐吹吹打打，大红喜轿临门。这个时候林父才真正是家业有成。

在他人生最辉煌的时候，他少不得踌躇满志，嘴里也常常哼些戏曲。但好景不长，在时代剧变的行程中，没有文化的林父犯下了致命的错误，以致后来给他一生戴上了沉重的政治枷锁，也给自己的子女带来了说不尽的苦难。

国民党兵败如山倒的时候，那些要员权贵纷纷抛售良田豪宅，离开大陆。此刻的他却加入了国民党，还用十个大洋买回一支德国造的二十响驳壳枪。他和所有历代商人一样，他们的经营以及财富需要社会地位和政治身份来庇护。他想得很简单，以后社会上的“袍哥”组织还有地痞流氓就不敢来欺诈或是巧取豪夺，他可放心大胆地做大自己的生意了。他积蓄了一部分钱财，他差点儿就买下了近郊几十亩良田，便宜的价格诱惑着他，让他心动，后来又听说还有更便宜的，他凭直觉感到不对劲，那些金贵的土地，没有风险可以稳稳收租的良田，咋一夜之间不值钱了，他就没敢去买。

后来，解放军进城了，小巷一些工商兼地主的土地被没收，他这才认识到时代变了。他的二十响驳壳枪被收缴，国民党的身份也被登记，并被管制自新。在评定成分的时候，他没有雇用工人，按照规定，雇用三人以下的，都算作小手工业者。这些在当时仿佛都没有对他有啥震动，他依仗自己的技艺，还有些自得，常挂在嘴边一句话：“靠劳动吃饭，怕啥?”

后来，公私合营建立了工厂，他进了这个城市一家刺绣厂工作。他的技术是数一数二的，本可以定为最高八级，由于政治身份最后只定为七级。这个级别的工资收入相比还算高，日子还过得去。但在自然灾害那几年，家里嗷嗷待哺的几个孩子，让他感到了沉重压力。他仍然相信可以通过自己的勤劳获取更大的收获。

他想起了自己以往单干的美好时光，闹着要退职，他的理由是一个月工资连饭都吃不饱，这又让他遭受了一次更大政治上的打击。他的言论被厂里一个办公室主任上告，最后以反革命罪判处他管制两年，剥夺政治权利两年。获罪后，他如愿退了职。他没有意识到，退职付出的惨重代价，这将在以后给他和家人带来无尽的灾难。

他在房梁上取下包裹得很好、沉睡多年的绣花绷子，一共三副，短，中，长，那都是上好的木材，一副金丝楠木，一副花梨木，一副红木。他打开铺面做起自己的生意，收入明显地提高了。他又回到当年那种自由自在的生意中，当地戏院来找他绣那些古装戏衣，陕西、河南的老客户也得到消息纷纷前来。就是铁道部门列车员佩戴的肩章和袖章也找上门来要他做。

林父的好日子总是太短。“文革”风暴席卷全国，古装戏受到封杀，就是刺绣这样的手工艺也被戴上了“封资修”的帽子，绣花没有了生意。他失业了！“靠劳动吃饭?”然而在哪里劳动？他没有单位没有组织，只有靠自己。他不怕脏不怕苦，别人不愿做的他做，他给别人捡瓦、补漏、砌墙，或是给别家料理丧事，给死人穿衣服。后来他看见拉架架车的街邻挣钱多，就萌生这个念头。

林父是勤劳的男人，对生活从未屈服过，他也是情感深厚的男人。他默默将伴随了他一生的几副绣花绷子收起来，用牛皮纸和布严严实实包缠起来，放在梁上。他抬头凝望良久，嘴微张着一阵颤抖。好像是和过去彻底告别，胸腔发出一声长长的叹息。

他用尽自己的积蓄，借来些钱，不知在哪买来两根青冈木和几根白檀木棒，四只“206”弹子盘和两只钢圈轮子。他又买来锯斧刨凿，自己动手做成了车架，好不容易架架车终于装好了。望着架架车，林父容光焕发，止不住内心的兴奋和喜悦，在他的眼睛里，这就是他生活的轮子，是全家人生活的轮子。

架架车靠在小巷街沿上，轮子不是那种加气的轮胎，而是一根从废旧汽车轮胎上切割下来的胶带，胶带紧紧地嵌合在有一道凹槽的钢圈上。这就叫“板带”架架车，比起那些两个充气轮胎的架架车，这是最原始，也是最耗力的架架车，但制作成本低。就是这样的架架车，林父也生怕它不翼而飞，他用一根粗大的铁链把轮子和车架绕在一起，铁链两个环上又上了一把弹子锁。

“爸爸，我跟你去拉架架车，多拉点儿，我想……”林子青没敢再说买小提琴，他怕又遭到父亲呵斥。父亲看看他，知道他的心思，叹了口气。

六

这天傍晚，街道办事处刘干事来到林子青家门口，林子青和他一打照面，两人都惊异地盯着对方。刘干事就是当初抄楚天明家的那个兵团小头目。他本是工厂的一个工人，参加造反派后表现积极，此人心狠手辣，处处以左派面目出现，深得这个时代的宠幸，现在又被派到这个辖区办事处，又临时在派出所当办案人员。

这个时期，派出所也陷入了半瘫痪状态。一般居民除了孩子上个户口，或哪家死了人而注销户口去派出所以外，其余的治安基本上就是这些身份不明确，而权力很大的编外人员在管。这些人员很复杂，没有法律意识，没有约束，让本来就少得可怜的法律也被践踏了。他们代表着公检法，可以随意抓人，审讯，羁押，不择手段地逼供。和专案组、工作组一样，让人一听就感到毛骨悚然。

刘干事似乎想起了那天抄家的事。看了看林子青，对着屋子大声叫道："林柏荣——林柏荣！"

"来了，来了。"林父赶紧应答着走出屋，担心地看着他，不知道自己啥事遇上麻烦了。

"那个楚老头儿看来有点儿恼火了，刚送回来，你去帮忙打理一下。"刘干事一边又嘀咕道，"妈的，死人就往我这儿送！"

见林父疑惑，刘干事比画了一下拉琴的动作，又往巷尾努努嘴："拉这个的，巷子拐角处那个。"

"哦，是楚老师。"林父去过那个小院，那年夏天，暴雨过后，他给这个老头儿的屋子做过捡瓦补漏。林父对他印象极好，不像在其他地方干活，好像是付了工钱，总受到一种轻视。这个老头儿对他非常尊敬，一口一个师傅地叫，亲自给他沏了上好的茶，中午还特意在外面餐馆给他端来几个好菜请他吃饭，还说："辛苦啦，师傅，这么热的天，房上爬上爬下，体能消耗大，很辛苦啊！多吃点儿，多吃点儿！"这让林父很感动，做完活后，又给了林父很优厚的工钱。

"啥子老师？他和你一样是牛鬼蛇神！断气的时候就来说一声，我好通知火葬场来拉人。"刘干事打断了林父的思绪。

"啊？"父亲想了想嗫嚅着，"刘干事，还是要通知他家里人吧，这样就……"

"婆娘，娃娃？我也找过。妈的，听说还是个洋婆娘，哪儿去找？有家属我还来喊你去？你不要咸吃萝卜淡操心了。”刘干事不耐烦地说，然后用脚蹬了蹬门口的架子车，看着林柏荣，“你这是……要单干？挣大钱？走资本主义？”

林父苦笑着：“刘干事，哪有你说的那么好的事，这是下死力气的活路，走得到啥子资本主义去哦？我没得工作，一家人要生活啊！”

刘干事想了想手一挥：“好了好了！明天早上来办事处，给那个老头儿领一个月生活费。”

说完他走到林子青面前冷笑道：“你那个同学邓卫东，红卫兵司令，被查出家里有重大政治问题，现在……哼！”他好像出了口恶气，扬长而去。

林子青怔怔地看着刘干事离去的背影，邓卫东，他也成了……这？这？怎么会呢？他的心揪紧了……他朝着刘干事远去的身影“呸”地吐了一口唾沫。

他急急往小巷拐角处走去。终于有了楚老师的消息，从乡下回来，他天天都要来到这里，都见大门紧锁，里面静悄悄的。

他推开沉重的黑漆大门走进去。楚天明家，当初被抄家的痕迹依稀可见，地上横七竖八凌乱地散落着残破的书籍，桌椅东倒西歪，蜘蛛网在墙角和门上张结着，昔日暗红色木地板上灰尘布满厚厚一层，几只老鼠看见他，不慌不忙地从墙角跑去。

“楚老师！楚老师？”林子青轻声呼喊着。

在卧室昏暗的灯光下，林子青看见了楚天明，他蜷缩在床上，像一小坨棉被。

林子青感到阵阵难受，他怎么也想不到，昔日这个皮肤白皙、身板结实的楚老师竟然变成这个样。

楚天明转过身来，紧闭的眼睛不情愿地虚开一条缝，怔怔地看了林子青一眼，又闭上了，半晌，嘴唇翕动着，微弱地叫了一声：“小林……”

父亲来了，他手里提着一瓶开水和一包东西。他在屋里好不容易找到一个茶杯，沏上茶，送到楚天明床前："楚老师，来！先喝点儿热的。"又对林子青说："你去把蜂窝煤炉子搭燃。烧点儿热水把屋子打扫一下。"

楚天明挣扎着要坐起身来："是你啊，林师傅！又麻烦你了，还是我来吧，怎么能让你们……"

"楚老师，你就不要客气了。"林父急忙扶住他。把茶杯递在他手里，"先喝点儿热的。还没吃饭吧？等会儿我给你做。"

"唉……"楚天明喝了一口热茶，长长地叹息着，又紧紧闭上眼睛。他不敢去回忆这几个月被抄家以后的经历。被乐团和文艺界反复揪斗后又被转到一个集中地点审查，由于自己的脾气，其间不知挨了多少殴打。眼看着自己一天天衰弱，很多时候出现昏厥。关押中心怕他死在那里担责任，也知道他的问题就是那些明摆着的。解放前在奥地利维也纳乐团，建国初期回国，洋老婆、混血孩子在国外。就联系单位乐团去领人回去，但乐团早已人去楼空。最后只有通知当地办事处把他弄回去。

楚天明感受到的不仅仅是身体的摧残，更多的是心灵和精神的摧残。他心如死水。

当初在维也纳那个风景如画、天堂般的地方，他有自己的音乐事业，有优厚的待遇，有自己温馨的家。新中国成立以后，听着那亢奋人心的国歌，他像所有海外游子一样，仿佛看见了祖国的希望。多少年对故乡的梦牵萦绕，让浪迹天涯的他终于感到有一个归宿。报效祖国！他的名字是他自己改的，他期盼着祖国结束黑暗的历程，出现天明的时刻。他毅然汇入了海外回国人流。不久的后来，他感到失望，再后来，他感到被欺骗了，而今天更是让他感受到恐惧。他竟被置于死地。

他叹息命运的捉弄，简直是开了个天大玩笑。想当初，他是维也纳乐团首席小提琴家。他回国后多少音乐同人、学生蜂拥而至，其间很多是权贵子弟。他知道很多人根本就没有这个音乐才能和天赋，按他说就不是这块料，有的甚至就是附庸风雅。他的倔强脾气得罪了不少人。而后来有一些人在批斗会上对他大打出手，有的则视他瘟疫般避之不及。

他感到人生的悲凉，紧闭的双眼禁不住流下泪水。他突然想起什么，撑起身来："小林！小林！"他叫着。林子青从厨房跑过来。"小林！你去给我看看，院子里那箱蜜蜂还在不？"他说道。

"蜜蜂？就是蜂子？"林柏荣笑笑，"你还在喂这个？"楚天明脸上露出一丝微笑："这个是小精灵啊！"楚天明不是像有的人喜欢猫狗一类的宠物，他喜欢蜜蜂，在他维也纳的别墅里就有几箱意大利蜜蜂。当他闲暇之余，他喜欢守在蜂箱前，看那些蜜蜂忙忙碌碌地飞进飞出。有的两只大腿上带着两团花粉，有的则花蜜吃得胀鼓鼓的，它们迫不及待降落在蜂箱口，闷头闷脑往蜂箱里钻，里面的又探头探脑往外钻出来，迫不及待地飞向空中。蜂箱上空，来来往往的蜜蜂，飞翔出不同的弧线，急促而有序。他这个时候感到好惬意。

他听过那首《野蜂飞舞》的大提琴独奏曲。开始他看蜂群的感觉和曲子那种氛围有很大不同，他见到的蜜蜂虽紧张忙碌，但都是出去采集花蜜花粉，来来去去，飞舞有序。而《野蜂飞舞》除了急促欢快还有一种狂放热烈。后来，他才慢慢发现，每当午后不久，蜂群就会出现异常，蜂箱里的蜜蜂不知受到何种力量的诱惑，争先恐后大量涌出，不是飞向远处采集花蜜，而是在空中上下翻滚飞舞，空中蜜蜂越集越多，翻滚越来越快，大有遮天蔽日、惊心动魄之感。这个时候，楚天明才真正理解到了《野蜂飞舞》那首曲子。后来他按照自己的感受，用小提琴来演奏这首独奏曲。

林子青走进屋："楚老师，我看了，蜂箱还在。"

“蜜蜂呢？看见蜜蜂了吗？”楚天明急切问道。

“还在呢，我在蜂箱前看了，有好多只蜜蜂在门前扇动翅膀，蜂箱里面还发出嗡嗡的声响。”

“哦……！”楚天明嘴角浮现出一丝微笑。

林柏荣纳闷说：“这又不是乡下，蜂子吃啥？”

“吃的多了！这是中华蜜蜂，比那些意大利蜜蜂精灵多了，嗅觉灵敏着呢，星星点点的蜜源都会找到，它们一年四季都不缺吃。”楚天明知道，春天的时候，百花齐放，哪个院落也少不了一些花花草草。这个城市的街道两旁的树木有各种品种。四月之前有一种梧桐树开花，它的果实像豇豆一样长长地垂吊，所以又叫豇豆梧桐，花蜜好着呢。还没等它的花谢，进入四月，洋槐又开花了。这条小巷子周围洋槐很多，不远处，那条槐花巷就有好多株高大的洋槐，一串串洁白的花朵清香悠长。五月又有道路旁的女贞子，俗称“爆格蚤”的树，花朵细小浓香，密密实实覆盖了整个树冠。炎炎夏季，哪家院落没有几棵南瓜，对蜜蜂来说，南瓜花大而深，底部流溢出丰盛的蜜汁，简直就像是一个蜜罐。而当秋高气爽，那个澳洲引进的桉树，就开始吐蕊一直到深秋。这些花蜜，蜜蜂根本就吃不完，他少不得还要抽取一部分花蜜享用。

“哦，这么多天家里没人，我就担心这些小精灵呢。”楚天明露出欣慰的神情，将头靠在枕上，又闭上眼睛。看着楚天明心情好了很多，林柏荣心情也放松下来。

“楚老师，我先回家去给你弄点儿吃的，你这儿啥都没有。”他又对林子青说，“以后你叫楚伯伯，我叫楚老师，你也叫楚老师，这不没辈分了？”

他看着又有些不解的楚天明：“楚老师！你看，当老师就是吃亏，老爸叫老师，儿子也叫老师，以后孙子也是这样叫？”

楚天明忍不住被逗笑了：“老弟，你呀！真是诙谐！”

林子青在打扫屋子。

楚天明紧闭双眼，偶尔微微睁开眯虚着看着林子青移动的身影，回忆起那段时光。他在窗口注视这个孩子，看到孩子经常提着铁环，痴迷地听他拉小提琴，心里就感到这个孩子对小提琴有非同一般的喜爱。看了孩子在墙上画的符号，他暗自惊讶这个孩子的音乐天赋，像蝌蚪一样的符号完全就是五线谱的音符。随着音符的高低，蝌蚪的头有的往上游，有的往下游，音位基本都很准确。后来这个孩子对着他的窗口吹奏竹笛，似乎要和他比拼，他不由得开心地笑了，也很震惊，孩子居然能够准确吹奏出自己演奏过的曲子来。

他没有刻意去想帮助这个孩子。他知道小提琴不是一般孩子可以学好的，那需要高昂的代价，不光是对小提琴声的特别喜爱及音乐天赋，更需要坚忍的毅力，需要坚实的物质基础。他知道这个孩子的生活环境，他们要面对现实残酷的生存压力，小提琴对这个孩子来说是太奢侈了。他只是在感动之余，让小女孩带了两本书给这个孩子。抄家那天，这个孩子不顾生死地保护他的小提琴，他的内心被深深震撼了，那需要多么大的勇气，这勇气就是来源于在墙里墙外，在童年心中形成的对小提琴的神圣膜拜。孩子对小提琴的痴情，已经远远超过他的生命。

楚天明内心感慨着，突然又涌上深深的自责和歉疚，他没有去爱护这颗种子的萌芽，而让他自生自灭，现在他就是有这个愿望要去帮助这个孩子，也已经晚了。他眼下处境以及身体状况都完全不可能了。

小提琴没了，那是一把多好的小提琴。伴随他走过了最美好的年华，那是他的生命。他的心隐隐作痛。那些乐谱被抄家后早已残缺不全。没有了小提琴，没有了艺术生命！他感到自己也不久于人世。他深深地哀叹着，紧紧闭上双眼。

“楚老师，楚伯伯！”他耳边轻轻响起林子青的声音。

楚天明还是紧闭着双眼……

“楚伯伯，你的小提琴……在我那里。”

“什么？”楚天明一下坐起来，睁大双眼，“你说什么？”

“那天夜里，我去给你拿回来了。”

“拿回来了？怎么拿回来的？”楚天明疑惑地看着他。

林子青把那天夜里偷琴的事告诉了楚天明。

“你们太冒险，太危险了！”楚天明唏嘘着。

“我去给你拿琴来，你不要给我爸爸说。”

“好！好！好！快去！快去！”楚天明迫不及待。

林子青在黑漆大门口碰见父亲端着饭菜进来：“你慌慌张张地跑哪儿去？鬼撵起来了！不好好守着楚伯伯。”

“我去拿东西，马上回来！”林子青飞快跑去。不一会儿，他悄悄进屋来，把一个麻袋放在角落处。

楚天明看来心情好多了，他狼吞虎咽吃完饭，林父又烧了一大锅热水，让他痛痛快快洗了个澡。见楚天明躺在床上精神还不错，林父叮嘱林子青说：“你晚上就在这里守楚伯伯，有啥事就回来叫我！”

父亲走后，林子青走出大门，往巷头巷尾看了看，然后关上黑漆大门，又插上门闩，这才上楼把小提琴从破麻袋里取出来，他打开琴盒，把小提琴递到楚天明手里。

楚天明的眼睛泛着光亮，翻来覆去看着小提琴，然后紧紧抱着贴在胸前，他眼泪夺眶而出，继而像受伤的野兽，撕心裂肺地痛哭起来……半晌，他平静下来，看见林子青在身边，有些难为情地对他笑笑，他双手摩挲着小提琴，调整了一下琴弦，轻轻一拨动，小提琴顿时响起和谐的五度共鸣声。

他脸上露出欣慰的笑容。他抬起头：“谢谢你！孩子。谢谢你！孩子，你知道这是一把什么样的小提琴吗？”

林子青点点头还是很疑惑："好像是营口琴?"

"嘿嘿嘿!"楚天明摇摇头，有些自得地笑了，随口也说道，"营口琴? 营口琴?"

楚天明气色好多了，脸上发出红光，他颇有些得意自己做的一个瞒天之举。这个商标的下面就是……

突然，林子青左腮引起了楚天明注意，他又抓过林子青的左手，在指尖上摩挲，紧盯着他的眼睛："你在拉琴?"

林子青点点头。

"什么时候开始的?"

"就是拿回你这把琴以后。"

"以前拉过吗?"

"没拉过，我没有、没有小提琴!"

"哦?"楚天明沉思良久，他坐起身来，"你去关上门，关上窗。"林子青不解地照着他的话做完后，楚天明把小提琴递给他："拉来我听听?"

"我?"林子青吓了一跳，胆怯地看着楚天明。楚天明坚决地点点头："拉!"

林子青紧张极了，他接过琴，左手握住琴颈，放上肩，左下额夹住琴腮，右手挥弓搭上琴弦，他轻轻调音，左手扭动弦轴，调整五度和弦。他首先把第二弦A音调到高度，然后逐一调整D弦、G弦、E弦。相邻的琴弦在琴弓轻轻地擦动下，慢慢精准地调到五度，他又用五度和弦来最后校正了一次，顿时，小提琴五度和弦优雅古典的音色充满小阁楼，琴声低音厚实饱满，中音清澈醇厚，高音明亮华丽，在琴弓的碰撞下，洪亮通透的琴声不断喷涌而出。林子青拉了三组八度琶音，又拉了三个连续的八度音阶，然后拉了一首歌曲。

"不拉这个。"楚天明打断他，"你拉过练习曲?"

"拉过《开塞》。"

“好，就这个《第一课》，你拉!”

老头儿目光复杂地变动着，他不断看着林子青的手指指法，又看看他运弓的幅度和轨迹。林子青的手指条件是比较好的，手掌很大呈长方形，指拇长而丰润有力，尤其是小指拇长长的，高过无名指的上关节，整个指法运行轻松有序。右手持弓的姿势、弓子运行的轨迹也很正确，但一看就知道没有扎实的功底，没有经过严格的专业训练。但这个孩子能把琴的音色拉得很完美，听觉具有对音乐的敏锐感受和捕捉能力，虽然练习曲只是机械的音符和节奏，完全是一种技术性的练习，但他感到这个孩子内心的激情，就像他这把小提琴一样，琴音有一种强烈的外向冲动感，尤其是林子青拉琴的姿态，显示出天生的大气奔放。

“放松，放松……停！停！停!”楚天明拍了一下手掌。

林子青心想楚天明很不满意自己的拉琴，停下来准备放下琴。

“这个你会拉?”楚天明口里哼出了《沉思》开始的几个音符，刚才在试音的时候，林子青无意识拉出了童年时候在墙角下听过的一首曲子中的一个小节，这被楚天明捕捉到了。

林子青点点头。

“好，你拉!”

林子青拉起了那首著名的小提琴独奏曲，他从来没有看过这首曲子的乐谱，连这首乐曲的名字也不知道，他只是在院落围墙外面，无数遍听过楼上传出这首乐曲的琴声。他的思绪慢慢回到了那个年代，在那常春藤攀缘出墙头的墙角下的无数个夜晚……

楚天明闭上眼捕捉着每一个音符，这是世界十大小提琴独奏曲之一《沉思》，是自己最喜欢听也最喜欢拉的一首曲子。凄美的旋律把他带进了宗教般宁静的虔诚中，在孤独忧郁的氛围中深深地思索，在忧伤的情绪中充满期待。他的心灵得到了抚慰和寄托，情感在乐曲中遨游，思绪沉浸在过去的那些岁月中。

非常完整，乐感很好，这是一般年轻人很难做到的，技巧上难度不算大，但很难表现出那首乐曲的内涵。这个孩子不可能知道这首乐曲的背景，而能表现出乐曲的情感，表达的能力远远超过这个年龄段的年轻人。楚天明的心被深深触动，也许就是这个年轻人童年时代的烙印、在生活底层的经历磨难、对生活的美好向往以及他的音乐天赋，才能具备这个表现能力。

楚天明陷入沉思，这样一个痴迷的孩子，能够那么长时间里在墙角处聆听他拉琴，他的心感到一种欣慰，一种暖意，还有一种感动，这和他在演奏大厅里听到雷鸣般掌声是完全不一样的感觉。尤其是这个孩子童年用竹笛和小提琴比试那个场景，让他感到特别可爱。他看着林子青，一双深沉明亮的大眼睛，紧闭的嘴唇透出一种刚毅，他的身子挺拔结实，脸色微微苍白，有些营养不良。整个给他的感觉，干净，聪慧，机灵，厚道。他是这个料子！他在心中肯定地说。他内心充满深深的懊悔，他猛然意识到自己犯下了一个一生不可原谅的大错。

林子青放下琴看着楚天明，希望听到他对自己说点儿什么。

楚天明脸色阴沉："好了！你回去吧。"

"楚伯伯，我在这里守着你？"

"守啥？我还死不了，我想一个人待会儿！"

林子青不情愿地走到门口，楚天明又叫住他："这把琴还是放在你那里安全，你先带回去。"

七

长长的乡村公路蜿蜒起伏伸向远方。正是三伏天，太阳像一个巨大的火球炙烤着大地，柏油路面的沥青也被烤得流出来，黑亮亮黏糊糊的。路面上能看得出热浪在摇曳升腾，透过炽热的气浪望去，树木和人影都在变形跳动。

树叶被烤得垂下了，土蝉燥热不安，叫一阵很快又歇下来，公路上觅食的麻雀飞到林荫处张大小嘴喘息。公路上远远地看不见一个人影，就是那些需要在这个时候向沥青路面抛撒河沙的道班工人，也躲在阴凉处闲聊去了。

乡村公路一个长长缓坡上，一辆满载着几大箱玻璃的架架车缓慢地向坡上移动着，拉架架车的一老一少沉重的步履慢镜头似的挣扎着。老人光着上身，晒得黑黝黝的后背和肩头的肌肉隆起，虬筋毕露的双腿微微打颤，他的身子往前倾斜得很厉害，拉绳紧紧勒进他的肩膀，他双手用力把住车杠子。一根谷草在他额头上拴了一圈，又在前额打了个结，草结伸出前额少许，满头的汗水顺谷草边缘流到结上，一滴一滴往下流，滴在沥青路面上，马上就升腾起一股热气。

在他右面，是一个少年，他的那一根拉绳，拴在架架车右杠前半部，拉绳长长的，超过了中间的老人。此时少年绷紧了拉绳，身子不断前倾用力。

“嗨呵！嗨呵！嗨呵！……”老人从胸腔里发出低沉的吼叫声，仿佛在驱走沉重的负荷。

少年心中，突然升起浑厚的小提琴声，琴声雄壮有力想要推动架架车，又无可奈何地沉下去，再次顽强地升起……又无奈地沉下去，琴声满含悲壮苍凉。

架架车在坡上走起了“之”字形的轨迹，老人紧紧把住两根中杆，不由自主缓缓移动着爬坡的轨迹。只有这样，他们所有的力气才能将架架车拉上这个斜坡……

他们低着头、伸长脖子、前倾身子，有节奏地低声吼叫着：“嗨呵！嗨呵！嗨呵！……”

架架车艰难地向坡上移动着。他们身后留下了两道弯弯曲曲深深的轮印和足印，还有斑斑汗迹。

小提琴悲壮苍凉的低音开始向上爬升，不断反复爬升，越来越高，逐渐浑厚强健……向高音区爬去……终于，架架车爬上缓坡了。

林子青和父亲歇下来，父亲抹了抹汗水哂笑："日它瘟！这个坡坡好长，简直是，七十二行，架架车为王，脚杆拉短，颈项拉长！"

林子青还在琢磨刚才突然在心中升起的那段乐曲，他感到惊喜，他不知道心中的小提琴声怎么来的，竟能表达他内心的沉重和描绘出架架车爬坡的场景，乐曲充满凝重、沧桑、坚忍、不屈，让他浑身感到有一种力量。

父亲看着架架车，双手握了握车杠子，又看了看身后的缓坡，有些自豪地念叨着："中杠，中杠！"

各行各业，都有很多称谓，就像飞机驾舱，有正驾驶和副驾驶。而架架车这个行业，每一个人也有自己的称谓，他们当然不好意思称之为正驾驶副驾驶，但说的时候，中间那个主拉的人还是比较有底气的："我是中杠！"这是代表力量。老人的位置就是"中杠"，少年的位置叫"飞娃"，非常直观形象。

"走！路还长呢。"父亲歇了一会儿又套上背带，架架车慢慢地行进着。

最艰难的最让人难以忍受的不是这样的坡道，毕竟是看得见，也是在短时间就可以到达的，只要咬咬牙，拼命也就过去了。最难熬的是那种看起来平静但相当漫长的过程。望着已经走了很久仍然看不见尽头的乡村公路，林子青已经有些泄气了，他不知道问过父亲多少次"还有多远"。

"还早呢！"父亲没有说出来，这个路程至少要三四天，今天仅仅是开始第一天。

林子青内心开始动摇，在得知父亲要去这趟远距离的旅程时，他要求和父亲去，他要去帮父亲多挣点儿钱。在他心里，他希望能够慢慢积攒一些钱买一把属于自己的小提琴，这给了他浑身无尽的力量，他觉得自己有力量克服一切。而眼下的困难远远超出他的想象，按现在的速度，还要三四天才能到达，他感到有些沮丧。甚至不敢想象这样的经历还要持续那么长，每当他感到难以忍受时，他就想到小提琴，于是又咬着牙坚持下来。

架架车越来越沉重，他的整个腿感到沉甸甸地迈不开步子，那根拉绳一勒紧肩头，肩头的肉就生痛。他的背晒得通红，感到皮肤火辣辣的。父亲几次把草帽给他戴上，爱怜地看着他稚嫩的身体，一看见小河沟，就停下来，让他洗洗。有一次他还开心地在小河里游泳。然而那种开心总是短暂的。

中午，一向节俭的父亲买了一份回锅肉和一份酱肉丝，不断往他碗里夹，这是一种最质朴的鼓励。食物的作用也是双重的，当满足了饥饿，疲惫也随之袭来。林子青在凳子上睡着了。父亲摇摇头叹息着。

整个下午，林子青都在沮丧中，他那根拉绳常常是松垮垮的，父亲时不时回头看他一下，神色也凝重起来。父亲没有说话，身子倾斜更厉害，把那一份重量背负在自己肩上。

过了下午，林子青体力上已经消耗殆尽，他不仅没有力量拉车，就是腿也像是木了一样不听使唤，这个时候，倒像是架架车在推动他一样艰难地行走着。他的精神彻底崩溃了。

太阳终于落下去了，他们来到一道铁轨前。远处传来一声声高亢的汽笛鸣叫，很快一列飞驰的火车轰轰隆隆疾驶而来又呼啸而过，林子青的目光久久地跟随远去的列车。

架架车来到一个小县城，歇了下来。林子青垂头丧气坐在路边。

父亲慢慢走近他，叹了口气说："不要老歇着，我们走吧。"林子青把脸扭过一边。

父亲知道他的心思，叹了口气，像是下了决心，从怀里摸出钱："你坐火车回去吧!"林子青一下站起来。

"我……"林子青嗫嚅着。

父亲拍着他的肩："回去吧，这个活路是太苦，你是太小了，不要跟着遭这个罪了。"

"爸爸，你……"

"我没问题，我会把玻璃拉到那个地方。你回去，帮你妈妈把楚老师照顾好，我过几天就回去了。"父亲走的时候，特地嘱咐林子青妈妈每天按时送饭去，要照顾好楚老师。说着把钱塞在林子青手里。

父亲转过身去，套上拉绳，架架车艰难地移动了。林子青慢慢地向火车站走去，不断回头，看着在夕阳下远去越来越小的架架车。

小镇火车站，穿铁路制服的女工作人员正在用铁皮话筒喊："大家排好队买票，列车马上进站！马上进站了!"

林子青排在买票人群后面，脑海里全部是夕阳下渐渐远去的架架车。他仿佛看见父亲虬筋毕露的腿在颤巍巍地艰难移动，看见父亲脖颈长伸，扭曲的脸，看见汗水从父亲额头上不断流淌下来，看见父亲孤独无助地一人在渺无人迹的乡村公路上艰难挣扎。

"回去吧！这个活路太苦，你是太小了，不要跟着遭这个罪了。"父亲爱怜心酸的话语在他耳边响起。

一阵娓娓的琴声在林子青心中升起，如泣如诉……

"爸爸!"林子青在心中忍不住叫了一声，眼泪涌了出来。

"呜——!"列车鸣响着汽笛，伴着刺耳的刹车声驶进站了。

"你愣着干啥，快买票!"窗口里，售票员大声叫道。

倏然，琴声响起，刺破了哄闹的场面，直冲上天，激越高亢……

林子青从思绪中惊醒过来，他双眼泪水涟涟，猛然转过身，离开卖票窗口，冲出候车室。

夕阳的余晖在天边悬垂，琴声舒缓悠扬温暖，像一道金色余晖洒在那条长长的乡村公路上。

林子青在公路上奔跑，琴声在追赶着他，他望见了在长长乡村公路上缓慢移动的架架车，越来越近，越来越近……

终于，他追上架架车。他默默地取下“飞娃”拉绳套上肩头，抹了抹泪水，低头用力拉起架架车。

父亲在埋头拉车，突然感到架架车轻快了，一回首，看见儿子，他的眼中露出一丝欣慰。

架架车在夜幕中拐上了公路的一条支线，这是更崎岖的一条乡村碎石公路……

八

一周后，林子青和父亲拖着疲惫不堪的身子，风尘仆仆回到城里，已经是路灯初亮的时候。

林子青回到家，刚一收拾完，就急着要去楚老师那里，母亲一直没说话，这时才拉住他，哽咽着说，楚老师死了。

“你们走后的第三天那个晚上，他说，他等不到你回来了。他把一包东西交给我，让我一定要保管好交给你，那天夜里他就死了。”

“那天我去火葬场，好惨啊！没有人送他，只有刘干事在那办手续。我把他的骨灰拿回来了，以后他家里人找来了，也有个东西给人家。”说着，母亲拿出一个小盒子。

“啊！”林子青的眼泪顿时滚了出来，捧着骨灰大哭起来。

父亲脸色阴沉转过身去。

夜里，林子青在小阁楼昏暗的灯光下，久久地看着楚天明留给他的东西。

一摞乐谱上面放着楚天明的一封遗书：

小林，孩子！

这几天，我一直在盼望着你回来，我也在用最大的力气在坚持等你。今天，我的生命就要耗尽，即将走向终点。我悲哀地意识到，我等不到你了。此时，想到就要离开你，就要离开我的小提琴，我的心中满是凄凉。

这支小提琴，是意大利制琴大师安东尼奥·斯特拉迪瓦里一七一五年亲手制作的小提琴，迄今已经二百五十多年了。她经过了无数世界演奏大师的磨砺和漫长岁月的历练，她简直就是上天赐予人类的精灵，她是一支举世无双、无与伦比的小提琴。

琴箱里那张“中国营口乐器厂”商标的下面，就是制琴大师的亲笔签名。我这样做，是为了这支琴的安全而考虑的。这支琴，世界上有多少人在渴望得到她，必须隐去她真实的身份。不到时候，你千万不要去揭开这个商标。这支琴的秘密只能在你心里，如果说出去，这支琴和你也许就会招来难以想象的灾祸。

孩子，此时，我浑身在颤抖，我就要离开你，离开这支小提琴。在我生命的最后时刻，我好不容易才下决心对你说，我把她托付给你了！我相信她在你手里是最好的归宿，你千万不能辜负她。这样我在地下也会感到莫大的安慰。

这些乐谱和音乐书籍，都是非常珍贵的，是我前些日子收集起来，放在蜂箱里，这次抄家才幸免于难，我把它留给你，相信以后对你大有用处。

孩子，我就要走了。此时此刻我的心充满痛苦悲伤，我不想再去回忆那些艰难曲折的人生历程和受到的摧残与凌辱。我感到欣慰的是，在我生命的最后的日子，你终于来到我身边。回想以往那些日子，我时常看见你在围墙外聆听我的琴声，用那些瓦块敲击围墙发出美妙的音响。那是好动人的一幅图画。我为有你这样一个幼小的心灵在那些日子倾听我的琴声深深感动，更为我的琴声催生了你内心那颗音乐种子的萌芽感到无比欣慰。

孩子！我再也帮不到你，我好懊悔，遗恨……

我给你留下一个我最亲密的朋友的地址，你可以向他求教，他的名字叫李维思，他是我国著名的小提琴演奏家，是上海音乐学院小提琴教授，也是上海交响乐团的首席小提琴。

还有一件事请你帮我办理，就是那一箱蜜蜂，这些可爱的精灵没人照顾多可怜，你把它们带到乡下去，让可爱的小精灵在那里自由飞舞。

再见了！孩子，我在天上为你祝福！代我谢谢你爸爸、妈妈！

……

林子青止不住泪流满面……忧伤哀婉的琴声在悄然升起，在不断向他倾诉那种生死离别断肠之情，琴声像是受伤的野狼一样在凄厉地哀嚎……

慢慢地，他平静了。他从阁楼的一堆东西里面，拿出破麻布袋，从里面取出小提琴盒，他小心翼翼打开，在灯光下小提琴闪动着暗红色的亮光，他凑近小提琴左边音孔，在昏暗灯光下仔细看着商标。

渐渐地，上面的商标隐去，里面标记显现出来：Antonius Stradivarius Cremonensis Faciebat Anno 1715

楚天明仿佛出现了，神情痴迷地述说：

这支意大利小提琴，是阿尔卑斯山脉南麓最好的意大利松和枫木做成，只有像安东尼奥·斯特拉迪瓦里这样的制琴大师才能够寻找到这样的树木。

林子青的思绪飞向遥远的年代和国度……

秋季的金色洒遍了阿尔卑斯山绵延起伏的山脉，在崎岖的山道上，一位白发苍苍的老人步履硬朗地走着，他睿智的目光不断扫视着山脉的树木，突然他停下来，眼里闪耀出异样的光芒。一片阳光充足、岩石满布的山坡上，一棵主干挺拔、树叶稀疏、顽强生长起来的大树孤立地耸立在那儿。“啊——”他嘴里发出一声叫喊，疾步来到树下。围着这棵树仔细端详，这棵树的根部泥土很少，它的根须深深地从四处扎进岩石下那些矿石中……“哦!”他惊叹着，伸出手掌对着树干用力一震，树干顿时咚咚作响，发出金属般的嗡嗡声……他的眼睛湿润了，他紧紧拥抱着大树，喃喃自语道：“我终于找到了你!”

这支琴是天人合一的产物，她是大自然赐予人类的精灵。

林子青久久望着琴，感到一种从未有过的兴奋和沉重的压力。他庄重地把琴放进琴盒，又用破麻袋包裹起来，放进小阁楼的最里面，然后用其他东西遮盖住。

灯光下，他眼前浮现出长长的乡村公路上和父亲拉架架车的景象，小提琴琴声在他心中升起，他飞快地用笔在五线谱上记录着……

九

小巷还是和以往一样，造反兵团和红卫兵的派别之间形成了两大阵容，两派之间的争斗升级了，派别之间开始了武装冲突。白天，偶尔可以听到枪炮声，到夜里枪炮声四起，呼喊声不断，让人心惊胆战。一到晚上，街上行人就稀稀落落，只有城市中心这条小巷还是像以往一样热闹非凡。

样板戏热潮在全国蔓延，芭蕾舞剧、京剧……一时间迅速进入平民生活。

这是一个超过所有时代的文艺热潮。无数青少年狂热地裹卷进来。

巷口有人在吹奏竹笛，是一首欢快的《草原上红卫兵见到了毛主席》。进入小巷，后面有好几把小提琴在拉《开塞》20号作品，练习曲36课，第一课。周缨院子里传出二胡声，是她在拉黄海怀的《赛马》曲。再往后又有扬琴声在演奏《草原英雄小姐妹》，小巷中间还有一些凤凰琴、口琴以及一些歌唱声此起彼伏，从巷口到巷尾乐器声、歌唱声就没断过。如果闭着眼经过这条小巷，一定会以为是来到了一个音乐圣地。

小巷的孩子围聚在一起，显示出贫民孩子旺盛的生命力，他们总会追逐时代的热点。

小巷中段，有几个宽敞点儿的地方，那是解放前，日本人飞机炸弹落在这里炸毁了民房，后来干脆拆掉这些房子露出来的空地。

不同爱好的孩子都聚集在那里，有几个在锻炼身体，一副自制的石杠铃足足有八十余斤，一副哑铃也是石头做的，一个有十多斤。几个还有点儿胸肌的大孩子，骄傲挺直着背脊，鼓着肌肉，显示自己的力量，有的还在那根粗大的裂口斑斑的木电杆上，“嘭！嘭！嘭!”地锻炼小臂。

一个身强力壮的农村汉子，挑着两个空桶在四处游逛，他就等夜深人静伺机下手偷厕所大粪。一看这个阵势也被吸引过来，看着这些孩子举起杠铃满脸涨得通红，颤颤巍巍的样子，农村汉子就露出一丝轻蔑的目光。孩子中有人感觉到了，于是不怀好意叫他来试一下。强壮的汉子放下粪桶，满不在乎，一副轻松的样子，挥了挥胳膊，挺起胸膛，一抓杠铃，心中才暗暗叫苦，他吃奶的劲都使上了，脸涨红得像公鸡一样，也举不上去。更为难看的，还不能平衡杠铃，一端的石盘向另一端滑动，差点儿就砸住脚背，引得孩子们开心大笑。

昏暗的灯光处，几个孩子仿佛耳朵都立起来在听一个大哥哥讲故事。每当这个大哥哥讲到最有悬念的地方，诸如“孙悟空哗啦啦啦一个筋斗云，往天宫找玉帝老儿……”或是“吊睛白额饿虎向武松腾空猛扑过来，哗！……”这个时候，他就会像那些讲评书的，立马打住，然后慢吞吞舔舔舌头，摸摸肚子：“哎呀，肚皮都饿瘪了！没得劲讲了。你们哪个回去给我抓几把米来？”耳朵听得立起来的小孩，于是自告奋勇地一溜烟儿跑回家去，用小手从米坛子抓来几把米，于是，他喜滋滋将米放进衣兜，嘴里咽着口水，故事又继续讲下去了……

喜欢音乐的孩子，聚在一起，吹笛子，弹凤凰琴，拉二胡，口琴也会进入其中。管他啥乐器，管他音高音低，反正是听得出来哪个乐曲。也有不知不觉就走调，跑到另外的乐曲里面去了的。不过，好在这个时代的歌曲大同小异，跑了也蛮像。情绪高潮时，也有男女声开始唱起：“敬爱的毛主席……”本来后面应该是“我们心中的红太阳”，拿给刚掺和进来的男孩就唱到另一首去了：“毛主席呀毛主席，日夜都在向前进……”

“啊！错了！错了！”有人叫起来，“是‘毛主席呀毛主席，日夜都在想念你’。”于是大家就唱到这一首来了。“哈！哈！哈！”再后来，唱歌的和乐器伴奏简直就是各顾各的，直到最后唱不下去了，大家才乐呵呵地停下来。

公馆里的孩子在长大了的时候，更少和街面孩子来往。他们对音乐的兴趣更为浓烈，很多人通过不同途径接受着专业的训练，他们的乐器也更为高级。时不时看见里面孩子背出一部让其他孩子羡慕不已的手风琴，或是挎着据说是德国的小提琴走出来，也有用布套套起来的二胡。他们拿乐器的姿态也和街面孩子有些不一样，他们目光沉稳，气质高雅，神情端庄。每当此时，街面孩子总有些自惭形秽。

小阁楼灯光下，林子青在读五线谱，这是一摞很陈旧的乐谱。他翻开第一本，封面上，庄重有力的黑体字——《马扎斯小提琴练习曲作品36号》，下面一本是《顿特小提琴练习曲24首作品36号》。仿佛乐谱上一个个音符在不断地飘起，他的思绪中，手指在小提琴指板上飞快跳动，右臂在急速挥弓，他的内心在演奏曲子。好长时间，他不敢去拉那把琴，他生怕那把琴一露脸，就会不翼而飞。只有在晚上，他会忍不住把小提琴拿出来，在指板上无声地练习曲子的指法。

他不一会儿放下小提琴，装进麻袋，藏起来。他牢记楚天明的嘱托，不去拉这把琴。他知道，如果这个小阁楼上传出琴声，就会引起别人注意，或许就会失去这把小提琴。

他很急切希望有一把自己的琴。看着天色已晚，他下了小阁楼，他要拉架架车去火车站拉客了。

走出小巷，就进入到城市最繁华的中心。这里聚集了当地最有名的餐馆和小吃，有来自山西的“晋阳楼”，炒面的独特味道使它能在这条街有一席之地。除此就全部是乡土风味的名小吃和餐馆，像“谭豆花”“洞子口凉粉”“夫妻肺片”“麻婆豆腐”“耗子洞鸭子”“三合泥”“担担面”……先不说这么多让人想起就流口水的小吃，单就那“洞子口凉粉”就让外地人垂涎欲滴。那凉粉，有黄色的荞麦凉粉，有白色的米凉粉，还有半透明的豌豆凉粉。最让人喜欢的就是豌豆旋子凉粉，一个铁皮做成的有无数长方孔的圆形模子，握着短短的手柄在倒扣圆盆似的凉粉上一旋，手一抓，面条似的就提起来放进青瓷小碗里。玻璃窗台前，并列放着一排青花瓷钵，碗里满盛着调料，红油辣椒、酱油、醋、花椒、蒜泥、豆豉泥、芝麻、葱花，一溜儿排放在橱窗玻璃后。只见调味师单手端起四五个装好凉粉的小碗，右手飞快地用自制扁平的勺子，从那些青花瓷钵舀出调料，唰，唰，唰——唰，唰，唰——青花瓷钵的调料就飞射到凉粉小碗里了。她的动作频率之快，准确度之高，令人眼花缭乱，最后她手拈一撮葱花，一个圆圈挨碗撒下，动作像乐队指挥结束乐曲一样，手往空中一提。引得外地人惊讶不已。外地人看得比吃的还过瘾，一边吃一边还围在那里观赏，不觉间辣得嘘嘘直叫，麻得张嘴喘气，但脸上都显露出一种极大满足。

下午还不到五点，所有店面的东西卖得精光，就听得噼噼啪啪一阵关门声，餐馆像工厂一样下班了。

城市唯一的有线电车在这里通向城市的最大门户火车站，叫“一路”电车，这里是起点和终点站，电车每天下午五点多就停运了。步行的外地客人只要一问城市中心，这里的人总会朝电车顶上两根电缆线努努嘴：“跟着这对‘毛根’走就到了。”

一路电车站旁，小街拐角处有一个卖烤红薯的还开着店面，那是很小的一个说三角形又不像、不成形的小店，店里一个坛形大瓦缸足足有齐胸高，里面燃烧着殷红殷红的青冈木炭，内壁烧烤着红薯，瓦缸盖上放着已经烤熟的红薯。红薯烤得黑红黑红，里面的糖汁儿亮晶晶、黏糊糊溢流在皮上，散发出诱人的香味。那些坐了几天几夜火车的客人，肚皮早已经饿得贴在后背上了，闻到香味都蜂拥到这个店里。

红薯店旁边挨近巷口的那座旧时的银行大楼早已关门，门前光滑的水泥磨石地面上，聚集着年龄大小不一的叫花子，正在那里惊呼着豪赌。乍一听，吓人一跳，赌注全部是当地最好的餐馆和饭店，只听一阵阵怪叫："我押夫妻肺片！""我押谭豆花！""我押何鸭子！""我押国际大饭店!"而那个类似庄家的"八袋王"笑而不语，任他们吼叫。"八袋王"是乞丐中级别最高的，也就是他们的最高领导。他坐拥全市数个大型餐馆，任他们下注，这也是他分配资源的一种形式。谁赢了，那个餐馆就可以由他独自一人乞讨一天。

别看这些乞丐衣不遮体，却还很有讲究。小巷那个"眯贼"家里还算富裕，常常早上吃餐馆。这天叫上一碗面没吃几口，感觉味道不好，就叫小叫花过来，小叫花看着他，他很豪气地指了指面碗说："这个给你吃了!"小叫花看看碗中的面摇摇头，他以为小叫花怕受自己捉弄不敢吃，又大声说："我说了，给你吃了!"小叫花摇摇头："大哥，不好意思，早餐我一般只吃甜食!"

"唵?"呛得"眯贼"脸都歪了。

十

路灯下，林子青和弟弟拉上架架车向火车站走去，他们要去那里等待那些来自四面八方的旅客，这个时候的旅客没有其他选择。公交车、电车已停运，只有三轮车和架架车还可以代步。这段时间，林子青白天和父亲拉完架架车，晚上就和弟弟来火车站拉客。哥俩儿人小，总要被那些大人抢夺生意，那些旅客看他们小，不知是怕他们没力气，还是动了恻隐之心，一般也不愿意叫他们的车。有的夜里，他和弟弟守候到最后一个车次也没拉到客人，只好空手而回。有时候人多车少，运气好可以拉上几个同一条线路的旅客，收到三五块钱。他除了给弟弟一些，自己也积攒了十多元，这可不是一笔小数目，他要买小提琴的愿望慢慢就要实现了。

林子青和弟弟拉着架架车刚走出巷口，迎面遇上了周缨。林子青已经好长时间没见到她了。她完全变了个样，她瘦弱的身子饱满起来，宽松的灰色军便服也不能遮住她发育了的少女的身子，她的步子不再是小女孩样散乱，而是轻盈富有节奏弹性。她的面庞丰润透红，原来的两个小辫子梳理成了一根粗大的长辫子，甩在挺拔窈窕的腰肢后，随着翘起的臀部左右摇摆。她前额刘海儿，是最时兴的“铁梅”式。她的眼睛比过去看起来更加明亮，嘴唇更加丰满，但还是像原来一样，微微凸起，显示出她的倔强和好胜的个性。

周缨半年前去了姑妈家里，姑妈是国民党少将太太，丈夫去世后，整天陷入了孤独忧伤，痛不欲生。周缨的母亲就让她去姑妈家陪她。姑妈年轻时是一个芭蕾舞蹈演员，见周缨的舞蹈跳得不错，一时间竟淡忘了悲伤，仿佛回到年轻时，和周缨一起跳啊唱啊，又不时教她一些芭蕾舞的基本功。在姑妈家那些日子，周缨认识了很多昔日权贵家庭的男女青年，有学器乐的，声乐的，舞蹈的。

巷口相遇，一时间，林子青想躲开也来不及了。两人都感到有点儿不好意思，感到有一种陌生，竟都红了脸。

“你长高了!”还是周缨打破沉闷，嘴角上露出一丝微笑，“你看，我长胖了。”周缨不好意思地扭捏着身子。

林子青恨不得钻到地下去，他实在不愿周缨看见自己这样。

“你们去哪里?”周缨望着架架车。

林子青感到很自卑，他躲闪着周缨的目光。弟弟在一旁叫道："我们去火车站挣钱，我哥要买小提琴。"

"小弟弟长这么高啦，买小提琴？"周缨用手抚摸了一下弟弟的头，又瞪大眼睛看着林子青。

林子青一语不发，埋着头拉起架架车离开了周缨。他的心情异常沉重，他没见到她的很多日子里都会想起她，而今天见到她，他却感到很沮丧。

远处传来火车汽笛的鸣响，林子青加快了步子向火车站走去……

他对车站来自全国的火车车次已经了然于心。那些短途列车乘客一般带的东西少，很少要车代步。只有那些来自北京、上海等远处，行李多、路途上早已疲惫不堪的人才会选架架车。

出站口，旅客涌出一波又一波，他们都没有拉到客。很晚了，还有来自上海的最后一班车，晚点三个小时，要午夜十二点多才到。看着坐在架架车上的弟弟已经睁不开眼了，林子青心里一阵阵难受，他一咬牙，继续等下去。

终于听见了列车进站的汽笛声，不一会儿，出站口拥出了人群。那些三轮车、架架车蜂拥而上，林子青和弟弟没法挤上去，只好在后面等着。首先是三轮车被叫走，再后来是架架车也大都被叫走了，车站里出来的旅客越来越少。看着今天又要放空车回去，林子青越来越失望，心里酸酸的。他心有不甘地紧盯住出站口。

蓦地，他眼睛睁大了。一个手提旧皮箱、背着一把小提琴的中年男人走了出来。他一双有些惊恐的眼睛警惕地朝四处张望。他个子高高的，白皙清癯，面容疲惫，眉骨显得很高，目光深邃忧郁；他的鼻梁扁轮，嘴唇很薄，棱角分明，嘴角微微上翘；他头发很长，往两边梳开，露出饱满的前额。尽管他穿的衣服很普通，林子青还是感到了很浓郁的艺术气质。

“叔叔！叔叔!”林子青跑上前去，“你要车吗?”

“车?”中年男人环顾四周，慢慢放下沉重的皮箱，右手紧紧拉了拉背着的小提琴，他看了看架架车明白了。他用带着上海口音的普通话轻声问道：“小孩，哦，小伙子，你知道有个槐花巷吗?”他又掏出一张写着地址的字条看了看。

“知道啊，就在城里，离我们家不远的。叔叔你坐我的车吧？我们拉你去?”

旁边不知啥时候冒出一个骑着三轮车的男人：“来，阿拉！坐我的三轮车，又快又舒服。”看来他是老拉客了，一听就知道这是上海人，他们管上海人叫“阿拉”。三轮车靠着他停下来：“他们架架车拉你去要啥时候了，来，坐我的!”说着他跳下车，一边就要去提那个大皮箱。中年男子伸手挡住他：“谢谢！我要了这个小伙子的车。”说着，提起皮箱，放到林子青的架架车上，又看看车上睡着了的弟弟：“这……”

“是我弟弟，是来帮我拉车的。”

“哦……”中年男人坐上架架车，将林子青弟弟的头枕在自己怀里。

骑三轮车的男人悻悻地走开了，听见他在嘀咕：“这个‘阿拉’瓜戳戳的!”

夜里的风好清凉，大街上行人稀少，林子青拉着车小跑起来，他心里好高兴，不光是拉到客人，看见他的小提琴也感到好亲切。

“叔叔，你从上海过来?”林子青小跑着拉车，喘息着。

“唔……”中年男人含混不清，转移了话题，“你多大了?小伙子!”

“十五岁。”

“你……”

“是我爸爸的车。”

“哦……”

弟弟在车的颠簸中醒过来，揉揉眼，迷迷糊糊抬头看着中年男人：“叔叔!”

中年男子严峻的脸松弛下来：“小弟弟!”弟弟看见小提琴，一把抱了过来：“叔叔，这是你的小提琴?”

中年男子不由得四处张望了一眼。

“叔叔，我哥哥拉架架车，就是想挣钱来买一把小提琴。”

“哦……”中年男人沉吟半晌，“你哥哥会拉小提琴?”

“会拉啊，嘎叽嘎叽的。”说着弟弟比画着。

中年男人笑了，从行李包掏出一盒饼干：“饿了吧？小弟弟，快吃!”

弟弟打开饼干盒，拿起一块伸到中年男子嘴边：“叔叔吃!”又拿一块饼干伸向前面，大声叫道：“哥哥吃!”

“我不吃，你吃。”林子青喘着粗气。

中年男子把弟弟揽在怀里，轻轻拍着他。

架架车穿过小街，拐进槐花巷，四周已没有人影。只听见林子青的喘气声和车轮摩擦地面的沙沙声。中年男人环顾四周，显得很警惕。

槐花巷在这条小巷巷尾不远，是一条更窄的巷子。小巷两边除了几道黑漆的大门全是青砖砌成的围墙，足足有两米多高。里面的蔷薇从墙头上爬出来又耷拉下来垂得矮矮的，看得出这条巷子进出的人很少。小巷里有几棵粗大的洋槐树，每当槐花开的季节，巷子就弥漫着悠长的清香味。这里的人深居简出，这个年代更是少见人影，也不知道是些啥神秘的人住在里面。这是一条死巷，最里面就没有路可通了。

架架车在小巷最后一道黑漆大门停下来，昏暗的灯光下依稀可见门牌号。中年男子下了车，又拿出纸条看了看，这才背上小提琴，从车上提下皮箱，一边在裤兜里掏一边问：“小伙子，多少钱?”

“叔叔，两元。”

中年男人掏出两元要给林子青，犹豫了一下，重新在裤兜里掏出一张十元：“小伙子，拿着!”

“不不不！不要这么多!”林子青手往后缩，中年男人坚决地拉住他的手，把钱塞到他手里，然后低声说：“小伙子，今天的事不要告诉别人。”然后提上皮箱推开黑漆大门，“嘎嘎嘎……”大门又沉重地关上了。

十一

第二天，林子青给爸爸买了一瓶酒和一包茶叶，给弟弟买了一双鞋和一件汗衫，用了四块多钱，他很喜欢一件海魂衫，但还是忍住了没买。

弟弟刚穿上高兴了一阵，又愣住了：“你把钱用了？我不要，我不要!”他把鞋子和汗衫脱下来扔在地上，使劲摔打着，哭了起来：“你要买小提琴，要买小提琴。”林子青眼泪一下涌了出来，他紧紧抱着弟弟：“我还可以挣，我还会去挣钱。”

“买啥子小提琴！哪里去挣钱？唵?”父亲恼怒了，最近他拉架架车还能挣到些钱，街上就有人对他不满了。居委会主任向办事处反映，说他走单干，挣大钱。白天大人挣钱，晚上娃娃也在挣钱。他隔三岔五被办事处或街道居委会叫去接受思想教育。

今天早上刚被刘干事叫去呵斥了一顿，他心里烦透了。他们这样的家庭是不允许有一点儿超过别人的苗头，只能夹着尾巴做人，低三下四，可怜兮兮。这样才能避免别人的嫉妒，才能安宁。如果这个家里再买一把小提琴，那还不闹翻天。就这样，还不知道这个架架车能不能保得住，这可是一家人的命。

“你看这条街上的人，个个都像‘鬼登哥’一样看着我们，你还要买小提琴？”

林子青也感受到了生活周围这些鄙夷歧视和愤懑，面对理想与现实的冲突，他内心充满压抑痛苦，而他没有更好的办法来对付这一切。

林父担心的事果然出现了，没过几天，刘干事亲自上门来，他冷冷地说：“林柏荣，你是有政治问题的人，不能四处乱跑，脱离共产党的监督。你拉这个架架车一出去就是几天，谁知道你在外面干了些啥违法的事情。”

“刘干事，拉架架车会干啥子违法的事情？”林父可怜兮兮地申辩，“这都是下苦力挣点儿生活费啊，我出去都请假批准了的。”

刘干事很不耐烦了，摇摇手：“不要给我说这些，今天起，架架车就不能拉了！”

“不能拉？”林父瞪大双眼，“刘干事，我——我一家人生活咋办？你看着这条街不是有几个拉架架车的，我为啥不能拉？”林父简直要哭出来了。

“你跟人家比？嗯？你是啥子身份？不要忘了你的政治问题，历史反革命加现行。”

林柏荣一下泄气了，他不敢再争辩，一副痛苦的表情。

“这样吧，生产组马上要成立一个沙石组，你去那儿报个到。架架车自己处理了，再看见你和你娃娃拉，就给你没收了！”

说完，刘干事摇摇摆摆地走了。

邻居围上来，有些幸灾乐祸，嘴上说：“老林，就不拉吧，这个又不是啥子不得了的好事。”

林柏荣铁青着脸，突然，他冲进屋，很快又冲了出来，手提着板斧，一脸可怕的神色，双眼怒睁，嘴唇颤动，一身都在发抖，整个人变得那么恐怖。只见他高高抡起板斧，狠命地向架架车砍去，嘴里狠狠骂道："我日死你妈!"

邻居被林柏荣那神情吓住了，一个在他们眼里是那么温和老实的人今天显得这么可怕。他们感到那把斧子就像砍在自己身上一样纷纷往后躲开。

林子青也被惊呆了，忠厚慈祥的父亲像发了疯似的不断砍着架架车。每砍一下，嘴里就骂道："我日死你妈！我日死你妈！……"

看着架架车架被砍断，钢圈的钢丝一根根崩裂……林子青的心沉入了无底深渊。

夜晚，雨淅淅沥沥地下个不停。林子青漫无目的走出小巷，他欲哭无泪，心如死水，任凭雨淋在自己身上，他的梦在父亲斧子下破灭了。

不远处小提琴如泣如诉，在雨夜中更增添了一丝压抑、忧伤、凄凉。林子青心一酸，眼泪止不住流出来……

蒙蒙细雨中，一个少女提着小提琴的身影默默地跟着他，那是周缨。很早，她就知道林子青内心渴望有一把小提琴。而他要有一把小提琴是那么难。那天看见了林子青去拉架架车，听他弟弟说要买小提琴，她心里既感到钦佩又很难过。今天，她在小巷亲眼目睹了林子青的爸爸砍架架车一幕，她再也忍不住了，急急找到女友马丹丽。

"把你的小提琴借给我。"

女友瞪大眼睛："原来我叫你学小提琴，你要去跳芭蕾舞，现在你有兴趣啦?"

"不是，是别人要学。"

女友紧紧盯着周缨："是哪个？哦……我知道了，就是他！你的初恋情人！哈哈哈!"

"看我不撕烂你这个嘴巴……"周缨扑上去，按住女友使劲揪她。

“哎哟哟……”女友痛得大叫起来，“你好黑心啊，饶了，饶了，我不说了，我不说了。”

两人停下来，女友又问周缨：“是不是那个街娃要？”

“不准你喊他街娃！”周缨敲着她的头认真地说，“你小心点儿，他要听见了，那还不……”

“呵！我就听你这样喊过呢！”

“只准我喊，不准你喊！你不晓得……”周缨没有说出来，自己为这差点挨了林子青一个耳光。

“你看，好霸道，好好好，这是你的专利。”女友又凑近周缨耳边悄声说，“哎，这个小伙子倒是长得漂亮。我敢向毛主席保证，你一定是……”

“再说？看我不撕你的嘴！”周缨又举起手要揪她。

“饶了，饶了！”女友做出无可奈何的神情，又盯着周缨说，“你真的喜欢上他了？”

周缨脸红了，又举起手。

“好，好，我不说了，我给你保守秘密！”

女友把小提琴交给周缨：“哎呀！我可是为朋友牺牲了。”

雨夜里，周缨追上林子青把小提琴递给他。

“你？我……”林子青心里热乎乎的，一时感动得不知说啥好。

“我什么我！拿着！”周缨不由分说，把小提琴塞在林子青怀里。

秋风瑟瑟的雨夜，林子青呆呆望着雨夜中远去的周缨，心中升起温暖甜美的小提琴声，他双眼湿润，紧紧抱着小提琴。

十二

周缨长大了。在她生活的圈子里，基本上都是国民党高级官员的后代，他们被沉重的政治包袱压抑着。他们在街道、在学校都遭受到各式各样的歧视和压迫，他们被恶狠狠地叫做“狗崽子”。他们夹着尾巴做人，远离社会，但骨子里仍然有一种优越感，内心依然还残留着贵族式的清高、傲慢和冷漠，他们对那些贫民从骨子里瞧不上眼。只是他们切身体会到家庭过去的荣耀已经没落，空虚和失落让他们的清高傲慢呈现出一种病态，面容显得苍白忧郁。他们常常聚在一起，演奏乐器，高谈阔论，故作高深谈文学、谈音乐。他们小心翼翼地针砭时弊，极尽所能嘲笑贫民孩子的寒碜和卑微，以此满足内心的虚荣。

周缨和他们一样，也有对贫民的一种鄙夷，但她从小和林子青在一起，她感到他不一样，她钦佩林子青的勇敢无畏，喜欢他无尽的活力，崇拜他对音乐的痴迷和天赋。她在内心希望改造林子青，把他带入到她的生活圈子。她甚至觉得林子青的音乐才华远远超过他们，完全可以在这个圈子里，成为一个瞩目的人。

林子青心里有些自卑，但更不喜欢那些人，他不想和这个圈子里的人交往，但经不住周缨固执的劝说去了。而就只一次，他再也不愿意和这个圈子交往。

这个圈子里也有几个拉小提琴的男孩，其中有一个还拉得很不错。据说在这座城市也小有名气，他脸色苍白，显得颓废，萎靡不振，个子高高的，瘦瘦的，他们叫他“瘦子”。

瘦子看了看周缨借给林子青的小提琴，有些不屑：“国产琴，广州的，哼……”然后拿出自己的琴：“我这把琴是外国琴，捷克琴。”

周缨女友马丹丽嘴巴翘起，瞪了瘦子一眼。

瘦子略微调了一下琴弦，拉了一首《牧歌》，他放下琴显得有些得意：“这是我刚练完的曲子，如果我要拉那些练习曲，你们就听不懂了。我的老师是音乐学院的，你是跟谁学的？”

“我没有老师，我自己学着拉的。”林子青感到很压抑。

“哦……海派！”瘦子轻蔑地说。海派，是指没有经过学院派正规训练的，无基础无理论支持，一般会受到学院派的歧视，认为完全不在一个水平线上。

瘦子看了看林子青说：“听说你的琴也拉得不错，拉来听听？”

周缨女友瞪了瘦子一眼，上前拿过瘦子的小提琴递给林子青：“来，你拉，让他听一下！”

瘦子有些得意：“拉吧，欣赏一下我的捷克琴。”

林子青想了想，拉起了《沉思》……

所有人都静下来。刚一拉完，周缨女友就大大咧咧地叫起来：“瘦子，咋样？他比你拉得好多了吧？”

瘦子尴尬地笑着，拿过琴反复看，他感觉自己的琴在林子青手里拉出的声音不一样，音色明显好多了。他还是强作镇静：“我不是海派，我是老师按照规范教的。”

周缨女友挖苦道：“瘦子，你的弯弯道理还多啊？”

旁边几个男孩说话了：“瘦子还是要正规多了，只有经过正规的训练，有扎实的基本功，以后拉曲子才能拉得更好。”

“这是阳春白雪，可不是下里巴人……”

这样的圈子就是，当你没有能力的时候，他们会带有一点儿同情地藐视你、奚落你。当你显示出能力的时候，他们又会嫉妒你。

林子青对他们还是很尊重。他们的衣着打扮很得体，言谈举止也很优雅，显示出大户人家的教养和素质。他忍受着那些男孩的夸夸其谈和自我满足。他看见他们在交头接耳、窃窃私语。从他们的表情上，他感到他们对自己有一种轻蔑，碍于周缨的面子，他忍受着。

他不喜欢那些男孩对自己的一种满足，那是很肤浅地用音乐来粉饰自己，为了掩饰这样的肤浅，又装出一副高深莫测的神情高谈阔论。

他最后离开这个圈子，是在和其他人发生冲突以后，他对他们彻底失望了。

周缨女友闹着要到冷饮店喝冰水。这在当时是年轻人很时髦的消费和品位，就像现在进咖啡店。当时一般贫民家庭的孩子根本没那个能力去消费。林子青想要离开，却被周缨一把拉住，周缨女友也在一旁眨着眼说："今天就是要瘦子'出血'。"

他们一行美男靓女来到冷饮店，很是引人注目。坐下不久，就吸引了邻座几个光着上身的男孩的目光，他们挤眉弄眼、叽叽咕咕。后来又对这边女孩打口哨。周缨女友开始还搔首弄姿，后来也气呼呼地说："看啥子看，怪兮兮的!"

瘦子见状小声说："不要理他们，这些街娃，没得教养。"

周缨盯了瘦子一眼，又担心地看看林子青。

那几个光着身子的男孩没听清楚，但看神情估计瘦子在骂他们，有一个就径自到瘦子跟前质问："你在说啥子?"

瘦子往后仰着："我有必要和你们说吗!"

男孩推了他一掌："你这个样子'灯影'一样，嘴巴还臭?"

瘦子嘴里还是硬挺着："要讲道理，文明点儿！不要像街娃一样!"

"街娃？妈的！老子就是街娃!"一个男孩气呼呼地说着，"砰"地给了瘦子脸上一拳。

瘦子捂住脸站起来："你怎么打人？太没教养了!"

"教养？老子今天让你领教领教教养。"男孩说着挥起拳头……

本来，几个容貌姣好的女孩在他们身边，已经引起了这几个男孩的羡慕妒忌，他们没事也会找事，瘦子这样简直就是讨打。

周缨一下冲上前："不能打人！"同行的几个男女也叫起来："要文斗，不要武斗！"

那几个男孩盛气凌人地说道："打了又咋样？少给老子说这些！"

林子青心里冷笑，对付这样的人用这样的办法简直是对牛弹琴。他们的道理就是拳头。眼看瘦子又要挨揍，林子青走上前抓住对方的胳膊："朋友，差不多了吧？"对方明显感到林子青手腕的力量，抽了几下才挣脱开，又不服气地看看他。林子青说："要打的话，我们换个地方？"林子青冷峻的目光有一种威慑，让对方的眼睛不由自主躲开了。

对方分辩道："是他先惹我们，骂我们是街娃！"

"是你先出手打人。"瘦子分辩道。

双方一时闹哄哄争起来。

林子青大声喝道："都不说了，各人坐下。"然后自己坐下来。

那几个男孩心有不甘地退回到自己的座位上。

大家觉得很扫兴，匆匆喝完冰水离开冷饮店。回去的路上，周缨女友对瘦子刚才的表现很不满："别人打你，你咋不还手？"

瘦子这个时候已经恢复了平静："这些街娃简直没教养，粗鲁，下流，我没必要和他们斗。这些街娃……"

林子青被一口一个"街娃"刺痛了，他走到瘦子面前一字一句地说道："我看你这个样子还是欠打！"说完他大步离开他们自己走了，任凭周缨在身后追着大声喊叫，林子青头也不回。

屈辱和愤怒涌上他心头，周缨追上来拉住他："子青，不要这样，不要这样……"林子青甩开她的手，头也不回地说了一句："那把小提琴我会尽快还给你的朋友。"

周缨呆呆地望着林子青远去的背影，她感到和林子青少年时代纯真的情感，现在离她越来越远。想起在被人欺负的时候，林子青勇敢地出手相救，想起过生日那个美好时光。她喜欢他的勇敢坚强，充满生命活力，对音乐的炽热激情和毅力。她多希望和他就像原来那样一直走下去。她隐隐感到他们不是一个圈子的人，也许他们纯真的友情就要结束，像失去了心爱的东西，周缨的眼泪滚了出来。

林子青也哭了，那种轻视和冷漠让他自尊受到严重伤害，这还可以承受。周缨最近以来，和他在路上一起走的时候，也有点儿躲躲闪闪，面对那些人对自己的嘲弄，周缨已经显得有些底气不足。他隐隐感到周缨已经变了，不再是过去那个天真烂漫纯洁的女孩，他们的童年的友情或许就此不复存在……他止不住泪水流了下来。

十三

失落忧伤的小提琴声响起，凄切哀婉……

林子青光着上身在低矮的小阁楼拉琴，他眼里泪水涟涟，仿佛看见了和周缨童年时代的一幕幕。周缨在上学路上递给他几块饼干，周缨在雨夜中将小提琴递给他……

突然，父亲在楼下大声叫他："子青，子青!"

林子青从狭窄的楼梯下来，看见刘干事站在门口。

"你哪来的小提琴?"刘干事上前盯着林子青。

"借来的，咋了?"

"谁借给你的？拿来我看，是楚老头的那把琴吧？那把小提琴被人偷了，现在还没有找到，我看……"刘干事气势汹汹地诈唬道。

林子青心中“咯噔”一下，有些慌张，挡在小阁楼梯步前。

刘干事看了他一眼，推开他，在小阁楼把小提琴拿下来。

“这不？就是这个！”

林子青这个时候反而镇定了，他知道刘干事不懂这个，他镇静地说：“这是我同学周缨借给我的，你可以去问。”

刘干事狐疑地盯着他：“借给你的？我告诉你，你不要拉了，邻居说你一天到晚拉得吵吵闹闹，影响了别人。”

林子青心里有底了，他知道又是邻居那个胖婆娘不满他拉琴告的状。他感到很愤慨，又感到悲哀。街面上有几个和他以往很要好的小伙伴，现在也和他疏远了，有的干脆酸不溜丢地叫他“音乐家”。贫民窟里的孩子，他们希望不断改变自己，期盼自己周围有出众的伙伴，而当真感到你就要脱离这个群体，他们内心在沮丧之余就会生出嫉妒。

他必须得主动点儿，以免以后被那些人说三道四，他理直气壮地说：“刘干事，我这是拉的革命歌曲，歌颂毛主席，歌颂党。现在不是在号召学习样板戏吗，怎么会是吵吵闹闹？”

“你……这……”刘干事被呛住了。

“这把琴我还要调查，是不是你借的。”刘干事虚张声势回身走出屋去。

不远处一个胖婆娘扭动着圆滚滚的身子，等刘干事走近，凑上前嗲声嗲气地说：“刘干事，又来维持社会治安啊！”一边往林子青这边瞟。

刘干事没好气地说：“以后不要乱反映情况，人家拉的是革命歌曲，样板戏。”走了几步又回过身来对胖婆娘说：“把你那个娃娃管好，汽车上摸包包，派出所通知过几次领人了，再弄去关起，你不要来找我。”

胖婆娘哑口了，她气呼呼地嘟囔着：“我娃娃再咋样，也是无产阶级，总比反革命好。”

一个和林柏荣要好的邻居走上前来，悄悄说："就是这个婆娘，坏得很。"

后来很长一段时间，没有了四周的骚扰，林子青感到平静多了，他的思绪在音乐的天空中不断遨游。

他静下心来的时候，回忆起童年。夜色中，在楚天明院落围墙外角落处，凝望小楼窗口上的灯光，聆听小提琴声的愉快时光。回忆起和父亲那次，在烈日下煎熬，在那条长长的乡村公路上拉架架车的历程，回忆起周缨在那个雨夜亲手将小提琴塞到他怀中的温暖……

林子青感到心中波涛汹涌，激越澎湃，昏暗的灯光下，他在乐谱上不停地记录从内心喷涌而出的情感。

深夜了，他在小阁楼隐秘处，拿出那把意大利小提琴，痴迷地盯着……渐渐地仿佛一个身影在奋力挥动琴弓，演奏他刚写好的乐曲片段。

后来的时间里，林子青偶尔也拿出这把意大利琴，专门演奏自己谱写的曲子，他觉得只有这把琴才能够表达出那种情感。为了不引起邻居的反感，很多时候，他晚上都不在家里拉琴，而是去城市郊外那条僻静的大河边。

十四

一条河流静静地流淌环绕着这座城市。夜色中，河水波光粼粼。

一座长长的石拱桥横跨在宽阔的河面上，这是一座有五个圆拱的大桥，河流中心是一个大拱，靠近河岸两侧各有两个小圆拱。

林子青站在小圆拱桥洞下拉琴，夜色中仿佛一尊剪影，琴声像湍流不息的河水舒畅地流淌……

一个姑娘在桥上走着，听到了河岸下飘来的琴声，她的眼里露出了惊异欣喜，她闻声走下河堤，在一棵柳树旁停了下来。她轻轻靠在树干上，远远地看着桥洞下拉琴人的身影。

她个子高高，皮肤白皙，气质清纯高雅，雍容大气，两根粗大的短辫子微微后翘，比一般女孩要张得开些，更让她显得精神利落，一看她模样就是那种家庭生活条件富裕优越的女孩。她睁大双眼看着那幅剪影在不停地挥弓拉琴，又微微闭着双眼，在极力捕捉一个个音符……

一阵嘈杂声打断了她的思绪，几个剃着平头，穿着旧军便服的年轻人，吵闹着走下河堤，夸张地高声吼道："哦！拉得好啊！真行啊，把美人儿都迷住了，哈哈哈！"几人一阵狂笑，眼睛借着昏暗的桥头路灯，在姑娘身上扫来扫去。

姑娘有些不快，皱了皱眉头，但还是平静地用一口标准的普通话说："你们小声点儿，不要影响别人拉琴。"姑娘的神情让这几个青年一时放低声音嘀咕着："哦……？还说普通话的。是不是'干子'？"

"干子"就是高干子弟的简称。几个青年对视了一下，又仔细打量起姑娘来。

姑娘被这几个人打断她的思绪，心中就很是不快。"没有礼貌！"姑娘轻轻地说。

被姑娘抢白了的几个人转而径直走到林子青跟前："小子！拉得这么卖力，在勾妹妹啊？呵呵呵！"说着又是一阵疯笑。

林子青没有理会，继续拉琴……

几个人中一个精瘦的高个子上前推了林子青一把，呵斥道："听不到啊？走走走。"

林子青停下来，瞪了他一眼，他一看是几个"棺材头"。这是小巷中孩子给取的绰号，非常形象。林子青和小巷的孩子，小时候捉蟋蟀，一种是圆头大脸的蟋蟀，黝黑黝黑，个子大的一般叫“油蛮”，个子小的叫“和尚头”，还有一种蟋蟀，个子瘦小，强健有力，头扁而尖，铮铮发亮，形状特别恐怖，和别的蟋蟀相斗，顶得其他蟋蟀只有招架之功，落荒而逃。由于这种蟋蟀头的形状和黝黑的光亮酷似棺材翘起的头，所以就取名“棺材头”。

不知为什么，生活条件优越的这些孩子大都是后脑勺平平，如刀削一般，剃上小平头，头形扁平暴露无遗，乍一看那脑壳，还真像那么回事，让人忍俊不禁。

林子青看着他们的脑壳忍不住笑了一下，又见他一身单薄，像个灯影，是个“排骨”。

“怎么？还不服啊？”“排骨”又推了他一掌。

林子青眼里闪过一丝怒火，很快又消失了，他极力压住心中的怒气，默默地将琴放进琴盒，转身走上河堤，他和姑娘的眼睛对视了一下。

他不想和这些“棺材头”纠缠，尤其今天他带来的是楚老师的琴。

几个“棺材头”跟在身后，好不得意地对着姑娘吹口哨。姑娘很气愤：“你们也太欺负人了吧？别人拉琴碍你们啥事了？”

“他是你的什么人？你心疼了？”“排骨”凑近姑娘嬉皮笑脸地说。

“啪！”一记响亮耳光扇在他的脸上。同他一起的几个人哈哈大笑，“排骨”捂着脸，尴尬笑着有些恼怒：“呵，还有点儿个性！”他上前抓住姑娘的手。

“你给我放手！流氓！”姑娘挣扎着。

“排骨”紧紧抓住她阴笑着说：“总不能白打了吧？哥们儿也不是吃素的！”“排骨”同伙也凑上前去。

林子青停下来回过身，他摸了摸背着的小提琴，迟疑着。

“啊！”姑娘尖叫一声。

林子青回转身来，冲上前一把拖开“排骨”，“排骨”一个踉跄，差点儿倒在地上。他恼羞成怒，嘴里恨恨地骂道：“狗日的，敢打老子?!”他冲上前挥动拳头，对着林子青劈头打过来。

林子青身子一侧，顺势将他挥来的胳膊轻轻一拉，“排骨”就一个狗吃屎趴在地上。他爬起来，看看地下，掩饰着尴尬。他有些小心地慢慢地逼近林子青，突然一个箭步上前猛地挥起拳头。

林子青等拳头就要击中自己的一刹那，一个“雀跃青枝”闪过，右手撞拳接过他的击打，又急速上前伸出左手抓住他的手腕，右手搭上去，往外一扭，一个“灵龟缩头”插上前，低腰弓背，就将他从自己背上翻滚过去，重重摔在地上。

“排骨”双手撑在地上，慢慢爬起来，脸上一副痛苦状，弯腰捂着腰部，呻吟着。

“哈哈哈！……”姑娘开心地笑了。

林子青又看看和他一起的那几个人：“还要打吗?”那几个连忙后退着，一边摆着手，连声说：“不不不!”

林子青拍拍衣裳，背起琴，急急地往回走去，一边回头有些担心地看了看姑娘。

姑娘看了他一眼追上来，她赶上林子青：“哎！你打架真厉害。哈哈哈！看他那个熊样。哎！你走慢点儿啊！我跟不上你。”

“谁说要你跟上我?”林子青自顾自地大步走着。

姑娘一愣自语道：“嘿！还挺有个性啊。这把琴真是好琴。”姑娘上前忍不住摸了摸林子青的小提琴。

林子青回头看了看，下意识把琴往自己身边靠得更紧，他对她说：“我又不拉琴了，跟着干啥?”

“我这是回家去，谁跟你了?”姑娘瞪了他一眼：“你不信?我就住在槐花巷。”

“槐花巷?”林子青脑海里一下闪过那天晚上拉架架车送那

个外地来的拉琴人。他不由得回身望了望姑娘，“你住那里？”

姑娘点点头。

林子青看看街上人更少了，他警惕地往身后看了看。

姑娘又伸手抚摸了一下林子青身上的琴：“这把琴真好，你刚才拉的那首曲子，叫什么？”

林子青刚才拉的是自己谱写的曲子，他没说出来，只是一个劲地走着。

“我也是学小提琴的。”

“哦……”林子青不由得仔细看看她。

姑娘自我介绍起来：“我姓李，叫李小红，是哈尔滨人。”

北方人！林子青这才打量了一下她，果然，是个大种子，身子还不单薄，比自己还高。林子青想起河南人耍猴戏那个场景。她要再穿个高跟鞋，自己简直就成了河南人赶的猴猴了。想到这，他忍不住笑出声来。

“你笑什么？”李小红不解地看着他。

很久以后，李小红听他说到他笑的这个缘由，笑得眼泪都流出来了。

不觉间到了槐花巷巷口，林子青指了指里面：“里面有个拉琴的？”

“你怎么知道？……”李小红刚开口，又打住了，“哦……不知道呢。你住在哪里？以后我来找你？你还没告诉我，你叫什么？”

“找我？不用了！”林子青头也不回走开了。

十五

李维思一直在窗口张望，看见走进小巷的李小红，这才放下心来。

李小红一进来，就在楼下兴奋地喊道："叔叔！叔叔！你知道我今天遇见啥了？"她噔噔噔跑上楼。

"看你这么高兴？"

"我一下午都在拉琴，出去透透气，在这里我一点儿不怕。你知道梁叔叔在这里，现在是警备区司令，爸爸还给了我电话呢！说有啥事就告诉他。"

李小红迫不及待地把晚上遇见的事告诉了李维思，末了说："他拉得可好了，曲子好动人。等会儿我拉给你听听，你一定知道是啥曲子。"

李维思听到后面才平静下来说："现在社会很乱。以后晚上就别出去了。记住！千万不能对任何人提起我。"

李维思站在窗口前，望着黑沉沉的夜空，神情严峻，陷入深深的沉思。他没有想到，十多年前怀着美好的愿望从维也纳回国，今天竟然是这样像老鼠一样东躲西藏、四处漂流。

他父亲是二十世纪三十年代上海一家有名的纺织企业老板。在那个动荡的年代，李维思和哥哥正值风华正茂，都有满腔热血和报效祖国的激情。他们没有按照父亲的愿望，而是自己选择了生活的道路。他从小喜欢音乐，在上海跟一个洋人学习了一段时间小提琴，后来那个洋人说："我教不下你了，你的水平已经超过了我，你还是去国外音乐学院学习吧。"在死缠烂打取得了父亲同意后，他去了意大利一所音乐学院学习。而哥哥在父亲安排下，上大学读了纺织系，父亲意在以后让他接手纺织厂，把上一辈的家业做大做强。

李维思走后不久，哥哥居然不辞而别，和几个大学的同学偷偷跑去了延安。气得父亲差点儿吐血，本来还指望两个儿子中有一个来接替自己，结果兄弟俩就像鸟儿全部从窝里飞走了。

日本人占领上海后，大量棉纺日货充斥市场，父亲的纺织厂举步维艰，关门也在倒计时之中。好不容易盼到抗战胜利，工厂又勉强经营下去，但也受到官僚资本的挤压和内战的名目繁多的摊派，再后来，更受到金圆券风波的影响，纺织厂规模越来越小。

瘦死的骆驼比马大，怎么样也是一个纺织厂摆在那里。在解放后划分成分的时候，还是被划了资本家，那幢有着很大花园的独栋小楼也被没收了。

后来改了名字的哥哥李伟军回来过一次，哥哥已经是解放军部队的军部参谋长。父亲说起又好笑又好气："你看我，养了个儿子帮共产党打下了江山，共产党反而没收了我的家产。"哥哥也笑了："幸好啊，那个时候没来接你的班，不然现在这个资本家就是我啦。"一句话倒把父亲说得乐了。

"也好，家产是没了，你们兄弟俩在这个社会上总算是各有前程。"

李维思在意大利一所音乐学院修完小提琴演奏专业课程。抗战全面爆发后，作为一个热血青年，他急切盼望着回国，投身抵抗外来侵略的战争中，但那时根本没有回国的船只。后来他辗转去了维也纳，在那里他遇上了一位世界著名小提琴大师，从师几载，李维思的小提琴演奏和音乐造诣上了一个新台阶。他在著名的维也纳交响乐团坐上首席小提琴位置，并在那里认识了小提琴家楚天明。楚天明比他大十多岁，早年来到这里，在这里已经有了一个奥地利妻子和一个孩子。楚天明像兄长一样，处处关照李维思，李维思也常常去他家，一起交流小提琴的演奏，一起参加演出。

新中国成立后，他在异国他乡看见随风飘扬的五星红旗，尤其是听到激动人心的国歌，不由得浑身血液沸腾。还在国内时，他看电影《风云儿女》就听过这首主题曲。聂耳，那是他心中最崇拜的作曲家、音乐家。他感到中国有希望了。他迫不及待地想回到祖国。

他永远也没有忘记当时离开上海的情景，当远航的外国巨轮离开黄浦江畔缓缓向大海驶去，海关大楼的“威斯敏斯特”钟声在上空回旋，他站在甲板上，看着黄浦江沿岸停泊的列强军舰，心情异常沉重。他泪水模糊地望着渐行渐远的上海外滩，内心充满对祖国的留恋和期待。

当他把回国的想法对楚天明一说，楚天明也早有这个想法。只是楚天明已经有妻子孩子，还下不了决心。经李维思一鼓动，这个事就决定下来。李维思有一个同居的女朋友，是维也纳一个合唱团的姑娘。本来两人已约定第二年开春就要结婚，但李维思和楚天明归心似箭，说好国内安定后，再接她们回国。

李维思回到了上海，楚天明回到一个内地城市。他们受到了国内音乐界的热忱欢迎，并得到重用。李维思在中国这个最著名的音乐学院任小提琴系主任，楚天明则在组建的省歌舞团任副团长兼首席小提琴。他们时常书信往来，有时还会在一年中相约在对方城市聚会。那个阶段，是他们感觉最美好的时光。

当李维思安顿好一切，想去接维也纳女友时，组织上却是一直没有回复他的申请。这让他感觉到有些受到冷落和欺骗，于是心中渐渐积郁了些不满。紧接着，那一场席卷全国的“反右”运动开始了。李维思平时里就依仗着自己的能力，没有把领导放在眼里，年轻气盛，啥都敢说，加之有海外的经历，被划成右派。后来知道楚天明也被划为右派，他们之间的联系也越来越少了。

“文革”开始后，文艺界不断传来恐怖消息。李维思也被隔离审查，那个时期最可怕的就是隔离审查，那就意味着离死亡不远了。日子更加难过了，无论是红卫兵、造反派、专案组进驻学校，对他过去海外的经历不肯放过，“里通外国”那是很大的罪名，他总是首当其冲。有几次，他的手指差点儿被弄断、砸碎，至今他左手无名指也不能正常活动。他恐惧地感到自己再待下去，也会被逼疯或自杀或者不明不白就死去，尤其是看见学校中有同事莫名其妙就不见了，他感到非常可怕。

在部队已经是将军的哥哥，托这个西部城市任警备区司令的战友，在这里为他安排好一个住所，然后又找人以审查的名义把他从专案组提出来，将他送上西行的列车。他才得以逃脱那个恐怖的地方，经历了几天惊魂未定的路程来到这里。

槐花巷是一个闹中取静的小巷，很深很幽静，由于是个死巷，来往的人也就是这条小巷里住家的，没有多余的人。

李维思一天到晚基本不出门，一般在家就是关上门窗拉拉琴，偶尔也借着暮色的遮掩出去，小心翼翼在周围附近转转。这座陌生的城市没有人来惊扰他，他的心暂时得到了平静的抚慰。他还是很警惕，尽量不在外面露脸，学校的专案组一定不会罢休，还会四处寻找他，说不定哪天就找上门来，将他带回去，让他再陷入那种恐怖的日子。所以他十分谨慎小心。

侄女李小红的到来，让他吃了一惊。哥哥家在北京，几年前李维思去的时候，见过这个侄女，那个时候李小红就在学小提琴。李维思见到她以后，知道她不是学琴的好料，但也托了北京一个音乐界的关系，给她找了个音乐学院的小提琴老师。

这次见到李小红，没想到几年后已是亭亭玉立的大姑娘。李维思有些吃惊："怎么会到我这里来?"

李小红瞒住了自己在部队大院引起轩然大波的那件事，她装得很轻松地说："我们学校早停课了，我要去报考海政歌舞团，这不是来让叔叔好好辅导辅导。我爸是同意了的，不然我能找到你这儿吗?"

李维思一想也是，他的这个地方只有哥哥知道。看来李小红是经爸爸同意了才来的。

"你要考海政歌舞团?"李维思知道，这是军队级别最高的歌舞团之一，在听了李小红的演奏后，他感到这个水平还远远不够。但这年头，有这样一个爸爸，路会好走多了。他给侄女制订了学习计划，起码半年。所幸原来侄女曾跟老师正规学过几年，还有些基础，如果加紧训练，这个水平也可以混得过去。

来到这里以后，李维思在平静中渐渐感到无奈和失落，他回顾了自己的家庭和走过的道路，思索审视了自己的一生，他的思想潜意识中逐渐发生了很多变化。

他对这条小巷也发生了很大兴趣，这完全不是他生活的环境，他没有这么近地接触过这样的环境。在很多夜色笼罩的时候，他会沿着那条小巷散步。

小巷还保留着青石板的路面，两旁的铺面也基本完好。他惊喜地发现，这就是楚天明住的那条小巷。这条青石板路给他印象最深，他很久以前来过楚天明的住所。现在，他路过那道紧闭的黑漆大门，控制住内心的激动，停留了一下，他没有听到琴声。他不敢贸然地走进去，他估计楚天明的日子也不好过。

他穿过小巷，街面上，那些孩子呼叫着跑来跑去，大人很多光着上身，散落坐在小巷两旁乘凉。他看到这里就是一个社会底层的缩影。但他感觉那些孩子质朴、机灵，浑身充满活力、洋溢着快乐，贫穷中透露出勃勃生机。而不像他原来生活周围的那些孩子，优厚的生活条件，让他们倦怠、懦弱。外表自负、傲慢，好像世界是他们的，而面对社会的动荡，又表现出惊慌失措、无所适从。

他感到更为惊讶的是这条小巷每当夜幕降临，长长的小巷从头到尾居然有好几把小提琴在拉《开塞》练习曲，大都是初学者，有些小提琴拉得笨拙让他发笑。但在这样的生活环境中，有着对音乐的热爱，毕竟是一种追求，是一种积极向上的精神。他的内心还是充满了敬意。

一次晚上经过这条小巷，一个小阁楼飘来的琴声引起他的注意。这是音色不同一般的一把小提琴，琴声穿透了小巷的喧闹，强烈的外向冲动感让他感到惊异。马上他又被那演奏的乐曲深深吸引，他从没有听到过这个曲子，他敏锐捕捉到：

琴声叙述着一个凝重的画面。像是一个苦难旅程的一段路，充满不堪重负，却又不能脱逃，厚重深沉的低音在呻吟挣扎，慢慢爬上D弦。这是小提琴的魂灵，琴声在述说一个人的追求和向往，在迷茫中的犹豫、彷徨……慢慢地琴声又向高音部走去，进入了慢板……突然，琴声像一把利剑刺破了乌云密布的天空，一道耀眼的光亮“唰”地穿出，音符在高音和中音间来回急速交融，向着明亮的高音区不断迈进，表现出坚忍的力量和内心的欢悦，最后琴声停留在高音区的一个泛音上……仿佛一只小鸟，振动翅膀欢快地鸣叫向着太阳飞去，越飞越远，越飞越高，渐渐消失在天际……

李维思从未听过这段乐曲。曲子不完整，好像就一个章节，有些地方还显得散乱，但却已经深深地震撼他的内心。

当他刚刚走近传出琴声的小阁楼，琴声就停下来了，那是很短的一个乐曲章节。李维思往前走了走，在一个遮住了路灯的屋檐下，他静静地望着那个小阁楼的窗口，琴声没有再响起，李维思有些遗憾慢慢离开了。

他很想知道这是谁在拉琴，是谁的曲子。他从琴的音色和共鸣声判断，这是一把来自意大利的小提琴，没错，那古典醇厚、丰润清澈、华美辉煌的音色——只有意大利小提琴才具备这样的特质，而且这把琴一定出自于大师之手，才能如此美妙绝伦。在这样的环境中，怎么会有这样一把小提琴？突然，他心里“咯噔”一下，这琴声对他是那么熟悉……

十六

架架车砍掉以后，林父被街道办事处安排去了沙石组。这个工作就是在河里淘石头，是按照掏的石方多少来计算工资的。林父喜欢计件工资，多劳多得，哪怕再苦再累。他不喜欢那种磨洋工的月薪制，工作轻松，却收入可怜。每天，他总是拼尽全力，最大可能地在河里多掏些石头上岸。

林子青见父亲每次回家，都很疲惫。他决定去帮父亲减轻家里的负担。沙石组正好有打碎石的活路，就是把大的鹅卵石敲打成碎石，用来做混凝土石块。这个活路基本上都是女人和小孩在做。

流经城市河流的下游，已是郊外，河流在这里呈现出天然的风貌，河床宽阔，水流平缓，在冬季寒风中显得冷清萧瑟。

父亲的工作就是在河道中央淘鹅卵石。他穿着齐胸的背带橡皮衣，和几个工人把木船撑到河心，将篙竿插入船的前端通底孔一直插进河床，再将船头粗大的铁链抛锚河中，船就稳稳停在河心了。这时，他们就各自拿着铁耙、竹篼篼跳下齐腰深的河水里，在船的四周散开弯着腰掏石头。

一阵凛冽寒风刮过，林子青不由得打了个寒战，看着父亲浸泡在冰冷的河水中，自己的身子仿佛也透进了冰凉的河水。河面上响起了水里淘石头的声响，铁耙与鹅卵石在水底摩擦的“咕……咕……咕……”声让林子青浑身鸡皮疙瘩顿起。他望着阴云密布的天空，他多希望这个时候天空放晴，温暖明媚的阳光照耀在父亲身上。

父亲将竹篼篼踩在脚下，双手挥动铁耙在水中凭着感觉将鹅卵石淘进竹篼篼，再奋力举起倒在木船上，然后又开始重复前一个动作。最后，看着船上越堆越高的石头，船也渐渐吃水越来越深，大家就将铁耙、篼篼扔上船，拖着木船到岸边。河岸再往船舷搭上一个一尺多宽的跳板，大家就从跳板上将鹅卵石挑上岸。

父亲每次挑石头上岸，林子青都会停止手上活路看着父亲，父亲紧咬着牙，挑着沉重的鹅卵石，一步一步走在跳板上。跳板很窄，很薄，就是空手走上去，也是上下摇摇晃晃。父亲小心地迈着步子，如走钢丝一般颤颤巍巍，满头大汗淋漓。林子青的心揪紧了，他生怕父亲从跳板上摔下来，不由得站起身紧张得握紧双拳。父亲将鹅卵石挑上岸，倒在石堆上，看着那越堆越高的石堆，脸上露出了笑容。

父亲坚忍的承受力深深震动着林子青，他对父亲由衷地敬佩。他很少听到父亲对生活的抱怨，他总是默默地承受着生活的艰辛磨难，尽自己力量面对眼前的一切。

林子青干的活在岸边，就是将那些大鹅卵石挑出来，然后用一根粗大的编得很紧密的草绳，或是用旧轮胎割成的胶带套住鹅卵石，再用力挥起锤子，将鹅卵石打碎，直到像鸡蛋般大小一个一个的。

父亲的行为感染了他，这个时候他就会更加卖力地挥动手中的铁锤，不断奋力地敲打石块，他的身边，碎石堆也越来越高，超过了其他人。

在河道更下游一点儿，是一座纸厂，每当纸厂“放窖”之时，河岸上就聚集了无数的人，拿着各式各样的打鱼工具沿河岸奔跑，不停地盯着河上浮出水面的鱼儿。

“放窖”是“起窖”的第一步，就是要将窖里浸泡了半年之久的制纸原料，像竹子或麻秆从池子里取出来，所以要先将窖池的生石灰水全部排入河中，然后再将浸泡了几个月的竹子拖上来，用来碾打成纸浆。

窖池足足有篮球场那么大，石灰水不断奔涌流入河中，这个时候，靠近石灰水河道这一侧，那些鱼就会被熏得半死，昏昏沉沉地浮出水面。河岸这一侧聚集的大人孩子开始惊叫欢呼，不停伸出网兜网鱼，也吸引来很多看热闹的人。

林子青这天看了抓鱼，等人群散去，他突然看见纸厂里面堆了很大一堆旧书报纸。那是收荒匠在城市收来的，也有一些是抄家运到这里来的，都准备用来做纸浆原料，很多书籍都还好好的。他一时间就想拿上几本，他左右看看，手刚一伸上去就听见一个洪亮的嗓音叫他。

“林子青!”

他一时竟不知所措，抬眼一看竟然是邓卫东。

“你……”林子青一时间愣住了，自从那次雨夜中偷回小提琴，后来又听刘干事说起邓卫东家庭的历史问题，他一直想见到他，却没有他的消息，没想到在这里遇上了。

两人都欣喜若狂，打量着对方。

“你长高了!”邓卫东上前拍着他肩膀。

林子青看着邓卫东，突然想起了刘干事对他说的……

邓卫东更加消瘦，目光中有一丝忧郁。

“你看，我原来那么风光，红卫兵造反兵团司令！妈妈的!鬼晓得，我老爸也查出政治历史问题了。我也成了麻五类？呵呵！简直是喜剧。”邓卫东自嘲道。

邓卫东掏出烟点燃：“我在这个纸厂做临时工。你咋来这里了?”

“我在上面，帮我爸爸打石头。”林子青指了指上游沙石处。

那边有个工人过来叫：“卫东，又运过来一车书，你去挑!”

“好好好!”邓卫东拿出香烟甩给工人一支，又干脆把一包烟扔给他，“帮我给大家下个雨。”

“下雨”就是给所有人发烟。

“好好好！”那工人高兴地走了。

邓卫东看着工人走去，左右看了看轻声说：“这里的书太多了，都是抄家运来、收荒匠弄过来的。这里面有不少好书。我来这里做临时工，就是想找些书。好可惜啊，一大车一大车地拉过来，打成纸浆。你也整点儿回去？”

看林子青挑来挑去不知挑啥好，邓卫东干脆从里面提出一捆自己选好的书：“你先拿去，这些都是世界文学名著。等一下，我给你找个麻袋装起，不要被人看见了。”

邓卫东手脚麻利地装起一麻袋书，扛在肩上：“走，我给你拿过去。”

“我拿过去吧？”林子青说着上前。

“我给你拿过去，我还要见见你爸爸，这么近我不去看看他，就太没礼貌了！”两人说着很快就走到沙石处。

林父刚从河里挑沙石上来，望着他们走过来，他停下来。

“伯父！”邓卫东老远就大声招呼着。

林父高兴应答了一声，等他们走近，看着沉沉的麻袋，他左右看了看，悄声问道：“你们拿的啥？”

“好东西，都是书！”邓卫东还是笑嘻嘻的。

林父疑惑地看着，伸手按了按麻袋，叹息了一声：“不能随便拿别人的东西啊。”

“呵呵呵！伯父，读书人窃书不算偷！”邓卫东笑呵呵地说，又正经地叫道，“伯父，你身体好吧？我叫邓卫东，和林子青是一个学校的。”

“嗯……我听子青说起过你。”林父仔细打量起邓卫东，露出赞许的目光，“以后，你要多帮助林子青。”

“伯父，你好客气。没说的，我们是同学。”

邓卫东往河心看了看，打了个冷战，不由得对林父肃然起敬：“伯父，天太冷，要多穿点儿衣服，这么重的体力活路，要吃好点儿哦!”

“这没法啊，要生活呢！总不会一天到晚睡觉就有好日子过，该做啥就做啥吧!”林父又拍了拍身子，露出卷毛羊皮袄，很自豪地说，“我有这个，这可是青海地道的羊羔皮，跟了我十几年了，穿起还发汗呢!”

邓卫东上前摸了摸:“唔，好暖和啊，很贵吧?”

林父喜滋滋地抚摸着羊绒卷毛:“是不便宜!”那是他多年以前，手里还比较宽裕时，狠心咬牙花了自己相当于几个月工资的全部积蓄，从一个青海人手里买下的。

邓卫东告辞了林父往纸厂走去。

父亲看着他远去的背影，止不住心里的喜欢，点头称道:“这个娃娃不错!”转而对林子青说:“你看人家多有礼貌，多懂事，你得向他多学着点儿!”

邓卫东给林子青带来的书基本上是那些欧洲十九世纪名著，像雨果的《九三年》《悲惨世界》、托尔斯泰的《战争与和平》《复活》《安娜·卡列尼娜》、司汤达的《红与黑》、伏尼契的《牛虻》、杰克·伦敦的《热爱生命》，以及最著名的苏联作家奥斯特洛夫斯基的《钢铁是怎样炼成的》。

像获得了巨大的宝藏，林子青那些天饥渴地读着那些书，书中人物强烈冲击他的心灵。一个个人物和他们的命运，在逆境中的坚忍不拔和永不放弃的精神，深深感动了他。他由衷崇敬他们，他常常掩卷沉思。他的心灵之门慢慢开启了，他对文学的热爱的激情迸发了出来，他感到精神上有了寄托。

当他再次到纸厂寻找邓卫东时，工人告诉他，邓卫东已经不在这里了，工人说起来话音里带着钦佩和崇敬。

十七

每当吃过晚饭，路灯亮起的时分，小巷的孩子就聚集在一起。这些孩子都在青春发育期，体内荷尔蒙蠢蠢欲动。他们三五成群，歪歪斜斜靠在铺板上，或站在街沿边，说些似懂非懂的男女之事，眼睛扫着路过小巷的女孩。漂亮点儿的女孩走过来时，大家都鸦雀无声，目光闪烁，偷偷看上一眼，等女孩走过去，这才壮着胆子对着女孩吹口哨起哄。女孩一回头，这些孩子便一阵哄笑。

这些倒没啥坏心眼，他们只是觉得好玩，要不就是给街上的女孩取歪名。小巷口蜂窝煤厂里有一个送煤的女孩，真的就是让人感觉到老天在开玩笑。这个女孩皮肤特别白嫩，却偏偏在黑得不能再黑的地方，她在那里一站，那才叫“黑白分明”，小巷的孩子把这个女孩叫“煤炭西施”。还有那个卖豆腐的女孩，模样又像豆腐一样，雪白细嫩，他们就叫她“豆腐西施”。街口那个糖果铺里面一个女孩，随时笑容甜甜的，就取名叫“糖果西施”。一时间，“西施”遍地，就连每天傍晚来挨家收马桶大粪的农村女孩，其中一个模样姣好的女孩，也被冠以“大粪西施”。

这些孩子最爱去的是那个糖果店，那里面有一个公用电话。大家会怂恿大胆点儿的男孩子，常常借故打电话，又装着半天打不通，借机和“糖果西施”搭讪几句。有的孩子则悄悄地揭开糖果玻璃瓶抓上几把水果硬糖。

但也不是所有的女孩都被冠以美誉，也有让女孩伤心欲绝的绰号。街上一个女孩，小时候颈子上落下一块疤痕，就给她取了一个“锦上添疤”。有一个女孩亭亭玉立，屁股特别翘，本来是女孩很美的身段体态，这些孩子反而给她取了难听的绰号，叫“鸡屁儿”。还有什么“尿泡脸”“地包天”之类，想得出来的就乱叫一气。

在这群男孩子中有一个戴眼镜的，也就是小时候和林子青打过一架的“眯贼”。现在他长得个子高高，清癯白净，一副高度近视眼镜架在鼻梁上，镜片后面的眼睛小而狡黠，闪烁着色迷迷的光。他人精一般，啥都懂，他早已接受了这个“眯贼”的称谓。他看了很多书，口齿伶俐，很会讲故事，绘声绘色，极有感染力。

以往林子青也常和他们在一起，自从有了小提琴以后，和他们在一起的时候就少了。林子青在这群孩子中颇有点儿威望的。有一次，这群孩子在外面闲逛，和另外一群孩子发生了冲突，“眯贼”平时里好像胆子挺大，见对方实力强大，还没打起来就往回跑，动摇了军心。那群孩子趁势压过来，还是林子青上前，在一刹那就放翻两个在地，吓得对方不敢上前，这才反败为胜。那以后，大伙都知道他学过武功，对他有了几分敬畏。

这些孩子在这个时候聚在一起，心里都有一个共同的想法，就是在等周缨走出院子，路过小巷，一睹她的风采。

周缨无疑是这条小巷最引人注目的女孩，她并不是一看就是美人坯子的女孩。她的皮肤不是那种白白净净，而是微黑红润。除了她那双眼睛还大大的明亮清澈，她的五官就没有多少可以荣耀的了。她的牙齿有点儿龅，把嘴唇顶得微微有点儿突出。也许是为了掩饰这个缺陷，她丰润的嘴唇紧闭，显得很有个性。她的整个脸庞有一种沉静优雅、雍容华贵的气质。她的体态是最迷人的，整个身子丰满圆润又不失窈窕，胸部上第二颗扣子也被胀得紧绷绷的，而她的腰又那么纤细婀娜。她的臀部饱满高翘，仿佛在张扬着女人性感的魅力。她的步履，特别富有魅力，那是一种轻灵强健的步履，带有强烈的青春底蕴。芭蕾舞造就了她的身姿挺拔，脖颈微微后仰，神情端庄，就像一只天鹅引颈昂首，美艳绝伦。

周缨不知道，在这条小巷她曾倾倒过无数的小男孩。但这些男孩的表达方式是那么简单，让人哭笑不得。

傍晚，周缨往往这个时候就会走出院子去她女友那里。她从狭窄的小巷走过，胸部高挺，神情矜持，目不斜视。随着她轻快的步履走近，小巷的孩子就远远地盯着她。她感觉到了那些挤眉弄眼的目光，他们人数众多围聚在一起，占据了小巷的两侧街沿，仅留下狭窄的石板路面，这让她感到了一种强大的挤压感。这时，她的心里就感到很紧张，步子也有些慌乱。她从他们跟前经过时，身子也有点儿僵硬了。好不容易走过去，她才松了一口气，又听见身后的男孩子们对着她的背影，发出“哦——”的哄笑。她心里很生气。这个时候，她多希望林子青在这群孩子里面。每当她看见林子青和那些孩子在一起，当他们目光注视的时候，她就会感到心里踏实了，她感到这群孩子就没有这么张狂了。她抬起头望了望林子青家的小阁楼，希望听见林子青的小提琴声音，这也会让她心里安稳很多。

周缨长大以后从来没去林子青家，林子青也不再去她家。他们在街面上相遇，一般就是四目注视一下，只有当他们有重要事情，他们才会在小巷口相见。周缨很多时候经过小巷，总听见林子青在小阁楼拉琴，听到他的琴声，她会有一种安全感，琴声仿佛在伴送她走过小巷，她心里热乎乎的。她从心里感觉林子青和小巷这些孩子不一样。

周缨消失在小巷拐角处。这群孩子这才收回目光，恢复了热闹的气氛。

“眯贼”眨巴着近视眼，取下近视眼镜，擦了擦又戴上：“我给你们说个最绝的!”

小伙伴们一下被吊起了胃口，马上静下来，围拢在他身边。

“周缨那个……被男生看到了，你们想不想听？”

大家笑了起来：“你娃会编。”

“眯贼”故意慢吞吞地说：“你们不信？那我就不说了。”他故意卖弄着，见大家都凑近这才又说：“那是学校到乡下支农的时候，几个女生男生住在一个农民家。晚上男生都出去玩，周缨在那个共用的厕所里洗澡，叫她的女同学帮她守门。那个女同学守着守着，看到一只萤火虫，就去追，慢慢就离开了那个屋子。这个时候一个男生跑回来，他娃尿胀了……”

他说到这里又停住了：“不忙，先抽支烟。”他掏出烟：“哪个有火？”他连着擦了几根火柴，也没点燃，小伙伴中一个人拿过火柴，替他点燃烟。他猛抽几口，这才又不紧不慢地讲了起来。

“嗯？刚才讲到哪儿了？”“眯贼”真是讲故事天才，他控制着节奏，他要把大家的胃口吊足，“哦……这娃尿胀得憋不住了，掏出‘雀雀’就往厕所跑……哇！只见眼前白晃晃一片，就听到一声惊叫‘啊！’。他这才看见一个女生光着身子……吓得这娃连滚带爬跑出来。后来悄悄给我说，周缨那个啊，又白又大。”“眯贼”两只手在胸前比画着，说着口水都流出来了。

“哈哈哈！”围在一起的孩子笑个不停。

突然，一个强有力的手掌叉在“眯贼”脖颈上，“眯贼”不由得一仰，眼镜也飞落在地上，他懵懵懂懂叫道：“哪个？我眼镜呢？”他摸索着从一个小伙伴手里接过眼镜戴上，这才看清是林子青铁青着脸看着他。

“眯贼”有些心虚地嘟囔着：“你？你好久来的，我又没看到你。”他知道林子青和周缨的关系与其他人有点儿不一样，如果林子青在，他也不敢这样去说周缨。

“你刚才在说哪个？唵？老子……”林子青刚拉琴下来，

走近这群孩子，听见“眯贼”正在说周缨，顿时又气又恨。他冲上前叉了他脖颈一掌，又举起右拳，见“眯贼”没有申辩就放下拳头，他狠狠盯了“眯贼”一眼。突然，这群孩子的目光往巷尾望去，林子青跟着他们目光望了一眼，连忙匆匆离开了，往小巷另一头疾步走去。

“妈哟，她又不是你的啥子。”“眯贼”看他走了，气呼呼地嘟囔道，声音小得只有他自己听得到。

很快，小巷走过来一个姑娘，高高的个子引起了小巷这些孩子的注目。“眯贼”看了看，取下眼镜，擦了擦又盯住了姑娘。这群孩子的眼光好像也被磁铁吸引住了，只是，当姑娘的眼睛扫视过来，这些孩子马上就掉开目光，没有谁敢正视她的目光。

“这几天我都看到她来过，不是附近的，看样子是外地人。”其中有个小伙伴嘀嘀咕咕地说。

姑娘一边走一边往两边看，又抬起头，往那些阁楼张望。当姑娘走过时，“眯贼”怪声怪气地叫了一声：“找哪个？”然后又装作无事的样子看着别处。姑娘闻声回过头来：“你们知道这里有一个拉小提琴的吗？”一边说一边比画着。

普通话让这些孩子收敛了许多，这个年代普通话是一种身份的象征。“眯贼”讨好地说：“有啊，拉小提琴的多了，就不晓得你找哪个？嗯……我也会拉小提琴呢，是不是找我？”他顺着杆儿往上爬，反应极快。

“不是你，不是你！”姑娘摇摇头。

“哈哈哈！”小伙伴们乐了，“你娃‘眯贼’，乱想汤圆开水喝。”

另一个小伙伴对姑娘说：“哦，我晓得了，他刚才在这里。你看！他就在前面。”

姑娘顺着他指的方向看了一眼：“谢谢你！”说着快步追了上去。

“眯贼”学着电影《冰山上的来客》中杨排长的语气大声

吼叫道："阿米尔，冲！"

"哈哈哈……"又是一阵哄笑。

"妈哟，林子青艳福不浅啊，一个又一个，我们呢？还是寡公子一个。"小伙伴们怪声怪气叫着。

林子青刚才远远地看见李小红走过来，就赶快往巷口走去，他不愿李小红见到自己生活在这样的环境中。

李小红在小巷口追上他，开心地笑了："还记得我吗？我找了你好多天了。"

"有啥事？"林子青毫无表情地说。

"没事就不能找你吗？"李小红瞪了他一眼。

"那……找我做啥？"林子青的声音放低了。

"你……我才不想找你，是我叔叔……"

十八

那天晚上，李维思听了李小红谈起河边听到的小提琴曲，心里就知道，那就是自己听到的小阁楼传出的小提琴曲子。

"是他？就是他！"李维思不由得自语道。

"叔叔，你认识他？"李小红惊喜地瞪大眼睛。

李维思摇摇头："不认识，我是在小巷里一个小阁楼下听见过这首曲子。"

"你知道他住在哪里？哪一个小阁楼呢？"李小红急切地问。

李维思没有回答她，从李小红口里他才知道，小阁楼的拉琴人还是一个孩子。这让他感到有些意外，他心里有点儿想见这个拉琴的孩子，一想到自己的处境，又犹豫了。过后的几天里，他抑制不住想见到这个拉琴的孩子，他还想知道那首曲子和那把小提琴是怎么回事，或许还能从孩子那里打听到楚天明的情况。这么一想，他就让李小红去小巷找这个孩子。

当李维思见到林子青时，他又惊又喜，不由得上前爱抚地拍拍他的头："原来是你啊！真是太巧了。小红，这就是那个拉架架车挣钱买小提琴的小伙子。"

李小红听叔叔讲过几遍了，心中既同情又钦佩那个拉架架车的男孩，没想到这个男孩竟是自己遇上的拉琴人，她感到太奇妙了，一时间竟呆呆地看着林子青说不出话来。

李维思招呼林子青坐下来，有点儿不安地问道："小伙子，这条小巷有一个小提琴演奏家，你知道吗？"

林子青看着他，心里一怔，点点头："是楚老师？"

"对对对，就是他，他现在……"李维思急切地问道。

"楚老师他……他……他死了。"

"死了？啊！……"李维思大吃一惊，顿时神色黯然。

"叔叔，你认识他？"

"何止认识，何止认识！"李维思惨痛地自语道。

"叔叔，你——是……李——李叔叔！"林子青看着李小红，想到他从上海来，一时间恍然大悟。

李维思有些吃惊地盯着他。

"是楚老师在遗言里告诉我的，李叔叔！"林子青叫了一声，百感交集。

林子青慢慢讲了楚天明最后日子的经过，李维思捂住脸哽咽着："楚大哥！是我……劝你回来……害了你啊！"

李小红在一旁不断抹泪。

"他的骨灰呢？"李维思抬起头。

"我和爸爸把他送到乡下外婆家去了。"林子青又把骨灰下葬的事告诉了李维思。李维思点点头，慢慢平静下来，他沉吟良久，对林子青说："我想合适的时候去看看他！"

林子青抹了抹眼泪点点头。

“好了，小林，我和小红都听过你拉的那首曲子，那是一首什么曲子?”李维思问林子青。

李小红见林子青一脸茫然，就提醒说：“那天我在河边听到你拉的曲子。”

“哦!”林子青不好意思地低下头，“那是我自己想着拉的。”

“想着拉的？你想到了什么?”李维思盯着他。

林子青嗫嚅地说起自己写曲子的时候回忆起的那些场景。

李维思陷入了深深的思索中：“写谱了吗?”

“写了，但不知道对不对，我只在楚老师给我的书里看到过写谱的要求。”

李维思站起身来，他犹豫着在屋子里走了几步看着林子青说：“小林，这样吧，你来我这里学习小提琴。”

在随后几天，李维思陆续听了林子青演练的《开塞》《马扎斯》《顿特》练习曲和小提琴独奏曲《渔舟唱晚》《梁祝协奏曲》，他心里有数了，看来林子青的初级训练还是很缺乏正规的指导。李维思教学上是个很严谨的人，但他也不是那种拘泥死板的人，他知道让林子青退回去再练习那些枯燥的练习曲，也许是得不偿失。毕竟，这些练习曲的演练也是为了演奏独奏曲，而林子青已经能够比较好地表达独奏曲了，他让李小红在练习曲方面给林子青一些示范，又为林子青制定了一个特殊的教学方案，主要在他演奏独奏曲情绪的表达和作品内涵的讲解。另外的一些高难度的运弓，如顿弓、跳弓、撞弓、飞弓的掌握和指法换把就特别地强调和亲自演示。他还特别注意林子青的谱曲方面的基础知识。他很遗憾，仓皇出逃来这里，除了带了一把琴，没有一本课本和乐谱。幸好，楚天明还留给了林子青这些乐谱，李小红也带来了一些曲谱，使他可以勉强用上。

林子青仿佛懂了李维思的想法，他还是想纠正以前拉过的练习曲中的瑕疵，李维思偶尔也让李小红给他做练习曲示范演奏，他总是那么认真地看着。看得李小红也有点儿不好意思。

“其实，我没你拉得好！叔叔，你说是吗？”

李维思笑而不语，等林子青演练的时候，他就禁不住站起身，情绪激动，嘴里哼着曲子，一边用手比画。

李小红嘟起嘴盯了叔叔一眼：“真偏心眼儿，我拉的时候你……”她嘴上这么说，心里却很高兴。

李维思看着她开心地笑了，一曲下来，他翻开一页乐谱说：“现在你们一起练这首新曲子！”

李小红凑上前，兴致勃勃地和林子青慢慢拉起来，其间，李小红有些跟不上而停顿，林子青在后几小节停下来，又回到李小红停顿的小节上重新开始。李小红不好意思地笑了，感激地看了他一眼，又开始演奏……

李维思在一旁看着李小红练琴比以前认真多了，不由得暗自感叹。

在李维思的精心指导下，林子青很快掌握了大量的小提琴演奏技巧。他的进度让李维思感到吃惊，也让李小红暗自钦佩。很多时候，李维思都让林子青给她示范难点的要领。

李维思欣慰之余，心里最大的遗憾就是不能教授林子青学习作曲。如果在以前，他会很容易给他介绍一个作曲系的老师。他深切感到，林子青对生活有深刻的体会和强烈的音乐表达愿望，具有作曲的天赋和激情。他看过林子青记录的音符，那些还不完整的、支离破碎的音符已经表现出思想和意境。这个生活在社会底层的孩子，贫穷的家庭和沉重的生活压力，都让他过早地体味了生活的严酷和磨难，他的感受是皮肉熬出来的。以后的生活将会成为林子青汲取不尽的艺术源泉。那么，这首曲子还会不断谱写下去，那将是怎样的一首曲子？

一个在这样艰难困苦、贫穷潦倒环境中的少年，对小提琴如此地热爱痴迷和表现出的天赋，深深地震撼了李维思。

林子青也为有了这样的老师而欣喜若狂。他感到自己非常幸运，他的内心充满自信，希望自己把小提琴拉得更好。他玩耍的时候少了，白天拉奏练习曲，晚上更多在乐理知识上下功夫，偶尔他也去那桥洞下拉琴。他总是期待着李维思几天一次的授课到来……

然而，他的生活总是不断发生让他屈辱沮丧的事情。

街道上又开始对“地富反坏右”实行严厉的打击。那天在小巷口，他的父亲以及十几个有政治问题的人都在，就连那个已经头发花白颤颤巍巍的周缨的外公也在其中。他们低垂着头，排成一排，街道上的居民围成一大圈，不停地振臂高呼口号。

林子青看见这一幕，脑子轰然一声惊呆了，他看见那些平日里同他在一起玩的孩子，有些露出同情的眼光看着他，大多数却幸灾乐祸地盯着他。

父亲痛苦无奈的眼神看了他一下，又赶快低下头。他仿佛一下坠入了无底深渊，眼里含着泪水跑开了。

那天晚上，父亲可怜巴巴地说：“你别拉小提琴了。”他没有说出来，斗争会上有人就说他儿子不老老实实，不好好劳动改造，异想天开，成天拉小提琴。

林子青的心情更加沉重。这天晚上，他怎么也睡不着。这是他一生中第二次见到父亲被公开批斗。第一次是在他童年读小学的时候，也是在这条小巷口上，父亲耷拉着脑袋，被宣判犯了现行反革命罪。那天过后，他就受到小巷小伙伴，以及学校同学对他的异样目光和疏远。他常常在夜里躲在被窝里伤心地哭。没想到，岁月刚刚修复了他受伤的心灵，小伙伴和同学们也逐渐淡忘了他父亲的身份，他又一次遭受到更大的伤害。

这一次他没有哭，他内心满是沮丧、绝望。而后来的日子里，父亲被强制劳动改造思想每天扫街，更给他带来了内心的折磨。

半夜里，天还黑沉沉的，整个小巷还在一片寂静中，父亲就开了门出去。不一会儿听见街道上叉头扫把在扫地的声音。他从阁楼的窗户望去，昏暗的灯光下，父亲佝偻着身子在扫街。

“唰——唰——唰——”叉头扫把在静静的黎明发出沉重的声响。

林子青听着听着心都碎了，他不知道以后将怎样面对街上的小伙伴，不知怎样面对李维思、李小红。他感到再没有脸面出去见人了。

强制性、惩罚性的劳动，这看似对体力的掠夺，实则是更为残酷的一种精神摧残，是对人残存的一点儿尊严的毁灭性打击，任何高昂的头颅也会低垂下来。

小巷空无一人，昏暗的灯光下父亲的身影晃动着，叉头扫把在地上发出沉重的摩擦声，“唰——唰——唰——”仿佛像一记记皮鞭抽在林子青年轻脆弱的心上。

那次公开批斗会和后来父亲每天扫地以后，小巷的孩子对林子青明显发生了改变，他们对林子青渐渐疏远了。

李小红不知道发生的这些事情，偶尔也来找他。

不满和嫉妒在孩子中蔓延开了。一直传到小巷那个年龄比较大的、在这一带打架有名、绰号叫“蚊子”的耳里。

“蚊子”姓文，个子矮而壮实，身上带有一股匪气。算命先生给他算命，说了一句：“要是解放前，就凭你这个性格，起码是个团长!”这让孩子们崇拜不已。“蚊子”性格豪爽，拜师学过武术，常在自家门口耍弄那一副石杠铃和石哑铃，展露胳膊上大块大块肌肉。一帮好事的孩子常跟在他身边，狐假虎威、前呼后拥、惹是生非。

小巷的这帮孩子内心深处，既希望自己周围有能出头的佼佼者，让他们感到荣耀，但又不愿意谁比自己强。看着林子青还有这样的女孩来找他，他们心里就有说不出的酸味，冷嘲热讽早已说腻了，他们巴不得看见林子青出丑，以解心中不满，内心得到平衡。

于是，在“蚊子”面前就隔三岔五地出现挑动的语言，“眯贼”极尽挑动言辞：“他娃一天到晚拉小提琴，把自己当音乐家了，还煽了个漂亮的‘盒盒’，成天洋洋得意。”小巷里的孩子把女朋友叫“盒盒”。

“蚊子”不喜欢“眯贼”，讥讽道：“是不是你娃想煽那个‘盒盒’?”引得大家哄笑起来。“蚊子”又加了一句：“你娃瞎眉瞎眼也想煽‘盒盒’?”

常在“蚊子”身边转的是一个手臂残疾的、大家叫“爪手”的孩子，这娃年纪不大，却爱惹是生非。他也添油加醋地说：“文哥，有一次我们和别人打架，林子青打架厉害得很！听说他学过武术，他还说没有遇到过对手，简直是太狂了。文哥，要不，和他比试比试一下武艺？教训一下他！”

“哦?”“蚊子”盯着“爪手”，有些不相信。

“爪手”有些慌张，强撑着：“你不信，你问他们……”

“看来林子青是要长了！该给他点儿颜色看看！这样，你们看到合适的时候，就来喊我！”“蚊子”扭动着手腕显示着自己的力量。

林子青一连好多天没去李维思那里练琴，倒是李小红找上门来。

林子青吃了一惊：“不是说过，你不要来，不要来！”林子青气呼呼地说着走出屋子往小巷尾走去。他生怕李小红在这里找他，知道了父亲的事情。

李小红紧跟着他，一个劲追问他为啥没有去学琴。

林子青一直不吭声，后来恨恨地说："我不学了，不学了！"

李小红惊讶地看着他，一时呛得说不出话。很快，她也发狠地说："你怎么这样和我说话？你不学了？不学拉倒！"说着她自顾自地往前走去。

林子青愣了，不由得慢吞吞地跟着她往槐花巷走去。

"爪手"连忙跑向"蚊子"那里，不一会儿，"蚊子"身后跟着小巷一群孩子，追上了林子青。

李小红生气地在前面走着，要进槐花巷的时候，她回身看了看跟得老远的林子青，看见他身后追上来一群孩子，不由得停下脚步。

小巷的孩子追上林子青，停下来围着他。

"蚊子"不紧不慢上前笑道："他们说你学过武功，我们比比咋样？"

林子青没搭理他，他想尽快离开他们，但被他们紧紧围住。

"害怕了啊？"那些小伙伴七嘴八舌。

李小红见那么多人围住林子青，连忙转回身来，一看这个阵势，连忙说道："你们这是干吗？仗着人多欺负人！"

"蚊子"冷冷一笑："用得着人多？就我一个，没你的事。"

"眯贼"和"爪手"在李小红面前溜来溜去，不怀好意地干笑。李小红推开这个，那个又凑上前去，像一群鬣狗围困一只小鹿。李小红又气又急，一时不知咋个是好。

林子青不愿意和小巷孩子发生冲突，他知道这是小巷中对他不满的积累今天终于爆发出来了。他们在李小红面前挑衅他，就是想要扫尽他的脸面。他心中压抑了很久的情绪爆发了，怒火在他胸中燃烧。如果他不答应和"蚊子"比武，他们决不会罢休。他们会继续纠缠李小红。他知道她是个性极强的女孩，他生怕她出手，激怒这些人，他们可没有骑士风度和贵族气质，他们对于女孩的耳光，会加倍地报复。更让他担忧的是，如果那样，槐花巷近在咫尺，绝不能暴露他们的住所。

想到这，他上前推开那些围着李小红的人，大声对“蚊子”说：“比就比！我们另外找个地方。”

“蚊子”一拍手：“好，爽快！”

林子青把李小红拉在一边轻声说：“你去转一圈再回去，别让人知道你住在里面。我跟他们去。”李小红还要争辩，林子青铁青着脸推了她一掌：“快走！”

林子青转身对“蚊子”说：“走吧！”说着向另一个方向走去。不知走了几条小街，他们来到一个人迹稀少的空地上。

林子青和“蚊子”对峙着，林子青渐渐冷静下来，他的内心十分矛盾，打架一定会给父亲带来麻烦。但他忍受不了他们无端的欺辱，尤其当着李小红的面，这样纠缠和羞辱让他非常愤怒。

“蚊子”慢慢靠上来，左右拳一阵虚晃，来了个“掀波逐浪”，林子青左架桥，右撞平拳，一个“金刚出世”接过，“蚊子”一个“黑熊扭身”左右平撞拳急速击打，林子青不断化解他的拳法，他感到他的力量很大，一招一式中规中矩，没有伤人的阴招狠招，但一拳制胜的愿望却非常强烈。林子青也没有心思和他周旋下去，他想尽快结束他们的纠缠。他心里明白，只有自己输了才能满足街上小伙伴的嫉妒之心，结束这场毫无意义的争斗。他犹豫着——“蚊子”旋即上前双手抓住他的肩膀——林子青还在犹豫中，“蚊子”一个跨步一只脚靠在他后脚跟上，肩头趁势用力一靠，脚下一勾，林子青就摔倒在地上。

“好！……”小伙伴吼叫声喝彩声轰然响起，他们开心极了。

“蚊子”明显感到林子青没有抵抗，这让他感到取胜很不光彩。他不满地说：“重新来，这次不算！”

林子青看着“眯贼”还有“爪手”那种幸灾乐祸的目光，听着奚落声在不断响起，他的自尊涌上心头，他浑身血液仿佛要燃烧起来，他大喝一声："来吧!"

"蚊子"兴奋了，他一个"横扫千军""左横扫拳""右斜勾扫拳"冲上前来，左手抓住林子青的右小臂，林子青用"凿石开山"左擒掌、右锤拳一一化解。"蚊子"又一个直拳刺向他胸前，林子青感到了他的力量非常大，他耳边猛地响起了外公的吼声，"拍档!"——他一个侧闪防守，向右侧身弯腰伸出左手，掌心接住来拳往上一托，抓住拳头，又迅速抽回右臂，双手紧握"蚊子"的右手腕，往外侧一扭，右插步，左扫腿，"蚊子"应声凌空摔倒在地上。

"蚊子"一个腾空跳起身，笑了笑，点点头，拍拍手，嘴里叫道："好！好！好！漂亮!"

他围着林子青左右转着，突然一个轻灵的箭步靠上来，一个"公牛鸣角"左右拳虚晃，让人眼花缭乱，林子青上前接住招式——外公的话在他耳边响起："花架子，没有用！套路早已为人所掌握，只有出其不意，变幻莫测，方可制胜。放他进来……""蚊子"右手直拳向林子青胸前击打过来，林子青没有躲闪，当拳头就要击中胸口一瞬间，他迅速后仰，让拳头刚好击打在胸前，仿佛强弩之末而毫无力量。"蚊子"暗暗叫苦，他意识到了自己中了林子青的圈套，他想收回拳头，却已晚了，他的小臂早已被林子青紧紧抓住。只要林子青左手借着他的冲力顺势一拖，一个弯腰，右肩在他胸口一垫，一个拱背就会将"蚊子"从后背上腾空摔落下去……

一瞬间，林子青看见了人群旁边的李小红，他的心中响起了悲怆小提琴声……他的手一下失去了力量，动作也停止了。

"蚊子"趁势收回拳头，重重一拳击中他的脸，林子青轰然倒在地上……

"蚊子"看了他一眼，脸色铁青回转身慢慢穿上衣服。"眯贼"和"爪手"凑上前来："文哥，再打啊！你看那个'盒盒’又来了！”“蚊子”看了一眼站在远处的李小红，有些恼怒地对着“眯贼”“爪手”吼道：“都给我走，你们晓得个锤子！哪个还要惹事，老子就踩扁他。”说着大步往回走去，一群孩子也跟着他呼啸而去。

李小红急忙上前扶起林子青，用手帕给他擦拭鼻血，一边说：“我看你就要把他打翻在地，你为啥……”

林子青摇摇头，一声不吭，眼里充满委屈无奈。他心里很清楚，如果他将“蚊子”打翻在地，那些人会像疯狗一样一拥而上撕扯他，不光是他，就连李小红也会受到伤害。以后，在这个小巷，他和他的父亲就会永无安宁之日。

小提琴悲怆压抑的旋律凄切地响起，仿佛在哭泣……

林子青看了李小红一眼，又避开她的目光，这一切都被李小红看见了，这让他心中很不安，他不知道她和李维思会怎样看自己……

李小红看着林子青，她开始意识到，林子青绝不是她想象的，只是一个会拉琴的简单的人，他的生活环境远远比她想象的要复杂。

十九

在河畔见到林子青拉琴那天晚上，李小红兴奋得久久不能入睡，朦朦胧胧的心好像有一个东西在撞击，有种异样的感觉。在被窝里，黑暗中，她感到自己两颊滚烫滚烫的。

练琴中她常常精神恍惚拉错音符。李维思也疑惑地看着她，不知发生啥了，只是见她挺开心的样子，也就没有多问。

她又去了那个河畔好几次，都没有见到他，当终于有一次听到那桥洞下传出琴声，她激动地拍拍胸口，差点儿就要跳起来，她来到河边，坐了下来，听着那熟悉的琴声。

望着那蜿蜒的河流，她的情感也在流淌。她开始喜欢这个地方了，这里不像北方城市。那儿在这深秋季节，繁茂的树木早已萧瑟凋零，露出光叉叉的树干，奔腾的河流也停止流动，开始结冰。夜晚，刺骨寒风凛冽，扫过大街小巷，路上早已没有了行人，那儿一切看起来都那么寂静冷清。而这里仍旧是河水流淌，树木常青，那些小街小巷还是人来人往，热闹非凡。

她很喜欢听他拉琴，喜欢看他拉琴的神态，他深邃的双眼微微闭上有些忧郁，神情凝重庄严。他的琴声极富感染力，磁性般吸引着她，深深打动了她的心，使她由衷地钦佩。她感觉他寡言少语，看起来也比较柔弱，但眼里有一种沉稳的刚毅和不屈的光芒。

去找他那一天，在那个小巷，她见到的那样的情景，她很惊讶。他就是生活在这样的环境中？无论如何她也不能把他和这条小巷联系起来。狭窄的小巷居住的人是那么多，显得拥挤不堪。她走在小巷，就像走在人群夹道上，两旁的人异样的眼光聚焦在她身上。年长的女人，惊异的目光中带有失落，嗟叹自己已逝的青春容貌；年长的男人，黯然的眼睛也会放出光亮，发出深深的叹息；而那些中年人，充满渴望的一双眼在她全身上下扫描；那些嘴唇刚长出绒毛的小伙子，惊讶中带有恶作剧般哄笑。这都让她感到浑身从未有过的紧张。

后来她去了林子青家，看到贫寒简陋的屋子，看见林子青在小阁楼上练琴。她内心很复杂，她很不喜欢这样的环境，这和她生活的环境简直是天壤之别。但林子青在这样的环境里那么勤奋，又让她深深地感动和钦佩。她去过一次后，林子青就不让她去了。她感到林子青在躲着她，除了在叔叔那里学琴，就没主动和她多说过话。

李小红从小在机关大院长大，那里面的生活是平静单纯、机械简单的。那些男孩子很多剃上个平头，脸上都是一副不可一世的神情，在地方学校里和同学在一起，不由自主有一种优越感。他们生活富裕，个子也会比同班同学高出许多。很多男孩成绩都不太好，有的还被留级，但他们没有感到惭愧和耻辱，实在混不下去，他们可以轻易地转学，来掩盖过去的不光彩的留级。他们欺负男同学，也欺负女生。高干子弟！这个时期，具有很强的威慑力，没有同学敢去招惹，就是老师也要相让几分。他们的父辈在打江山的时期，就为他们铺平了以后的道路。当他们背诵毛主席那段语录："世界是你们的，也是我们的，但归根结底是你们的！"内心无不自豪地就感到世界是自己的了。李小红在心里很看不起他们的所作所为。她没有感觉到他们有什么可以值得自豪的。她不理解他们为何那么傲慢，底气十足。其实这些男孩真的是啥都不懂，很多方面还显得很单纯幼稚，他们对院外的社会以及人情冷暖很陌生，自身的能力也非常一般。但是，政治上的强势还有经济上的实得利益让他们腰杆硬了起来，他们享受着配给制的充裕食物。当那些男孩全部穿上父亲的洗得发白的旧军装在街上游荡时，都会引来一阵羡慕的目光。他们最后一般都可以轻而易举到部队当兵，几年后，就再转业到地方工作。他们根本用不着对以后的日子犯愁。

李小红的父亲常常对这种现象叹息："无知啊，浅薄！不学无术！"

李小红也是他们中的一员，也不可避免地有那种傲视一切的习性，也有一种大小姐脾气。但她和他们还是有很大不同，毕竟，她的父亲和母亲都是有知识的军队高级干部，早年就是为追求自由民主，而从国统区跑到延安的知识分子，他们的思想意识潜移默化影响着她。

她的模样在大院里女孩中显得不同一般。爷爷一辈的贵族血液在她身上遗传下来，祖上的俄罗斯血统给她注入了异国风情。她的眉毛微微往上提起，丹凤眼，鹅蛋脸，雕塑型皮肤，非常大气优雅。加上她自小学习小提琴，音乐的熏陶又增添几分艺术气质。

大院里的孩子，和所有地方的孩子一样，也有不同派别。院里一部分孩子喜欢她，一部分排斥她。如果不是和院内那个男孩发生了让人惊恐的冲突，她不会来到叔叔家，也不会在这生活底层遇见林子青。

学校停课，孩子们成天都待在大院，免不了经常惹些事出来。

那个父亲是副军级高干的大男孩，常常欺负那些小男孩小女孩，那些男孩都不敢吭声。但那一次，那个男孩把一只蜥蜴恶作剧地放进她的颈子，冰凉的蜥蜴在她身上乱窜，令她毛骨悚然，连声尖叫。她恼怒地冲上前，而她根本不是男孩的对手。男孩像要猴一样抓住她的手，她手抓脚踢，怒气冲冲，男孩一边笑，嘴里还说道："资产阶级小姐，看啊！哈哈哈！……"

回到家里，她一语不发，等到父亲回家，她悄悄拿走父亲的"五四"手枪，来到男孩家门口，大声叫喊："你给我出来！"

男孩走出来，一副无所谓的样子："还想找打？"

她呼啦一下掏出手枪，双手紧握对着男孩。男孩脸色"唰"地白了，她大叫一声："我打死你！"随即闭上眼，扣动了扳机，"砰！"一声枪响划破了宁静的大院。子弹在男孩头顶飞过，男孩惊恐得瘫坐倒在地上。

院里炸锅了，麻烦大了，好在没有伤到人，总算这件事渐渐平息了。父亲害怕她在院里再闹出点儿事情，决定让她暂时离开，到别处去暂时避避。而李小红除了去李维思那里，哪儿也不去，还找出要去继续学小提琴的理由。当知道叔叔不在上海而去了西部一座城市，她要去的念头就再也阻挡不住。

父亲考虑再三，看来学校一时半会儿开不了课，部队文工团也在招员，真有能力去也是一个不错的去处。想到还处在危难中的兄弟李维思，李小红去了，真有啥事也好有个照应，也就答应了她的要求。临走将自己昔日战友，现任当地警备区司令员的电话也抄写给女儿，“这是军内的专线，除非遇到紧急情况，万不得已，一般不要去电话！”他告诫女儿。

李小红在和林子青的交往中，总感到他在躲避自己。她去过一次林子青家，后来林子青要她以后别去，也没说理由。就是叔叔有事叫她去，每次一去，林子青总是很快就让她离开了。

那次，她在林子青那里看见那么多书，就借了几本回来。有一本是《钢铁是怎样炼成的》。以前，她只是在语文课上学过一个片段，她很喜欢保尔，她还记得那段名言：“人最宝贵的是生命，生命对每个人只能有一次。人的一生应当这样度过：当他回忆往事的时候，他不会因为虚度年华而悔恨，也不会因为碌碌无为而羞耻。”

另一本是《红与黑》。开始，这本书林子青很不愿意给她，这引起了她更强烈的好奇心，她就坚持要拿走，林子青无可奈何，只好用报纸包好，还一再嘱咐她，千万不能被别人看见。

在读那些书的时候，她才知道，保尔还有一个女朋友冬妮娅，当看到保尔河边钓鱼，遭到麻脸的欺辱，一拳将麻脸打下河去，她也像冬妮娅一样开心地大笑起来。她喜欢冬妮娅对保尔的情感。在看到保尔和冬妮娅朦朦胧胧的恋情时，她感到心跳得很厉害，脸也发烫了。她看得那么入神，当她昏昏睡去的时候，她的脑海不断涌现出保尔和林子青两个相交叠印的影子。冬妮娅出现的时候，她又感到自己也在那个画面之中。

李小红感到自己和林子青的相遇，真是不可思议。她在河边听琴认识了他，但不知道他在哪里，而叔叔没见过这个男孩，却又知道他住的地方。一首还不完整的小提琴曲就这样使他们最后相逢，而他竟然又是叔叔相遇的拉架架车买小提琴的男孩。这在李小红心里，仿佛是一个奇妙的童话故事，充满神秘浪漫、传奇动人的色彩。她为这样的相遇感到惊讶欣喜，不由得深深触动了那颗少女之心……

当林子青来叔叔这里练琴，她看见他的琴弦是最差的一种钢弦，而且几根都是断了接上的，她的心里很难受，她感到他学琴是多么艰难。趁他和叔叔说话，她拿过他的琴，悄悄地换上了一套上海牌银弦，她试了试音，感觉琴声好多了。后来林子青拉琴的时候，感动地望了她一眼，拉着拉着眼泪就流了下来。她也被他的感动感染了，他们都没有说话，而在心中却涌动着温暖的情感。

二十

“小红，这么多天了，小林又没来上课，你知道是怎么回事?”李维思实在忍不住了才问李小红。

“还不就那件事！那个小混混打了他，我……恨不得用枪崩了他。”李小红把林子青和“蚊子”他们打架的事情告诉了叔叔。

李维思双眉紧锁，看来林子青的生活环境不仅仅是贫穷，这里面比他想象的要复杂多了。这样一个孩子，在这样的生活环境中要学琴真是太难了。眼下，整个国家纷纷乱乱，他也感到迷茫困惑。他的逃亡生活，使他神经高度紧张，时刻绷紧了弦。他感到危机四伏，他不知道这样的日子还要延续多久，说不准哪一天又会出现什么意外情况。他心里很着急，希望在这些日子里以最快速度教授林子青学习小提琴。如果林子青就这样一蹶不振，那是太可惜了，对于他自己，对于音乐，那都是一个巨大损失。此刻的他，就像一个乳汁满满的母亲，急切想要去哺乳孩子一样充满焦急。

以往有事他都是让李小红去叫林子青。这一次，他决定要亲自去林子青家，希望和林子青父母交流一下，说明林子青学琴的重要性，得到他们的支持。想起几天前，李小红爸爸来信中要他们注意安全，千万要少出去走动，说专案组还在追踪他，还去过北京悄悄调查他的行踪。可李维思此时也顾不得了，但他还是等到傍晚才走出大门。

李维思警惕地看着四周，急急地往林子青家走去。

林子青没有在家，他说明了来意，林父一听是他，连忙让进屋里请坐，激动地眼里噙着泪："李老师，娃娃啥子都给我说了，那天晚上，你给了他们那么多钱。你真是……"

林父的谦卑和热情让李维思感动得不知说啥好。他看了看屋里简陋、寒碜的摆设，心里还是一沉，他没想到林子青会生活在这样的环境里。

"大哥！随意点儿吧，不要客气！"

"李老师，你这么看得起我们，真不知该咋个感谢你啊。"

李维思把希望林子青将琴学下去的想法说了，又一再说："你们一定要支持他，鼓励他，这对他很重要。"

"哦？真是难为你了。李老师，我是个大老粗，没啥文化，有啥说啥，你不要多心啊！我们这样的家庭吃饭都恼火，哪有钱去弄这些耍玩意儿。他爷爷原来就喜欢吹拉弹唱，后来还弄回来'梵婀玲'，就是子青现在拉的这个玩意儿，成天拉得叽叽嘎嘎的，最后还不是败家了？连娃娃都供不起！唉……"林父叹息着，"我看以后还是学个木工、泥水匠啥的，有点儿手艺才能讨生活啊！"

一席话让李维思心情也沉重起来，他还是坚持把自己的想法说出来："大哥，林子青这个孩子音乐天分很高，以后会……"

“李老师，你就不要操这个心了，他学得再好也没得用……”

李维思疑惑地看着他。

林父咬咬牙很艰难地说：“李老师，我也不瞒你，我是有政治问题的人。”

“哦?”李维思心里一沉。

“我们这个家的娃娃，在这条巷子里都抬不起头。现在做啥子也要讲成分，林子青就是学好了……也不行!”林父忍不住喉头也硬了。

李维思的心也被触动了，他默默无语地低下头。现在这个社会，参军，一些军工单位、文艺团体，对这样家庭的孩子，都不会敞开大门。那么，林子青学下去有怎样的归宿呢？李维思不敢想，也不知道。他只是无奈地说：“大哥，相信以后吧。”

他后来忍不住想看看林子青练琴的小阁楼。走上很窄很陡的小楼梯，不禁感慨万千。阁楼低矮狭窄，稍不注意就会碰到屋顶。屋顶椽子上陈旧的灰瓦稀稀落落，几片亮瓦给昏暗的小阁楼投进一点儿光亮。一张小床紧靠着泥巴墙壁，床边有一个小桌子，上面叠放着很多乐谱和书籍，一本翻开的书放在上面，他不由得跨上前看了看，昏暗的灯光下，几段文字跃入他的眼帘：

> 他望着那暮色降临乌云低垂的天空，空旷荒寂的原野空无一人，一种恐惧袭上他心头……

李维思翻过书，看着封页上的书名《热爱生命》。他听说过这本书，但没有看过，单就书名也让他感到一种振奋。他又看了摆在一边的一篇写好的五线谱，他的心感到有些欣慰了。看来林子青没有放弃，他在迷茫困惑中还在不断寻找支撑精神和理想的动力。

他慢慢走下小阁楼，告辞了林父，要林子青回来后去他那里。

李维思刚走出门，忽然，他感觉有一双眼睛在盯着他，他回过头去看，那个人很快就转开头，若无其事地看着其他地方。

李维思心中一紧，连忙告别了林父，快步往巷尾走去，他越来越感到不对劲，不时回头看了看身后。当他快要回到自己的小巷时，他感觉那个人还在不远处跟着他。他心里一沉，知道自己被人跟踪了。他不敢径直走回自己住地，而是继续往前走。“尾巴”也紧紧跟着他。李维思感到很紧张，一时不知咋办。

正在这时，他看见林子青从后面追上来。

林子青刚回家，听父亲说李老师来过，就连忙出来追他。在路上，他发现了有人在跟踪李维思，他经过那个人时，悄悄看了他一眼，见他不像本地人。他的衣领子向上翻起，紧紧遮住脸，鹰鸷般的眼神紧盯着前面的李维思，那个人侧身对他一瞥，扫过阴冷凶残的目光。林子青不由得心中一紧，他加快步子走近李维思身边，他没有停步，仿佛不认识李维思，只是轻声地说：“后面有人跟踪。”李维思也轻声回应：“我知道了。”林子青又悄声说：“李叔叔，你跟我来。”

那个黑影还是保持着一定距离跟着他们。

林子青一边走一边想着对策，他带着李维思来到前面不远处的文化宫。

这是这座城市最大的一个文化活动的场所，现在已被红卫兵占领，红卫兵的总部就设在里面。这里每天高音喇叭叫个不停，传单不断，大字报铺天盖地。为了吸引市民，获得市民支持，这里每天还放映露天电影。这个时候，估计露天电影也快放映完了，如果走进那个地方，就可以寻机甩脱那个跟踪的人。林子青一边想一边走着来到文化宫。

晚上了，这里仍然人来人往，熙熙攘攘。林子青常来这里，门口的红卫兵也熟悉了。文化宫拱形的大门下，几个全副武装、荷枪实弹的红卫兵站在门前值岗，林子青突然看见一个脸面熟悉的红卫兵。

他灵机一动，走到大门口停下来，他示意走上前来的李维思先进去，然后走近红卫兵，指了指后面盯梢的人，悄悄对红卫兵说："那个人是保皇派，鬼鬼祟祟的样子，可能是来刺探总部军情的。"

"什么？我看他是活腻了！"红卫兵嘴里骂骂咧咧，对着旁边几个同伴轻声说着，几个红卫兵顿时从肩上放下自动步枪，打开枪栓，紧紧盯着跟上来的"尾巴"。

林子青偷笑着，连忙跑进大门追上李维思。

"尾巴"也紧紧跟上来，刚靠近大门，几个红卫兵从前后一拥而上把他扑倒在地，

"你们干啥，我有公务，有公务！"

"妈的，还装普通话，就是知道你有公务！"一个红卫兵劈头就是一拳，枪栓拉得哗哗响，"走，押进去！"

"我在抓逃犯，我在……"

"抓逃犯！你也不看看这是啥地方？我看你这个熊样子就是个逃犯，还给我装，再叫？老子毙了你！"红卫兵的枪口对着他脑袋一戳。

林子青忍不住偷偷乐了，带着李维思从门的一侧出来。

"是个外地人？李叔叔，这是咋回事？"

李维思没有说话，他听见那个人说话的声音是上海口音，心里估计是上海专案组的人在追捕他。他早就隐约感到，这一天迟早会到来，他做好了准备，他要加快对林子青的课程辅导进程，还要去祭奠埋在乡下的楚天明的骨灰，了却自己的心愿。

二十一

一到乡下，李小红就兴奋起来。她生长在大城市，从来没有来过这样原始古朴的乡村。在北京，就是学校组织春游到郊外去，看到的也只是公园一类的人工景观。见过最多的鸟儿就是叽叽喳喳的喜鹊和一身乌黑的老鸹。

这是一个大地成熟的季节。天空中，蔚蓝如洗，白云悠悠。田野上，稻谷已经收割完了，露出黑黝黝的泥土，一垛垛稻草还稀疏散落在一望无际的田野上。空气中，弥漫着沁人心脾的稻谷芳香。

“米？米！这儿有米。”李小红在田野里，拾起稻谷，好奇地剥开，发现是大米，忍不住欣喜地大叫起来。

“这本来就是米！”

“我们吃的米？是从这里面来的？”李小红咋也想不到，她还以为大米就像水果是树上生长的。乡村对她来说，真是太新鲜，太新奇，她脸上泛着红晕，不停地欢呼、尖叫。

外婆外公见他们到来，开心极了。听说是林子青的老师，又见一个漂亮的姑娘一路来，恭敬中又增添了许多欢喜热情。

刚一安顿下来，李小红就闹着要去河边玩，她听林子青说起过这条大河。早就让她充满遐想和向往。李维思就让林子青带她去，他要和林子青外公商议准备点儿东西，祭祀楚天明。

林子青带着李小红顺着竹篱笆旁的小路往河边走去，李小红开心地蹦跳着走在前面。前面竹篱笆下突然钻出几只黑黝黝的小动物，李小红一阵尖叫，连忙往回跑到林子青身后，双手紧紧抓住他的胳膊，眼睛盯着前面紧张地问：“那是啥？”林子青看了看，几只小猪嗷嗷嗷叫着望着他们，他有意要逗她一下：“是狗，汪汪汪！来了。”吓得李小红直往他怀里钻，她又探出头胆怯地看了看，望着林子青的眼睛：“不像狗……是猪吧？”

“哈哈哈！”林子青忍不住大笑起来。李小红在他胸口上捶了一下：“你这个坏蛋！”然后跑上前去……几只小猪“呼啦”一下钻进竹篱笆里去了。

秋天河畔两岸，树木飘洒着黄灿灿的落叶。河水退去不少，清莹莹平静地流淌着。河滩上，大小不一的鹅卵石被河水冲洗得干干净净，在阳光下不时闪耀着光亮。

李小红兴奋得脸都红了，在河滩上不停地捡起小石头，又笨拙地向河中扔去。林子青早已脱下鞋子，在水中摸鱼，不一会儿还真的捉起一条小鱼。

“我要，我要！”李小红兴奋地大声喊叫，鱼刚一拿到手，很快一个腾身从她手中跳落到河里去了。“哎哎哎！跑了，跑了……”李小红舞动着双手欢快地惊叫着。

“噗噗噗！……”河对岸草丛中，一只色彩鲜艳的野鸡被她的叫声惊起，笨拙地扑动着翅膀飞落在不远处。

李小红张大嘴呆呆地看着，目光跟随着野鸡停留在河对岸：“我要去对岸，我要去对岸！”她脱下鞋，一手各提一只，光着脚丫下到河水里。河底的鹅卵石冷冷的硬硬的，她感到脚底一阵生疼，不由得尖叫起来，身子也摇摇晃晃站立不稳，林子青赶快上前拉住她。李小红噘着嘴说要去对岸。

林子青知道秋天河水不深，在这个浅滩最深处也就没过膝盖。林子青看她那个样子，心里好笑：“走啊，我牵你？”

李小红刚走了几步，又叫起来：“哎哟！哎哟！好痛啊！”她看着他，撒娇地说：“你背我过去！”林子青吓了一跳，不禁后退了一步，愣愣地看着她。

“快来！”李小红不由分说，张开提着鞋子的双手，林子青也不知怎么就走到她面前，他转过身，弯下腰。李小红双手紧紧搂住他的脖颈，林子青挽住她的双腿，往上一提，背起她向对岸走去。

林子青从来没有和女孩这么近距离接触过，他感到后背上散发出一种异样的气息，李小红软软的身子紧紧靠伏在他身上，他感受到李小红怦怦跳动的心。他搂着她大腿的手，感受到女孩身子是那么丰盈饱满。他的心不由得跳得很厉害……

直到李小红大声喊："到了，到了！"他才定下神来，一看，早已蹚过河水，来到沙滩上。

林子青放下她，他不敢看她，眼睛望着远处，他感到自己呼吸很急促。

"你累了吧？我有点儿重。"李小红一只脚立在地上，一只手搭住他的肩头，一只手去穿鞋。

"累啊，简直像背死猪儿一样。"

李小红上下打量着自己，自语道："我是死猪儿？我就那么肥吗?"林子青偷偷瞥了她一眼忍不住笑出声来。李小红看着他娇嗔道："乱说！你这个街娃!"说完大笑着跑向河岸那片树林。

"街娃?"林子青自语着，脸色变得难看了。他忘不了第一次别人骂他街娃的情景，那是在童年他和"眯贼"打架，"眯贼"被他打得鼻青脸肿，眼镜也被打碎了。这在小巷孩子中也是时有发生的事，一般大人也就骂骂自己孩子、在孩子屁股上打几巴掌，大人之间一笑了之。但那次，"眯贼"的母亲叫"摩登"的女人，很快就拖着儿子找上门来，盛气凌人地向林父兴师问罪，嘴里叫道："你是咋个教育小孩的？小小年纪就敢打人，这还得了！"林父不停向"摩登"赔不是，又抓住林子青，不由分说就用鸡毛掸在林子青的屁股、肩头、背上狠狠抽打。直打得周围的人都看不过去了，"摩登"这才罢休，她又伸头看了看屋子，皱起眉头："哼！街娃，一点儿没得教养，长大只有像那些墙壁上贴的！"墙壁上贴的——布告？那是被判刑被枪毙的罪犯。林父一下愣住了，林子青的心被刺痛了，原来街娃在他们眼里，就是贫穷、无知、低贱、粗野、罪恶的代名词？

屈辱、愤怒在林子青心中燃烧，他猛地跳起身追去，李小红回头见他追上来，笑着跑得更快了，他好不容易追上她，一把抓住她的肩头。

"哎哟！"她痛得叫起来，回头见林子青铁青着脸，一个字一个字地说："我是街娃！我低贱，我没有你那么高贵！"说完甩开她，往河边走去。

李小红惊愕地看着他："你？……"

林子青走到河边，回头看了看，他真想一走了之。

李小红慢慢走过来，也不看他，脱下鞋，咬着牙摇摇晃晃往水里走去。

林子青看着她，一动不动。

"啊，啊！哎，哎！……"李小红惊叫着，一个趔趄就倒在河里，她四肢一阵乱扑乱打，拼命想要站起身来……

林子青走上前一把托起她，不由分说，将她背在背上，往河对岸蹚去。李小红扭动着身子不停地叫道："我不要你！不要你！淹死了也不要你管！"她一边叫一边用双手不停地捶打林子青的肩头，末了她嘤嘤抽泣起来，双手紧紧地搂住林子青的脖子，脸也靠在他后脖颈上。

人们交往中，有些过错是没法用语言来表达歉意的，而更多的是通过行为或其他方式。这个过程中，没有一句"对不起"，或是"我错了"的话语，但对方完全可以深切地感受到那种深深的歉意和自责。

清澈的河水静静地流淌着，"哗哗哗"的淌水声中，林子青和李小红把对方搂得更紧了……

李维思在屋里和林子青外公商议好祭祀的事情，又去看了看楚天明那箱蜜蜂。蜂巢前，蜜蜂进进出出，显示出蜂群非常兴旺。在维也纳楚天明的那个家，他每次去，楚天明在门口接上他，总要带他去看自己的蜜蜂。看了一会儿，那些飞舞的小精灵让李维思的心情好多了。

河岸那此起彼伏的鸟叫声吸引了他，李维思走出院落，沿着河岸走去。先前听林子青说起过这个地方，当他身临其境，感到这里的古朴原始远远比自己想象的更为动人，一时间，他仿佛回到了维也纳的莱茵河畔，河流舒缓宁静，蜿蜒曲回，两岸茂密的林带随河流的舒展伸向远方。这样的环境，完全就是自然和音乐的交融。

李维思完全融进了自然的怀抱……

林子青和李小红走过来，他们三人一起往上游走去。

河水静静地流淌着，李维思的思绪在不断地延伸……

自然界音乐无处不在，像这条河流，从岸边那些搁浅的巨大原木可以想象，需要多大的承载力才能到达这里？那时候的河水从远处犹如千军万马滚滚而来，表面上，河水载着巨大的原木，无声无息，而当我们仔细地倾听，就会听到河水深处发出的沉重喘息声。再看现在的河流，清澈宁静，流过浅滩，在轻声歌唱，鱼儿也欢快地在水面跳跃。那密林深处，微风和树叶在嬉戏，每一片飘动的落叶，都在发出和谐的共鸣，那就是树林的声音。树木不光是我们看见的枝叶繁茂，苍翠碧绿，里面还有很多鸟儿在奏鸣，毛毛虫啃食树叶的喳喳声，这才让树林充满生气。听见了吧，那蟋蟀的叫声，鸟儿的叫声，这些都是我们一下可以听出来的，还有很多是我们听不出来，只能感觉到的。那些在水面上优雅飞翔的蜻蜓，看见它的熠熠闪亮的翅膀了？我们也能感受到它细微的振翅声。就是我们脚下，你们看，屎壳郎在推动圆圆的粪球，成群的蚂蚁在急促地来回奔跑，这一切仿佛就是一首交响乐曲。

自然界给了人很多启迪，人类制造了很多乐器来模仿这些声音，不断增添交响乐队中的乐器，但还是不能完全表达自然界的声音。

自然界是音乐的源泉，生活让我们对音乐有了深刻理解。我们欣赏自然的美，它熏陶着我们的心灵，让我们更加热爱生活。磨难、泪水、苦痛、忧伤在我们内心深处都有声音，我们会有所领悟，会触发我们思索而在心底涌出音乐的声音。

这条大河给了他无数的感慨，李维思不断地抒发自己对自然界的情感，也在开启林子青、李小红内心的音乐世界。

夕阳西下，在宁静的河畔，楚天明的新坟已经长出了高高的丝茅草，丝茅草顶端开出无数灰白色的小绒花。随着微风轻轻飘舞散落飞向远处，仿佛是楚天明的魂灵在向他们轻轻点头示意。

坟前摆上了一张长木凳，一个青花瓷大盘里跪放着一只煮熟的脖颈高昂的雄鸡，一双筷子分左右插在雄鸡翅膀下的两肋，这是乡村祭祀亡者最隆重的供品。两只酒樽慢慢斟满了，长香、红烛也点燃了。

李维思双手捧起长香，虔诚地向墓坟三鞠躬，又双膝跪下，连连叩首。他点燃纸钱，一缕幽幽青烟顿时升上天空。

外公神情庄严端起酒樽，嘴里念念有词往坟头洒去。

林子青和李小红默默地烧着纸钱。

一阵清风吹来，青烟裹挟着纸钱灰烬盘旋飞向天空，丝茅草不停摇曳摆动，灰白色的花絮悠悠飘向远方……

李维思神情严峻，他拿出小提琴在坟前拉起了《沉思》。他的动作越来越大，凝重的脸上泪水涟涟。

林子青和李小红忍不住流下眼泪，外公在一旁也擦拭着泪水……

李维思走到河边，他站在一块突出在水面的“鱼嘴”上，静静地望着河面，久久地沉默着……

突然，他那被压抑太久的情感爆发了，他的琴弓猛地一挥，低沉悲怆的琴声骤然响起，他拉起了那首最著名的小提琴独奏曲《流浪者之歌》。低沉、忧伤、高亢、激越的琴声刺破河岸的宁静。

李维思的心在痛苦挣扎，在呼喊，又无可奈何地转回现实。他的情感再一次地升华，像太阳一样的光明在琴弦中飘出……苦难慢慢远离，在欢快愉悦的氛围中，人们在笑着，在跳着。

林子青被乐曲深深震撼，他还没有听过情感如此丰富的曲子，更没有见过如魔术般的演奏……

站在坟前的外公，老泪纵横，嘤嘤地哭了。

二十二

林父结束了一天的劳作刚刚回到家，刘干事就来叫他，和以往不同，这次让他马上跟着去派出所。

林父脊背上都感到寒意，一路上不停地在回想，自己最近有没有犯过啥错。

在带有几分肃杀气氛的审讯室。刘干事发话了：“你要老老实实配合我们调查，政策你是知道的。”

林父点点头，不知所措。

“几天前，晚上，有个中年人——男的！”刘干事故意放慢声音，一个字一个字地说，“来过你家？有这回事？”说到这里，他提高了声音。

“男的？来过我家？我不知道啊！”林父心里在琢磨。他知道这个地方要找的人，一定是没啥好事情。

旁边一个阴沉着脸的瘦子走近上来，操一口上海口音普通话：“不知道？在你家待了那么久！我是亲眼看见的。嗯！我告诉你，这是一个在逃犯！”

“啊！”林父瞪大眼睛。

瘦子奸笑着：“要是你敢隐瞒，那就是包庇罪！马上可以把你捆起走！”

刘干事看了他一眼，有些不满地说：“你来问还是我来问！嗯？”

瘦子怔了怔，他是没有把刘干事放在眼里。他来自大上海，对小城市的人还是有些轻视，但强龙压不过地头蛇，再说，没有当地配合，他也毫无办法。他干笑几声：“好好好！你来你来。”

刘干事干咳几声，对林父说：“你自己的身份——我就不说了，如果包庇在逃犯，那就是罪加一等！”

父亲低下头，长期的政治压迫和人格的摧残，他早已失去抗争的力量和意志，他感到自己变得懦弱了。但在他的内心，始终保持着正直、善良，不害人不整人！这是他的基本道德底线。

反革命的身份，不光使他备受了精神上的折磨，在经济上也给他带来了巨大的损失，就是自己拉架架车这样的苦力活的权利也给剥夺了，他只能在沙石组，受他们更多的剥夺。

他知道了他们要找的人就是李维思。现在，他面临威逼，内心很复杂。一方面，他知道李维思是好人，怎么会是罪犯？一旦说出来，那个人就会被抓走。如果不说，他们又会怎样对待自己？他的反革命身份，是会遭到更为残酷的折磨。如果真被抓走，家里的孩子咋办？一家人的生活咋办？

“想起来了吧？那就老老实实交代。”刘干事看出了他的犹豫。

“那么斯文的人也是逃犯？他犯了啥子罪？”林父嗫嚅道。

瘦子又走上来：“问那么多干啥，想起来了就赶快交代！”瘦子扬扬手，看起来他常常采用的是暴力手段。

刘干事不满地盯了他一眼，本来对外来的这些事情他是不想管的，多一事不如少一事，毕竟这是自己管辖的地方，他不愿意外来人在他管辖的地方来兴师问罪。即使是这样凶恶的人，在内心深处，多少还残留了一些与人为善的东西。他也希望在管辖的人中不要留下那种恶名。但那个瘦子气势汹汹，拿出了上海那边的专案组的文件，又在这边跟踪找到了所要的人。如果这个事情不办，他还会去找上一级的人来，真要是怪罪下来，自己也脱不了干系。

想到这儿，刘干事厉声说：“考虑得怎样？如果你知情不说，我就通知生产组，把你的饭碗端了。”

是啊，那个年代给你工作，让你劳动那就是一种赏赐。本来是劳动者靠自己劳力，养活自己，也养活了这些掌握了国家机器的人。而这全部被颠倒了，你不得不相信，那就是他们给你的饭碗，是他们让你活着，这是多可怕啊！

父亲眼睛瞪大了，那可是要命的一击，没有工作，咋个养活几个娃娃和一家人，他害怕了：“刘干事，这个使不得啊，我还有几个娃娃啊，没有工作要饿死人啊！”

“你自己考虑吧！”刘干事说完，装作要走人的样子。

林父一下拉住他：“他——是我娃娃认到的老师，我真不知道他在哪里啊？”

刘干事盯着林父：“那你去把你娃娃叫来。”

“这……这？刘干事，娃娃还小，你们不要乱来，不要吓到娃娃了，我喊他把啥子都给你们说。”

“好好好！快去！”刘干事不耐烦地扬扬手。

林父往家走去，心情异常沉重，他感到自己做了一件很不光彩的事情。他不知道李维思犯了啥罪，但他相信他是个好人，是自己出卖了这个好人。他对自己的懦弱和自私感到羞愧，陷入深深的自责懊悔和内疚不安。

林子青睁大眼睛看着父亲，他不敢相信，在心中那么坚强，那么勤劳，心地那么善良、正直的父亲竟然这样？父亲没敢看他，头扭向一边，林父心情矛盾极了，他想告诉林子青，决不能把老师说出去，可是……

林子青气呼呼地头一扭冲出屋子，父亲望着他的身影，眼泪止不住流下来。

刘干事和瘦子原以为可以轻易让林子青说出李维思的下落，但他们错了，林子青怎么也不说自己知道他在哪里。

刘干事有些无奈地看看瘦子，坐到一旁喝茶去了。

瘦子围着林子青转着，觉得他很像那天晚上带着李维思跑到文化宫去的人，他越看越像，不由得冷笑起来：“那天晚上就是你！你个小瘪三！”

林子青心里一惊，他早已看出瘦子就是跟踪李老师的人，没想到他真的认出自己。他没有说话。

“那天晚上你是不是去了文化宫？说！”

“我每天都要去文化宫，不能去吗？”林子青也是没有办法，他一咬牙，死扛。

瘦子不断打量他，突然叫起来：“就是你，你个小瘪三，还敢叫红卫兵抓我，说我是保皇派的间谍。你这个狗崽子！”瘦子脸都气歪了，想起那天晚上被暴打，气不打一处来，他一拳挥向林子青。

林子青被打倒在地，他站起来，怒视瘦子：“你凭啥打人？”

"阿拉打了你，就凭这个！"瘦子又是一拳向林子青挥去。

刘干事在一旁冷笑道："敬酒不吃吃罚酒。"

林子青倒地后又站起来，他的嘴角血流了出来，他擦了擦嘴角的血迹，怒视着瘦子。

"你……你要不说就把你弄走，我回去也好交差。"瘦子咬牙切齿地说。

"你说是我，你咋没有当场把我抓住？把那个人抓住？"林子青咬着牙，铁了心扛下去。他知道瘦子那么远的距离是看不清楚他的。

"你你你……你个小瘪三，嘴巴还硬？"瘦子恼羞成怒，挥起拳头……

突然，林父冲进来，他一把抓住瘦子的手号叫着："你要再打娃娃，我把老命给你拼了！"他站在林子青面前挺身护着他。

瘦子气急败坏地喊叫："拿绳子来，捆了！"

林父豁出去了，一改那种厚道懦弱温和善良，他冲到瘦子跟前："来吧，看把老子弄得死不！不就一条命！"

瘦子被林父惊住了。

刘干事也怔了，他觉得瘦子把事情闹大了，真要是这对父子拼命出点儿事情，瘦子一拍屁股走了，麻烦是他的。

他转向林子青："你真不知道那个人在哪儿？"

"不知道！"林子青把头扭向一边。

"那天去文化宫的人真不是你？"

"不是！"

瘦子气得叫起来："你你你，你还要抵赖！"

刘干事走近对瘦子小声说："不要这样嘛，啥事也要讲个证据！"他又转向林父："好啰，你们先回去，如果你们想起啥，就来交代！"

"这？这，这！"瘦子摊开手，对着刘干事张嘴结舌。

“好了，同志，你是不是看错了人？没有证据不好弄啊！”

瘦子恨恨地看着刘干事，嘴里憋出一句话来：“我会让你看到证据的！”

二十三

林子青觉得李维思处于一个非常危险的境地，必须马上把这个情况告诉他。

天色渐渐黑了下来，林子青往李维思家里走去。当他经过小巷那个糖果店，小巷几个孩子正在那里装作打电话和“糖果西施”套近乎。林子青看看身后，没有人跟着，就转身走向小巷深处，当他在黑暗中敲响那扇黑漆大门时，他没有想到，不远处黑暗中，瘦子那一双鹰一般的双眼露出了奸笑。

林子青把今天的情况和李维思说了，气氛一下紧张起来。李维思望了李小红一眼，考虑了一下，也同意林子青的想法，明早就先到乡下去躲躲。主意定下来，他们急急忙忙收拾东西……

“砰砰砰……”楼下突然传来凶狠急促的敲门声，大家相互看了一眼，顿时紧张起来。林子青跑下楼，听着门外瘦子在叫喊：“开门！开门！”

“就是那个人！”他反身上楼对李维思说，又连忙跑下楼，找了几根木棒紧紧地抵上门。李维思冷静下来，慢慢走下楼，他走到门前，最后下了决心似的说：“打开门！”然后回到楼上。

林子青打开门，瘦子冲进来，恶狠狠地骂了一句，回身对刘干事不无得意地说：“看！这不是证据？”几个人冲上楼，围着李维思。李小红这个时候悄悄跑出了大门。

瘦子面对李维思，像猫要老鼠一样，一边转悠悠地四处张望，冷笑道："这里还不错啊，你真会找地方。李教授，我找了你好几个月，上面逼得老子皮都脱了一层，捆起来！"瘦子从腰间摸出绳子将李维思反剪着手，熟练地五花大绑捆起来，李维思没有反抗。林子青欲上前，李维思示意他不要冲动。瘦子在屋里到处搜寻，突然看见李小红那把小提琴，他打开琴盒，拿了出来："还有心思拉这个？我看你是不见棺材不掉泪，这倒是个好东西！"

"你放下，这是我侄女的！"李维思厉声喝道。

"放下？嘿嘿嘿！老子今天砸了它又怎么样！"瘦子举起小提琴，欲往地上摔去……

林子青浑身血液涌上来，脑子一片空白，他一个箭步冲上去，从瘦子手上夺过小提琴放进琴盒。瘦子恼怒地挥起拳头，向他后背打去，嘴里骂道："你个小瘪三。"又对他狠狠踢了几脚，咆哮道："捆起来！捆起来！"

李维思对瘦子说："你们把他放了！这和他没关系，我跟你走。"

瘦子恶狠狠地说："没关系？这个小瘪三，捆起来，全部带走。"

几个人又在屋子里搜了搜，一阵慌乱中，押着李维思、林子青连拖带推往巷口走去。临出门，瘦子又折回去，把小提琴夹在胳膊下走出来。

槐花巷口，一辆军用吉普车飞驰而来，后面紧跟着一辆满载全副武装士兵的军用卡车，在巷口戛然停下。吉普车头前杠左边插着一面小红旗，红色旗面印有金黄色"警备区司令部"字样。吉普车顶上，一根细长的无线报话机天线不停摇晃着，驾驶室里不断传出报话机急促的呼叫声。一个年轻的军官手握话筒正在回话："……已进入预定位置，已进入预定位置……发现目标！发现目标……明白！明白！"

年轻军官一推车门跳下车，对卡车一挥手，全副武装的士兵纷纷跳下车，在他身后站成一排，一个个双手紧握手中的“五六”式冲锋枪，烤蓝色的枪械和橄榄色的军服在灯光下交相辉映，形成了威武肃杀的气氛，挡住了槐花巷的巷口。

李小红走到军官身边低声说了几句，军官点点头。看着走过来的瘦子一行人，他走上前威严地伸出左手，示意瘦子一行人停下来。

瘦子有点儿惊愕、慌张，他一改凶恶的神情，上前讨好地说：“解放军同志，我是例行公务，这是我的工作证。”

军官紧盯着瘦子接过证件，看也没看从肩上递给身后的士兵。

瘦子有些紧张，又掏出一张证明：“我是专案组的，这是我们追捕的在逃人员。”

军官接过手，看了一眼，随手递给身旁一个副官模样的人收了起来。军官又对刘干事一行几人厉声喝问：“你们几个，干什么的？”

刘干事一看这个阵势，早就双腿发颤：“是他要我们来的，我们是这个辖区办事处的。”

“证件？”军官一伸手，刘干事几人赶紧掏出证件，副官模样的人上前，逐一收起，然后翻开公文夹登记。

“把人解开！”军官命令道。

瘦子叫起来：“这？这……”

军官瞪了他一眼，一挥手抬高声音不容置疑地喝道：“解开！”

“好好好！”刘干事几人赶紧把李维思身上的绳索解开。

“还有他！”军官指了指林子青。

“好好好！”刘干事像鸡啄米一样点着头，又把林子青身上的绳索解了。

林子青身上绳索一解开，就冲到瘦子身前，把小提琴从他胳膊下拖出来。

瘦子看了他一眼，对年轻军官叫了起来："放走逃犯，你是要负责的。"

"你给我闭嘴!"军官右手伸向腰间的手枪套。

刘干事嗫嚅着："解放军同志，我们……可以走了吧?"

"你们走。"军官一挥手。副官登记完将证件退还给刘干事几人。

军官又向身后一挥手，指了指瘦子："带走!"几个士兵上前架起瘦子。

"你们？你们？我要上告！我要上告!"瘦子一边喊一边挣扎。

军官掏出手枪，顶着瘦子的额头："给我闭嘴，再闹，老子毙了你。妈的，跑这来撒野!"瘦子泄气了停止了挣扎，被拖上卡车。

看热闹的人越来越多，这个年代，军人代表一种正义。只有军人才有力量阻止邪恶。这个非常时期，一些警察和专案组的人，在社会上耀武扬威、胡作非为，给人们留下了恶劣的印象，但人们敢怒不敢言。他们亲眼看到惩治这些穷凶极恶、不可一世的恶人，他们心中的积怨得到释放，他们长长地出了口恶气，人群中爆发出雷鸣般的欢呼声和掌声……

年轻军官和李小红说了几句，走到李维思跟前，一个立正，向李维思行了个军礼，然后威严地坐上吉普车，在一片欢呼声、掌声中离开了。

他们回到屋里，李小红兴奋地说："是我在糖果店给梁叔叔打的电话。我来的时候，爸爸给我说了，遇到紧急的事情就告诉梁叔叔。这下好了，这些人再也不敢来了。"

林子青回去的路上，感到心里畅快极了，他从来没有这样舒心过。在他幼小的心灵上，在那种长期的歧视压抑中，就有一个希望，希望有一天有一个英雄，一种力量，来彻底改变自己的处境，改变人们对他的家庭和对他的看法。今天是他一生中扬眉吐气的时刻。

父亲和家里的人都看到了，全小巷的人差不多都在那里观看到这一幕，父亲开心地笑了："恶人总有人来收拾！"后来父亲又疑惑地问："这个女娃娃家里究竟是做啥的？把警备区都搬来了？"

林子青心里也在纳闷、揣摩……

警备区司令部军车来小巷这件事，很多人看见了。他们不知道这里面的关系，他们感到很神秘。小巷的孩子对林子青的态度变了，原来那种轻蔑和歧视少了许多。就连父亲，也受到其周围邻居小心翼翼的目光。刘干事也很少来他家里找麻烦，就是在小巷遇见，也是谨慎地笑笑。

这期间，林子青也可以大胆地拉楚天明那把意大利琴了。

二十四

时光飞转，不觉间李小红来到这座城市快一年了。秋季，部队招兵开始，她决定回北京去报考海政歌舞团，约好林子青第二天一早去车站送她。这天晚上，林子青久久不能入睡，心里有一种莫名的失落和依依不舍。

在这不到一年的时间里，这个女孩在他心中已经留下很深刻的印象。槐花巷警备区军车的出现，使他感到了她的家庭绝不是一般的，隐约中知道她是一个高干的女儿。政治上的强势和经济上的优裕，给林子青造成了巨大心理压力，那是天壤之别的不同社会阶层。林子青心里感到他们根本就不是一路人，在交往中，他总是小心翼翼地，保持着距离，甚至很多时候故意远离她。

李小红的天真无邪，奔放纯情，让他感受到了亲切和甜美。李小红火热大胆的性格，虽然开始让他感到尴尬和不自在，但后来回想的时候，总有一种快意和舒心。他的心灵太压抑太沉重，太需要异性炽热的友情来燃烧自己冰冷的心。李小红仿佛就像一片明媚的阳光照耀在他的内心，想到她，他就会感到温暖，感到一种力量就会在内心升腾。浑身也充满豪迈、激情和自信。

他想到了，第一次在河畔和她相遇，在外婆家竹篱笆下，她慌乱地往自己怀里钻，想到了他背着她蹚过小河，她紧紧抱着自己的脖颈，想到她聆听自己的曲子感动得泪水盈盈……过去的一幕幕在他脑海里不断浮现，欢声笑语仿佛也在耳边响起……黑夜中他的脸上浮现出微笑。

而她，就要从自己生活中离开，去一个遥远的地方。她就要走了？也许再也见不到她了……他像陷入噩梦一般，难过极了……忧伤的小提琴声在他心中悄悄响起……泪水无声地流了出来……

早上的阳光明媚灿烂，当他看见李小红时一下愣住了。

李小红穿一身橄榄色新军装，一顶军帽扣在她的头上，前额露出短短的刘海儿。鲜红的领章和红五星让她的脸上呈现出一种英武之气，仿佛一夜间整个人成熟了。见林子青有些呆呆地看着自己，李小红笑着说："我还没入伍，是我向爸爸要的。这是真正的军装，包括领徽帽徽，你看吧，衣兜这儿还有部队番号。"李小红笑了笑又说："我穿上它，一路上就方便多了。"

李小红向叔叔挥挥手，就和林子青去乘1路电车去了火车站。一路上，李小红默默无语，不断伸出头去，看着远去的城市街道。

火车站上，李小红一身军装很容易就提前进入车站里面。这个时期很多列车班次停运了，月台上人很少，林子青和李小红慢慢走着，他们一时都不知道说什么，李小红时不时抬起头向林子青看一眼，又低下头去。

离别，这是一种什么滋味？忧伤？依恋？痛苦？古人无数的诗词最让人感触的是两个字：愁？伤？

他们心情沉甸甸地说不出话来。此去绵绵无期，远隔千山万水，今日挥手惜别，何时再相逢？李小红和林子青就在这样的伤感中漫步在月台上。

小提琴声在林子青心中哀婉忧伤地升起……

登上列车那一瞬间，李小红悄悄塞给林子青一封信，有些慌乱转身飞快地进入车厢。

“哐啷！哐啷！哐啷！……”车轮和铁轨发出轻轻的撞击声，列车徐徐而动。林子青润湿的双眼望着车上伸出头来的李小红，她已是泪眼婆娑，咬紧的嘴唇微微颤抖着，终于叫出一声：“子青——！”随着她的呼唤，她的泪水夺眶而出。

“哐啷！哐啷！哐啷！……”车轮撞击铁轨声越来越快、越来越强。林子青模糊的眼中，看见李小红越来越小的身影在不断挥手。

林子青心中响起了小提琴的琴声，琴声在急速跃动，仿佛带着林子青在追逐远去的列车……

林子青紧紧捂住李小红临上车前给他的信，此时他感到紧紧捏住信的手那么湿。

晚上，林子青一遍又一遍地看着李小红的信，她是这样称呼林子青的：“宝宝！亲爱的！”林子青吓了一跳又感到好笑，怎么会是这样叫自己呢？他接着看下去：

宝宝！亲爱的！

夜已很深了，我却没有一丝睡意，我的心好慌乱，怎么也不能平静……

我刚来到这里，就在河畔，在你的琴声中和你相遇了。那晚，真是太神奇太浪漫了，我仿佛进入了童话世界里。我时常在想，你的出现或许是上天给我的安排吧！

后来知道了是你自己写的曲子，我好感动，好钦佩你。

你的坚强勇敢、正直善良深深打动了我，我感到和你在一起，心里就很踏实，就有了安全感。

宝宝，亲爱的！

此时，我的心跳得很快，我没法压抑住内心想说的话，我……好喜欢你的眼睛，一双略带忧郁、深沉的大眼睛，它清澈深邃，仿佛像湛蓝的夜空充满神奇，深深地吸引着我，让我着迷。你拉琴时候的神情，又像一个饱经沧桑的智者，让我充满崇敬、仰慕。

你不会说我傻吧？我觉得自己真有点儿傻，我把心里想到的都说了出来。你呢？你也要把你心里想的告诉我！不然以后我就不给你说了。

宝宝，对不起！我的心里一直有个歉疚没有说出来。那天在乡村的小河边，我不该叫你“街娃”。那时，我还不懂街娃的意思，只是觉得好玩，后来我才知道它的含义。在这里，我向你道歉，真对不起！宝宝，原谅我吧！如果你还不解恨，就打我吧！

很多时候我见你显得很苦闷，我把普希金的那首诗句献给你，让我们共勉。“相信吧！朋友！那幸福迷人的星辰就要降临。”

宝宝，记住，要给我写信。我期待你的来信。

……

林子青看了一遍又一遍，拿起小提琴疯狂地拉了起来……

不久，林子青收到李小红寄来的一个挂号包裹，里面是一套崭新的军装，那是四个兜的，是军官的军服，包括领徽帽徽，还有一条牛皮的武装带。

李小红还寄来了十斤一张的全国粮票共计一百斤和一百元钱，在当时粮食奇缺的年代，这是很重很重的礼物。李小红在信中特地说，这是给林子青爸爸的。他的体力活那么劳累，那一点儿配给的粮食是不够的。

李小红在信中告诉他，她就要去报考海政歌舞团，这是内招的名额，她希望他也能去报考一个乐队或歌舞团。

信的后面，李小红说，你穿上这套军装，一定好英俊！去照一张相，给我寄上一张。

林子青没有穿，也没有去照相，他珍惜地把军装放在自己一个纸衣箱的下面，也把对李小红的思念深深埋藏在心底。

林子青把粮票和钱交给爸爸，爸爸惊愕之余知道了事由，他眼睛湿润了，他看了看林子青，叹息了一声："这个女娃娃……唉！……"

不久，形势开始发生了一些变化。

李维思得到上海那边来的消息，原来的工作组、专案组已经撤走。学院很多人开始被下放到新疆农场，形势没有原来那么紧张，李维思也要回上海，然后去新疆。

最后一次给林子青上课，李维思心情异常沉重，他不知道以后会怎样。社会还处于动荡不定，没有谁看得清楚以后会发生什么样的事情，他这一走，不知林子青以后的学习会怎样。

林子青已经具备了较好的基础，可以自己继续学习小提琴演奏了。但是，在这条路上，不仅仅需要一个人的顽强毅力，需要那种宁静平和的环境，更需要社会安定的大环境。一个人的理想，完全受着现实社会的影响而改变。

后面的道路对林子青来说，一定会有很多意想不到的艰难曲折。人对生活的承受力是有限度的，尤其是林子青这个年龄，如果产生了失望和沮丧，放弃——就成了心里可以接受的现实。

李维思不由得想起了自己的少年时代，那个年代，军阀割据，政权更迭，社会动荡，人们经历着战争的死亡威胁。而那个时候，个人奋斗的希望之门还对青年人敞开着，那一代青年总会找到自己的归宿。而现在，好像连一点儿希望也没有，个人奋斗早已被批得体无完肤，早已从人们心中消失。他们这一代人何去何从？尤其是像林子青这样家庭背景的孩子，要进入音乐界谈何容易，还有很多颇有造诣的音乐世家子弟，也因家庭历史上政治问题被排挤，更别说像林子青这样的人了。

李维思尽管很忧心忡忡，正像农民播种的时候，又不会因为天旱洪涝，可能绝收而放弃播种。希望！这是任何时候都会留存在人们心中的，这是对未来的期盼，精神的强大支撑。李维思在众多的孩子中发现了他的音乐天赋，即使在这样恶劣的环境下，他仍然不忍舍弃。

楚天明那把世界著名的安东尼奥·斯特拉迪瓦里小提琴，最后神奇般到了林子青手里，或许，这就是天意？

但有谁知道往后的日子？谁能知道？

李维思陷入了深深的思索和忧虑，无奈地离开了林子青。

二十五

各地革委会成立后，混乱的社会开始平息下来，在复课闹革命的口号声中，工宣队进驻学校。昔日的两派红卫兵在工宣队强大的攻势下，陆陆续续上交了武器回到学校。两大阵营的红卫兵间的隔阂渐渐消除，但文化课还是没有开始，上什么课呢？他们已经该毕业了，茫然的等待弥漫在学校。

让林子青大吃一惊的是，学校工宣队队长居然是刘干事。刘干事真是一个运动的弄潮儿。他从街道办事处回到了工厂，在派驻工宣队进入学校时，又成了工宣队队长。

他首先在学生中组建了毛泽东思想文艺宣传队。样板戏的大力提倡推广，不仅仅是一个文艺问题，而是在意识领域的一件政治大事。组织学生成立毛泽东思想宣传队，是工宣队的第一个举措。

学校有文艺水平的学生，大都是家庭有些政治问题的人。每个学校为了壮大宣传队的力量，提高宣传队的演出水平，都在挖空心思。刘队长控制的工宣队也就含含糊糊地让这些“黑五类”“麻五类”学生进入了宣传队。

林子青是最后一个才被准许进入宣传队的。刘队长也是无奈地苦笑道：“无产阶级的政治舞台，总要干点儿名堂出来啊！没办法，只能这样了！”

这座城市学校之间常常相互演出，或到文化宫，或到广场。

林子青这个学校的宣传队水平明显高于其他学校，以周缨为主角的舞蹈队、林子青为首席小提琴的乐队，组成的“红色娘子军”剧组，在当地声名鹊起。

一次市里举办全省中学的会演，经历了几次淘汰，最后留下十几个水平较高的节目在城市歌舞剧院演出。林子青学校《红色娘子军》剧目中的“清华独舞”片段入选。为了提高演出水平，组委会给他们派上了专业指挥人员。

夜幕降临，歌舞剧院前宽敞的广场中央，一根巨大的白色旗杆上飘舞着鲜艳的五星红旗。长长的石阶通向高高的剧院大厅，剧院大厅前八根巨大的汉白玉石柱直抵厅檐，在灯光的辉映下显示出剧院的宏伟壮观，

林子青在进入歌舞剧院的一霎间，就像笼子里的野兽放归到野外，嗅到了森林的气息一样，感到兴奋不已。

暗红色的天鹅绒大幕徐徐拉开，灯光慢慢淡出，舞台上一片黑暗寂静。乐池里，指挥盯了林子青一眼，做出了准备的手势。林子青半眯着眼，身心都进入了剧情：

“咔嚓！——咔嚓！——咔嚓！——”雷声大作，大雨倾盆而下，扑打着椰林，浇淋在吴清华身上。

渐渐地，雷声裹挟着大雨远去，椰林恢复了寂静。被打得遍体鳞伤昏死过去的吴清华，在瓢泼大雨中苏醒过来，挣扎着，又倒下去……

小提琴声轻轻响起，仿佛看见这个场景忍不住在哭泣，充满痛惜。琴声像一只颤巍巍的手，轻轻地抚摸着吴清华身上的伤痕。琴声仿佛又在轻声呼唤她：痛吗？忍着点儿，起来，慢慢爬起来……站起来……

林子青的思绪一下想到了被“蚊子”打倒在地，躺在地上欲哭无泪的那种心酸感觉。李小红上前给他擦拭血痕，扶住他的胳膊让他站起来……林子青的心仿佛在滴血。

小提琴声哀伤地但饱含力量不屈地向上扶起吴清华满身伤痕的躯体……

吴清华终于站起来了，站起来了！小提琴声变得坚强有力……指挥微闭的双眼露出赞许的神情向林子青点点头。

“哗哗哗……”剧院爆发出热烈的掌声。

演出结束后，一个军人在后台找到林子青：“是你拉的小提琴独奏?”

林子青点点头。

“你是音乐学院的学生?”

林子青摇摇头。

“哦？我可以看看你的小提琴吗?”林子青犹豫着递了上去，军人看了看琴，又疑惑地抬起头，再次低下头仔细看了看，沉思着把琴还给他。

“同学，我是‘二炮’文工团的，你愿不愿意参军，到部队拉琴?”

林子青顿时愣住了，这太突然了，他一时说不出话来。

“这样吧，你在哪个学校？你先和家里商量，过几天我来学校找你!”

军人转过身走了，四周的人充满羡慕地看着林子青。

部队文工团中，二炮最为出名，其演奏水平远远超过很多专业团体。尤其在这个特定时期，他们有很大的能量，他们可以不受招工招生限制，只要他们看上的，就可以把那些优秀的人才挖去。

那几天，同学们对林子青也是另眼相待，就连已经陌生了许多的周缨，那几天也明显地和林子青没话找话说，她的独舞也非常成功，也被其他部队文工团来的人看上了。

这无疑是小巷的爆炸性新闻。那段时间，林子青走在小巷，都会引来羡慕的目光，和交头接耳的私语。

一家人都很兴奋，林父却没有作声，皱着眉头长长叹息了一声。

正如父亲所预感的一样，过了几天，林子青的政审没有通过。在二炮的文工团招生中，剧组一个吹小号的和一个跳舞的女同学被招走了。他们的家庭是“灰五类”。周缨和几个家庭有严重政治问题的同学都没能通过政审。

二炮文工团的人还是不愿放弃林子青，他亲自调阅了林父的档案，他也感到林子青的反革命家庭问题很棘手，但他还是在努力争取。他希望学校能在个人表现方面给林子青一个超好的评价，希望以“有成分论，不唯成分论，重在政治表现”来解决林子青的政审。

工宣队刘队长干笑着：“我是个大老粗，是工人阶级。这是无产阶级的政治舞台，如果让这样一个反革命的子女参军，他的反革命父亲不就成了军属?”

“其他人的情况我不清楚，林子青我是最了解的。虽然没有参加过武斗，但打架斗殴这个总是存在的！还包庇过通缉的在逃犯。尤其是和他要好的高年级学生邓卫东，武斗中是一员干将，打砸抢抄，有没得血案还不清楚。林子青和这样的人在一起，会有好事？他的问题不仅仅是家庭问题，他个人的问题也是说不清楚的。”

刘队长的内心绝对不愿意林子青的境遇有所改变，只有这样，他的内心才安稳。他甚至有些后悔让林子青参加宣传队，虽然那次会演这个学校得了第一名，给他在市里争了不少的面子。

二炮文工团的人最后遗憾地放弃了。

林子青仿佛经历了冰与火、山巅和深渊的强烈反差。他彻底失望了，好多天他没有拉琴，他心中对自己这样的家庭产生了强烈的怨恨。但他面对满目沧桑神情黯然的父亲时，那种抱怨的话一句也说不出来。

他在乐谱上记下了内心经历的巨大折磨，沮丧、悲凉和无奈。他的心死一般地沉寂了。

不好的消息接踵而来，李小红来信了，告诉他一个震惊的消息，军内现在出现了派别斗争，她爸爸也受到牵连，现在正接受审查。她去海政文工团的事情本来已经确定下来，现在被取消了。

李小红还告诉他，叔叔李维思回到上海后，和一些文艺界的人，被下放去了新疆，后来就再没消息。

城市那条河流无声无息地流着，在深秋初冬的晚上，人迹稀稀落落，林子青欲哭无泪，在河堤上漫无目的地走着，冷风吹来，让他不禁打了个寒战。

远处不知谁在拉小提琴，如泣如诉，悲怆凄凉……

这段时间，他情绪低落，心情特别难受，小提琴也不拉了，他在书上找到自己情感的慰藉，他更多的时间在阅读那些邓卫东在纸厂给他的书。他的心，完全被那些书中人物所占据。《红与黑》中的于连，他很佩服他那种要改变自己社会底层环境地位的精神，也很不喜欢他利用市长夫人德·瑞那的情感、利用玛特尔小姐的爱情来向上爬的手段。

他更喜欢《热爱生命》中的主人公，在绝望的境地，不放弃生命的一丝希望，最后终于活了下来。

当他在痛苦和迷茫中，当他身心俱疲的时候，那个高年级同学邓卫东又在他的生活中出现了。

二十六

邓卫东是学校高六六级的学生，以他的多才多艺和优异成绩，考上一个好的大学是顺理成章的事情。他喜欢文学，已经在当地报刊上发表过多篇散文、小说。在课堂上他的作文常被老师作为范本来解读，他梦寐以求的是考上北大中文系。

邓卫东的爷爷本来是一个地主，在乡里有良田百余亩，后被有军阀背景的大地主窥视，软硬兼施，使出所有手段想要据为己有。他爷爷惜田如命，那都是他几十年来的心血，他不肯就范。于是大地主让在省城军界的堂兄，把他在省城念大学的独子以通共的罪名抓起来，丢进大牢。他爷爷呼天不应，喊地不灵，忍痛贱卖了良田，取保赎回儿子。爷爷一气之下，竟撒手归天。儿子愤恨不已，瞒着城里新婚不久的妻子，悄悄买来一支德国二十响驳壳枪，在一个月黑风高之夜，潜入大地主家，慌乱中拔枪“砰砰”一阵乱打，落荒而逃。他没敢回家，连夜逃往当时的共区。几年过去后，这里解放了，他才回到妻子身边。妻子娘家家境殷实，几年来倒没受多大苦楚，他离开时尚在腹中的孩子已经三岁了，还没名字，只是娘家人给他取了个小名。父亲毫不犹豫就给他取名叫卫东。

新中国成立后，按照成分划分规定，解放前三年，他在读书，划为学生成分。家里遭此大祸，也一贫如洗，划成贫农。邓卫东的父亲常常叹息，人生莫测，简直像在做梦。那祸端竟成了好事一桩。邓卫东的父亲原来在省城读书就学建筑系，在百废待兴的时代中，进入了市政工程部任职。

邓卫东也是独子，好像这个家族就是单传，而性格又是那么相似。这个家庭还有大户人家的影子，从邓卫东发育良好的身架骨来看，就能看出他的家境不错。他个子高高的，硬朗结实，走起路来有一种军人的强健姿态。他的眉骨有些突出，眼睛炯炯有神，鼻梁棱角分明、高而挺直，嘴唇薄而倔强紧闭。他的整个脸看起来五官分明，轮廓清晰，清瘦刚毅。父亲的性格完全地遗传在他身上，豪爽，刚烈，敢说敢为。而母亲是大富人家千金，自幼受过琴棋书画熏陶，又读过女子中学。大家闺秀的讲究和气质也遗传给了他，让他在很多事情上都特别追求完美。

他母亲讲究到这个程度，就连在盛面的碗汤里，葱花是先放还是后放，都不容一点儿顺序的错位。她是在面即将挑进碗里的那一刻，才将葱花撒进碗里，冲进滚汤。按他母亲的说法，葱花如果先放进去，就被海椒和酱油拌熟了，就失去了葱花的香味。在母亲的影响下，邓卫东看起来大大咧咧，实则很细心，很多时候还显得特别认真较劲。

邓卫东从小就练得一手好毛笔字，他家院落里放有一口青石水缸，足足可以装十来挑水，研墨的时候就是用这口缸里的水。每次练毛笔字写烦了，他总要问父亲："要练到啥时候字才写得好？"父亲总是笑着说："你把缸里的水写完了，字就练好了！"惊得他大张着嘴，倒抽一口冷气。

他从小在父母的关注培养下学会了很多技艺。母亲专门请了老师教他绘画，这是有钱人家里才能奢望的，他的绘画也就有了比较厚实的功底和天赋。文学方面，邓卫东更是得天独厚，家里的书籍几大书柜，那是母亲年轻时喜欢的，二十世纪三十年代的新文学时期的作品和欧洲古典文学书籍。在母亲的熏陶下，邓卫东从小就不断地看那些书，在大量的阅读中，他的文学修养、功底远远超出同龄人。

邓卫东一手漂亮的字得到老师的赞誉，他能写会画，学校里的板报都出自他手，他在同学中间也有很高的威望。

邓卫东是独子，常看到那些兄弟姐妹在一起开心玩耍，一起相互帮助做事的时候，他心里非常羡慕，就有一种孤独感。他常常问母亲，自己为啥没有弟弟妹妹，母亲只是叹息着说，就你一个也很艰难了。其实这个家庭经济上物质上是比较优厚的，远远超过了那些大街小巷子女众多的市民家庭。但邓卫东的父母考虑的不仅仅是将孩子供养大，他们更多地注重培养孩子教育成长。尤其是他父亲，以往的经历让他深感世道莫测，也特别注重在生活能力上对邓卫东的培养。

邓卫东从小和其他孩子少了交往，在他身上形成了一个与人交往不能互让的弱点，形成了比较孤傲的个性。他的内心比较自得满足，也显得有些清高傲慢。他天资聪慧，利落能干，勤劳吃苦，是一个生活能力非常强的人。他的内心是一个贵族式的，而在生活中他又是一个善于融入社会中的人。

邓卫东的生活道路是平坦的，看起来一切那么顺畅。

“文革”初期的学生运动让他的组织能力得到很好的锻炼，逐渐成为了学生的领袖人物。而正当他在红卫兵运动中春风得意的时候，鬼知道他父亲读中学时参加国民党“三青团”的档案被翻了出来，一夜间，他的世界就变了个样，父亲不久后满怀怨恨去世了，他也被红卫兵队伍清理出来。

他从时代浪潮的浪尖上重重跌落下来。开始他还不能接受这个现实，但渐渐地，他静下心来。当别人还在懵懵懂懂、激情满怀进行派别之间的争斗时，他已经置身事外，进入到自己的精神世界。他大量地阅读从纸厂带回来的书籍，重新握起画笔，抄起毛笔，用那青石缸里的水研墨……他的经历已经使他渐渐成熟，成为一个冷眼旁观、富有哲理的人。

他第一次见到林子青是在放学的路上，几个学校的孩子围着林子青殴打，而这个看起来不高、不是很强壮的小同学，却丝毫没有怯弱，机灵地躲避着，却不还手。他上前喝道：“你们几个人打人家一个，有点儿欺负人吧！”

“他是反革命的儿子！”几个同学叫着闹着。

“走了！走了！”邓卫东挥挥手，“哪个再打？我就打他！”说着他亮亮拳头。

那几个同学看着他高大的个子，慢慢溜了。

他和林子青相互望着，都感到有一种说不出的亲近。

后来在学校，林子青每次见到他总要望着他，向他露出感激的神情。邓卫东觉得自己就像他哥哥一样感到心中很满足。他的内心对林子青有一种像对弟弟般的爱怜和亲近。虽然他们不在一个班级，很多时候一下课他都要去找林子青一起玩。

随着时间推移，邓卫东心中感到林子青就是自己的弟弟一样。

而林子青心中，他像一个知识渊博的老师，一个充满力量的兄长。

“文化大革命”开始后，他和林子青很少相见。家庭政治面貌的不同，年龄上的悬殊，使他们在这个运动中进入了完全不同的角色。那一次帮林子青偷回那把小提琴，后来又在纸厂相遇后，他们就没有再见过面。

一次偶然听别人说，那河畔的晚上，常常有个孩子在那里拉琴，吸引了很多人。邓卫东去了，在河畔桥洞下，他听见那悲怆的琴声，他的神情黯然下来，似乎有一种东西触动了他的内心。

一曲拉完了，邓卫东这时才看见自己身边还有个姑娘在全神贯注地听着，那姑娘被深深吸引，露出惊讶神情，脱口而出：“拉得太好了！”然后又看着邓卫东，他们四目相望，邓卫东从姑娘眼里似乎看到了一种异样的东西。他点点头，微笑着表示出友好。姑娘又说：“这样的夜晚，河水流淌，琴声悠扬，真是太美了！”

邓卫东随口说了一句：“这就叫‘锦江河畔的琴声’吧。”

“对对对！”那个姑娘拍起手来，“锦江河畔的琴声？太恰当了！”姑娘再次看了看邓卫东，眼里满是惊喜、崇拜。

邓卫东随意的一句让他也没想到，后来竟然在这个城市不胫而走，更多的小提琴爱好者来到这个地方拉琴，也吸引了更多的观看者，而这一切来自他的命名。他更没有想到的是，这个姑娘是一个有着文学梦的女孩，就那一句，引起了女孩在心底的崇拜爱慕。邓卫东在学校不乏追求者，但是很难让他感到为之一动，他还没有过爱情的经历，但他饱读的书籍给他提供了完全可以征服一个女孩的能力。后来他们在知青下乡中再次相遇……

当邓卫东发现是林子青在拉琴时，他吃惊了。邓卫东并没有学过音乐，但他颇有音乐天赋，他歌喉出众，天生的男高音，他偶尔吼上几句，也会引得他人惊羡不已。在这条河畔的小提琴声中，他明显感到林子青水平出众，琴声中有一种深沉和内涵。他很兴奋，他感到那晚帮助林子青偷琴太值了。他告别了女孩，慢慢地走向林子青，在不远处静静地看着他拉琴。

等到林子青拉完琴，他抑制不住内心的喜悦上去呼叫他。林子青看见他，是那么欢悦，竟开心地跳起来。邓卫东感觉到他还带有孩子般的语言和神情，他感到更加亲切，心里升腾起一种兄长般的爱怜。他们一时间就那么亲近、自然。他们又谈到书，知道林子青读了他在纸厂送的书，邓卫东感到很欣慰。

他陪林子青一直走到家，他没去过林子青的家，他心里始终惦记着林子青的父亲。那次在河道见到林父，林父饱经沧桑的面容，给了他特别深刻的印象，像很多书中描写的、历经苦难的社会底层的父辈，他们默默忍受着生活给他们的磨难，他们的面容神态，像一本厚重的书一样展现出了生活的艰辛。邓卫东的内心被深深震撼了，对林父油然起敬，林父的几句质朴的话语，深深触动了他，那是对生活的一种坚忍不屈的态度，是对生活永不停息的追求。

这样的小巷，他感觉很像高尔基笔下的童年环境，这里充满了贫穷、低俗、自私、斗殴、打骂，但又充满了善良、质朴和对美好生活的向往。在林父身上，在林子青身上，他感到这里也有一种积极向上、坚忍不拔的精神在涌动，就像太阳升起的时候，阳光也会洒在这条小巷的每一个角落。

邓卫东的心里感叹不已，他就像自己找到了多年失散的小弟弟一样，也感到自己找到了一个家。

第二天，林子青去了邓卫东家。

邓卫东的家在一所公馆大院最上端左面那个独院里，五间小青瓦屋呈直角坐落在院子一边，对着瓦屋厅房那一面是低矮的一座小屋，那是专门的厨房，另一面则是高高的围墙。院落中间，一棵粗大枝叶繁茂的“油患子”像一把大伞遮住了院落，也向墙外伸展雨伞般的树冠。院落很安静，甚至有些冷清。

高朗的小青瓦屋，是邓卫东父亲自己设计的中西式结合的建筑，瓦屋飞檐沉稳端庄，微微上翘。墙裙大气而精美，上半部是西式玻璃窗格，下半部是楠木雕花图案。这个屋子没有达官贵人豪宅那种奢侈豪华、居高临下、盛气凌人的气势，显得非常平和。但房屋建造工艺颇为讲究，质朴大方而有内涵，平实自然而又高雅。

林子青感到自然多了，不像在周缨家看到的那种，给人一种威严和压抑，让人小心翼翼。这里让他感到一种宁静祥和自然随意，只是深红色的木地板微微让他有点儿拘束，但在邓卫东的热情中也慢慢消失了。

邓卫东有自己单独的房间，这在林子青居住的环境里是不可想象的。房间足够大，空间高朗，摆设整齐。一间西式的大木床摆放在屋子中央，床头有简约流畅的浅浮雕线条，中间嵌有一面椭圆形的镜子，显得非常别致。床头两侧还各有一个床头柜。侧面是高高的三门衣橱，立柱和门楣有罗马柱的影子，稳重而大气。窗前是一张木纹流畅的花梨木写字台，它的旁边还有一橱带有玻璃门的四门书柜。屋子进门处，一个可以上下活动的椭圆形的穿衣镜，带磨边的镜面光亮平整，据说是法国的，人照上去一点儿也不变形。整个摆设都是带有欧式风格的家具，油漆不是像中式家具那样暗红沉闷，称之为“偷油婆”的色，而是一种叫做浅茶色的颜色，沉稳而不压抑，亮丽而不张扬，雅致中透露出清晰自然的木纹纹理。家具虽然年代已久，却依然是熠熠光亮。最让林子青惊讶的是还有一个三座的布衣沙发，居然是邓卫东自己做的。

这样的家庭让林子青感到很自卑，他没有自己单独的房间，他和弟弟就挤在一间很简陋的木架床上，就是阁楼那张小桌子，也是自己在买回来的柴火料中挑选出来东拼西凑做成的。

林子青看见一个油画架，粘满五颜六色、凹凸不平的画板挂在画架旁，一个用简易的木框子绷着的画布上面还有没画完的油画，是一个姑娘的头像。

那天晚上，林子青有生以来第一次喝酒，还抽了烟。当他和邓卫东碰杯一饮而尽时，都感到就有点儿结拜兄弟的庄严气氛了。林子青一时间也感觉自己长大了。

他离开的时候，邓卫东给了他一本书《少年维特之烦恼》。

那是一段平静的日子，学生全部回校了，但学校没有上课。一个让所有年轻人茫然地彷徨等待的日子。

路在何方？

第二部　风雨

一

“知识青年到农村去，接受贫下中农的再教育，很有必要。”毛泽东以他非凡的个人魅力和巨大号召力，向一代青年发出了不容置疑的呼声。

大家还没有清醒过来，在强烈的宣传攻势下，知青上山下乡运动已经轰轰烈烈地展开了。

“农村是一个广阔的天地，在那里是可以大有作为的!”

“忠不忠看行动!”

“用实际行动投入到上山下乡运动中去!”

铺天盖地的大幅标语和响彻城市上空的高音喇叭声，把知识青年上山下乡运动推向了高潮。

在长久的迷惘之中，在难熬的期盼等待中，无数青年急于脱离这样沉闷的处境，激情被迅速点燃了，一颗颗年轻的心跃跃欲试，像一只只将要离开鸟巢飞向天空的小鸟，急切地扇动着翅膀。

林子青写了决心书，他希望离开让自己很压抑的家，到一个新的环境去独立生活，开创自己的人生。他内心充满激动、兴奋。

邓卫东是独子，本来可以不下乡，但他父亲的历史问题，加上他参加过武斗，工宣队仍旧动员他下乡，刘队长还亲自和他单独谈了话。

“这是和家庭划清界限，彻底决裂的一个好时机。忠不忠，就看你的行动。再说，那些武斗中的问题，现在还在继续清理。你留在城里，会有啥结果？如果下乡了，一走了之，多好！小兄弟，邓同学，我这是为你好啊……”

邓卫东本来就是一个时代弄潮儿，也被下乡热潮所裹卷。他母亲希望他能留在身边，也让他有些犹豫。此时，他浑身一热，没等刘队长说完，就打断他说：“你不用多说，我去！”

刘队长有些吃惊：“好！好啊！要求进步，和家庭划清界限。这个革命行动，我们坚决支持！小兄弟！”他有些感触地拍了拍邓卫东肩头。

“文革”初期，刘队长在一次武斗中被邓卫东舍命相救。后来一段时间，他和邓卫东简直是生死朋友，他三十好几了，自然就亲热地叫他小兄弟。

当邓卫东父亲的历史档案被揭开以后，他就和邓卫东断绝了往来，彻底疏远了。

他像一条忠实的狗一样，守卫着无产阶级阵营的大门。只要发现异己分子，就会毫不犹豫地冲上去，疯狂地撕咬着拖出这个阵营。

他进驻学校这段日子里，深知这些学生有很多参加过武斗，都是玩过命的。他必须枪打出头鸟，才会让他们老老实实。一开始就让各班的学生主动交代武斗中打砸抢的事情，然后又鼓动学生相互检举揭发。最后，他在学校弄了几个学生在大会上批斗，邓卫东也在其中。

他稳稳地操控着学校，时常铁青着脸，但在那些女同学面前，还是时有笑容在嘴角浮现。他上三十的男人了，还是孑然一身，那些发育已经成熟的少女总是让他想入非非。来找他求他的女学生和他单独相处的时候，他的内心就有一种躁动，恨不得就像饿狼扑向柔弱的羔羊，去吞噬那肥美的食物，而且是那么轻而易举。但他没有那样，他有自己的原则，他牢记自己的身份和任务，他不敢逾越雷池。但他也少不了好像在不经意中对那些女生有些拍拍摸摸的动作。学生中，他最垂涎不已的是周缨。在一次演出中，周缨在后台换装，他忍不住内心的强烈冲动借故走进去，周缨正背对着在换装，身上就穿一条内裤和胸罩，他看见她雪白浑圆的身子，他一时间竟呆了。周缨回过身来，连忙用手里的衣服遮住胸前，满面通红惊愕地看着他。他掩饰着内心的慌乱，语无伦次地说："快——快点儿，要开始了。"说着他连忙退出来。好多天夜里，这一幕都强烈地刺激起他自淫，周缨的胴体被他在无限的想象中尽情地享受着。后来，他对周缨又做出过试探性的动作，但他的手刚一挨近周缨，周缨就像被针刺似的躲开，并用愠怒的眼光盯着他，这使他不敢像对待其他女孩那样轻举妄动。

在动员知青下乡的运动中，他忠实地执行着上级的指示，尽可能动员更多的人下乡去。他不遗余力地用尽所有手段，把农村说得天花乱坠，最诱人的就是他说的那一句："那里的拖拉机在田里都生锈了，没得人开，就等着你们去！"

下乡的前一天晚上，父亲默默地为林子青打铺盖卷，打好又拆开，又重新打，一连打了几次。母亲在为他最后收拾衣物，不住地叮嘱他去了乡下要怎样照料自己。姐姐、弟弟在一旁也不作声，气氛显得很沉闷、伤感。

夜晚，林子青久久地望着屋顶上那几片亮瓦，想到就要离开家，离开这条小巷，就要去远方，他的心是激动兴奋的。他不知道到农村以后会怎么样，他也没有想到这个问题。他就像一只将要振翅高飞的鸟儿一样，希望飞上广阔的天空，自由地翱翔。

这里是城市最大的中心广场。广场中央，矗立着一尊汉白玉雕塑的毛主席巨像，巨人目光坚定温和，遥望远方，左手背剪，右手高高挥起指向远处。

广场上，当地驻军部队上百辆载送知青的“嘎斯”军车整齐地排列着，一面面红旗在猎猎寒风中飘扬。

无数个宣传车开动高音喇叭在呼喊鼓动人心的口号，人潮涌动，情绪沸腾，锣鼓喧天，口号声此起彼伏。

一个知青跳上车，充满激情高声朗诵：“故乡，我要离开你去远方。妈妈！松开你的手……让我去远方。妈妈！松开你的手，让我去飞翔……”

那是充满豪情和依恋的离别场景，父母兄弟姐妹含着泪花依依惜别。在“大海航行靠舵手，万物生长靠太阳”雄伟的铜管乐声中，车队徐徐驶离广场。

无数双手在挥舞，无数嗓音在喊叫，嘱咐声、告别声、哭泣声连成一片。看着渐行渐远的父母、姐姐、弟弟，林子青心里一酸，止不住泪水夺眶而出……

二

车队驶出城外渐渐分流，奔向了不同的远方。车在凛冽寒风中飞驰，大家都从那种离别故乡、亲人的伤感中和激越的豪情中冷静下来，有的忍不住地缩着头，将衣领翻了起来，遮住脖颈。

大地宽阔无边，远处是横亘起伏的山脉，坐在车上望去，大地和山脉仿佛在不断缓慢地旋转。

林子青望着阴沉沉的天空，他的一颗火热激动的心也开始冷了下来，他们要去的是一个什么样的地方，谁也不知道。

远处山峦越来越近……

卡车经历了几个小时的颠簸，终于来到了插队的地方。

这里几条河流汇集，周围群山起伏，满目苍凉，是一个被当地人称为“坝子”的小镇。镇子就一条小街和几条巷子，除了公社的那一溜儿红砖瓦屋以外，基本上就是一些用黄土夯成墙的瓦屋和茅草屋。街上人不多，不逢集的时候，显得冷冷清清。

卡车在公社门口停了下来。眼前到处是红底黄字的大幅标语：

热烈欢迎知识青年到农村接受贫下中农再教育！

农村是广阔的天地，知识青年在那里是可以大有作为！

在公社外面的空地上，散乱站着各小队来接知青的村民。他们穿着薄薄的不太合身的破旧棉衣，有的穿了一双脚指头露出来的布鞋，在寒风中瑟瑟打颤。他们的表情是友好而小心翼翼的，当他们的目光和知青对接的时候，他们会谨慎露齿一笑，很快又转开目光，显得有些紧张胆怯。其中一个带着一个小孩，像农妇的女人走上来和他们交谈，苦涩地笑着说她是五年前来的知青。这让知青们心里惴惴不安，不由得就想到了自己以后的日子。一种不祥的预感迅速在知青中蔓延开来。

工宣队组织着同学们搬下行李，他们一改往日那种刻板和严肃的神情，脸上堆满小心的微笑，轻声细语劝说还在抽泣的女同学。

军车等学生卸完行李，一阵威严的口令中，士兵跳上驾驶室，车队缓缓驶离而去。这个时候，女同学号啕大哭起来，引得男同学也心情异常沉重。

在知青脑海里，农村不应该是这个样，那些宣传在他们心目中已经勾绘出一个田园式的乡村：苍翠碧绿的山峦，清澈蜿蜒的河流，林荫掩映的小屋，一望无际的田野。而眼前的满目苍凉、贫穷，一时间形成了强烈反差。

知青中积蓄的愤懑开始升腾，在毛主席号召下，很多知青是怀着一颗崇敬、火热的心来的，当然也有无奈。这个期间更多的人没有去思索，也很少有人会想到以后。现在，他们身临其境，这就是他们要生活一辈子的地方吗？

“我们被骗了！”有人大声吼叫道。这像一星火苗“呼啦”一下点燃了知青心中的怒火，迅速蔓延开来。

公社召开了欢迎大会，并为知青按照当地最高规格在食堂摆下“酒碗”，但也是很简单寒碜的饭菜。当“酒碗”就要散去，几只瘦得皮包骨的土狗猥琐地夹着尾巴溜进食堂，一副可怜巴巴的眼神讨好地盯着知青，又小心翼翼地低头寻食那些地上的骨头和饭菜。知青一下找到了发泄不满的对象，开始蠢蠢欲动了。

“关上大门！”邓卫东一声呼喊，随手抄起一条板凳。一时间，食堂成了猎场，知青用凳子向那些土狗砸去。食堂里顿时一片混乱，土狗的哀嚎声、女知青的惊呼尖叫声、男知青的兴奋吼叫声混成一片，仿佛要掀翻矮小的屋顶。

工宣队刘队长和公社书记面露尴尬，恼怒又不敢发作，劝阻了几句就干脆离开了。

几只土狗相继被打翻在地奄奄一息，“放血！放血！”有人高喊，有的知青抽出身上的匕首，对着土狗一阵乱捅。知青疯狂的情绪得到了宣泄，发出一阵阵怪叫声和歇斯底里的狂笑声。土狗被吊在树上，剥了皮，并被肢解成好多块，然后分到一些知青手里。

林子青看着那些村民的眼神，那眼神中有恐惧，还有怨恨。

一切结束了，知青就要前往生产队。

在学校就组合好的知青，按照公社、大队、小队进行了安插。林子青这个大队有五个男知青，五个女知青，看这个搭配的样子，知青心里都暗自偷笑。公社是有意这样安排，这也是用心良苦，想得周到，以便将来知青扎根农村，男女搭配，内部消化，就地取材，现现成成。

夕阳西下。知青跟着村民出发了，还没有吃过午饭的村民背着知青的行李往各自的生产队走去。

开始还有很多知青走在一路，渐渐地就只剩下林子青和邓卫东。他们的生产队在一条河流的对岸，他们在岸边一个渡口停了下来。

来接他们的生产队长是一个年轻的妇女，村民叫她万大嫂。万大嫂二十多岁，中等个子，短发，大脸大眼大嘴大奶子，腰圆膀粗屁股滚圆，爱说爱笑爱打闹。一路上就听她在不停地说笑，逗得大家笑个不停。

万大嫂上前几步走到河边，大声向着河对岸喊叫：“船老大！把船撑——过来——”

对岸传来尖细的声音：“来啰——接到知青啰？”

“接到啰！你眼睛夹到裤裆去啰——看不到？”

“呵呵呵……”同往的村民放肆地大笑不止。

船老大拔起篙竿，在岸上一点，小船箭一般离开河岸，他嘴里嚷道：“这牛日的婆娘，男人不在屋头，不骚硬是过不得？”

林子青和邓卫东被村民肆无忌惮的玩笑逗乐了，“哈哈哈……”邓卫东大笑得弯下了腰，眼泪也笑出来了。

船老大手持篙竿，顺溜地在船左右轻轻点拨着，船头迎着浪子哗哗啦啦地急速向这边驶来，船老大在河心放开嗓门唱起来：

> 哥哥摆渡知青客
> 你莫心慌等不得
> 小船水中摇又摇
> 夜里再把幺妹接

万大嫂笑呵呵地骂道："这个骚怪，暴蔫子老头了，还哥啊妹啊的！你老牛还想吃嫩草！"

"呵呵呵……"又是一阵笑声荡漾。

林子青被他们的情绪感染了，不由得打量起眼前的景色。

他看了看河流的上游，河流在前面那片林带拐了个弯又从远处拐了出来，蜿蜒地伸向远处。远处，被薄薄的黛青色雾气笼罩着，只隐约看见两岸葱茏的林带好像在拥抱河床。

再往下游望去，河水在河道中央流淌，河道显得很陡，水流湍急，两岸露出了布满鹅卵石的宽宽河滩。乱石河滩上，四五个人弯着腰、手撑在地上吃力地拉着纤绳，他们身后不远处，一只木船满载石条，吃水很深逆流而行。木船上船老大一手掌船橹，一手不停舞动着篙竿点拨木船，木船缓缓地往上游行进着。

林子青看呆了，他还是第一次看见纤夫拉纤的场景。远远地望去，仿佛是一幅色彩凝重的图画，他的内心猛地受到触动，一段低沉古老的乐曲在他心中缓缓升起。

渡过那条宽阔的河流，天空最后一抹晚霞消失后，他们来到生产队。

三

寂静的乡村清晨，林子青睡梦中隐约听到了三遍鸡叫声。他蒙眬中睁开眼，窗口已透进来亮光。看着还在打鼾的邓卫东，他轻身起来走出屋外，仔细看着周围，看了看自己住的小屋。冬天天短，昨晚到了生产队已是晚上掌灯时分。

这是一间低矮的茅草房屋，屋顶刚新翻盖过，屋顶上厚厚的麦草还是新鲜的金黄色。屋子四周墙壁是用竹篾编起来的，上面糊有新的泥土和薄薄一层石灰。在靠门的墙壁上开了一个窗户，上面就用几根木条竖钉着，乍一看，像是牛的肋骨，村民都叫它“牛肋巴”窗子。草屋旁边有一个新砌的灶台，是专门准备为林子青他们做饭用的。

紧挨在这间小屋旁边是五六间木墙裙的瓦屋，原来是地主的，后来改建用来做了生产队的粮仓。屋子前有一块空地，足足有一个篮球场大，地面用石灰和沙石打成了三合土，专门用来晒粮食用，村民叫它“晒坝”。

邓卫东一下醒来，怔怔地看着眼前的一切，似乎还在疑惑怎么到了这里：“狗日的工宣队，会编故事，把老子骗到这里来。”邓卫东一边起床一边嘴里骂骂咧咧：“不行！老子要去找他算账!”他又想起了在学校被批斗的事，想起了动员大会上刘队长的巧舌如簧，心里更加愤怒。

刘队长在学校上山下乡的动员大会上绘声绘色地说：“农村这个广阔的天地，就是缺少像你们这样的知识青年，拖拉机都烂在田里了还找不到人开。社会主义新农庄，楼上楼下电灯电话，就等着你们去……”刘队长说到这里顿了一下，他也知道，这都是大跃进时候的陈词滥调了。

“同学们，我们工宣队也要和你们一起去，和你们同吃同住同睡！……”下面一阵窃笑。他自知失言，尴尬地笑了笑，“和你们那个那个……同劳动，不把同学们安顿好，我们不离开!”他的这番话，后来被很多学校工宣队借用。

刘队长到了这里，他也感到比自己想象的还要糟糕。看着知青那天在食堂打狗的疯狂举动，在学校像羔羊似的学生，到了这个地方完全变了，他的话也没人愿意听了。那些在学校遭受过他压制、批斗的知青，对他虎视眈眈。有一天在一个知青点，知青差点儿就和他发生冲突，他隐隐感到再待下去就要出事。按计划，他应该再待一段时间，但他坐不住了。

几天后的一个早上，天刚亮他就悄悄地沿着那条黄泥山路向县城急急走去。翻过前面山垭口，下完这个坡就是县城了。他嘴里禁不住哼起了小调："小妹妹想郎……郎呀……"他刚翻过山垭口，前面的景象让他脑子"轰"的一声，他嘴里小调戛然而止，仿佛挨了重重的一记闷棒，呆呆地站着。

下面公路上，一溜儿知青横站在路中央，个个阴沉着脸，远远盯着他，令他心惊肉跳的是他们手里还握着青冈木棒。

"同学们好！"他硬着头皮慢慢走过去，又强打起精神，露出笑容。

邓卫东上前："刘队长，你这是到哪儿去啊？"

"嘿嘿嘿，我……我……我回……学校去，还有些事情……嘿嘿嘿……"

"你不是要同吃同住，还要同睡？"

"嘿嘿嘿！"他干笑着，想从旁边溜过去。

"你朝哪儿走！"邓卫东上前一把抓住他。

"你要干啥？不要干扰我的工作！"他铁青着脸，摆出工宣队长的架势。

"干扰你的工作？"邓卫东轻蔑地笑了笑，又厉声喝道，"你临阵脱逃，破坏上山下乡运动！"

刘队长额头上惊出冷汗，他镇定了一下，虚张声势地吼了起来："邓卫东，你不要忘了你的家庭问题，你是什么人？你有啥资格对我说话？我是代表党，代表政府……"

"哈哈哈！……"邓卫东大笑，右手指点着他对知青说，"你们看，他一副丘八样子，还代表党？代表政府？"然后又回过头紧盯着刘队长："你还代不代表毛主席？嗯！"

刘队长傻眼了，一时说不出话来。

"你给我们说的拖拉机都烂在田头了，拖拉机在哪儿？你给我们说的楼上楼下电灯电话，楼在哪儿？电灯在哪儿？”

刘队长张口结舌不知所措，一步一步后退着。

邓卫东上前紧紧抓住他的领口，大声吼道：“同学们，今天是有仇报仇，有冤伸冤！老账新账一起算！”

“你们要干啥？邓卫东，你要负责！”刘队长虚张声势，想挣脱邓卫东。

“负责？你还要耍威风？老子今天要你看看啥子是知青！”邓卫东挥起拳头打在他脸上。

“你？你？你？”刘队长惊愕地捂着脸后退着。

周缨嘴唇颤动，两眼噙着泪水，冲过去就是一个耳光，打过又忍不住哭出声来。

知青冲上前，劈头盖脸一阵狂打。

刘队长彻底蔫了，他每一句带有威胁的话和分辩都会遭来一阵痛打。他的眼被打肿了，鼻血流了出来，他蹲在地上抱着头哀号着。

林子青早已恨得咬牙切齿，浑身发抖。“闪开！”他大吼一声冲上去，狠狠举起青冈木棒，青冈木棒在空中划了一道凌厉的弧线，就要击中刘队长脊背的一刹那，他想到了父亲……他手中的棍子倏然停了下来。他的脸痛苦地扭曲着，嘴唇不停颤抖，棍子从他手里慢慢滑落在地上。他的胸腔发出一声歇斯底里的吼叫：“啊！……”他痛苦地敲击着自己的头，蹲到一旁号啕大哭起来。

所有知青都愣住了，刘队长也抬起头呆呆地看着他。邓卫东怔了怔，皱皱眉头，他上前在刘队长屁股狠狠踢了一脚，大喝一声：“狗日的，滚！”

刘队长慢慢挪动身子。

“滚！”邓卫东冲上前又踢了他一脚。

刘队长慌忙向下跑去，一边跑一边惊恐地回头张望，一个趔趄，滚倒在地，又飞快爬起来，连滚带爬跑向县城。

四

外屋灶房前，一个老婆婆在为林子青他们做饭。婆婆头发花白，满面慈祥。这是生产队专门派来给他们煮饭的。万大嫂怕他们不会煮："你们在城里都烧蜂窝煤，这些柴火你们还弄不来。说好了，就一个月时间，以后就自己煮，煮不好，就抓生米吃，呵呵呵！"婆婆一边煮饭，嘴里不停叨念着："看你们好造孽啊，这么小的娃儿，妈又没在这里，啥子都要自己弄。"一边念一边不住叹息着，眼睛也湿了。林子青和邓卫东好不感动。

在最初那段时间，知青的生活还是在新奇之中，日子也还好过。知青中你来我往，在公社来往串联，赶集的时候总会在街上聚集下馆子。知青在最初一年里每月有三十斤的大米配给以及几元生活费。这段时间正值农村革委会成立，样板戏宣传队基本上每个大队都有一个。在公社间相互演出，总有酒肉款待。队里一般都会带着知青，知青也就四处游走，凑上热闹，也混了饭吃。

这样的好日子不长，慢慢地一切归于平静。知青中苦闷失落的情绪开始扩散，愤懑也随之而来。他们没有对象发泄心中的郁闷，开始和农民发生了摩擦。"跳丰收舞"是知青在田地里偷摘村民的蔬菜、偷村民为数少得可怜的鸡鸭的美称。这中间也有的完全就是闹着好玩。邓卫东是领头者，这个弄潮儿总是在任何时候都走在前面，他不知从哪儿学来的，竟能把苏联歌曲《莫斯科郊外的晚上》唱成偷鸡的歌词，每次出去，他总要轻轻哼上几句：

深夜村子里四处静悄悄，只有蚊子在嗡嗡叫，
走在小路上，心里怦怦跳，在这紧张的晚上。

亲爱的队长你要多原谅，知青的肚皮实在饿得慌，
我想吃鸡肉，我想喝鸡汤，年轻人需要营养。

从小没拿过别人一颗糖，捡到钱包都要交校长，
如今做了贼，心里好悲伤，怎么去见我的爹和娘。

知青中还有一个不成文的规矩，就是偷鸡必须要给村民留下一对公母鸡。按他们的说法，不能做绝了，要给农民留种子！邓卫东常常自嘲戏谑："呵，做了贼还挺人性化啊，我看一个个恨不得连最后一根鸡毛都吞下去！"

人是有道德底线的，偷摸是很不光彩的事情。村民容忍有限度，他们也是不好惹的，他们绝不容许知青侵犯他们的财产。超越过这个底线，他们就不管你是谁。有的知青受到了村民的棍棒教训，后来"跳丰收舞"也就渐渐没有了。

不能偷农民的财物满足饥肠辘辘的物质享用，知青转向内部精神索取。

最先开始恋爱的是邓卫东。本来他在学校就很受女同学的青睐，在这远离故乡、举目无亲、情感孤独的日子里，女同学自然会找到男同学中最有力量的人。邓卫东和当初河畔听琴的女孩又接上头了，并有了恋情。这个女孩是另一所学校的校花，资产阶级家庭出身，被大家叫"摩登"的女同学。她容貌清丽雅致，体态婀娜多姿，皮肤娇白细嫩，婉约成熟，风情万种。这个女同学在另一个公社，时常来林子青他们的知青小屋

找邓卫东，和邓卫东眉来眼去，暗度陈仓。

林子青的情窦还未开启，他对这些一点儿不懂，只是隐约感到有些好奇，内心也充满兴奋、神秘。

小提琴占据了他的心。清晨和夜晚他都坚持小提琴的练习。在这里，他没有了在城里的顾忌，意大利小提琴让他内心得到很大满足。就是当知青中很多都成了恋人时，林子青也还没有开启男女间的心扉。他是班上最小的，发育较晚，不谙男女之事，一般女同学就把他当小弟弟一样看待，也没有女同学对他有那种想法。林子青对异性还没有那种青春的渴求和躁动。

刚过完年，春天的气息就在大地上吹拂。田里的庄稼，突然间就变了样，油菜花一下就在大地上铺满淡黄色的地毯，麦苗一片碧绿猛长抽出穗头，就是田坎、沟边的野草也迫不及待地蹿了出来。沿河两岸那些桤木树林，凋零的枝干仿佛一夜间就被谁抹成了嫩绿色，干涸的河床上游不断涌来带泡的春水，鱼儿不时从水中跃出，在太阳光下闪耀出一道道银白色的弧线，灰白色的鹭鸶也悠闲地在河流上空低矮地盘旋。

大地在躁动，万物在复苏。知青的内心也在躁动不安。

和很多知青一样，林子青对故乡产生了强烈的思念之情，这是知青怀念故乡情绪的总爆发。这不是一个年代的青年独有的，而是每一代人离开家，在陌生的环境中都会生出的情结。像放飞的鸽子一样，那种在天空中盘旋寻找归程的急切，那种在风雨中不顾一切归巢的愿望，没有什么能阻挡。而当他们一回到家，那种情绪就释放了，再回到这个陌生的地方，内心就安宁了。

很多知青身上并没有回家的路费，但都是义无反顾地加入了回城的队伍。

知青在“文化大革命”中锻炼出来的组织能力在这个时候

充分展现出来。回城消息迅速在知青中传递，四面八方的知青在公社那条通往火车站的街口上集合，在预定时间集聚了一行上百人的知青返城队伍，男男女女，浩浩荡荡，直向火车站赶去。

去火车站路途有五十多里路，公路全是碎石路面，他们必须要在天黑前赶到火车站。一路上，知青不断卷入进来，那些正在田地里劳作的丢下锄头，那些正在赶集的连手里东西也不要了，那些正在吃饭的扔下碗筷，全部加入了返城队伍。不是同一个学校的都像老朋友一样，相互吆喝呼喊，裹卷进来的知青越来越多。路上，有的女同学实在走不动了，于是男知青开始拦截路过的大卡车。

邓卫东这个时候就显示出学生领袖的本色，显示出男人的大无畏和智慧来。他选定一个上坡路面的靠近最顶端位置，汽车开到这里，早已像老牛一样哼哧哼哧很慢了。他不知多少次这样拦截车辆了，这是拦截车辆的最佳位置。

远远看见车过来了，他站在路中央，对着货车双手左右摆动，示意停车。一见这个阵势，司机不由得心里慌张起来，这个年代抢夺车辆的事时有发生。当货车停下来，邓卫东一个箭步跳上车门踏板，手里准备好的香烟递上一支，又给司机点燃烟，司机发颤的手指夹着香烟，怔怔地望着一群人。

年龄大点儿的邓卫东就叫师傅，年纪小点儿的就叫师兄："我们是知青，去火车站，请搭上我们。"邓卫东说话还是客客气气，但却是那么不容置疑的口吻。

"知青？好好好，你们上。"

在这个年代，社会上对知青大都有一种同情和畏惧心理，哪个家庭没有一两个知青。只要不是特别出格的事情，一般是会得到许可。再说，知青处境渺茫，无所顾忌，人多势众，惹上了只有自讨苦吃。

知青一哄而上，纷纷往车上爬去。

邓卫东跳上车，站在车头顶上，大喝一声："男知青全部下去，女同学先上来。"

开车师傅也说："不要抢，后面还有几辆车。"

看着女同学上得差不多了，邓卫东跳下车对林子青和"摩登"说："你们上!"几个男同学一听，就往车上爬，邓卫东上前一把揪住他们往下拖。一边骂道："牛高马大的，给我下来，让女同学、小同学上。"

林子青后退一步："我不上，'摩登'先上吧。"

"摩登"靠近邓卫东："我不上，我要跟着你。"

邓卫东笑着轻轻拍了拍她的脸："'摩登'今天表现好。"

第二辆车停下来的时候，这个年轻的司机就没有那么好说话了，找些借口就是不愿意搭载他们。邓卫东不耐烦了，他一把抓住司机领口把他拖下车，自己坐到驾驶室发动了车，嘴里骂道："老子开车的时候，你还在穿叉叉裤，你以为老子把车开不走?"

吓得司机鸡啄米般点着头："使不得，使不得！还是我来开，我来开。"

早春的夜凉凉的。天黑了，知青全部都聚集在车站。大家没吃晚饭，一天下来，又累又饿又冷，很多人瑟缩着挤在一起，心里惶惶不安，根本就没有钱买车票，知青的心都悬着，这可不是拦截汽车啊。

"都不要买票!"邓卫东大声喊叫着，招呼大家全部挤在入站口。

这是一个小站，平时上下车的旅客很少，今天的阵势让车站工作人员感到诧异慌乱，检票口刚一打开，邓卫东就冲了进去。

检票员大声叫道："检票？检票！"

站长从来没有看见过这么多人上车，看着这是一群知青，他眉头皱了皱，提着信号灯走过来，对检票员说："放他们进去。"

"这样行吗？"

站长不耐烦地说："行也得行，不行也得行，这不明摆着！"说着提着信号灯前去站台接车，又对邓卫东说："知青同学，你们不要乱，都跟着我。"

特快列车在站台上缓缓停靠下来，车门打开了，女列车员跳下来，站在车门前等待验票上车。站长上前和她说着，她连连摆手，一口京腔："不行！不行！"站长还是坚持不断给她说，但列车员就是紧紧地护着车门，一个劲摇头："不行！不行！你就是找车长也不行！"站长显得有些无奈，回身望了望紧紧挤在后面的知青。

邓卫东忍不住了，他冲上去，一把拖开那个挡在车门前的列车员，对身后大喊一声："上！"知青立即蜂拥而上。

站长见知青全部上了车，看了看手表，这才晃动手里的信号灯，发出开车信号。

车开了，知青心里七上八下，不知道下一步咋办。不一会儿，那个列车员带着车长和两个高大的男乘警过来了。男乘警手里晃动着锃锃发亮的手铐骂骂咧咧，不断厉声喝道："谁敢冲击列车？谁这么大的胆子！不要命了！"

女列车员指着邓卫东："就是他！"两个乘警上前抓住邓卫东，将他双手反剪在身后，用手铐铐上。知青惊叫起来，"摩登"和一些女同学吓哭了，男同学则怒火中烧，他们慢慢靠近乘警，有的紧紧攥住口袋里的匕首，气氛紧张起来，眼看就要发生一场混战。

林子青上前对车长说："我们是知青，我们没有冲击列车，我们要回家！”

“买票了吗？”车长是一个四十多岁的中年女人，看了看林子青抱着的小提琴，口气比较温和地问。

“我们没有钱，你看，我就这么点儿钱。”林子青掏出兜里仅有的一元多零钱。

“我们是知青，我们没有钱，要钱没有，要命有一条！”几十个知青乱哄哄地吼起来，有的开始推攘乘警，乘警有些慌乱，厉声喝道：“干什么？要干什么！”

车长眉头皱了皱，又看看邓卫东，对两个乘警说：“放开他吧！”

乘警有些不情愿地看了看车长，给邓卫东打开了手铐。

事态缓和下来，知青向车长投去感激的目光，车长举起双手往下压了压：“知青同学们，不要吵。这样吧，你们跟我到餐车去。”车长眼睛湿了，她的孩子也是一个知青，插队去了更远的地方——东北。看着眼前这些孩子，一个个神色惊恐不安，疲惫不堪，她好像看见了自己的孩子一样。她知道这样是违反规定的，但她顾不了那么多了。今天的事态，好危险，处理不好就会发生流血事件。

在餐车上安顿好了知青，她又通知餐车的炊事班，给每个知青做一盒餐饭，她对炊事班长说：“餐费记下来，月底在我工资里扣。”

列车在黑夜飞驰，发出铿锵有力的“哐啷！哐啷！哐啷！……”的声响。

用过晚餐的知青在餐车上终于平静下来，担心、惊恐、不安消失了。

有人开始忧伤地唱起了《知青之歌》，慢慢所有知青都加入进来：

蓝蓝的天上，白云在飞翔，美丽的扬子江畔，
是可爱的南京古城，我的家乡。

啊，彩虹般的大桥，直上云霄，横断了长江，
雄伟的钟山脚下是我可爱的家乡。

告别了妈妈，再见吧家乡，金色的学生时代，
已载入了青春史册，一去不复返。

啊，未来的道路多么艰难，曲折又漫长，
生活的脚印深浅在偏僻的异乡。

跟着太阳出，伴着月亮归，沉重地修理地球，
是光荣神圣的天职，我的命运。

啊，用我的双手绣红了地球、绣红了宇宙，
幸福的明天，相信吧一定会到来。

告别了你呀，亲爱的姑娘，揩干了你的泪水，
洗掉心中忧愁，洗掉悲伤。

啊，心中的人儿告别去远方，离开了家乡，
爱情的星辰永远放射光芒。

寂寞的往情，何处无知音，昔日的友情，
而今各奔前程，各自一方。

啊，别离的情景历历在目，怎能不伤心，

相逢奔向那自由之路。

渐渐地车厢里有人在低声抽泣，有的人开始号啕大哭……

“哐啷！哐啷！哐啷！……”列车满载着忧伤的思乡之情在黑夜飞驰。

林子青的心中，小提琴催人泪下的思乡之情的旋律响起……琴声穿透车厢，在茫茫夜空回荡……

五

知青下乡后相当长一段时间，那种优越感、茫然困惑、焦虑不安交织在一起。落后贫困的现实让他们感到被抛弃愚弄，不满怨愤的情绪一直在躁动蔓延。曾几何时，“文化大革命”他们是运动的宠儿，红卫兵那种无所畏惧、叱咤风云、横扫一切的英雄气概还残留在他们身上。这就注定了知青还会有一次大规模的动荡，那就是这个群体躁动的最后一次回光返照，就像所有自然界的事物一样，在走向衰落的最后一刻，还会显示出最后的生命力量。

一桩知青在县城发泄不满和当地人斗殴的小事，由于处理不当，引发了知青积郁在心中的愤懑，渐渐演变成一次大规模的知青躁动。在靠近山脚的县城，知青占领了武装部，喊出了让当地人惊恐的口号：

“占领武装部，接管县革委！”

当地民兵和农民包围了武装部。不断传来消息，知青已被打死打伤多人。

知青的激愤高昂情绪被点燃了，附近几个县方圆百里的知青，从四面八方朝这座县城迅速聚集。公路上，一群一群男女知青手持棍棒向县城赶去，一辆辆卡车满载着手持棍棒的知青飞驰前往。

连接在乡村的有线广播里不断传出急促的呼叫声："各生产队队长，立即带上全部青壮年前往县城，前往县城！……"

田野里、公路上，以生产队为单位、成群拿着扁担的农民急急向县城赶去。

林子青在"文革"中由于家庭政治问题，基本上被排斥在那个运动之外。在异乡，在知青集体的活动中，他内心还是渴望参与到时代洪流中去。他和邓卫东在公社会聚了几十个男女知青，在公路上拦截车辆，前往县城增援。只要有车来，不管三七二十一，他们就将驾驶员拖下车来，然后自己开着车赶往县城。一路上他们情绪激动，大有视死如归的气概，不停浩气凛然高呼"文革"武斗的口号："枪一响，老子今天就死在战场上！"

知青太轻视农民了，在他们眼里，农民是老实巴交、自私胆小，甚至是有些可怜的一群人。他们以为像"文革"初期一样，所向披靡，无所不能，像秋风扫落叶一样轻易就可以打败农民。他们忘记了，就是伟人毛泽东当初在湖南考察了农民运动后，也对农民的力量产生了敬畏，他们忘记了伟人"一切权力归农会"的教导。

当林子青他们的车到了县城外围就被迫停了下来。一个坡度较大的路段上，堆满了阻挡车辆通过的障碍物，最下面是横七竖八堆码着的石条，上面是乱七八糟堆放着的桌椅板凳，足有一米多高。在障碍后面和两侧是数不尽的农民，个个手持扁担和长长的楠竹扦担。远远看去，漫山遍野早已森严壁垒，众志成城。那个阵势让林子青一下感觉到像是在电影里看到农民运动的场面，那是一片可以淹没一切的汪洋大海。

后面不断有满载知青前来增援的车赶到，知青会集在一起，这才壮起胆子准备往前冲。

障碍物后面上来了一个人，手提白铁皮话筒高声喊叫道：“知青同学们，我是县革委会的，请大家冷静，各自回到生产队去!”

邓卫东紧握扁担上前大声喊道：“我们要去救我们的同学，你们赶快让开，不然我们就要冲了!”

“知青同学们，请你们冷静，请你们相信我们，一定会妥善处理好前面的事情，不要再发生流血事件!”铁皮话筒继续喊道。

局面僵持着，形势显然对知青不利，农民的人数远远超过知青数十倍，但这时退却，知青心有不甘。

后面不断有载满知青的车辆前来，知青纷纷跳下车，乱哄哄地拥在一起，都在等待有人发出行动指令。周围也不断拥来农民，将知青三面包围。

邓卫东神情严峻，感到事态对知青很不利，他继续交涉喊道：“把我们知青放出来，我们就撤……”

后面知青中突然有人大吼一声：“妈的，懒得给他说。同学们，冲啊!”“呼啦”一声，知青蜂拥上前，吼叫着冲了上去。

邓卫东一愣，冲了上去。

什么叫汪洋大海？这就是汪洋大海！只听一阵噼里啪啦的扁担打在身上的沉闷声和哀号声。知青很快被冲散，被隔开成了无数块。

铁皮话筒急切地喊道：“知青同学们，不要做无谓的行动，放下你们的扁担木棒！放下你们的扁担……”

人数众多的农民挥舞着扁担、篙竿洪水般涌上来……知青开始后退、溃散，四处奔逃在公路和田野上。

邓卫东被几个农民打倒在地，后面的知青惊慌地后退着，邓卫东的女友“摩登”冲上去，趴在邓卫东身上，用身子护着邓卫东，放声哭喊：“求求……求求你们，不要打了，不要打了！”农民举起的扁担慢慢放下了。

林子青舞动着扁担已经冲到前面去了，童年时外公教授的武术今天显示出了强大的威力。他没有出手攻击他们，而是左遮右挡往前冲去，四面围过来的农民根本靠近不了他，但他们紧紧围着他，让他也陷入了非常危险的境地。听见“摩登”的哭喊声，他招架着退回来，在邓卫东身边停下。

他看看周围，知青已经全部溃散，农民紧紧围着他们。他扔下扁担，上前搀扶起邓卫东，邓卫东抬起头，一脸痛苦的神情，露出了欣慰。林子青搀扶着他站起来，和“摩登”扶着他往回走。

“站住！”高大壮实的武装部长走过来，对其他人说，“这几个是带头闹事的，把他们捆起来，带到县里去！”他身后一群人立即拥上来，推开“摩登”，扭着邓卫东和林子青用麻绳捆起双手。

这时，妇女队长万大嫂手持扁担冲了过来，扯起喉咙喊道：“你们给我放手！”她推开那几个人：“这是我队上的知青，我带他们回去。”

武装部长走过来，打量着她：“你是什么人？你在帮谁说话？”然后不容置疑地一挥手：“带走！”

万大嫂圆眼怒睁，手中扁担往地下一杵：“我日死你妈！卵子鸡巴屎！老子今天还不信了，看哪个敢？”

武装部长转过身惊异地看着她，一个人凑近他小声嘀咕了几句。

万大嫂愤愤地说：“把人打成这样，你屁儿也太黑了，老子告你违反知青政策！”

武装部长神色缓和下来走到她跟前问：“你就是那个万大嫂？”

“老子站不改姓，坐不改名！”万大嫂在这一带很有名，她性格泼辣，敢说敢为，爱打抱不平。她丈夫是部队的，在北方当兵。她也时常去县武装部参加军烈属一类的活动，里面很多人也认得她。

武装部长乐了："你刚才说啥子呢？呵——你日？你一个婆娘拿啥子日？呵呵呵！"回身笑呵呵地嘟囔着："这个婆娘硬是野得很呢，骚劲这么大？"和他一行人都乐了。

"呸！怪哉哉的！"万大嫂朝地上唾了一口，上前解开邓卫东和林子青的绳子，回身对生产队的来人说，"我们走！"大家赶快连背带扶带着邓卫东、林子青离开了。

邓卫东在床上躺了十来天，他恢复很快。万大嫂说："没有真正要打你们这些知青，真要打，你们招得住？"

那一次，知青和农民的械斗，在各方努力下，事态很快平息下来。

知青从此平静了，开始面对农村现实生活。他们像棱角尖锐的巨石，从山上滚滚而下，在波涛汹涌的河流中随着泥沙翻滚，经受着漫漫长河的冲刷打磨。

六

邓卫东伤好后经常回城里去，常常一去就是十天半月。林子青很多时候就独自一人待在生产队。

生产队分给林子青和邓卫东每人五厘旱地作为自留地。林子青虽然小时候就常在外婆家，对农村的环境很熟悉，但真要种地还是啥都不懂。

队里自留地在大河的中央像是一个小岛的河坝上。河水从河坝两侧流过，那是河流在这里冲刷形成的一小块扇形沙地。这个河坝原来也有几户人家，后来被堰塞湖决堤冲下来的洪水卷走了房屋，也搬到坝上去了，这片河坝里就再也没有了人家。河坝几十亩地，除了队里安排人来种庄稼或是村民来自留地，平时就空空荡荡没有人。常常传出河坝甘蔗林、玉米、花生地里发生的男女野合之事。不过都是说得藏头露尾、含含糊糊。

知青的到来，给这穷乡僻壤带来了一种新的东西。尽管他们也只是初中或高中生，还说不上知识有多高深渊博，但在村民眼中，他们是有文化的人。他们的衣着装扮非常合体，就是洗得发白的旧衣服也是那么好看。每个人都显得那么干净、舒气。每天早上刷牙、晚上洗脚的卫生习惯以及不自觉中带来的城市文明都让农村青年羡慕不已、暗自效仿。尤其是那些农村姑娘觉得眼前一亮，仿佛看见了另一个文明世界。她们不光是效仿女知青，对男知青也有一种特别的欢喜。知青的细嫩皮肤、清秀的相貌不像农村青年显得蛮楚楚、土里土气的，还有那说话的神态、语气、口音以及走路的姿势，都让她们感到惊讶和钦慕。那是在心底深处的，很少看见她们流露出来，也许她们觉得，那不是她们一个群体的人。

这些姑娘生长在这水边，水灵灵的，古朴宁静的自然环境赋予了她们质朴善良的性格。她们正值青春期，个个长得淳朴灵秀，丰满圆润，充满了活力，也充满了少女的幻想。她们逐渐在心中对农村男孩有一种轻蔑，她们觉得农村的男青年土头土脑、五大三粗、语言粗鲁、情趣低俗。

农村男青年似乎感受到了女孩的这种情结。这些女青年世世代代以来，就是他们挑选的老婆，现在好像就要被男知青夺走一样。他们惴惴不安、愤愤不平。但他们还没有愚蠢到自认为强大和更有竞争力，而是悄悄地在改变自己，他们也在寻找每一个展示自己绝对优势的机会。

春天的太阳像在对地里庄稼施展着魔力一般，不经意间，那一片片菜籽、麦穗开始泛黄，沉甸甸地弯下腰。秧母田撒下的稻种也开始发芽转青。大地就要进入小春收割和大春播种的季节。

这是一个风和日丽的时节，气候温和、景色宜人。还未开镰收割，这个时候也是农民最难熬的日子。上年的口粮已经快吃完，那些装粮食的黄桶、拌桶已经见底。农民老念那句话“神仙难过正二三啊!”就是指农历的正月、二月、三月，青黄不接的日子。一旦开镰，那种激动兴奋就在农民中间蔓延，快活的小调声四处都可以听见。

砍菜籽是一大早就开始的农活，不能等到太阳照得老高，露水都退去，那个时候菜籽的夹壳就脆蹦蹦的容易裂开，油菜籽就会爆裂出来落在田里。

拂晓，雾气笼罩着田野。天还黑沉沉的，哨声就在寂静的四处响起，那是出工的哨声，很快就人声一片，呼啦着奔向田野。

一片片齐人高的菜籽田里散落着一排排人群，每个人手提菜刀或割草刀，一横五路菜籽向前砍，砍下来就整齐堆放在身后。后面的人挨个掇成一大捆一大捆再用麻绳捆起来，然后用很长的楠竹扦担挑往晒坝，等到太阳将那装满菜籽的夹壳晒得脆蹦蹦的，再用连盖拍打，将菜籽打下来。

林子青砍着砍着，就落在后面了。队里的黑娃，一个五短身材、结实健壮的小伙，有意加快速度，将他远远抛在身后，还不时回过头来，得意地看着他。林子青早已是气喘吁吁，根本就没法跟上。突然他看见前面有人帮他把这一路菜籽砍了，他抬头看身旁那一道上，万大嫂在帮他多砍了一路菜籽。

大嫂骂黑娃：“你这个黑娃，鬼撵起来了，跑那么快，砍得快就帮知青多砍一些!”黑娃嘿嘿地笑着。

旁边一个叫王秀华的姑娘叫道：“黑娃最坏，就是想看人家知青笑话。”

大嫂盯了她一眼：“你晓得，你咋不帮他多砍一路？”

王秀华不好意思地笑了：“我……”

“你怕人家说你……和他？看你这个女娃子，人小心多。”

王秀华脸上一下绯红，瞪了大嫂一眼，赶快低下头去砍菜籽。

林子青心里一阵热，一不留神，砍刀竟然砍到脚背上去，他一声怪叫，倒在地上。

万大嫂回过身来一看，惊叫一声：“哟喂！”几步上前，一把捏住那伤口，连抱带扶将林子青弄到田埂上坐下来，王秀华紧紧跟在身后不知咋办是好。

大嫂看了看伤口说：“没事，口子不大，撒泡尿消消毒。”林子青一下脸就红了，万大嫂刚才扶他的时候，他就感到很难为情。万大嫂看出他的顾虑，走到一边，嘴里说：“哪个把你雀雀吃了？”

王秀华偷笑着走开了，旁边那些小媳妇、大姑娘都忍不住捂着嘴偷笑。

伤口不大，止住血以后，就用草纸一贴完事。

大伙又开始了农活，大嫂要林子青先休息一下，自己又去忙着招呼大伙。她一看王秀华正弓着腰在砍林子青那一路菜籽，她笑着上前揪了揪王秀华的屁股，王秀华回过身，红着脸做疼痛状叫道：“揪啥嘛，好痛哦！”

大嫂呵呵一笑，指着她的胸口：“是这痛？”

王秀华红着脸，举起镰刀：“看我不割烂你的嘴！”

大嫂笑着跑开了，她仰起头，唱起《兰花花》，高亢凄美的曲调在空旷的田野上响起：

青线线（那个）蓝线线，蓝格英英（的）彩，生下一个兰花花，实实的爱死人。
五谷里（那个）田苗子，数上高粱高，
一十三省的女儿（呦），就数（那个）兰花花好。

大嫂自幼父母双亡，跟着一个远房姑妈。姑妈丈夫早逝，独自一人带着几个子女，已经很艰难了，也没更多的精力关照她，把她拉扯大，已经很不容易了。寄人篱下反而让她从小就有很强的独立能力和大胆泼辣的性格。

大嫂和很多农村女孩一样，豆蔻初放，朦朦胧胧，没到十六岁，姑妈就托媒人介绍给了现在的丈夫。那个时候的大嫂，心里早希望有个自己的家，尤其是从小没有父爱，第一次相亲，见到他聪明机灵，能干大胆，心中就喜欢上了。两人眉目传情，暗递秋波，大嫂觉得今生有了托付。相亲当天，大嫂就没有回去。吃过晚饭，他提上鱼笆篓带着她去河边的“鱼笼”捉鱼。他捉鱼技艺高强，无论撒网、垂钓，还是鱼叉都是十里八乡一把好手。他用竹子做的鱼笼，更是巧妙，放在浅滩下游鱼儿经过的流水处，鱼进得来出不去，随时去里面抓就行了。

鱼笼早已碰进来好多鱼，他轻轻伸手进去，里面鱼儿噼里啪啦一阵慌乱地扑跳，他轻松地一条一条抓起来放进腰上的鱼笆篓里。

“我要捉，我要捉!”她兴奋地叫着，弯下腰在里面一阵摸，鱼从她手里不断滑过，她惊喜地叫着，她的身子往前倾，她的腰和后背露了出来，裤腰也往下落露出了半个屁股。突然她停下来，她还没捉到鱼，自己一对活蹦乱跳的乳房却被他捉住了，那是从未有过束缚的乳房。她又惊又怕，但心里却感到一阵阵快意。

“快捉鱼，捉鱼……”她嘴里胡乱地轻声叫着，她感到鱼笆篓里的鱼在噼里啪啦跳个不停……

婚后她经常说他："你娃娃胆子也够大啊，第一回见面就敢把我奶子抓到！不晓得你摸过好多？"他有些得意："你那个屁股翘起白晃晃的，奶子一甩一甩的，我没把你裤子挎下去就算好了。"

"你咋不挎？嗯，咋不挎？看你也没那胆子！"她开心地挑逗他，一边就拉着裤腰的活结。

"你这个骚婆娘！"这个时候，他就忍不住扑上来，抓住她奶子一阵乱揉，又挎下她的裤子，在她滚圆的屁股上噼噼啪啪几巴掌。这个时候她就忍不住快活地叫起来……

这些都是婚后才有的浪漫，大嫂的浪漫和那种小资的浪漫完全不一样。在别人看来，他们没有恋爱的经历，大嫂也常挂在嘴边说，他们是先结婚后恋爱。

她嫁到这里来的时候也就才十七岁，《婚姻法》在农村基本上没有多大作用，他们根本就没有扯过"发票"。农村里说办结婚证叫"扯发票"。

那年秋天，公社招兵，孩子还没满月，她怂恿丈夫去报名参军。丈夫有些犹豫，她一番话让丈夫虽不情愿但也毅然前往。"一个男人守着婆娘有啥出息？"她掷地有声。男人后来去了部队。

队里的男人经常开她玩笑："大嫂，你是不受法律保护的哦，要是你男人带个婆娘回来，你'发票'都拿不出来呢？"

大嫂也大咧咧说："我是没得'发票'，喜酒你们总喝了的，我看哪个还敢把我从床上拖下来！我娃娃都这么大了，带个婆娘回来又咋样？我还不是老大！"逗得那些男人哈哈大笑。

大嫂聪明能干，她没读过书，写不起字，却能读书看报，按她说是写不起认得到。她认不到的字一问别人，以后就记住了。她喜欢读报，关心国家大事，尤其喜欢看电影。附近驻地部队每周都要为当地老百姓放露天电影。她不管是蚊虫肆虐的炎炎夏日，还是寒风凛冽的冬季，一场也不落下。就是在月子里，竟然不顾天寒地冻偷偷跑去看了那场《李双双》。大嫂喜欢唱歌，看过的电影，里面的歌曲基本上就会唱，实在弄不清楚的歌词，在赶集的时候，就在地摊买几张歌片。大嫂看起来粗放，情感却缠绵细腻，她常常被电影里的故事所感动，看着看着就会哭个不停。

她嗓音饱满清亮，最喜欢唱情歌。一首《兰花花》常常就从她嘴里长声吆吆地唱出来，她声调拖得老长，还真有点儿凄惨哀婉的味道。看了电影《李双双》以后，她常挂嘴边的就是“先结婚，后恋爱”这一句。她很喜欢李双双，觉得李双双和自己很相像，能够在电影里找到自己影子，她内心好不满足。

大嫂对生活非常乐观，脸上总是挂着笑。她的脸盘圆而大，眼睛很有神，一张宽大的嘴唇，厚实而性感。她身子丰满结实，宽肩厚背，奶子大而饱满，屁股滚圆，箩篼一样。大嫂性格泼辣，还有些风骚，浑身上下充满女人的诱惑力。做农活样样都来，完全可以和全劳力媲美。她待人热心，乐于助人，总能在村民的纠纷中，比较公道地让双方折服，这一切自然在村民中渐渐有了威望。

大家不约而同地认为大嫂就是现实中的李双双。后来队里选生产队长，她一下获得上下认可。大家原来称呼她是万大嫂，这是她的姓，而不是像其他已婚女人，一般以丈夫的姓来称呼，后来大家又干脆叫她大嫂。

大嫂虽早已是少妇，女儿也好几岁了，但在情感上还是一种少女情结。电影不断影响着她，提升了她审美的情趣，填补着她的精神渴求。她向往诗情画意般的爱情，羡慕现在的年轻人那种自由恋爱。她喜欢那些俊男靓女，看着心里就舒服。原来她觉得自己还是浪漫新潮的，当知青来到这个村子，大嫂才感到这里太土。城市里来的知青那是另外的一种精神面貌，她感觉他们和乡里的人大不一样，她喜欢这些城里来的青年，对他们呵护有加。她也更加注重自己的打扮了。

七

转眼，已是七月流火，太阳高高地挂在天空，把它炽热的能量挥洒在大地上。万物一派生机勃勃。

田野里稻谷开始抽穗了，青油油的稻壳张开小嘴，含着白白的小花吐出芳香，雄花随微风轻轻飘荡寻找孕育生命的巢房，空气中弥漫着沁人的稻花香。河坝玉米地里，玉米长得老高，枝干的半腰上，玉米穗苞吐露出红色、粉色、黄色的花蕊，绚丽多彩，期待着顶端已经成熟的雄花絮随风落进自己怀抱。花生地里，小黄花在绿叶下开得不动声色，却暗递秋波，密授情种，受粉的雌花争先恐后将针一般的子房扎进泥土，在地下悄悄孕育着自己的宝宝。而没有诱人之处的甘蔗林，已是密密匝匝，心有不甘地展示自己的力量，随风发出“哗……哗……哗……”的声响。

林子青在不知不觉中长高了，身板也长宽厚结实了。他的喉结显现出来，上嘴唇已有黑黑的胡须，声音也变得浑厚低沉。原来他比邓卫东矮半个头，现在两人的个子已经不相上下。

前一段时间，农活太多，砍完菜籽后紧接着又是割麦子、插秧，一直等到秧苗薅过两遍，秧苗蓬行了，这才闲歇下来。

邓卫东很不适应农村环境，对农活也感到厌恶，他不能忍受那种田间的劳苦。春天他身上就开始长水痘，到夏天越来越严重，痘痘全部溃烂，沁出腥臭的黄水。药吃遍了，开始是赤脚医生，后来是公社卫生院，再后来到县人民医院，就是没一点儿效果。结果回到城里，药也没吃就好了。但一到乡下，满身又开始长水痘。医生结论是“水土不服”，药方是“换个地方自然就好了”。邓卫东常常苦笑着对林子青说：“妈妈的，我这个命还真有点儿破落贵族的影子呢。”

大嫂也笑道：“水土不服？是你命好。看来这不是你待的地方，太穷了，留不住你！”

邓卫东干脆就请假回家长时间待在城里。

林子青不敢像邓卫东那样。他回过几次家，小巷让他很压抑，他感到父亲也有一种压力，在家里待上几天，父亲就会问他几时回乡下。再者，每次回家的路费就要好几块钱。离开家的时候，母亲从身上掏出仅有的几块钱犹豫了一下就全部给了他。他知道，母亲把钱给了他，后面的生活就只有靠借钱直到发工资的那一天了。

林子青感到在农村虽然劳累，但也可以自己解决生存温饱，可以减轻家里的负担。在这里，他的心情也要开朗多了。在劳动中，他忍受着烈日暴晒和沉重的体力消耗，但他又体会到一种人情的淳朴和劳动的乐趣。

一个内心世界充满音乐幻想的年轻人，在严酷的现实中，仿佛一切都被压抑了，但在内心深处，这样的情结在聚集，犹如天边的云彩不断吸收着大地升腾的水汽，不断翻滚凝聚在一起，最后形成狂风暴雨倾泻而下。

大自然不断丰富着他的内心世界，他只有在这沉重的生命阶段，才能形成对音乐的冷静思考，只有在古朴的大自然中，才能诱发他对音乐的激情。

他表面上平静略带忧郁，但他的内心却随时都会狂放起来。在大自然中，他的思绪像生出了翅膀，他的想象力也涂抹上了浓烈的童话色彩。

他很喜欢乡村的夏夜，喜欢在寂静的夜色中演奏小提琴。这时候，他会感到琴声特别悠扬婉转，琴声就像袅袅青烟，缓缓地飘向无垠的大地、高远的夜空。

乡村夜空远比城市宽阔明净，一片湛蓝湛蓝，星星也比城里更多、更亮、更大，远处的星星看起来就像落在了地上。

月亮悄悄地从河坝那片桤木林后爬上来，那么近，像一个巨大的银盘，静静地仿佛一动不动，真就像小说中描写的一样，月亮挂在树梢上。

夏日的夜，稻花沁香弥漫在田野，水稻田里蛙声叫个不停。田埂上隐约可见摇曳不定不断移动的光亮，那是农村小孩在夜里捉黄鳝的煤油灯光。

还有那波涛汹涌昼夜不知疲倦地发出“哗哗哗”流水声的大河，每每他站在河边，看着奔涌不息流向远方的河水，他的心就澎湃不已，他好想跟随河水奔向遥远的远方。

这样一个山水相间的自然环境，悄悄地不停地向他心灵注入音乐的元素。

每天午后，队里的男女青年都在河边游泳或戏水。他会亲自驾船，一手把船橹，一手撑着篙竿，载着几个青年在河水中央跳水嬉戏。他会来上几个姿势优美的跳水动作，像“飞燕展翅”“蜻蜓点水”。那些在水边长大的孩子水性很好，跳水却没有几招，只会跳个“炸弹”或叫“冰棍”。

当林子青在船上跃起飞入水中，队里的姑娘总会注目观望，她们大张着嘴，眼里满是惊讶，跟着就是一阵喝彩声。尤其是他的自由泳和蛙泳更让那些农村小伙子自愧不如。他们只会“狗刨搔”或“翦水”，看那个姿势，就很僵硬费力，没有一点儿美感，让人发笑。男青年嘴里不说，心中对他游泳也是暗自钦佩。但有的农村青年还是不服气，觉得这不过是花架子。

后来在一次特大洪水中，住在河边的大嫂，屋子遭洪水冲袭，她的小女儿被洪水卷走，小女孩紧紧抱着一条长凳，在波涛中上下起伏，随波漂向下游。林子青和几个农村青年在漂浮着树枝、杂物的混浊洪水中追了好几里地，也没抓住小女孩。几个青年渐渐体力不支，纷纷游回岸边。林子青没有放弃，他在洪水中坚持着保持体能，最后终于把小女孩抓住带回岸上。他的胆量和游泳技术这才让所有人都钦佩不已。

林子青把农村生活中的感受在乐谱中记录下来，有时候试着拉奏，又很不满意，他感到太零碎，没有一个完整的旋律，他对自己感到非常失望。他明显感受到有无数音符在不断冲击内心，但他刚要想去捕获，那些音符又悄然消失，他抓不住它们，而它们又不肯远离而去，他感到这些精灵在折磨他，他为此苦恼万分。

这期间，王秀华时常来帮他种自留地。

王秀华的模样在十里八乡也算是美人，带有土生土长农村姑娘的乡土味，气质又与农村姑娘不太一样。她脸上带有一种纯净雅致和一丝忧郁，这在农村年轻女孩中很少见到，这和她的父母以及她的少女时代的挫折有很大关系。

她出生在一个家境殷实的上中农家庭。父亲年轻时是一个很标致的小伙子，母亲也是当地一大美人。父亲勤劳能干，挣下一份不错的家业，特别重视子女的培养。她在公社读完小学时，成绩优异被保送到县中，这在农村女孩中是很少有的。她在县中读书期间，城乡的差别在她眼里心里都留下了很深的印象，她更加刻苦用功，希望以后考上大学，彻底离开这个贫穷的地方。

然而，命运多舛，刚读了一年县中，父亲因病医治无效，丢下母亲和几个弟弟妹妹离开人世。家境使她不得不辍学回乡，为这，她暗自里不知流了多少眼泪。她读大学的理想是彻彻底底地破灭了。她深深隐藏着内心的失落和苦痛，帮助母亲拉扯几个弟弟妹妹。

知青的到来，让王秀华心中充满喜悦，她喜欢和他们在一起，她总是在劳动中尽自己的力量偷偷地帮助林子青。后来很多时候，她在自留地里摘蔬菜，都要悄悄地拿出一些放在知青小屋的门口。

王秀华高高的个子，丰满健康，洗得发白的衣服就快要装不住她发育很好的身子，靠近胸部那个扣子总是紧绷绷的，时不时会弹开。本来已经宽大的裤子，也掩盖不住臀部的浑圆。她皮肤不是很白，椭圆形的脸庞，秀气的鼻梁，靠近眼睑下，有着大小深浅不一的雀斑。雀斑在城市女孩身上倒不算什么，还带有点儿女孩个性。在农村的女孩身上就被视作不祥，叫法也很难听，干脆就叫成绰号“苍蝇屎”。小时候，那些村里孩子经常起哄乱唱一气：“苍蝇屎，嫁不脱，只有在家守家婆!”王秀华为脸上的雀斑不知偷偷哭了多少回。

林子青觉得她很好看，她的眼睛弯弯的真的很像月牙，清澈明亮，随时都好像在笑。蚕蛾般的眉毛，浓密而整齐。那张丰满的嘴唇见到人总是微微张开，露出雪白整齐的牙齿。这个女孩的表情文静雅致，又充满活力。

林子青第一次认真看王秀华是在和她去河坝。那是在太阳落坡时分，王秀华站在船头撑船，林子青在船后望着她。河风一吹，薄薄的衣服紧紧地包裹着她发育成熟的身子；她的肩头宽而圆润，腰肢挺拔而窈窕，臀部浑圆微微翘起，一根粗大的辫子，一直拖到屁股上。她裤脚高挽，结实健壮的小腿肚露在外面，她光着脚丫，稳稳地站在船头，左右舞动着篙竿，在她前面是白晃晃的河水一片。

他呆呆地看着她的身影，第一次一个女孩在他心中引起了神奇美妙的感觉。突然，他想到了李小红……

直到木船冲上河坝的浅滩，发出船底和沙滩摩擦的声响，林子青才从遐想中回过神来。他一个趔趄，差点儿扑倒在船上。王秀华早已跳上河岸，回过身看着林子青在船上摇摇晃晃，不由得“咯咯咯”笑个不停，那笑声划破河坝的宁静，在水面飘荡。

自留地种着玉米和花生以及一点儿蔬菜，像辣椒、豇豆。邓卫东时常不在队里，也没有兴趣弄自留地。林子青也不懂，王秀华说咋种啥，他也跟着照样做。

在花生地里拔草时，一只硕大的田鼠突然从地洞冲出，吓得林子青一仰倒坐在地上。王秀华却兴奋地叫起来，紧追上去，在不远处纵身扑下，一把抓起田鼠，往地下使劲一摔，然后提起田鼠尾巴，扔到林子青跟前。

林子青不由得往后退了一步，看着她心中不由得暗暗佩服。

“这个花生地里老鼠多得很呢，以后挖花生的时候，到处都是，不晓得要逮好多。田鼠吃我们的花生，我们就要吃它的肉，拿回去皮一剥，烧着吃，香得很。”看林子青一脸狐疑，她说，“这不是你们城里的耗子，这是吃粮食的老鼠子。”

当他们回去的时候，天已经要黑了，河面上雾气缭绕，岸边的院落也在隐隐约约之中，王秀华突然说：“你拉的那个叫啥子琴？声音真好听。”

“小提琴。”林子青有些惊异。他和她的住地不是很远，但要清楚地听到琴声也不行，难道她时常悄悄地来听他拉琴吗？

“小提琴，哦……我们这个地方从来没有人拉这个，这个声音比那些二胡、笛子、唢呐子好听多了。”王秀华想了想又说，“有时候我听见你拉琴的声音，心里好舒服，琴声里面有点儿像我们这个大河边。”

林子青更惊异了，不错！有时候他的确在拉对河流和乡村的感受。他没有想到，她能听出来。他喃喃地说：“你……真的听到了……我在拉这里……”突然，他内心一阵狂喜：我真的把这些表现出来了？天啦！真好！真好！一时间，他竟然激动得想扑过去拥抱她，他感动得眼睛都湿了。

他想起了时常放在知青小屋的蔬菜：“是你经常给我们送菜……”

王秀华脸一下红了，她躲过他的目光说：“我才懒得给你们……你们知青懒得很，衣服不想洗，饭也不想煮，哼！……”

王秀华想了想又说：“原来还听到你一天到晚拉琴，这好多天了，我都没听见你拉琴……”王秀华瞪大眼睛望着他。

“是啊！我咋不拉琴了呢?”林子青心里咯噔一下，他已经很长时间没拉琴了。这段时间，他为自己不能抓住那些漂浮不定的音符而痛苦、沮丧。他看见小提琴已经没有了以往那种亢奋冲动。就是拉练习曲，他也很不满意拉出的琴声。看着小提琴他往往会叹息……

在这样的环境中，音乐离现实生活太远太远，林子青对小提琴的激情正在慢慢消退，他内心的音乐世界，已经蒙上了一层灰暗的阴霾，他已经倦怠、懒惰了……

王秀华的话语，像一道亮光在他心中闪耀，像一缕阳光透进他的心灵，也像一记鞭子抽在他身上。

回到知青小屋，他拿出小提琴……

乡村的夜晚，星空灿烂，偶尔一道亮光划过夜空。空气中弥漫着稻花香，田里的青蛙在欢愉地叫着，“叫姑姑”在竹林中振翅高鸣，萤火虫提着它们的小灯笼四处游走。河坝丛林中，偶尔传来几声夜鸟的啼鸣。乡村的夜是那么沉静甜美。

林子青仿佛感受到音乐在心中涌动漂浮，他拿着小提琴走到屋外，面对夜色朦胧的大地，向着湛蓝的夜空放情地拉奏起来。琴声悠扬婉转，回旋在宁静的乡村之夜。

琴声述说着一个少年的心扉被一个少女轻轻掀开，一缕温暖的阳光照射进来，那片还未开垦的心田受到阳光雨露的润泽，呈现出一派勃勃生机。

他的心在颤抖，充满兴奋激动、欢快喜悦和神奇之感。他的眼前，仿佛看见一双月牙般的眼睛在笑。

太阳的光芒在滋润着大地万物，孕育着生命，整个大地慢慢成熟了。

八

激情是暂时的，就像夜空一道闪电过后，一切又归于黑暗。一颗种子萌芽后不光是需要雨露，更需要阳光，不然它就会在羸弱中死去。

没有一个人仅靠天资和激情就可以获得成就，天资只是让你有幸能够看到琐碎的材料，激情只是发现材料后的冲动，而后面还需要大量的人工来构造，这需要一个人具有非凡的毅力，排除一切干扰，专心致志、扎扎实实地做下去。

眼前知青的处境，无时无刻不在影响着林子青，路在何方？以后该怎么办？林子青常常在练习琴的时候，脑子里总会冒出让他泄气的这些问题来。这个时候他会很生气，恨自己，为什么脑子里会冒出这些念头来。他会歇斯底里地吼叫道："我不管这些，不管，我要练琴、练琴……"他发疯般拉起琴。不一会儿，这些想法又涌上来。反复几次后，他早已被自己内心的较量弄得精疲力竭。"我投降，我投降……"他痛苦地闭上眼睛，把琴放下。

随着在农村的时间越来越长，知青中充满焦虑不安、彷徨郁闷的情绪。鼓动知青扎根农村一辈子的宣传声势也愈来愈猛烈。

邢燕子扎根农村的事迹铺天盖地地大力宣传，和农民结婚的女知青也被作为扎根农村的知青典型。

“扎根农村，与贫下中农结合在一起。”知青的未来好像已经被当局定调。知青在一起常常也是苦笑着开起玩笑，“胖妹，你就嫁给队长的儿子算了。”“邓卫东，你和书记的闷墩女结婚算了。”“林子青，我看那个雀斑妹对你还不错呢。”玩笑开过，说着说着，女知青就泪眼婆娑，男知青则是沉闷不语。他们还太小，还没有到那个最后时刻，但对后来的出路却一点儿也没有数，好像那河中的落叶任水漂流。

而他们中还真的有了要和农民结婚的女知青，那是他们学校高六六级的女同学，邓卫东的同班班长。这在知青中无疑像一个重磅炸弹，大家都被惊呆了。

女班长是一个从小循规蹈矩，从小学到初中、高中一直以来成绩优秀，深得班主任喜欢的乖乖女。她下乡后和知青反而不和，就干脆自己搬在另一处单独住。

在家里也许是父母对她太过溺爱，她在生活自理方面能力很差。不光是农田活，就连自己煮饭洗衣的一般家务也不会做。她手脚很笨，动作也不协调，总不能学会这些很简单的事情。这让她从小在一片鲜花和赞扬声中到现在孤立无助形成了强烈反差。她性格本来就稳重内向，现在更是沉默寡言，一副度数很高的眼镜后面是一双神情黯淡的双眼，她的脸色苍白，严肃得有点儿呆板，很少露出过笑容。知青聚会她也很少出现。她不喜欢他们对时局的不满和抱怨以及出格的行为。她忠实遵循着党的教导，在劳动中锻炼改造自己，她咬着牙承受着情感上的孤独和体能上的煎熬。

生产队一个死去了老婆、带着三个小孩的男人，常常在农田劳动中帮助她，她的自留地也是这个男人全部给她包揽了，这让她内心十分感动。他们住得很近，那个男人家里做好吃的，就让自己十来岁的女儿来叫她。无助、寂寞中的她，在感激中不知不觉走近了他。一个雷雨交加的夜晚，情感孤独、生理躁动的她，睡在了他的床上。

眼看着肚子大了，再也遮掩不住，知识分子家庭的父母感到奇耻大辱和她断绝了关系。在深深的懊悔自责中，在同学的同情和讥笑中，她没有其他路可走，她无奈地只有嫁给这个农村男人。

县委、公社把她当成一个知青扎根农村的先进典型，专门拨款备了酒席，让所有知青参加这个婚礼。

邓卫东气得脸色铁青和林子青他们一起去了。

公社锣鼓喧天，鞭炮声声，横幅大标语“知识青年和贫下中农相结合是扎根农村的最好表现”赫然挂在公社大门口。大院中，主席台下，摆好了几十桌露天酒席。

火热的气氛并没有给知青带来好的心情，他们一个个阴沉着脸。在他们心中，这样的结果让他们实在不敢相信，难道这就是他们以后的归宿？他们心里隐隐感到害怕、不安，更有为自己同学的不幸遭遇感到痛苦。

县革委会主任亲自主持这个婚礼，在嘈杂声中县革委会主任情绪激昂地讲着话：“……这个女知青用实际行动，表达了扎根农村一辈子的决心，这是所有知识青年的榜样，他们的结合是毛泽东思想的伟大胜利!”

下面领呼口号的人，看着一张口号单振臂高呼：

“毛主席万岁！毛主席万万岁!”

下面稀稀落落地跟着呼叫起来。

“知识青年扎根农村，和贫下中农相结婚。”

“哄！——喊的啥子？狗日的乱喊!”下面知青吼叫起来。

领呼口号的又看了看口号单，自己也尴尬笑了笑：“哦！和贫下中农相结合。”

县革委会主任看了他一眼，自语道：“也差不多。”

新娘脸上没有那种女孩结婚的兴奋之情，她穿一身宽大的衣服，也难以遮掩隆起的肚子，她苦涩地强装着笑脸和那个三十多岁的农村男人站在一起。

台下，有农村大嫂在嘀咕："看她肚子，有六个月了吧，都露怀了！"

"这狗日的男人，简直是个骚怪，娃娃那么大了，还弄了个'青头'！还是知青。"然后是一阵唏嘘。

从台上下来以后，女班长强装着笑脸和同学打着招呼，好像就要永远离开这个群体，义无反顾又恋恋不舍。有的女知青上前抱着她，大哭起来。邓卫东铁青着脸，嘴里狠狠地说道："你——要后悔的！"

女班长再也忍不住了，眼泪唰地流了下来，她双手捧面，撕裂人心号啕大哭起来，哭得那么凄惨，让所有知青心情更加沉重，那些女同学更是哭成一片。

林子青的心沉甸甸的，他想哭……

小提琴声挣扎着从他心底涌出来，琴声颤抖着哭泣着蔓延开去，撕裂了知青的心……

九

不知不觉中，稻谷一天天黄了起来，大地慢慢地呈现出一片无边无际的金黄色。农村中一年最大的收割季节到了，打谷子了。

大嫂把林子青和黑娃、王秀华和一个姑娘配成一个组，林子青和黑娃"打拌桶"，两个姑娘割谷子。

林子青和黑娃首先要在仓房把打谷子用的拌桶抬到田里去。拌桶用厚木板做成，四方斗形，五尺四见方，高二尺四，上大下小，四角有用来拖动拌桶的耳朵。拌桶大都取材坚实的杂木，很沉。打谷子的时候，先要将拌桶抬进田里，一面用竹帘围起，防止稻谷溅落在外。两个人站在竹帘围起的两边，一边一个，紧握稻把，往拌桶里侧摔打。两人轮换摔打谷把，你一下，我一下，“嘭嘭！嘭嘭！嘭嘭！……”田野上就会响起有节奏的打谷子声，无数谷粒就脱离稻草，进了拌桶。当拌桶谷子堆积起来，再用箩篼装上，挑到晒坝晒干，用木质风簸箕吹去草叶及皮壳再入仓。

仓房在农村也就是粮仓库房，一般仓房位置都在队里田地中央部位上，这是便于收购和存放。像拌桶、风簸箕这样大型一点儿的农具就放在这里。

林子青和黑娃在公房用长长的楠竹扦担抬上拌桶往稻田走去。林子青在前面，黑娃在后。林子青感到肩上越来越沉重，他的肩压得很疼。黑娃不断地左肩换到右肩，显示出比较轻松的样子，一边还不断故意问他：“重不重？恼火就歇一下。”林子青感到黑娃戏耍的口吻，本想歇歇，一咬牙也就挺下来。他听见黑娃在身后嘀咕：“哦，还不下粑蛋！”既有惊讶又有幸灾乐祸的满足。

到了田边，王秀华和那个姑娘早已将稻谷割出一片，只见田野上四处是打谷子有节奏的声响和充满喜悦的高喊声。

稻田还没完全干，脚踏上去，软绵绵的。刚开始打了几个谷把，林子青又遇到一个问题，那就是谷把脱粒完后，还要把稻草拴成一个个草把。那是用几根稻草在谷草顶端那么一挽，一个草把就成了。看着林子青笨手笨脚，老拴不好，拴出的草把立在田里松松垮垮，黑娃就开心地笑。王秀华则忍不住回身来教他，他终于会了。王秀华这才喜滋滋在前面割稻谷，不断地回身看着林子青，眼里充满了鼓励。那一次次露出的微笑让林子青受到极大鼓舞。

秋天的空气分外透明洁净，天很高、很蓝，云不再像前些日子混混沌沌，而是在空中飘浮成像棉花糖一样一朵朵有形有态的。不远处的山脉，树木苍翠，清晰可见，好像在眼前。

在晌午时分，送茶水的来了，大家拉下谷草坐下或在田埂坐下休息。大嫂特地来看了林子青，她还不知道他能不能适应这样的全劳力的活路，一直有些放心不下，她也私下里告诉了王秀华要留意林子青，如果实在不行，就不要他打拌桶了。

林子青在打完两挑稻谷时，已是筋疲力尽了，他很想停下来，但一看黑娃那个洋洋得意的神情，便又咬牙坚持下来，只是他实在跟不上黑娃的节奏。往往这个时候，王秀华就厉声吼道："黑娃，你又要使坏？你给我老实点儿！"黑娃呵呵地笑着，也就慢了些。

大嫂看林子青能够这样，心中已是很满意了，她很希望林子青在这个劳动中多得到锻炼，尽快适应这里的生活，她称赞道："这才是个男人！"

王秀华在一旁看着大嫂，嘴巴一扁，做了个怪相。

大嫂呵呵笑了，靠近王秀华说："看把你心疼的！"王秀华脸一红，追上大嫂拍打着："你……"

大嫂笑着一边走，一边回头，《兰花花》高亢的歌声在田野里响起：

> 五谷里（那个）田苗子，数上高粱高，
> 一十三省的女儿（呦），就数（那个）兰花花好。
> ……

喝够了茶，大家开始叽叽喳喳说起笑话。几个中年男人和女人，在肆无忌惮地打情骂俏。有些看似过火的举动，大家过后好像啥事也没有，很多就是当着自己的男人和媳妇也如此打闹。

“好了，开始做活路了！”大嫂笑着看着，心里的压抑也感到一种释放。

田里的活很累，这些打闹把沉闷的气氛一下驱走了，男男女女个个都像服了兴奋剂一样。田里干得更欢了。

“嘭嘭！嘭嘭！嘭嘭！……”谷把摔打拌桶的声响此起彼伏响彻田野。

傍晚，收工了。林子青浑身上下都感到疲惫不堪，他和村民去河里洗净了身上的泥土和稻草。看着天空渐渐隐去的太阳，看着一片片火烧似的晚霞，他忍不住跳进河中游泳。他漂浮着，静静躺在水上，任水漂流。他看见王秀华在河岸看着他，他笑笑，心里很舒坦。他想逗逗她，他故意沉下水去，双手伸出水面乱抓。他听见王秀华惊慌地叫了一声，他一个猛扎潜入深水游向下游，一直等到憋不住气才浮上来。他回过头开心地大笑起来。

他的心里响起了一阵欢快诙谐的小提琴声……

等他上岸跑回来，他吃惊地看见，其他人都走了，只有王秀华还站在那里。她一脸怒气地看着他，见他走近，气得嘴唇都在发颤：“你——你——你！”一甩手跑了。

林子青惴惴不安回到家里，肚子早已饿了，但他没心思做饭。他打开琴盒，看着小提琴，叹息了一声，躺在床上一动也不动。

有人轻声敲门。林子青坐起来，一看进门的是王秀华，她嘴巴翘起瞪着他：“变神仙了，不吃饭！”他躲开她的目光，又向里侧身躺下去。

“起来！”王秀华一把拖起他，不由分说拉起就走。

“是我妈要我来……”她低声嘀咕道，“我才不管呢，饿死活该。”

林子青不由自主跟着王秀华来到她家。

王秀华的妈妈招呼他在桌前坐下："小林，今天刚好割了点儿肉，就叫你过来一起吃。"

王秀华给林子青添了满满一碗饭，又用木勺在上面使劲压了压，再添上一勺，放在林子青面前，自己端着碗夹了些菜下了桌，她的弟妹们看了她一眼，悄悄地吐着舌头做怪相。

林子青感到很尴尬。

"快吃吧！不管她，这个犟拐拐，牛脾气！"王秀华的妈妈一边说一边给林子青夹菜。

"以后，农忙你就把米拿到我们家来煮，就在我们家吃饭。一个人的饭不好做。等你那同学回来了，你们再自己煮。"

林子青内心一阵阵感动，他埋着头大口吃着，王秀华又过来，看着弟妹们争抢着狼吞虎咽的样子，她的筷子头在弟妹头上敲了敲："你们在抢啥子，饿死来投生的！"说着往林子青碗里夹了几筷子肉。

林子青心里一热，他感到鼻腔有一股咸味流进嘴里。

十

秋收完了，田野里一片空旷，谷草垛散落在原野上，这个时节，就是一年中农民最开心的日子了。不像正月、二月，虽然也是很闲，但那个时候粮食已经耗光，眼巴巴地等着地里的麦子收上来。现在是粮食入仓，公粮一交，一年工分决算，钱也拿到手里了。修房的，接媳妇的，寂静的乡村就变得热热闹闹了。

县里这时开始了样板戏调演，公社以大队成立样板戏宣传队，知青则单独成立一个宣传队。

林子青又看见周缨了，她插队的地方离林子青不远，这次是周缨为了演出专门来找他。她被公社指定为宣传队队长，负责公社这次调演。

下乡一年多，周缨和很多女知青一样，长得胖胖的、圆滚滚的。这让人很不理解，这里生活比城市里要差多了，营养也完全不能相比。但女知青就像是农民催猪儿一样，全长肥了。社会上有的说这是知青干活累了，吃得多睡得好，所以长结实了。农民说这是我们这个地方的水土好养人，所以你们长肥了。更有人高深莫测地说，这是印证了达尔文的生物迁移进化论。怪就怪在这个现象在女知青中很普遍，而男知青却还是没咋变，有的甚至还瘦了。

周缨的身子现在已经是长得圆滚滚的，原来白白的皮肤也晒黑了。但还是显得很干练利落，走起路来那么强健有力，浑身散发出成熟的魅力。

周缨本来要选自己最得意的舞剧《红色娘子军》片段，林子青觉得最好选《白毛女》的“红头绳”片段，这个剧情乡村的人更熟悉，更吸引人。

周缨的目标很明确，她对林子青说：“我们只有靠自己了，用我们的一技之长来改变自己的命运。我实在不喜欢这样的环境，不喜欢这样的生活，但我忍受着，你看我每天和农民一起出工，一起劳动，和他们打成一片。没想到他们以为我是要安心在农村扎根了，简直是笑话，我们大队书记的儿子居然要我嫁给他！”说着，周缨哈哈大笑起来。

林子青现在对周缨的情感很复杂，他说不出来为啥那么陌生，不像以前小时候那么无拘无束。他内心一直深深感激她，感激她在自己学小提琴时的相助，感激她对自己的希望和激励。为了不辜负她的一片热忱，为了成为一个让她看得起的人，这成了自己学习小提琴的又一巨大动力，让他在那段时间更加勤奋、努力。

很多自幼青梅竹马，后来到了少男少女时代，情感进一步就转化成了恋人。而林子青和周缨没有向这个方向发展，他们都是家庭有政治历史问题的人。周缨的家庭应该说要好一些，虽然外公是国民党高级军政人员，但后来也是作为起义人员处置。而周缨的父亲，也是国民党部队起义人员，后来被羁押而杳无音信，但也没有结论。这些都是政治历史问题。而不像林子青的父亲，是解放后的现行反革命分子。两个家庭在物质上的悬殊更是天壤之别。

林子青长大以后，内心的自卑扼杀了少年时代那种情感的延续。他的内心深处，仍然对周缨有一种朋友似的情感，那是一种侠义的。如果周缨需要帮助，或受到别人欺负，他会毫不犹豫出手相助。

样板戏的演出在公社一个旧戏台，这个戏台也不知道有多久了，给林子青他们煮饭的婆婆还是小姑娘时就在这里看过古装戏。戏台有屋顶，虽然看起来破旧不堪，但还保留着比较完整的建筑。舞台是三合土的，两边的石梯有十来阶通向台上。戏台前是一个宽敞的坝子，没有座凳之类的。坝子四周有围墙和一道大门，这里早已成为农贸自由市场，便于市管会收取税费。一逢赶集，四面八方的乡民就将自己的农作物，像猪儿、鸡鸭、禽蛋、蔬菜、竹子农具这一类的东西带到这里来交易。也有在门外偷偷进行粮食交易的，那也就是一个小提兜夹在胳肢窝，或是小布袋藏在衣服里面，多的也就十来斤。他们生怕被市场管理人员抓住，一个个小心翼翼，遮遮掩掩，用眼神像打哑语一样进行交易。

赶集成了农村最热闹的日子，除了农贸产品基本交易外，也成了十里八乡农村青年文化生活的一部分。这也是知青聚会的日子，在孤独的农村生活中，赶集遇上同学，总要在餐馆大吃一顿，而请客的往往是邓卫东。

邓卫东总有些办法来增加收入，下乡不久就从城里带回来一个秘密武器，让知青日子好过了一段时间。他带回来的“褪色灵”，用棉签蘸上一点儿，在知青的粮食本上，对着用钢笔写的“已购”两个字轻轻一涂抹，这两个字迹就消失得无影无踪。大家欣喜若狂。知青开始还小心翼翼，后来胆子越来越大，不断涂抹，不断购买。有的嫌买米麻烦，干脆直接就取成粮票，然后拿到自由市场卖掉，但好景不长，后来，粮站感到蹊跷，就改用红印章盖上“已购”，这就彻底断了知青财路。

现在邓卫东改变了办法，他很有经济头脑，脑瓜子灵。每次赶集，他都会和那些做“转转猪”生意的村民串起来做几笔生意。“转转猪”就是在场口看见来卖猪的，几个人上前围住，先把这猪说得连只癞皮狗都不如，然后杀价，低价买进。再将猪儿美容一番，像在猪身上用草木灰扫一遍，又喂给粮食，让猪儿吃个饱，浑身胀得圆鼓鼓的。不到一个时辰，猪儿就变个样，就好看多了，也显得精神。这时再赶到市场里面加价叫卖，另外几个人当托，在旁边装模作样，哄抬价格，很快就可以出手。但做“转转猪”的人大都没啥本钱，邓卫东就和他们说好，他出本钱，利润四六分成。然后和知青在茶铺里喝茶，只等分成。中午时分，集市散去，那些人就将本钱如数归还，再一五一十将利润四成分给邓卫东。这个时候邓卫东就会一声高呼，请在场知青上馆子大吃一顿。很多年以后，邓卫东说：“我是中国第一个实行所有权和经营权分离的人。”

公社就一条街，百十来户人家，矮小的瓦屋和茅草屋混杂在一起。最中心三岔口那个照相馆，是最热闹的地方。照相馆的橱窗里，有几张放大的俊男靓女相片，全部是着过色的，脸蛋大都过红，像唱戏的，极不自然，让人看了忍俊不禁。

这里聚集着很多农村青年男女，这是一个十里八乡农村青年相亲见面的地方。男女青年早已从媒人口中得知对方大概，但还是要亲眼看过对方才能确定。男女都放不下面子去对方家里看人，于是就在这个中立地带，采取了这样进退自如的方式。媒人也是用心良苦，将男女约在这里，佯装照相逗留。一般媒人陪着女孩，见到男青年上前招呼，这样女孩男孩自然就可以相互审视。如果彼此有好感，媒人就择日上门提亲。否则，由媒人告知，双方也不尴尬。这样在乡里也不会引起非议，认为这个男孩或女孩已经相亲很多人不成，影响名声。

随着知青的到来，照相馆的大橱窗里逐渐换上了知青的照片。照相馆的人员自然知道，知青的气质容貌，远远超过那些带着乡土气息的少男少女。用他们的照片，这样生意会更好。但这些照片也让那些相亲男女有了更高的要求，成功率越来越低，媒人明显感到吃这碗饭的难度越来越大。

周缨在这里用原来的底片洗过一次照片，这是一张鹤立式芭蕾舞姿的剧照。周缨浓眉大眼，英姿飒爽，不知道怎么就被放大装在橱窗。照片常引起很多人驻足流连。这是她被公社挑选成宣传队队长的原因，也是她后来噩梦的祸根。

在公社这个戏台上演出，周缨的表演简直成了大明星。很多农村男女青年早已在照相馆看过她的照片，能亲眼见到她跳舞，禁不住就像为自己的熟人叫好一样喝彩不断。周缨在这次演出中获得了爆炸性的效果，而被推选到县里演出。

县里演出回来，周缨调到公社广播站当播音员。从此，连接公社每个生产队的高音喇叭传出的播音，不再是很重的当地乡音，而是普通话。连大嫂也很高兴地说："就是啊，这个女娃娃比原来的声音好听多了，知青就是不一样!"

生产队里很多人都去看过那次演出，他们这才知道，林子青拉的小提琴还有这样的用场，他们不由得对林子青也另眼相待了。

十一

稻谷早已收进粮仓，田野上的稻草也已经晒干收回来，仓房晒坝处，堆码起了几垛高高的谷草堆。

秋分季节来临，田野上雾蒙蒙一片，露气在弥漫，路边小草也是湿漉漉。一清早，牛把式就扛着犁头，吆喝着那些已经长得膘肥体壮的水牛向田野走去……远远望去，雾气像一面薄纱让远处院落显得虚无缥缈，若隐若现。空旷的田野，牛把式和水牛显得很小，仿佛静止不动，像一幅剪影。

偶尔，远处传来几声雄鸡啼鸣，划过乡村的宁静，清新带有凉意的空气，夹带着新翻出的泥土味弥漫在田野。

林子青被队里派去修缮水利设施。这在农村中也是一个很好的差事，管吃饱饭，还可以挣到全劳力的工分。这还是大嫂为他争取的。他们要在大河旁的一条灌溉渠上，修几座堰头和几座石拱桥。这条灌溉渠，水来自上游几十公里的河上，在栽插秧苗时节，常常因水源不够发生抢水导致械斗。而在盛水期又常常冲毁下游堤道。这条灌溉渠是沿岸村民赖以为生的水渠，不仅灌溉着上万亩田地，还给众多的水碾、一个辐射十里八乡的榨油厂提供动力。这些与农民息息相关的生产设施，没有一点儿电力，全部靠水渠能量来完成。一到秋天，修缮这条水渠就成了这里的头等大事。

林子青队里就有一座水碾。水碾的碾房横跨在渠道上，屋顶是小青瓦，墙裙全部是木质结构，地面也是厚厚的木板，比农民住的房屋好多了，可见它在人们心中的重要位置。

水碾房里面的设施，最大也是最重要的是碾槽，这是一个约五六米直径的环形石槽，嵌在木板地面下。石槽口宽约四十厘米，深约三十厘米，槽口上大下小，呈“U”形，全部是用最坚硬的青石由石匠精工雕琢而成。

水碾房最让人感到一种力量的是那个碾磙，圆圆的，足足有近一米高，碾滚中部厚实，边缘由厚到薄，也有十多厘米。碾磙的中心有个方孔，嵌入了一块耐磨的青冈木，青冈木中央挖出一个圆孔，一根粗大的横杠一端穿入圆孔，再用楔子楔紧碾磙两面，防止石碾滚落，另一端则牢牢地穿入木水轮机主轴的长方榫上。

碾房上游，一道石堰拦截着上游的来水，有几道石槽大斜度通向水轮机，碾房对着上游有几个窗口，那是用来观察上游来水和开水闸冲动水轮机用的。只要将那连接这道闸门的绳子使劲拉起，水就随着石槽斜坡汹涌而下，以巨大的力量冲击那水轮一片片木质叶轮，水轮就开始转动起来，随着“吱吱嘎嘎”沉重的摩擦声，碾房里的那个石磙就焕发出生命，在石槽中慢慢旋转起来，发出隆隆闷响。碾房里还有几尊石磨，那是用来磨麦子的。石磨直径约一米的样子，上下两片，每片厚度也在二三十厘米左右。与石磨配套的有一个床一般大小的筛子，这是麦子磨成面以后，将里面的麦麸筛出来用的。这个筛子，由于是左右运动，就有一个有节奏来回撞击的声响，这是材质很好的木材，发出的声响，清脆而响亮。

林子青很惊叹这样的天工巧作，他感到这里的人太伟大了，他们利用原始简陋的方法就可以满足自己的生活需要。但村民没有谁觉得这有啥了不起，这是很多年沿袭下来的了。村民还告诉他，这座碾子不算啥，上游榨油厂那才是气派呢。

林子青内心震撼了，陷入了思索之中，那些看起来笨重的石头和木材，一旦组合在一起，就爆发出不知倦怠的生命力。而人呢，有血有肉，胸膛里还有一颗跳动的心，为什么就显得那么脆弱。不应该那样，绝不应该，他为自己过去的消沉深深自责和悔恨。

碾磙轰轰隆隆不停地转动着，仿佛有一种力量注入了林子青体内……雄浑的小提琴低音在他心中荡漾，激昂而坚实，充满一往无前的力量。来吧，来吧！所有的艰难困苦。一时间他的内心充满激情，满怀信心要去迎接生活中的磨难。

林子青参加的修河队，是去下游那座山边石材厂，用船去拖回石条，来回水路有三十多里远。每天清晨坐船顺水而下，中午时分装上石条，人再拉纤拖着船回来。林子青喜欢做这样的事情，他不喜欢那种每天在固定的地方，砌砖或是挖土。在他印象中，《伏尔加河纤夫曲》的沉重和不屈早已留下深深的烙印，他感到那会是充满诗意的一种经历。

装载石条的木船，船板早已被长年的风吹雨打弄得发黑斑驳。船老大整个身子比船还黑。他精瘦强健，手脚利落，目光淳朴，充满机灵。他光着的双脚前掌比一般人要宽大，脚趾也散落开一些。他船上一站，任凭木船上下左右摇晃，人就像是粘在船板上一样。他显得很轻松，船橹很随意地夹在左胳肢窝，一手灵巧地将那根二丈长的篙竿用得挥洒自如。

"开船啰——！"船老大一声吆喝，篙竿铁簇在岸边一个轻点，"啪！"随着清脆的声响，船就离开岸边，往河道中央驶去。

秋天的河水清莹莹的，河雾在宽阔的水面弥漫升腾。远处是白茫茫一片，两岸的林带也模糊不清。水岸边可以看到很大的青鹭杵立，长而细的腿站在水中，长长的脖颈瑟缩着，一动也不动。

水面平静，木船轻悠悠地顺水而下……河面上不时惊腾起几只野鸭。

船老大细长的嗓音自顾自地唱了起来：

清早起来雾茫茫

野鸭飞到河坝旁
蚂蟥缠到鸳鸯脚
幺妹缠到心中郎

船上其他人喊叫起来："唱得好！唱得好！"

船老大有些得意又唱起来：

过了一弯又一弯
幺妹你在哪一弯
哥哥心想上岸来
抱起你往林子钻

"好好好！"木船上的人哄笑道拍起掌来。

木船顺水拐过一道弯，河边出现几个在洗衣裳的女人。

船老大眼睛一亮，清了清嗓子：

田头麦子行对行
幺妹下河洗衣裳
天上飞成双燕子
地下变成野鸳鸯

洗衣服的女人停下来看着小船，叽叽喳喳说着，其中一个唱骂道：

哭你的爹
唱你的娘
笑你妹妹扯麻糖
天上飞来画眉鸟

船头藏着黄鼠狼

“哈哈哈！——”船上和岸边笑成一片，木船在笑声中飞流而下。

“好啰，不唱啰，你们还是些童子哥儿，不要把你们教坏了！”船老大开始仔细盯着河流前方。

雾气渐渐散去，河面变得宽阔宁静，两岸出现了一大片一大片泛白色花穗的野芦苇，在清晨的微风中仿佛浪潮般飘荡起伏，柔美而又透出勃勃生机。

林子青禁不住在船头站起身来呆呆地看着，一时间，仿佛李小红的身影在野芦苇中若隐若现。他不由得升起了对李小红强烈的思念之情，他有些伤感，不觉间心中想起了那首《诗经·蒹葭》诗句：

蒹葭苍苍，白露为霜。所谓伊人，在水一方。
溯洄从之，道阻且长。溯游从之，宛在水中央。
蒹葭萋萋，白露未晞。所谓伊人，在水之湄。
溯洄从之，道阻且跻。溯游从之，宛在水中坻。
蒹葭采采，白露未已。所谓伊人，在水之涘。
溯洄从之，道阻且右。溯游从之，宛在水中沚。

“广滩就要到了！”船老大一声吼叫把他从思绪中拉回来。

“都把细点儿，坐下来！”船老大神色紧张注视着河面。

广滩是这一带最危险的水域，这里三条大河汇聚，巨大的浪头相互撞击，白花花一片像是在相互厮杀，轰轰隆隆的沉闷声响，仿佛在怒吼。足足十几米大的旋涡阴险而不动声色地缓慢旋转着，像是在密谋着恶毒的阴谋。岸边有一只打翻的木船倒扣在那里，随着波涛奄奄一息地上下起伏。船老大紧张地操动着船橹，篙竿不断在船尾左右点拨，嘴里不停吐出急促紧张的喊叫声，避开危险的旋涡……

终于过去了，河面平静了。船老大也放松地说起话来：“狗日的广滩，一年到头不晓得要弄翻好多船。”

靠近山边，河流优雅地在这里转个弯，从山前流过。船缓缓靠近码头了，来自四面八方的船在这里汇聚在一起，等待着装船。

在河边远远听去，半山腰铁锤敲击铁錾的叮叮当当声响彻一片，伴着低沉的号子声，不时还响起一声声怪叫，紧接着就是大锤砸在钢杵上的沉闷声和岩石的崩裂声。

采石场在半山腰上，不少光着身子的汉子手握撬棍忙碌着，一根根毛石条被放下山来。石条足有一米多长，四十厘米见方。在山坡上目中无人大摇大摆翻滚而下，不断撞击地面发出嘭嘭闷响，红黄色的尘土不断腾空而起。伴着高声的呼喊，一根接一根毛石条滚滚而下，最后在河边上那片平缓的浅滩停下来。毛石条很快被那些石匠抬走，按尺寸用墨斗弹上墨线，用铁锤和錾子进行修正。加工好的石条就整齐堆码在河边。那些强壮的抬石工用竹绳套上石条两端，两个人抬着石条一前一后，喊着短促的号子，踏上由河滩伸上木船的窄窄跳板，晃晃悠悠地抬上去装在船上。

林子青顺着山势往上爬去，来到正在开采原石的岩壁下。从下往上看，岩壁往外倾斜，一层层岩石纹理清晰可见。下边是一大片正在开采的石面。石工先根据岩石纹理画线，用手锤方錾勾勒出缝口，再在这些缝口中敲打出几个楔口，将足有小树粗的扁方形钢杵打入。这时，开石工再用大锤猛烈敲击钢杵，完全靠那钢杵揳入石层的张力，崩开石块，将一大块石料从岩石中分离出来。

用大锤敲击钢杵的开石工个个壮实无比，他们半眯着眼，面无表情，动作悠缓，嘴里低声悠扬的吟唱彼此起伏。他们手握一柄大锤，大锤的木柄是一根细细的显得韧性极好的木棍，锤头是一个很大的足足有四五十斤的铁夯。开石工光着上身，露出粗壮的胳膊和厚实的胸膛，腹肌上肌肉像几个大肉蛋子在滑动。他们显得漫不经心，拖着大锤不断变换着步伐来回地游走，嘴里好像在唱又好像是在念叨，声音不高，可以说是轻声细语。林子青听得含含混混的，像是“哪家的妹子，哥哥来给你……”之类的。

吟唱声渐渐拉长了，声调也渐渐高起来，开石工口中念念有词，一边轻轻拖起大锤的把手，走近深深陷在岩石中的钢杵，歌声开始高亢起来，尾音拖得很长很长。歌声停下了，壮汉慢慢举起铁锤——铁锤缓缓升过头顶……

“哇！——”开石工用尽丹田之气，一声怪叫骤然响起，紧跟着大锤重重击打在钢杵上，“哐啷!”一声巨响，犹如石破天惊。“嗵噗!”一声闷响，岩石崩裂开来。

林子青看得目瞪口呆，仿佛听到了采石交响曲中最为震撼心灵的音符……

吃过午饭，船上已装好石条，开始逆水返回。

一根长长的竹篾编成的大绳，足有六七十米长。一端穿在船前半部那根粗大钎杠上，一端由拉纤人牵引着。每个拉纤人一根背带，用布做成宽宽的，以免在使力时勒进肉里，背带的另一端绳子上面有个木扣，可以在大绳上任意一点套上拉纤，又能在遇到船被打走的危险时刻，轻轻一拨马上松开。纤绳头端，是一个经验比较丰富的人在牵引，这个人姓陈，看来和船老大有些熟悉，拉纤也比较内行。但船老大一直叫他“老茵儿”。这个人要选择纤路，要将纤绳拉伸，以便其余的人在这条绳上套上背带更好施力。就像拉架架车，他相当于“中杠”，林子青和那几个就是相当于“飞娃”。

老茵儿在河边脱下长裤，又招呼他们脱下。大家笑个不停。“笑啥子，好多时候都在水里，穿起长裤子咋整。”有的搞笑地问：“是不是还要打光屁儿？”老茵儿哂笑：“那不是，原来拉纤哪个穿裤子！”“那不是被人家看到‘雀雀’了？”老茵儿又笑了：“你们没有结婚的这个东西才叫‘雀雀’，我们这些都是老锤子了，𡱁大爷看。”逗得大家呵呵呵笑个不停。

走在宽阔平静的河面上，拉纤还是比较悠缓。这一段河滩比较平坦，鹅卵石小，有时候还会出现一些沙滩地，有的上面还有庄稼，脚踏上去软软的很舒服，木船也靠着水流不急的河道边行进。而进入水流湍急的浅滩时，就艰难了，每个人拉纤几乎都是弓着腰，一步一步向前挣扎，而船老大还在不断高声吆喝叫骂。所有人心里都有些不安地想，进入广滩才是最为残酷惨烈的拉纤。

下游往上看去，三江汇聚的滚滚流水像天上来水一样，浊浪滔天，漫漫无际，白晃晃一片，汹涌喷薄，激流而下，轰轰隆隆的巨大声响彻河面。

船头只能迎着浪头往上，巨浪扑来猛烈击打船头。船老大在船尾一手操动着船橹，一手不断地将篙竿从船两侧插入河底，身子也前后左右大幅摆动，调整船头对着水流。他必须保持船头对着激流，只要船身一侧，激流就会将船打翻。船头左右来回晃动，还是对着激流，但没有向上行进。这样僵持着，只要拉纤的人稍微一软劲，后果不堪设想。船老大心惊肉跳，满头汗水，急得骂了起来：“我日他妈！哪个是溜肩膀！狗日的，都给老子雄起！雄起！……”

河岸越来越窄，拉纤人奋力爬向狭窄陡峭的一个斜坡上，这是沙石泥层河岸。用力一踏，沙石也跟着往下滑落。汗水早出来了。林子青已脱掉衣服，光着身子，背带紧紧勒进肩头的肌肉，他喘息着低着头，在乱石中寻找下脚的位置。而他感觉根本就没法往前，还感觉到被纤绳慢慢往后拖。老茵儿大喊一声：“稳到起，稳到起！童子哥儿，雄起！”

船老大高声吼叫道：“老茵儿，把你那个号子给老子吼起来！”

老茵儿细长的脖子上青筋鼓起来了，沙哑尖尖的嗓音猛然吼了起来，众人齐声呼应：

哟嗬——哟嗬——哟嗬——
——嗬嗨，嗬嗨嗨！

童子哥儿吔——
——嗬嗨，嗬嗨嗨！

快背起幺妹跑哟——
——嗬嗨，嗬嗨嗨！

丈母娘的杆杆——喂
——嗬嗨，嗬嗨嗨！

打过来了呃——
——嗬嗨，嗬嗨嗨！

知识青年吔——
——嗬嗨，嗬嗨嗨！

心气比天高哟——
——嗬嗨，嗬嗨嗨！

广滩算个𡲸——喂
——嗬嗨，嗬嗨嗨！

踩在脚底下呃——
——嗬嗨，嗬嗨嗨！

……

号子高亢激越，直冲云霄。

拉纤号子声越来越大，低沉、浑厚、悲壮、激昂响彻两岸。

林子青心中突然感受到回肠荡气的旋律，音符不断冒出来撞击着他的心……

每一个人几乎是贴在地上爬行，手也在地上抓爬，抓住石头，抓住杂草，听到船老大篙竿铁镞插入浅滩鹅卵石清脆的碰击声和不断怪叫声。

再坚持一下，只要前面拉主绳的爬上那个陡坡去，那就可以使得上力，前面的放掉纤绳，又在后面纤绳搭上，再使劲拉，船一点点不断往上移动。

老茵儿乘势一跃爬上那陡坡，紧跟着一个个爬了上去，路面好走起来，也更使得上力，在高亢激越的号子声中，船终于驶过了那激流险滩，进入了平静的河道。

老茵儿这时回头对着船老大吼叫："妈哟，老子跟着你拉船，太不划算，连姓也没得了。"

船老大也乐呵呵地喊道："你那个姓，老子敢喊你，我的船招得住?"

老茵儿又对几个拉纤的小伙子说："怪得很，说喊我老陈，就要把船整沉。"又对着船上喊："老茵儿？老茵儿？看把老子喊蔫啰!”

船老大马上应道：“喊得蔫你？我看你骚鸡公一样，一天到晚都想踩蛋!”

一个在岸上，一个在船上，就这样吼起嗓门。

逗得大家嘻嘻哈哈笑个不停。

整个冬天，林子青都在拉纤。他被河风吹得黝黑，体格也越来越强壮。在广滩拉纤的时候，他会不断把记录下来的曲谱反复在心底揣摩感受。晚上回到知青小屋，他又不断进行改动。在这个过程中，他的心灵被深深撞击震撼，拉纤的场景仿佛像一幅凝重的图画在他眼前浮现。

在烦闷、迷茫、忧伤的时候，他拉起这段曲子，感到情感上有了安慰。孤独困扰着他的内心，只有小提琴给他带来了寄托。

十二

一天，林子青拉纤回来，已经是傍晚时分，他远远看见河岸上伫立两个女孩，一个是王秀华，另一个是军人装束的姑娘。

王秀华也看见了他，转身对那个姑娘说了几句，军人装束的姑娘向他挥舞着双臂跑向他。

“子青！子青!”姑娘一边跑一边大声呼喊着他的名字。

一瞬间，林子青的心都快跳出来，李小红?!

他扔下纤绳，怔怔地看着跑近的她。

李小红在他面前停下来，上下看着他，欣喜，激动，眼里湿漉漉的。

林子青激动地看着她，又回身望望小船。

船上的人眨着眼小声嘀咕着，船老大笑呵呵地说：“你先走，这些石条子你就不要管了，我们晓得整。”他的话得到大家一致附和。

林子青不好意思地笑笑，李小红大大方方地和他们招呼着，又挥挥手说：“谢谢你们了，再见!”说着上前拉住林子青胳膊往回走。

一路上，李小红不断看着林子青，突然她又站住了，靠近林子青跟前和他比了比高矮，又踮了踮脚：“呵，长这么高了，现在不是河南人赶的猴猴了，哈哈哈!”

王秀华看见李小红向林子青跑去的那一霎，若有所失地慢慢回转身走了，走着走着又不时回过头来望着他们。

李小红看在眼里，她小心翼翼地问林子青：“她……”

“我们队里的。”林子青轻描淡写地说道，看了她一眼，那神情是说，“你想哪儿去了。”

李小红睃了他一眼，意思说：“问问都不行吗!”

“队里的？你等于没说。她真好，我到这里幸好遇上她，是她告诉我你去拉纤了，让我去了她的家，又带我来这里等你。”

李小红又推了林子青一下：“哎！我给你的信收到了吗？为啥不给我回信？”

林子青沉吟着，是啊，为啥不回信？

“我在黑龙江插队的时候，好想收到你给我的来信，但你从未给我写信。这次我从沈阳过来，也没给你写信了，写了也没用。干脆直接过来了。你以为我就找不到你了？我去了你家。”

李小红在田埂上走着，看着田野绿油油一片，很有感触地说：“我来的时候，一路上冰天雪地，黄土一片。火车翻过秦岭，整个一下就出现了绿色。我下乡在黑龙江，那里现在也是冰雪覆盖，河流全部冻住了。还是这里好，以后能在这地方生活那才好呢!”

“你在拉纤，累不累？好啊，说不定你就可以谱一首纤夫曲了！明天你带我去拉一下纤，一定好浪漫啊！”李小红说着兴奋拍起手来转了个圈。

“浪漫？”他怔怔地看着她，心里涌上苦涩。想起船老大那些骚怪的歌谣，心里又禁不住笑了。

“我现在已经入伍了，你看！”李小红把军服一拍，“这次可是真的了，呵呵，不像原来是冒充的。”

李小红一路上兴奋地不停笑着说着，径直来到知青小屋，他们身后早跟上了一群孩子，孩子们围在屋外探头探脑地向里张望。

李小红招呼他们，他们又一溜烟儿跑了。

“还有一个同学？”李小红看见两张床问道。

“他回城里去了。”

“我们那里知青在一起一般十个八个的，开始那些男同学和我们在一起煮饭吃，后来，那些男生懒得很，我们就分开了。不过在一起还是很好玩，不像你这样一个人，多难受！看你们男生就是不会理家，乱七八糟的，简直是狗窝窝！”说着李小红就帮着整理屋里的东西。

李小红一直兴高采烈地说来说去，林子青忍不住问她：“你叔叔他……”

李小红的神情变得凝重起来：“还没消息，那个地方原来就是流放犯人的。一直没联系上，爸爸还在找人打听。”

林子青心里一沉，不由得有些担心。

李小红看见林子青的小提琴，忍不住打开琴盒，拿起小提琴看了看又叫了起来：“你看，琴弦都接过了，还不换？”突然，她捂着嘴，吐了吐舌头，她看见在琴盒放琴弦的地方，只有几根断弦。她急忙在自己挎包里掏出几套新琴弦，在林子青眼前一晃：“看，我给你带什么来了！”她一边解下旧琴弦一边换上新的，嘴里说道：“这么好的装备，居然没弹药，它跟着你真是委屈它了。”

李小红上好弦，拉起琴来。

刚拉几下，林子青就感到琴的声音漂亮极了，他看了看琴弦包装，全部是英文，他抬起头看着她：“这是……”

“奥地利琴弦，多米兰特。”

“啊！”他听说过，却从来没有见到过这种弦。这是很昂贵、花钱也难买到的琴弦。而自己就连普通的上海琴弦也要挤出钱去买，弦断了就接上凑合用。他看着琴弦惊喜若狂：“你哪儿得到的？”

“我呀……”李小红见他那么兴奋，开心极了，她停止了拉琴，故作神秘地说，“我给你偷来的！”

林子青敲了她的头一下：“乱说！”

“哈哈哈！”李小红开心极了，她没说谎，的确是偷出来的。他们参加全军最高级别的一次演出，团里就发了一套。她感觉琴弦好极了，想多要一套留给林子青，但软磨硬要团里就是不肯给。于是，她一不做二不休，趁人不注意，把剩下的几套琴弦全部偷了出来。

她又拉起琴，细细品尝着琴音，止不住地连声称赞：“真是好琴，这么久一直跟着你，你哪里得到的？”

林子青没有给她说过琴的来历，就是李维思也没问过他，但他感到李维思一定估计到了。

“我也是偷来的！”他也卖起关子。

“呵呵呵！你真逗！”李小红又拉起了小提琴……

不一会儿，就听见王秀华喊叫着跑进屋来：“李姐，走，到我家吃饭去。”进屋后看见是李小红在拉琴，一下愣住了。

“走吧！”林子青接过琴放进琴盒。

王秀华紧紧地挽着李小红的胳膊，李姐李姐叫个不停：

“你好厉害啊，又是解放军，还会拉小提琴！你拉得多好听啊。”李小红也紧紧拥着她笑着：“我真的不行，太一般了，混饭吃吧。他才拉得好呢。”

王秀华的妈妈在吃饭的时间里，不断观察着李小红，一直在想李小红和林子青的关系。知青到这里来过很多，但她感觉到李小红不一样。

饭间，大嫂风风火火赶来了。她也是听说有个很漂亮的军妹来找林子青，她止不住内心的兴奋好奇就跑来了。

赶上饭了，大嫂也不客气，坐下就吃。

大嫂一见李小红的模样心里就很喜欢，看她一身军装，自然想到自己在部队的男人，又多了几分亲近，她亲热地叫她妹子，又问起她所在的部队，一听竟然和自己男人在一个军区，大嫂在惊喜中和李小红更亲近了。她要林子青和李小红第二天去她家吃饭：“我给你们推豆花，说好了。我不耽误你们时间，你们吃完就走!”又对王秀华说：“你也要来。”

王秀华刚要推辞，大嫂就说：“是喊你来帮我弄饭，咋了，不愿意?”

吃过晚饭，林子青和李小红要回知青屋，王秀华也想跟着去。大嫂伸手攥了她一把，瞪了她一眼悄声说：“你去当电灯泡啊，不懂事!”说得王秀华怔了怔，脸也红了，她慢慢跟出屋去，对李小红说：“李姐，今晚在我这里住吧，和我睡，等会儿我过来接你。”

大嫂看着他们，和王秀华妈妈相互使着眼色，又叽叽咕咕地说个不停。

在知青小屋，李小红看到林子青写的乐谱，心里非常感动，在这样的环境下，林子青还这么执着，她不禁为他感到骄傲，内心也感到欣慰。她原来听过林子青的曲子，但不知道到现在这首曲子写到哪里了。她很喜欢曲子中的坚忍不屈和对未来的期望。在林子青的曲子中，虽然总是沉重忧郁的音符，但又有一种明亮灿烂在高音区飘出。现在她看见曲子又写了很多，她要林子青拉给她听。

舒缓优美的小提琴声轻轻响起……牧歌似的旋律在抒发对大自然的热爱之情，仿佛描绘出一派宁静的田园风光：炊烟袅袅的院落，潺潺流动的小溪，宽阔无边的田野……

琴声渐渐热烈了，诗歌般赞美着自然的奇妙……田野上，稻花张开小嘴在吐露芳香，玉米花蕊嬉戏着随风飘荡，花生地里，受精的雌花慌忙不迭地把子房插进土里，去悄悄孕育它的宝宝……

琴声转向浑厚的低音部……拉纤闯滩的吼声此起彼伏，琴声充满悲壮、激越、高昂——猛烈的飞弓、撞弓、和弦回肠荡气，烘托出一幅沉重的图画……

清晨河岸，白雾茫茫，秋水盈盈，一大片的野芦苇随风起伏飘荡。他想起了《诗经·蒹葭》的诗句，心中升起对李小红强烈思念的那一刹那，他的手指大幅度揉弦倾诉着内心的渴望和忧伤，琴声挣扎着向高音位爬去，仿佛想要摆脱心中的苦痛，却又无奈地退回来……让他痛断肝肠。好多时候，他是那么想她，然而想起她，他就想到父亲的反革命身份，他的心就被黑暗笼罩。

林子青拉着拉着，乐谱已经拉完了，而他没有停下来，傍晚的一幕出现在他眼前。惊喜、激动、欢快，他心中像灌了蜜一样。琴声飘出了他见到李小红的一刹那……

夕阳西下，宁静的河畔，一个美丽的姑娘在眺望远方，在期待自己心爱的人。激动、不安，伊人望断秋水一般。

终于看见他了，她的眼里闪烁着泪花，呼喊着他的名字奔向他，她的身姿像慢动作一样，轻灵地腾起在河岸旁……

他呆呆地望着她跑来的身影，一瞬间，心仿佛停止了跳动。

突然，小提琴和弦从低音直上高音……他深藏在心底的情感倾泻而出，琴声在倾诉着他对李小红的热烈情怀……

李小红早已是泪流涟涟。她从身后轻轻抱住了林子青，把脸伏在他的后肩背上喃喃地说："子青，子青，我太感动了……你一定要坚持下去，你会成功的，要是叔叔听见该多高兴啊！"

"你……不知道！"林子青琴声停下来，他回过身，脸上一丝苦笑。

"不知道？"李小红不解地看着他。

他避开她的双眼，没有说下去，李小红还不知道他父亲的政治问题，他也不愿意她知道，那是一个可怕的现实，是他们之间一条不可逾越的鸿沟。

"你看，你叔叔那么优秀的小提琴演奏家，在中国有几个能够超越他？而他现在的命运？还有，这把小提琴的主人，我的启蒙老师，他也被折磨死了。我？还有希望吗？没有！没有！你和我不一样，你有一个当官的爸爸，而我……"林子青痛苦得说不下去了。

李小红轻轻地抚摸着他的脸，爱怜地说："子青，你别这样，不要灰心，不要灰心！你这样我好难受。"

"我现在没有那么多的想法了，我就是在拉琴的时候，心里好受点儿、舒服点儿。"

李小红怔怔地看着他，一时不知道说什么好。

油灯芯噼噼啪啪地跳了起来。

当晚，李小红和王秀华睡在一个床上，王秀华特地换上了洗净的被子。

大嫂晚上一个劲地在说李小红，夸个不停，说林子青真有福气，有这么个女朋友，又说李小红身段咋个漂亮。王秀华兴奋中有一种隐约的失落，她见母亲也是心不在焉，最后只听大嫂在呱呱呱说个不停。

李小红心事重重，王秀华则处在兴奋中。她和李小红睡在一个床头，王秀华不停地给她说话。她很喜欢李小红话语中那种柔美的普通话语音。黑暗中她的眼睛亮闪闪地看着李小红："你说话真好听!"她一边说一边抓住李小红的手，亲热地"李姐、李姐"叫个不停。

李小红被这个质朴的农村姑娘感染了，她质朴自然，温柔善良。而不像她自己，个性总是很好强。后来说着说着，两个姑娘就耳语起来，借着黑暗的掩护越说越大胆，悄声地说着女孩的秘密。

李小红凑近她耳边试探着问："你有对象了吧?"

黑暗中，王秀华也没能遮掩住害羞，忸忸怩怩地说："算是吧，前些时候看过人了，我现在还不知道喜不喜欢他。"

"看你，真傻!"李小红用手指轻轻戳了戳她的心窝，"你自己都不知道啊，骗我?"

"李姐，看你说的，我不骗你，我真的不知道呢。他人还是不错，对我也好，可就是不像你们那么有文化。你看你和他，多般配!"

"不准乱说，我和他不是!"李小红揪了王秀华一把。

"嘻嘻嘻! 你还不承认，我都看出来了!"

李小红没有吭声，心里暗暗高兴。

"李姐，你好漂亮啊，看你身材多好，好苗条，简直像个洋娃娃一样。"王秀华羡慕地摸了摸李小红细细的腰肢，"不像我，好肥啊，难看得很。"

李小红心中的一丝疑虑消除了，悬起的心终于放下了。

两个人说话也更加亲密无间。

"李姐，你说男人是不是有点儿坏，我那个对象和我在一起的时候，有一次想亲我的嘴，我打了他。有时候又想抱我，还想摸我这，简直吓死我了!”她把李小红的手拉过来放在胸部上。

李小红忍不住笑了。

“李姐，你们亲过嘴吧?”

李小红脸也红了，亲嘴?她想起和林子青就连手都没拉过。

她的手轻轻揉弄王秀华的胸部，好奇地问：“他摸到你这儿了?啥感觉?”

“哎呀!”王秀华悄声说，“给你说吧，就像触电，我当时一身都麻了，弄得我好紧张啊。”

“嘻嘻，看你美的。”李小红被她说得面红耳赤，心跳不已。

突然，王秀华一推李小红：“你呀，老是问我，我还没问你呢，你和他……”

李小红心里笑着，揪了王秀华一把。

“你，你好黑心啊!”王秀华也揪了李小红一把，两个姑娘就这么在黑暗中兴奋地悄声说个不停……

“喔喔喔……”雄鸡的打鸣声在乡村此起彼伏，她们才迷迷糊糊睡去。

十三

第二天，天气出奇地好，朦朦胧胧的轻雾散去后，一片明媚的阳光照耀着大地，李小红在河边给林子青洗被子、衣服，王秀华听说也赶来了。

“你这个大小姐，你咋会弄这些，我来帮你。”两人一边洗，一边说着悄悄话。

李小红在家里没做过这些，她的家一直有一个保姆，基本上包揽了全部家务。但她的心里总想为林子青做点儿啥，一般一个姑娘给一个男孩做这样的事，那种感情就很近了。王秀华来帮她，她感到总算不会丢丑了，她感激地看着这个姑娘。

看着王秀华挽起裤脚，蹚到冰凉的河里手脚利落地清洗被子，李小红突然感到，林子青多需要一个人来照料他的生活。

“有女同学来找他吗?”她问。

“他呀，是个榆木疙瘩，好多知青都耍朋友了。他这个人，一天到晚黑着脸，样子吓人得很，哪个来找他？我要是知青，我也……”王秀华说到这里抬起头，停下手里的活看着李小红，突然咯咯咯笑了，“李姐，你是怕别人把他抢走了?”

“你这个捣蛋鬼，看我不打你!”

王秀华笑着，躲开李小红。她很快将那些衣物被子清洗好，装进盆子，递给李晓红：“好了，你回去喊他自己晾起来，我去帮大嫂做饭去了，你们要早点儿过来啊!”说着向大嫂家走去。

大嫂的家在河岸边上，屋子面对大河。这是她前年从公婆家搬出来自己修的，当时还弄得公公和婆婆很不情愿。他们很喜欢这个嘴巴甜、孝顺、能干的儿媳妇，生怕队里的人说他们待不住她。而婆婆除了这些，私下里还有种担心，这个儿媳啥都好，就是有点儿风风骚骚，在这个屋子里总还有些顾忌，如果搬出去，单家独院会不会守不住身子？那可丢尽了一家人的脸。

大嫂有自己的主见，她说：“爸，妈，你看这个屋里也就这么几间房子，老二现在也要结婚了，房子也没得多余的，我搬出去，这间房子不正好给老二结婚用。我现在是军属，他刚提干才有这个优待政策，公社把宅基地批了，修房子的材料也批了，这可不是每个人想要就要得到的好事。有的人脚杆跑断了还批不下来呢。你们实在不要那就不要吧，我就去公社退了。”

“这……不退，还是不退的好。”公公婆婆哪舍得。后来公公婆婆还拿出仅有的一点儿私房钱给她添上修房子。

她雷厉风行，一个多月，就将房子修好了，一共就四间，很简陋的茅草屋顶，竹篾笆的墙。现在，周围慈竹已经成林，桉树也已经长得老高，也是有模有样的一个小院落。

大嫂住进来以后，婆婆专门提上几斤红辣椒，去别人家给她要来一只小狗。她笑了，知道婆婆的心思，她很开心地留下小狗。

婆婆的担心也不是完全多余的。大嫂是个正值青春旺盛的少妇，浑身充满女人的性感魅力，身体也涌动着生理上的欲望。生产队里那些体格强壮的男人，和她相遇，总是那样贪婪地看着她，在粗俗的语言中也毫不遮掩地挑逗她，让她内心感到一种躁动。她知道，这些男人早就对她有那个意思，但她总是压抑着，装着不懂。她知道，只要自己守得住，那些男人也不敢轻举妄动。她毕竟是个军属。她暗地里想，如果真的发生了那样的事，那些男人就是犯了破坏军婚罪，那样，他家里的婆娘娃娃咋办。她叮嘱自己，不要害了人家！

她的屋里很少有男人来，倒是那些小媳妇时常来找她诉苦，多是为了男人在外面和谁勾搭说不清的事情。大嫂总是好语相劝：不要和男人闹，男人的脸面一旦扯破了，本来没事也会生出事来，一泡屎不臭，挑起臭。遇上那些非要说出个事来的女人，大嫂就会问她：你是在床上把他拖下来的？呛得对方一下说不出话来。就是那些捉了个“现行”的，大嫂也会相劝：你咋办，离婚？人家正等着嫁给他呢。你看你自己，一身稀脏邋遢，眼屎都没洗干净，把自己收拾干净点儿嘛，再忙，也把自己收拾好了！你这样，哪个男人喜欢？人家偷你的男人，活该！见对方一把鼻涕一把泪，最后大嫂又安抚她：我会找他把这个事情压下去。大嫂知道，那些男人、女人一般就是打情骂骚，摸摸搞搞，兴起一时。真干那个事的也有。她住河边，偶尔就会看见，对面河坝自留地里做农活的男女，一前一后往玉米地、甘蔗林里钻。有的小两口闹得打破头的，过几天又像没事一样。

她私底下也会单独找这些当事人。她对男人说，把你裤裆里头的东西管好，你是在栽秧子还是在点玉米？那也要窝对窝行对行，也不能到处乱插乱点！对那些女人，大嫂就更不客气了，直骂她个狗血淋头，你那么躁痒？你有本事偷人就偷远点儿。骂得女人红着脸不敢抬头。骂过以后，大嫂也很同情理解他们。这中间有的是男人长期在外打工的女人，有的是老婆生理上有疾病的男人。经大嫂一骂，那些男人女人倒是规矩多了。

大嫂听得多了，那些男女之事也常常触动她，有时在深夜，她想起这些事情，不禁想到自己，如果男人不是当兵的长期在外，自己会不会去偷男人呢？这个时候她就笑了，她在心里骂自己：你这个骚婆娘！你还是个党员。

她体内的躁动常常会在清晨醒来或是梦中出现，这个时候，她感到浑身欲火在燃烧，她就会想到自己的男人，想到他进入自己身体的那种快感，她就情不自禁地用手来代替男人进入自己身体，这个时候，她就会嘴里发出欢快声，直到一身大汗淋漓，一身像散了架似的满足地睡过去。

鸡叫三遍，天才呈鱼肚白，大嫂就起床。她利落地打理屋前屋后，直到院坝那些已经枯黄的杂草也清除得一干二净，这才露出满意的神情停下来。她又去河坝自留地里砍了些青菜头、红皮萝卜回来。

冬天难得一见的太阳今天早早地就出来了，明媚温暖的阳光照进这座南北朝向的屋子，院子里满是灿烂的阳光，就像大嫂此刻的心情一样。

王秀华来了，在一旁给她打下手。大嫂不断问李小红的事情，她在情感上有些同情王秀华，她早看出来了，王秀华很喜欢林子青。这个姑娘倒没啥不好，但她觉得不现实，林子青迟早会离开这个地方。这个姑娘没啥心计，以后情感上会受不了。于是，她张罗着给王秀华介绍了一个在当地还不错的对象，希望她的情感慢慢从林子青转移开。李小红的出现，大嫂觉得这下可以放心了，心中也生出一些叹息，她觉得还是要把有些话对王秀华说破，这样才会更好。

“你觉得李小红咋样？她和林子青是不是……”

“那还用说，好漂亮！人又好、又能干。我问了她和林子青的事，她不说。吔，我咋那么傻呢，改天我问林子青。”

“还用问，我一眼就看出来了。”大嫂心里也没把握，但她故意要这么说。

“你看出来了？”

“是啊，以后啊，你就不要东想西想了。”

“我……我想啥了？我咋敢和李小红比，你这个嘴巴……”王秀华脸红了，极力掩饰着自己的慌张，追着在大嫂背上打了几巴掌。

两人又悄悄地说起李小红……

不知不觉，晌午时分，午饭一切就绪。

李小红给大嫂带来一份礼物，那是一床鸳鸯戏水的大红绸缎被面，又给她小女儿带来一包糖果。大嫂客气一番，收起礼物。心里很高兴，这妹子还真讲礼节。

午饭吃得开心极了，尤其是李小红被豆花调味辣得满面通红，汗珠也出来了，但却兴奋得不停地叫好。这让大嫂心里乐开了花。昨夜在油灯下还没把李小红看清，今天看清了。在她眼里，王秀华本来在这里也是模样非常俊俏的女孩，而在李小红面前，就显得很普通了。李小红容貌、气质、身段简直像电影演员一样，尤其一口的普通话，让她显得温柔有加。

“大嫂，真谢谢你！我从来没有吃过这么好的午餐。”李小红充满感激之情。

大嫂的心被她喊得就像吃了蜂蜜一样甜腻了："妹子，你真会说话，我们这里穷，你不要见笑就好了。好吃就多吃点儿，多吃点儿!"说着往李小红碗里夹菜。

李小红直了直腰，不好意思地说："我怎么没觉得就吃了那么多，都撑住了，一会儿站不起来了。"

逗得大家笑个不停。

大嫂在李小红面前开始夸林子青，说到林子青做农活的干劲，如何能干。还说好多好多女孩喜欢他，又故意问王秀华："你说是不是?"

王秀华嘴一扁："你吹，我不晓得，看你把李姐的心都说得悬起了。"

李小红听她俩说方言话，一直听得似懂非懂，只是面带微笑专注地看着她们。直到她们停下来才说："大嫂，我过两天就要回部队，你要给大哥带点儿东西过去吧?"

"东西倒没啥要带的，你们离得远不?"

"不远，我去过那个部队演出，我们经常有车过去。"

大嫂想了想："好，我准备一点儿他喜欢的家乡特产，再带一封信吧。秀华，等会儿还是你来帮我写封信。"

十四

李小红第二天就要走了，这天，她想要给林子青做一顿晚饭，又要林子青打来白酒。

林子青心情很复杂，李小红是专门来看他的，他内心好感动，也很兴奋。这个女孩大胆炽热、活泼开朗，她的眼睛就像太阳般明亮，深深吸引着他。在李维思那里学琴的日子里，她对他的小提琴演奏充满了钦佩、敬慕。在他生活的环境，在他孤独和压抑的内心，李小红的崇拜让一个男孩的虚荣得到了极大的满足。她的存在，让他感到自己显得更有力量，更有自信。他欣赏她，悄悄地喜欢上了她。但以往只是朦朦胧胧的一种情感。

这次见到李小红，他已经对异性有了渴求。就像《少年维特之烦恼》扉页上的名言："哪个少年不善钟情，哪个少女不善怀春。"

她的身子还是那么轻盈，浑身上下散发出青春的活力和女性成熟的魅力，身段凸显出女性的特征，一身合体的军装勾勒出丰满而窈窕的线条，对他都充满着神奇的诱惑。

一年多来的农村生活，那些男人女人肆无忌惮地在田间玩笑打闹，那些少妇扭动着丰满性感的身子，眼里满是欲望火辣辣地和男人调情，直白赤裸的语言。一个月色之夜，他听见晒坝草垛处女人一声声尖叫和男人的喘息声，他惊诧地冲出屋，电光照过去，却看见一对男女光着身子扭在一起。这些原始的男女之事，淳朴的乡村民风都在诱发和催生他体内的荷尔蒙。

认识李小红的时候，他对男女之情还很朦胧，她表现出的少女火热大胆的情感流露他似懂非懂。而现在，他早已成熟，质朴的农村男女那些放肆的玩笑和打情骂俏不断催醒他的情窦和对异性的渴求。

王秀华是第一个让他对异性身子有了实质性接触的女孩。那是一个夏日的傍晚，王秀华要他教她游泳。当王秀华笨拙地在水中划来划去，尖声惊叫手忙脚乱不停扑腾沉下水中的时候，他慌忙在水中从后背抱起她，一刹那，他的心突然狂跳起来，她的胸前衣服纽扣已经在慌乱扑腾中脱开了，他的手抱住的是一对饱满的乳房。惊魂未定的王秀华站立起来，等她转过身子，看着林子青异样的目光，她才感觉到不对劲，她看了看胸前露出的雪白的乳房，顿时脸上飞起一片红晕。她双手噼里啪啦打着林子青的手，又赶忙转过身去，扣上了衣扣。好多天，他们见面都很不自然。林子青好多夜晚都会回想让他看着心跳的一幕……

昏暗的油灯下，林子青和李小红喝着喝着，一瓶白酒不觉间已经喝完，两人显得很兴奋。迷眼中，李小红看着林子青，她曾经无数次注视他的眼睛，这是一双深沉忧郁而又明亮的大眼睛，透露出刚毅和不屈，让她感受到男人的无穷力量，仿佛像一汪清泉，让她的心灵醇美甘甜。现在，他的眼睛有些发红，闪烁着她从来没有看见过却充满诱惑的光亮。

林子青情不自禁拉起小提琴。

琴声像厚厚云层中突然出现的那一道金色的阳光，刺破了灰暗的雾霭，透出蔚蓝色的天穹，高远、明亮、洁净。春水夹带着枯叶泡沫缓缓地流来，干涸的河床满盈盈的。河边树木抽出嫩芽绿莹莹的一片，田野上，油菜花欢快地开放着像给大地铺上淡黄色的地毯。

一对男女青年倚靠在河边树下，四目深情地相视对望。女青年在欢快地跑着，舒缓得像慢镜头一样回头望着男青年，男青年迟疑一下，追了上去……

小提琴声悠扬欢悦……

李小红情不自禁走到林子青身后，双手抱住他的腰。林子青一阵颤动，琴弓急速滑向低音弦。

他想起了自己的家庭，想起了李小红的家庭。一个遥不可及很远很远的灯光在黑暗中忽闪忽明……琴声凄然地回荡着，充满忧伤和痛楚。

“子青？子青？”李小红靠近他的耳边，轻声呼唤。林子青停了下来，慢慢放下小提琴，猛地转过身来，张开双臂一把抱住她。她浑身颤抖着一点儿力气也没有了，仿佛要瘫在地上，她双手紧紧地搂着他的脖颈，滚烫的脸紧紧贴在他的脸上。

好一阵，他们眼睛相望着，目光炽热紧紧盯着对方的眼睛，那么近，好像都看出了对方的心思。两人的身体散发出诱人的气息，他们呼吸也急促起来。

李小红的眼睛好像在说，来吧，亲爱的！她仿佛感受到那神圣的一刻就要来到，迷乱中她找到了他滚烫、颤抖、微微开启的嘴唇。那就是神圣之门，她的嘴唇颤动着紧紧贴上去了……她感到他的手是那么有力地在拥抱她，颤动着的身子紧紧地贴在她身子上，她感到自己浑身哆嗦，呼吸急促得有点儿喘不过气，头开始眩晕，她的双眼幸福地闭上了……呢喃着："亲爱的！亲爱的！抱我上去，抱我上去……"

她感到自己离开了地面，在他怀抱里像在波涛中起伏荡漾……她感到自己在往下沉，她浑身软绵绵地任他放下去……

她感到不对，是脚落在地上，她睁开双眼，怔怔地看着他。

他避开她的目光，轻轻扶着她站在地上。他的手松开了，想要放开她，她死死地抱住他。

他默默地松开手，又轻轻把她的手拉开。

"啊！"她撕心裂肺地叫了一声，趴在床枕上嘤嘤抽泣着。

"我……我……"他嗫嚅着垂下头走出知青小屋。

她抬起头，泪痕满面幽怨地望着他的背影。

夜里，王秀华见李小红一直在油灯下写着。她禁不住上前想看看，李小红赶忙用手捂住，笑着说："不许看，你先睡吧。"

很晚了李小红才躺上床，一声不吭。王秀华迷迷糊糊中醒过来，她小心翼翼地问："你们闹矛盾啦？"李小红哇的一声哭了，紧紧抱着王秀华，末了说："你帮我好好照顾他，他一个人在这里好可怜。"她把手腕上的上海牌女表解下来给王秀华："你结婚的时候我来不了，这个就送给你做结婚礼物，留个纪念吧！"王秀华怎么也不肯，李小红把她的手拉过来，不由分说地给她戴在手腕上，王秀华急忙伸手要解下来，李小红按住她的手说："你不要再说了，再说我可生气了！"王秀华心里怦怦跳个不停，这可是太厚重的礼物，生产队还没有谁戴过手表呢。她紧紧抱住李小红说："李姐，你放心吧，我会帮你照顾好他。"

清晨，雾气还缭绕在乡村田野，林子青陪同李小红去了汽车站，两人很久没有说话，只是默默地走着。一直到了车站，李小红才勉强笑着说："你不和我说话了吗？以后就没机会啦！"

他苦涩地笑了笑。

要上车了，李小红将一个信封塞进他的口袋："不要看，回去才能看。"她又帮林子青理了理衣服领子，拍了拍衣服前襟。她神情伤感地说："这一走，真不知道啥时还能见面？"说完长长地叹了口气。

汽车开动了，李小红还是忍不住泪水流出来。车开出好远，林子青还呆呆地站在那里。

夜深了，知青小屋里，油灯忽闪忽明。一整天了，林子青仿佛像一尊泥人，他双拳撑住额头，呆呆地望着李小红的信：

子青：

想到明天就要离开你，我好难受。真是见亦难别也难！

我们天涯各在一方，远隔千山万水。这一走，不知道什么时候才能相见，也不知道再见到你的时候，我们会是怎么样？我真不敢想下去。

子青，这件事我很犹豫……还是给你说吧，我已经有了——算是男朋友吧。他是我们一个军分区的，说来也巧，就是大嫂的丈夫一个团的。我说不上喜欢他，你别看我外表很强，其实，我的内心很脆弱。我常常感到孤独害怕，在那个特定环境，我的情感需要有一个人在身边。我也常常自责，我太懦弱，背叛了自己。但我想到《牛虻》里的主人公，那样一个意志坚强的男人，他也害怕黑夜的孤独，而需要一个女人琼玛陪伴。何况我还是一个女孩。我这样说，我也知道有些牵强。

子青：请你饶恕我……此时我的心好痛苦，我好想扑在你怀里痛哭一场。

亲爱的，让我这么叫你吧，你是我的初恋，在我情窦初放的时候，你像太阳一样照进了我的心中。我钦佩你、崇拜你，还那么爱你。就在和他要确立关系的时候，我怎么也控制不住想要见到你。我那颗狂躁的心在折磨我，倔强地和我争斗毫不让步。我懂了，它在寻找它的归宿，如果不见到你，它将永不安宁。

迢迢千里的路途之中，我想了很多很多，最后我想好了，我要在我们的生命中留下永恒的烙印——把我一生最珍贵的处女身子给你，也得到你。当这个念头一刹那跳出来的时候，我也被自己吓了一跳。但我知道，这绝不是我的一时冲动，它早已孕育在我心中，我的第一次只能是你的。

而你……我好恨你，我的灵魂再也没有解脱的机会了，我的一生将永远会背负上这个沉重的精神十字架。你的行为深深地伤害了我的自尊。难道我是一厢情愿，自作多情，不知羞耻，你根本就不喜欢我，不爱我？不会吧！不会吧！你害怕了！胆怯了！你可千万不要说是为了我好。那样，那样我只会感到你太虚伪。

子青！亲爱的！为什么你要在我心中留下这个永远不可抹去的遗憾和伤痛？我真是又爱你又恨你。让一切过去吧，让我像一片浮萍随风飘荡。

亲爱的：无论在天涯海角，我会想你，我会担心你。

这次听你拉琴，感觉你的进步好大，看来你没有放弃，我感到好欣慰。尤其是你谱写的曲子，深深触动了我的内心。我虽然没有你的那些经历，但我深切感受到了曲子中表现出的画面和内心的情感。我真为你高兴，也更加崇拜你。

子青！拉下去，谱下去，让它成为一个完整的小提琴曲。我期盼着，希望你不要再给我心中留下新的遗恨。

给你留下一百元钱和一百斤粮票（如果亲自给你，你是不会要的）。你要好好照顾自己。

永远爱你的人　小红

林子青哭了，哭得那么伤心。他的心仿佛慢慢坠落在无底深渊……

十五

冬季暖洋洋的太阳照在大地上，村民三五个一堆聚在晒场上晒太阳，一边说着那些队里有趣的事情。小孩在草垛下，拽出些洞来，嬉笑着跑来追去躲猫猫。

公社有线广播正在播送二胡独奏《赛马》曲。这是周缨去了公社广播站后，放得最多的一首曲子。林子青的知青小屋旁边那棵高高的麻柳树上就有一个高音喇叭。常常在清晨就会放出小提琴独奏曲《苗岭的早晨》或是《草原上红卫兵见到毛主席》。他有时感到那是周缨专门放给他听的。

广播突然停下来，周缨在广播里没有像往常一样用普通话播音，而是用自己乡音在呼叫：

“五大队的知青林子青，请马上到公社来，马上到公社来！有重要事情，有重要事情！”

连续喊了几遍，广播里又放起《赛马》曲。

“林子青，林子青，公社喊你去呢！”村民对着林子青的小屋高声喊叫，小孩子也齐扑扑拥到他屋门口使劲敲门。

李小红走后，林子青情绪低落到极点，没事就在小屋里蒙头大睡。

周缨早已在公社门口张望等他，见到他大吃一惊，关切地问起他是不是身体哪儿不对劲。林子青只是苦笑着摇摇头。

周缨兴奋地告诉他，她刚得到消息，县里要组建文工团了，是国家正式编制。如果考上了，就可以离开农村了。

她要林子青和她去报考，虽说这个县里有几个学校的知青，原来也有很多是学校宣传队的，舞蹈、器乐水平也不差。但以他们的水平，她觉得很有希望，尤其是她觉得林子青的小提琴远远超过一般的业余水平，肯定没有问题。

林子青感到一阵振奋。下乡前，那次在大礼堂的会演后，他知道自己完全可以超过那些小提琴手，在一个乐队完全可以胜任演奏。下乡在这个县里几个学校中，他也自认完全可以胜出。如果这次能到文工团，自己的命运就会发生根本性改变。

文工团招考点在文化馆里，在县里一条僻静的小街上。这一天这里热闹非凡，四面八方的知青，还有一些会二胡、笛子的在当地很有名气的农村青年都来参加报考。

器乐考试是在一间不大的房子里，三个考官面色严肃坐在桌子前。一个是五十岁模样的男子，很有艺术气质，他神情严峻，略显颓唐，坐在中央，看来是主考，林子青感到他很眼熟。另一个是四十多岁的女人，脸额消瘦，眼睛大而鼓，眼白很大，像死鱼眼，皮肤咸菜色，脸色铁青，嘴巴紧闭，干练强悍。还有一个一看就是个厚道的年轻人，一脸微笑。

小屋外，里三层外三层被考生密密匝匝围得水泄不通，都在看别人的水平，估量自己。每一个考生上去演奏，都会引起下面的议论纷纷。有的考生虽在本地还很有名气，拉二胡、吹笛子样样都会，但水平实在太差，又不断失误，左音不断出现，引起周围哄笑。现场显得闹哄哄的。常常引得瘦削的女考官厉声呵斥："外面安静点儿！安静点儿！"

等到周缨上去，一曲《江河水》的二胡独奏，周围马上安静下来。她拉得那么投入，在乐曲进入高潮那一段，她竟然是满含泪水，身子不由自主摇摆着充分宣泄出乐曲的情感。

台上的考官表情开始发生了变化，他们相互看了看，又凑过身去低声地说着啥。

周缨一个完美的动作收住音，看着考官。

"你学了多久？"

"上小学就开始学了。"

"有老师？"

"原来有，是音乐学院的。"

"哦——"考官相视着点点头。

周缨站起来："我还会芭蕾舞。我原来是学校《红色娘子军》芭蕾舞剧的主角，我的舞蹈也是专业老师培训过。"

"哦——"考官明显地感到了惊讶。

"好了，可以到那边舞蹈考室。这样，你带她过去。"主考官叫那个年轻考官。

周缨脸上露出了笑容，轻松了许多，她悄悄向林子青挥挥手。

前面一个小提琴手演奏的是《新疆之春》，林子青听他演奏得中规中矩，但比较含混勉强，整体上还算过得去。

等到林子青上去了，他拉起一段练习曲。那是一段急速的快弓，急风暴雨般没有一丝空隙，他感到周围安静下来了，只听见自己的琴声在迸涌而出。

当他演奏完最后一个音符，周围还是那么静悄悄的。

男考官走下台来，要过林子青的小提琴，看了看，一副若有所思状，回到自己座位坐下来说："你拉一首曲子吧！"

林子青想了想，猛烈的撞弓突然挥起，沧桑的琴声把他抛进那条河道，连续几个沉重的音符描绘出河滩拉纤的场景，随后几个快速向上推进的三度八音，琴声进入了乐曲的主旋律。他的思绪在河床上艰难行进，悲壮、坚忍反复跃出，当他和纤夫一起最后拉上激流险滩的那一刻，琴声变得明亮灿烂、充满喜悦，慢慢地，悠扬琴声像飘向天空一般消失了。

"这是什么曲子？"还是那个主考官在问。

"我自己写的。"

"哦！你是知青？"考官轻轻叹许着，似乎还有啥要问的，但又止住了。他又看了看名单点点头。

林子青走出来，周围是一片倾慕敬佩的目光，也有很失落的目光。

周缨兴奋地上前拉住他："你拉得太好了。快！快！快！你来帮我演奏《白毛女》，马上就要轮到我的舞蹈了。"

从县里回公社，周缨显得很兴奋，林子青也感到很有把握。

所有同学、考官，包括他们自己都相信完全可以考上了，录取通知书只是收到的时间迟早而已。

十六

没过几天，林子青正在地里干活，大嫂领着一个人来叫他，林子青一看，正是那个主考官。

主考官走到他面前自我介绍道："我叫胡耀先，到你屋里说吧?"又向大嫂征询了意见，大嫂手一挥："没事，你们去。"

在林子青的知青小屋，主考官来来回回地走着看着，没有说话。

林子青看着他，心里七上八下的。

最后主考官停下来："林同学，你要有思想准备!"

林子青茫然地看着他，不由得心里一紧。

"你的演奏水平是很高的，没有疑问，到县文工团应该没有一点儿问题。"胡耀先说到这停了一下，有些愤愤然，"录取名单刚下来，有你们公社一个叫周缨的女知青，但名单里没有你，我向他们提出了质疑。唉！原因是政审没有通过。通知还没有发出，我感到太遗憾，也很歉疚，所以专门来把这个情况告诉你。"

林子青仿佛掉进了冰窖。

主考官叹息着："我一生中第一次遇上你这样的……遗憾，这个时代……"

林子青陷入了深深失落中，半晌说不出话来。

主考官沉吟着："我今天来，是想征求你的意见，和你商量一个方案，再报上去看行不行。就是你作为非编制人员，有演出任务时来参加演出，这样以后或许还有机会，你看怎样?"

林子青从失望中慢慢平静下来，心里不禁有些愤然："胡老师，谢谢你！这样我就不去了。"

“唉！这样对你是有失公平，但也可以等待机会。你再考虑一下?”

“我不去！我不去！我不拉琴了！不拉了！”林子青吼叫起来。

主考官叹息着无奈地摇摇头，站了一会儿说：“林同学，你要坚强些。以后来县上到文化馆来，我们可以一起拉拉琴。”

他看着林子青的小提琴：“林同学，我可以拉拉你的琴吗?”见林子青默默无语点点头，他拿出小提琴拉起来，他微微调整了琴弦，又看了看小提琴，然后拉起了布鲁赫《G小调协奏曲》。

“好琴！好琴!”他爱不释手，翻来覆去地看着小提琴，嘴里不停地说：“怎么会……”

他拍拍林子青：“来，林同学。你拉?”说着将琴递在林子青手里。

没有被录用这个消息无疑像晴天霹雳，他惊愕、失望、痛楚，他的心沉重地滑向黑暗，他的心在痛苦地挣扎，他茫然地接过小提琴，毫无知觉。

“拉吧，拉吧!”一个声音在他耳边轻轻说。

骤然，小提琴声奔涌而出，此刻，琴声仿佛在述说那个不幸消息的到来。天空最后一丝阳光被厚厚的云层遮蔽了，一时间，乌云低垂，萧风四起，长时间堵压在他心中的委屈、愤懑，像堰塞湖决堤般轰然而下……

他的眼泪滴在小提琴上……他不知道自己在拉什么。

胡耀先眼睛湿润了，他慢慢退出小屋。突然，他仿佛想起了什么，等林子青拉完琴他走进屋，左右端详着他：“是你?对了，就是你!”

“我?”林子青疑惑不解地看着他。

“那次学校会演上，我给你们做过指挥!”

林子青猛然想起来了，他惊喜地看着胡耀先。

后来的交谈中，林子青知道胡耀先是音乐学院小提琴演奏系兼作曲系的老师，被下放来这个县文化馆。

胡耀先知道了林子青刚才拉的曲子是即兴而作，琴随心动，内心暗暗称奇，心中不免更加痛惜，他唏嘘着。临走时，他一再叮嘱，要林子青时常和他保持联系。

送走胡耀先，林子青渐渐冷静下来。他一看时间还不晚，他要去公社把这个消息告诉周缨，那对她是多大的一个喜讯。

公社干部已经下班回家了，整个大院没有人，四周冷冷清清。周缨住在最里面广播室旁边的一间小屋。

远远就听见，周缨在唱一首《知青之歌》，也不知道是哪一位知青或者是很多知青在生活中写成的这首歌。

这是一首忧伤凄切的歌曲，简直就是知青的心灵的痛苦挣扎。林子青不是很喜欢这首歌曲，但在知青处在极端失望的情绪中，这首歌倒是很能释放痛楚。

周缨本来是一个性格很开朗的姑娘，但今天，林子青听到那歌声中断肠的痛苦。

周缨略带哭声地在吟唱：

望断故乡，不见妈妈的慈颜
灯残楼静难耐五更寒
往日的情牵
方显出眼前的孤单
梦魂何所依
空有泪绵绵
……

只有你的女儿呀

已经陷入了绝望的深渊
可怜那你的女儿呀
正在遭受那无尽的摧残

仿佛在催人落泪，林子青心情变得愈加沉重。他站在外面一直等歌声落下，才轻轻敲响了门。

屋里一阵慌乱，门打开了一条缝，周缨一见是林子青，打开门，黯然回过身去坐下来低着头，林子青见她脸上还有泪痕。

林子青连忙告诉她："你被录取了！这下你可以离开农村了！"

周缨动也没动："你收到了？"

"真的。你被录取了，你还不信！是主考胡老师告诉我的。我……没有录取。"林子青叹息着坐下来。

周缨神情黯然："唉！真没想到，我们身上的沉重包袱，甩也甩不掉。我也快被压得喘不过气来，录用了也没用，我去不成了。"

"为什么？为什么？"

周缨欲言又止，她嘴唇发颤，呼吸急促起来："那个人卡我，他不准我离开，如果我去了文工团，他就要……就要把……我的事……抖出来。这个色狼……"周缨浑身发抖，哇的一声哭起来扑在林子青身上。痛不欲生地哭号着断断续续地说："是他逼迫我……我真的没有办法啊！"

林子青脑子轰然一声，他没想到周缨身上发生了这样的事，他气得咬牙切齿，猛然转身跑出屋子。

一个夜晚，那个从县革委会来公社蹲点的家伙，在外面喝完酒，乘着夜色，醉醺醺地唱着黄色小调回公社的时候，僻静处，几个蒙面人一拥而上，一双臭袜子塞在他嘴里，一个麻布口袋从头往下罩住了他全身，一根绳索像捆缠丝兔一样，把他捆得结结实实。紧跟着就是一阵噼里啪啦的暴打，最后把他扔到田里。

过后，这个人鼻青脸肿仿佛没事一样，见人尴尬地笑着掩饰说："喝酒误事啊，这不！摔成这样。"但见到周缨，却是皮笑肉不笑，眼神里闪烁着一丝阴冷的凶光。

周缨知道那一定是林子青伙同邓卫东他们干的。她感到解恨，她内心很感谢林子青，更加钦佩他。她又想起小时候，林子青帮她抬板凳飞快跑去的身影，抱起一个砖头追打欺负她的高干子弟……

后来不久，周缨让林子青来帮她搬走了行李，离开了广播站。

十七

转眼知青下乡两年了，刚过春节，一个爆炸性的消息在知青中迅速传递，面向知青的招工开始了。在漫漫的知青生活中，他们在苦熬中终于等来这一天。招工方案逐渐清晰，名额有限，要选拔那些政治思想觉悟高，在农村劳动表现好的知识青年。先由生产队推荐，大队通过，公社审查，再提交招工单位挑选。公社将推荐名额划分到各大队，再由大队落实到生产队，林子青他们生产队得到了一个名额。

这是内部消息，是大队会上集体讨论的。大嫂把这个消息告诉了林子青，要林子青最近一段时间哪儿也别去，就在家里等待推荐。王秀华好兴奋地说："这一个名额肯定是你，我看八九不离十，就是这样。"

林子青兴奋不已，很快又陷入了纠结。他和邓卫东同在一个生产队，只能有一个被推荐。想当初，他们下乡就坚决要求同在一个生产队，他们感到在一起心里就踏实，就像要去经历一个艰难的历程，他们都需要情感的依赖和心灵的寄托。后来，果然如他们所想，他们优劣互补，共同应对日常生活中的琐事，在精神情感上更是谁也离不开谁了。当林子青拉起小提琴，邓卫东就成了最好听众，他总是听得那么入神，偶尔插上几句自己的感受和想法，继而大加赞赏鼓励，这让林子青也充满了激情和信心。而当邓卫东讲起对文学作品的读后感想和评价，林子青也不由得瞪大双眼，心里充满惊喜、敬佩，邓卫东把作品思想性、人物情感分析得那么透彻。尤其是邓卫东对大自然描写的分析，更惊醒了林子青朦胧的感受——大自然丰富了人的内心情感，也在表达人的情感。可以说，大自然就是一首宏大的无声的交响乐，一个人如果不热爱大自然，就谈不上热爱音乐。

这些年来，他们的情感日益深厚，情同手足。而命运将他们抛在这样一个境地。他们痛苦地面临人生绝无仅有的一次艰难的抉择，犹如生与死的抉择。

邓卫东早就急切地希望回到城里。前一段时间，邓卫东去办过“病青”，也就是身体有重大疾病的知青，可以依照文件精神返回城市。他陪邓卫东去过医院，邓卫东的身体太棒了，怎么装也查不出有重大疾病。正常的检查看来不行了，那些邪门歪道在悄悄流传，什么在小便里滴上血液，加喝杜仲泡水，就可以检查出是肾脏严重疾病。什么假意摔伤，到医院就抠喉咙呕吐，装出脑震荡拿到病情结论等等，都符合返城条件。邓卫东啥都试过了，都达不到“病青”的要求。邓卫东又在后背粘了一小块儿锡箔纸前去医院。按邓卫东说来，“这要是X光片拍出来，就是肺穿孔，绝对符合条件！”但医生在黑暗中操作了一会儿，就把邓卫东叫到一边：“小伙子，你的胸有问题？”邓卫东故作疼痛状：“哎哟！就是经常痛！医生，是不是肺穿孔？”医生笑了笑：“看来你还认真研究过，很懂行啊！”说着在邓卫东后背摸了摸，拿出那个锡箔纸，忍不住大笑起来，又拍着他的肩头：“小伙子，身体棒着呢，国防身体！”

眼下遇见招工，谁不愿意离开呢？早就归心似箭，希望早日脱离苦海。

中午时分，大嫂就告诉了林子青晚上要开社员大会，推荐知青，还问起邓卫东回队没有。末了，大嫂说：“他不在，也好，不然……”

得到这个消息，林子青坐不住了，他内心希望邓卫东回来，又担心他出现。他的内心充满矛盾，让他感到异常难受。

他不时走出知青小屋，眺望通往公路的田间小道……夕阳西下，他看见邓卫东的身影出现了，惊喜中，他又陷入了慌乱，他不知道该和邓卫东说些啥。

他在门前接住他，嗫嚅着告诉他晚上召开社员大会推荐的事。

邓卫东开心极了：“这么快？我今天赶回来就是准备招工的事情。”

林子青神色黯然地说：“我们队……只有……一个名额！”

邓卫东走到他面前：“哦……我是说，今天你脸色那么难看，原来这样。”邓卫东也感到意外，说着走进屋里。

知青小屋笼罩着沉闷的气氛，他们在内心都陷入了激烈的斗争。

邓卫东慢慢冷静下来，他的内心很矛盾。看着林子青还这么小，老实憨厚，承受着艰辛的农村生活，长时间下去，他的音乐天赋也许就会埋葬在这繁重的体力劳动中。而自己很少参加农村的劳动，也没吃多少苦。他常在城里待着，家里还算有些底子。他头脑灵活，多少还能挣点儿钱，手里还比较宽裕，他常给大嫂或生产队的人买些小东西，加之他处事灵活，在队里也没啥诟病，与村民人情关系很不错。他觉得林子青和他相比在这里更加弱势，离开这里更合适。而他又感到自己年龄已经等不及了，按村民的话说，这个岁数，我们娃娃都几个了，你还婆娘都没得！还在等啥子？是啊！他在等啥？像所有的知青，不就是在等待离开农村的那一天到来吗！现在，这个期盼已久的一天终于到了，他能放弃吗？不能！不能！但这样势必与林子青来争夺这个名额。按他的处事和社会经验，他可以用钱来摆平推荐这一关。那林子青呢，又怎么办呢？他从来没有感到这么纠结。这简直是，不是你死就是我活的惨烈境地。

邓卫东想起了斯巴达克思在角斗场的一刻，那是生与死的角斗，场上五个角斗士，都是昔日在奴隶格斗学校里的好朋友，而今天却进入你死我活的格斗场。斯巴达克思面对四个强壮的格斗士，生的希望是必须亲手杀死这四个人。而这四人要活下来，也必须杀死他。没有谁丢下利剑，殊死格斗开始了，四个格斗士扑上来，紧紧追赶斯巴达克思，这是肉体和内心的惨烈格杀，斯巴达克思在宽阔的格斗场奔逃，他猛然回身，一时间刀光剑影，血肉横飞，离他最近的一个角斗士就倒下了，他继续奔跑着……又猛然回身将利剑刺入离他最近的角斗士……三个角斗士相继倒在斯巴达克思的利剑和盾牌之下。

最后一个早已打得精疲力竭的角斗士赶上来了。这是他最好的朋友，他实在不忍心要杀死他。

> 斯巴达克思向他扑了上去，但竭力不去刺伤他，只轻轻地打了几下就解除了他的武装，他首先击落对方的短剑，然后用自己强有力的大手抱住他，把他按倒在地上，附着他的耳朵轻声说：
>
> “不要怕，克利克萨斯，我希望能把你救出来。”
>
> 斯巴达克思用一只脚踏住克利克萨斯的胸膛，用

另一只脚的膝盖，跪在那个被他用盾牌打昏了头的沙姆尼特人胸膛上，他就采取这样的姿势，等待着公民们的决定。

真是太残酷了，邓卫东不禁倒抽一口冷气，顺其自然吧！这是邓卫东最后的想法。

林子青的内心也剧烈地斗争着，邓卫东比他大整整五岁，那是一个在他看来非常可怕的年龄，他还有一个孤独的老母亲。邓卫东一直把他当弟弟对待，给了他那么多帮助，他的内心一直充满深深感激，他在情感上希望邓卫东先走，自己还有时间，但是他又实在不愿意放弃这么一个机会。他想起二炮部队文工团那次招人，想到县文工团的招生，他的承受力已经接近极限，他的精神仿佛就要崩溃。这次是普通招工，不像以前那么严格，他应该可以被录用。他像在绝望中抓住一丝生的希望，放弃？不能！不能！他在心中诅咒这可怕的一个名额。他的心隐隐作痛。

在知青招工中，为了争夺名额，昔日朋友、亲密恋人中，发生了很多激烈的争斗，相互诋毁和暗中下黑手的手段让人触目惊心。

这样的境地，林子青和邓卫东之间的内心和所表现出来的行为也就完全可以理解了。而他们内心深处都在为自己的自私和猥琐深感不安。很多年以后，一直深深折磨着他们的自责、歉疚也不能从心中挥去。

"魔鬼！那是一个魔鬼，自私这个魔鬼。那个时候已经完全控制了我们，驱使着我们的魂灵，暴露出了我们的丑陋。"多年以后，邓卫东和林子青在一次喝酒中，两人都醉醺醺的时候，邓卫东心碎地说出了这句话。

那天晚饭后，村头哨子声就急促地从这端吹到那端，一声紧过一声，吹得邓卫东和林子青心惊肉跳。

“开会啰！晒坝开大会啰！想吃粮的就早点儿来，晚了就没得哦!”一声声呼叫伴着哨子声。

早春二月天气很好，天空湛蓝湛蓝，夜晚的空气还带着飕飕凉意。村民穿得都很单薄，很多人就一件“滚身”怀中插手。有的还带着“烘笼”，一张藏蓝色围腰搭在上面，让“烘笼”的热气暖着身子。女人则更多是手里拿着毛线团子，一边说话一边不停地打线衣。社员几个成堆地站在一起，说些闲话。那些流着鼻涕的小孩也在闹喳喳地跑来跑去。

一盏马灯挂在一根木杆上发出微弱光亮。昏暗中村民说话也更肆无忌惮了，不时发出些打笑声。

大嫂清了清喉咙：“站拢点儿，又不是阶级敌人，站那么远整啥子，唵！第一个事情，最近大家锅儿吊起了，我联系好了，这几天先去山上借点儿红苕回来。大家忍着点儿吃。毛主席不是说，忙时全干，闲时半干半稀……”

“全稀都可以了，只要有吃的。”社员纷纷议论起来，“还是人家山上安逸，地多，粮食不愁吃。”马上就有人顶他了：“安逸？把你女娃子嫁到山上去，你干不干?”

大嫂拍了拍手：“不要闹！说起吃就来劲了，听我说完！第二个事情。上面要求一人喂一头猪，我们这个队差得太远，一人半头猪都没得。大家要想办法，管他啥子小猪儿奶猪儿弄来喂起，免得我给公社交不到差。”

生产队的赖二爸嘴衔一根铜烟袋吧嗒着叶子烟，不紧不慢地说：“我屋头早就不止一人一头猪了!”所有人一下静下来，不知道后面卖些啥关子。

大嫂纳闷地看着他，这个赖二爸，七口人，就喂了一只小猪，根本还说不上像猪，瘦得简直就是一只癞皮狗。赖二爸不紧不慢又吧嗒了几口叶子烟，才笑吟吟地说：“我屋头猪多呢！

你去数，墙壁上的——蜘蛛!"

"哄——"的一声，大家哄笑起来。

大嫂也笑了："我就晓得你要说些没言烂杂的话。好啊，哪天你吆到屠宰场去!"

赖二爸铜烟杆"啪啪啪"地在脚后跟拍打，拍掉叶子烟蒂，这才抬起头说："喂猪？拿啥子来喂？唵，说得轻巧，吃根灯草，人都饿得白鹤伸颈项了，未必在大沟里担水给猪喝?"

"好了，说正事，以后就好了，新农村，楼上楼下，电灯电话。"大嫂自己说得也有些没信心，这也是她小时候，在"大跃进"时候就描绘出的美景了。转眼过了十多年，还是在点煤油灯。电话更不说了，公社有一部，邮局有一部，还像是电影里演的，打个电话摇得哗哗的手摇机。

下面有的人悄悄说："电灯电话？哄屁儿日的。"

大嫂吼了起来："妈的，越说越来劲了！各人把屁儿夹紧点儿！下面说推荐知青的事。按照文件精神，下乡两年以上，在农村政治思想好、劳动表现好的就可以推荐上去。我们队就是林子青和邓卫东两个知青，大家可以对他们做个评价，实事求是的。"大嫂没有说出只有一个名额，只推荐一个，她实在是说不出口。

那个给林子青他们煮饭的婆婆，脸上露出笑容，干涩的眼也涌出泪花来："是啊，早就该让人家回去了，把他们弄到这么远的地方来，简直是受罪。人家城里的娃娃咋个能够做这些事情，妈也不在这里，好造孽哦!"

王秀华站了起来，面对这么多人说话，声音也在发颤，她直杠杠地说："我推荐林子青。去年栽秧子的时候，下游的人来抢我们的水，我们队里的人都被人家打得不敢动了，还是林子青一个人上去把那些人打跑了，不然我们秧子也栽不下去。"

王秀华那一次对林子青有了特别的好感。当时，队里的全劳力都被人家打得不敢吭气，大嫂一阵狂骂也无济于事，她索性横躺在堰堤上，阻止开挖堰堤的锄头、铁锹，最后被抢水的人强行抬到一旁。大家眼睁睁看着他们扒开堰堤让水流走毫无办法。林子青赶来一见这个阵势，抓起扁担冲了上去，噼里啪啦一阵狂打，打得那些人扁担掉落在地上，个个惊恐万分，纷纷后退，最后捡起扁担灰溜溜地跑了。

王秀华的话得到了大家的赞同，晒坝上你一言我一语："对，就是，这个知青贡献就是大，该推荐。"

王秀华见得到大家附和，心里高兴极了，她接着说："去年修河，一个冬天他都在河滩上拉纤，有几个吃得这个苦？他和黑娃打谷子的时候，那么重的拌桶，他都没喊苦。还有……还有他和我们农民有感情……"说到这里，有人悄悄发出笑声，王秀华脸一下红了，她愣了一下，掩饰道："笑啥子笑，你会说，你来？我说完了。"

"其他人接着说。"大嫂叫道。

"我来说。"黑娃站起身来，"抢水的事情我就不说了，大家都看到的，狗日的，那些人好凶，把老子都打趴了。我就说林子青和我抬拌桶打谷子的时候，我就想整下他，看他招得住不。嘿！看到他恼火得很，就是不下软蛋。"

又有其他村民也在推荐林子青和邓卫东，那些卖"转转猪"的村民，得到过邓卫东的好处，这个时候也极力为邓卫东说话。再说，两个知青走了，省下来的口粮农民都可以多分到一份。所以，没有人反对，都是极力地推荐。

"还有没得要说的？"大嫂高声叫道。看看下面没人吭声了。

大嫂想了想说："我说几句。这两个知青，响应毛主席号召，从大城市来到我们这个穷地方，这本身就说明，他们听毛主席的话，对毛主席的忠心。他们高举毛泽东思想红旗，战天斗地，学大寨。就是表现好嘛。我举双手赞成推荐他们。"大嫂说的时候，心里在想，都早点儿走了吧，尤其是那个邓卫东。

“要得！他们两个一起推荐！一起推荐！”晒坝里村民纷纷站起身，举着拳头高声呼叫着。

邓卫东和林子青悬着的心终于放了下来。邓卫东长长地舒了口气，仿佛看见斯巴达克思的利剑对着朋友胸口的场景：

> 看台上人群为斯巴达克思勇敢智慧和仁爱而折服，万众一心、经久不息的轰雷似的掌声，好像地震一般撼动了整个斗技场。几乎所有的观众都向上举起拳头，屈起了大拇指——两个沙姆尼特人都可以活命了。

大嫂松了口气，紧张的神色舒缓下来。王秀华看着大嫂，脸色难看了。她不知道大嫂为啥要那样，应该只推荐林子青一个人才行。她对邓卫东也没有不好的印象，但是如果这一次走一个，把邓卫东推上去，林子青的机会就少了一半。王秀华心里生气了，她觉得大嫂简直是没得脑壳。后来她找到大嫂质问，大嫂给她说了一番道理，她才豁然开朗。

大嫂说：“他们两个那么好的关系，如果只是推荐林子青，邓卫东和林子青还不成了仇人，他们之间会恨一辈子，那样就是我们的罪过了，所以他们要一起推荐。放心吧，妹子，我知道你的心思，我要到公社去争取，把他们两个一起招走。”

大嫂又笑着看着王秀华：“你呀，其实心里舍不得他走！”

王秀华脸红了，上前抓住大嫂使劲揪。

十八

这段时间，知青像打慌的兔，心里七上八下。他们很多时候聚集在公社那条街道茶馆，守在公社附近，总希望第一时间得到招工消息。中午大家就在那个餐馆里吃饭喝酒，那是很寒碜的，没像现在的AA制。大家都倾其所有，一盘菜上来，筷子夹得盘里只剩下葱花，然后才有人又去买上一盘菜端上来。喝的酒是散装的，像红苕酒，甚至还有糖泡子酒，一股烂红苕味和烂甘蔗味。大家一边吃一边相互打听着招工的消息，个个脸上都洋溢着紧张而又兴奋的神色。

村民也在做好知青走后的准备，就连生产队也在安排林子青他们走后知青小屋的用途。王秀华见到林子青，心里仿佛堵着，望着他半天才说出一句话：“你走了还记得住我不？”

知青就像一群被放飞的鸽子，在天空中茫然地盘旋后，终于找到归巢的方向。周缨也被推荐上去了。在林子青见到周缨的那一刹那，周缨居然情不自禁地抱着他，高兴得哭了。那种长久埋藏在内心，来不及思考的情感也突然间迸发出来，他们从来没有这样走近过，两人在幼小时播下的种子在发芽了。就在林子青要伸手拥抱周缨的那一瞬间，他的眼前突然浮现出李小红的身影，他的手停了下来。

招工消息满天飞，听说有军工厂、制药厂、机械厂，还有煤矿，这些都是国营工厂，还有区级单位。这些搅得知青心里乱乱的。

这期间，李小红来信了，她也知道招工这个消息，兴奋激动洋溢在纸上。李小红又毫不遮拦地叙述着自己对他的思念：

子青：

这段时间，我常常想起在你那里临走前的夜晚，你拉的那首《至爱意》独奏曲。我深深感受到了你在曲子中表白出的内心情感，那是你压抑在心中对我的深情爱意。生命中能有你这样一份情，我的心无比幸福。

你性格内向，沉默寡言，甚至显得懦弱自卑，这在音乐上或许是比较好的性格。但我感到这只是你的表面。在你眼睛里，我看到了你隐藏在内心世界奔放激越的情感和勇敢无畏的力量。

现在面向知青招工开始了。以前不光是你，包括我也很迷茫，感到知青或许就一辈子在乡下当一辈子农民了。而现在招工，将会彻底改变知青处境。我急切地盼望着你招工的好消息，我在等你！有消息就立即来信告诉我，不！发电报更快！

我还要告诉你一个好消息，叔叔有下落了。爸爸好不容易找到了他，爸爸不告诉我他在哪里。如果有了消息我马上告诉你。

子青，亲爱的！我等待着你的好消息！

……

林子青翻来覆去看着信，他有些困惑，觉得李小红有些话没有说出来……

这天晚上，知青小屋传出了小提琴声，这是一首《春之恋》独奏曲。大地的春天气息弥漫着，他的心也像是度过了寒冷的冬天，乐曲充满了生机。

李小红在春潮涌动的大河边向自己跑来，在油菜花上盛开的花丛中向他微笑……

琴声像春天的阳光一样，明媚灿烂，像春风一样，轻柔飘逸……这个时候，林子青好希望李小红能听到他的琴声。

王秀华在屋外站立着听林子青拉完琴走进屋里，这段时间她来这里的时间更多了。

“今天啥事这么高兴啊？”这个姑娘总是一脸洋溢着微笑，

显得那么温柔。

“没啥没啥!”林子青有点儿不好意思，仿佛王秀华看透了他的心。

“我来给你换换铺盖，这是我刚买回来的缎子被面。你摸，好软好滑，简直就像你这个琴的声音。”

“是吗?”林子青瞪大眼睛，他好惊讶，没想到王秀华把小提琴声音说得那么恰当。

“你还摸得到声音?”林子青问了一句。

“咯咯咯!我拉一下琴可以不?”她开心地笑了，笑声那么清澈。

“可以可以!”

王秀华拿起琴夹在下巴上，来回拉了几下，就放下了，咯咯地笑着:“你看我简直是杀鸡杀鸭。人家李姐好能干，拉得那么好，我就是笨得很。”她又小心地问:“你说，你工作后你们就要结婚吧!”

“结婚?”他苦涩地摇摇头。

“她对你那么有心，你咋就像榆木脑壳一样!我给你说，那次李姐来，要走的头天晚上，哭得好伤心。问她为啥也不说，肯定是你欺负她了，小心我打你!”王秀华气呼呼地瞪着他，还举起拳头比画着。

这个姑娘就是那么质朴可爱，心直口快，没一点儿遮拦。

“我？……”

“好了，不给你说了。你啥时候走？……你走了，我再也听不到你拉小提琴，以后晚上这里就冷冷清清的不好耍了!”说着她眼睛里闪着泪花。

林子青心里也感到酸酸的。王秀华这几年对他的生活那么关心，他记不清在她家吃过多少次饭。在很多他烦恼的时候，她总是出现在他身边，能让自己开心起来。一次河边洗衣服的时候，她见林子青笨手笨脚的，就一把抢过来帮他洗。乡村中，女孩给男孩洗衣服，关系就不一般了，引得旁边那些妇女不由得做着鬼脸，嘀嘀咕咕，一边相互使着眼色看着王秀华。王秀华涨红着脸叫道：“看啥子看，洗衣服没看过啊！”结果引来一片哄笑声。她嘟囔着说道：“洗洗衣服又咋个了，少见多怪。”林子青想起这些，心里很感慨，这些年不知不觉和她也有了很深厚的感情，想到就要离开这里，心中也有说不出的滋味来。

王秀华突然冒了一句：“你是城里的，我是乡下的，早就晓得你们知青迟早都要走，不会留在我们这个地方！”说完就转身跑了。

十九

知青不知道，生产队和大队的推荐才只是第一步，真正掌握知青招工生杀大权的还是公社。招工单位来到公社时，就看公社把哪些知青推荐出来，让招工单位挑选，并且要看是提交给哪个招工单位。关系好的，就提交给那些军工厂、国营厂，一般的就提交给煤矿、区级单位。招工名额是有限的，有一部分生产队推荐上来的知青根本就没有提交给招工单位。公社门口每天积聚着一大群知青在打探招工的消息，他们的大队长也在这个时候往公社串。他们都受知青之托，希望在第一时间得到消息。

最邪门的事出现了，这让邓卫东、林子青大吃一惊。一天，他们在公社看见了学校的工宣队刘队长。一种不祥的预兆像阴云一样笼罩在知青中——他来干什么？那次打过他的知青紧张地揣摩着。

刘队长脸上露出少有的微笑："同学们好！大家好！"

"刘队长，你来……"有的知青小心翼翼地问。

"我就不能来啦？嘿嘿嘿！"他干笑道，"两年前我把你们送来，现在我又来招你们回去啊！你们看，你们看，这这这……真是无巧不成书！"他故意说得好像很无奈，但明显让人感觉到他在显示自己的重要身份和另一种含意。

"啊！……"所有人都惊呆了，暴打过他的知青倒抽一口冷气，呆若木鸡。没有打过他的知青慢慢拥上前去。

"同学们，你们那几届知青安顿好以后，我也回工厂去了。这次招工，组织上又派我来了！我现在是招工单位联合组组长。"

林子青禁不住心惊肉跳，怎么会呢，怎么总在自己关键时刻他就出现了。他感到脊背发凉，他看了邓卫东一眼。邓卫东也是眉头紧锁，心里骂了一句："丧门星！"

刘队长继续滔滔不绝："同学们，送你们来是响应毛主席号召，贯彻党的方针路线。招你们回去，也是党的需要。只是……只是这个……这个嘛……名额有限。只有少数……极少数同学可以回城。"刘队长故意拖慢声音，四下打量着，他有些得意地瞟了瞟邓卫东、林子青，又走到周缨面前，上下打量着她："哦？越长越漂亮啦，这次有希望，有希望了！"他后面的话不知是对周缨还是对自己说。

邓卫东的心慢慢沉下去，不是冤家不碰头啊！他长叹一声，看了看周围惊恐不安的同学，看着刘队长得意的目光，他感到刘队长仿佛就像一头凶残的野兽在戏弄弱小的羔羊。邓卫东绝望中怒火涌上心头，他大步走上前，控制住自己的情绪，冷冷地说："刘队长，你现在是手握知青生死大权了，我告诉你，如果你要做啥手脚，你自己看着办！"

他说完转身大步走了。

刘队长摊开双手故作委屈状：“同学们，你们看，你们看，我说了啥?”

“哎！就是就是，刘队长又没说啥，刘队长不要生气，不要生气。”讨好的献媚的话语一声接一声。

林子青感到很恶心，他追上邓卫东。他听见刘队长在大声说：“我们是严格按照党的政策来招工……”

很快，招工录取通知陆续发下来了。

邓卫东最先得到招工录取通知，是大山里面的煤矿单位。邓卫东气得咬牙切齿：“日他妈，老子被黑了!”

“是刘队长?”

“这很难说，还有县革委那个人，都有关系。”邓卫东自嘲道，“真没想到啊！这辈子还要去煤矿光屁股拉煤。呵呵呵！也好，这才是体验生活啊!”

林子青和他都想到了那一次夜里蒙面暴打县革委那个人的事，虽然他们没有暴露，但也可能被猜出几分。这样的知青，如果不让他走，那是会拼命的，尽快弄走就少去麻烦，但也不能让他有好果子吃。

林子青感到很难过、很内疚，是自己把周缨受欺辱的事情告诉了邓卫东。邓卫东义愤填膺，随即找来几个知青密谋了那次蒙面行动。没想到这件事给邓卫东埋下了祸根。

“你不要难过，我一点儿也不后悔。要是在‘文革’初期，老子早就一枪打死他了。煤矿就煤矿，走到哪里我都是活。”邓卫东安抚他。

邓卫东临走的前一天，林子青还没接到通知书。邓卫东隐隐不安，他估计林子青这次招工可能没有希望了，但他没有说出来，就让希望多留些日子吧。

这天晚上，他们俩在油灯下喝酒，两人心情都很沉重，闷闷不乐不知道说啥好。

王秀华在屋外探了探头走进来，将一小碗刚切好的腊肉放在他们小桌上，转身要走。邓卫东连忙叫住她，端过林子青的酒碗放在她手上，然后举起自己酒碗十分感慨地说："秀华，你是个好妹子，我敬你一杯!"说着仰头喝下去。

王秀华看了看林子青，也喝了一口，然后放下酒碗转身跑了。

邓卫东拈起一片腊肉慢慢放进嘴里，叹息着："这个王秀华，唉!"

他仿佛想起了什么事而犹豫着，站起身抽了几口烟，这才下了决心似的说："子青，我听说了，李小红来过吧?"

林子青点点头，以前跟李维思学琴的事他和邓卫东说过，也提到过李小红，还特地说了警备区司令部军车在小巷的那一幕。

邓卫东听了在心中就估摸到李小红绝不是一般家庭的女孩，他没往下想她和林子青会怎么样。这次回来听说李小红专程来看林子青，他明白了李小红对林子青的情感。这绝不是一般少男少女偶然产生的激情。他在心中对林子青各方面做了审视，认为李小红对林子青产生了这样的情感也是必然的。林子青的音乐天赋和小提琴的演奏水平让这个女孩崇拜、钦慕，林子青的社会底层生活使这个上层生活的女孩充满神秘、好奇，林子青处于弱者的境遇极大地刺激了女孩的侠义肝肠，她在帮助林子青的过程中心灵得到了一种伟大、崇高的满足。这个女孩在心中将林子青塑造成了一个完美的形象，已经成为她情感的寄托和未来的希望，顶礼膜拜的一个英雄。她的情感是那样认真、执着。

邓卫东不知道林子青是怎样去对待这份情感的，他只是感到，林子青在生活中很多时候表现出的自卑，可能会导致面对李小红的情感而茫然无措，最终退缩。他感到自己有必要在临走前对林子青说说这个女孩。

“子青，李小红的情感你要珍惜，现在太难得了。”看着林子青低头不语，邓卫东又说，“不是每一个人的生活都会出现这样的情感。或许过了就再也没有了！”邓卫东想到了“摩登”招工去了最好的一家兵工厂，也开始疏远自己了，也有点儿底气不足。他拍了拍林子青肩背：“好吧，你不愿说就不说吧，我感觉到了，她是你生命中的一部分，你千万不要放弃，不管发生了什么……”

想到就要分别，以后各自一方，邓卫东哽咽道：“我明天要走了，这里就剩下你一人，我再也不能……你要照顾好自己。你的小提琴……不要放弃……”他说不下去了。

林子青眼泪止不住流下来：“我可能没希望了……以后……”林子青失声痛哭起来。

邓卫东的手放在他的肩头上，神情黯然，喉头上下蠕动，一句话也说不出来。他打开酒瓶，哗哗地全部倒进碗里……

招工单位陆续离开了，接到通知书的知青不断离开了农村。林子青心里还是固执地抱着一线希望。

大嫂也坐不住了，她专门去了公社了解情况。回来的时候，她径直来到知青小屋，她脸色很难看，唉声叹气半晌，欲言又止：“你的家庭真的有……你父亲真的是……怎么会这样？怎么会呢？”大嫂叹息着离开了。

虽然林子青早有预感，他还是头脑轰然一下空白，浑身像散架了一样。真的是这样？还是这个原因？他瘫倒在床上，眼泪慢慢流出来……

“啊！——”他发出一声歇斯底里的惨叫，仿佛胸中鲜血喷涌而出。绝望像魔鬼一样攫住了他，他止不住浑身颤抖，凄惨地哭出声来，一时间仿佛天昏地暗。

不知道过了多久，天色暗下来，夜幕降临了，林子青铁青着脸翻身望着床底下还剩下的半瓶“乐果”。那是去年冬天点下小麦用来浸泡毒麦子剩下的。

每当秋季小麦播种，农民喂养的鸡总是会用锐爪蹬刨开刚播在土里的小麦种吃。这个时候，队里就要求农户不得放鸡出来，还采取了在田边撒毒麦的狠招。毒麦是用“乐果”浸泡后，撒在播种的田边，只要谁家的鸡跑进麦田，吃了毒麦，就必死无疑。按大嫂的话来说：“只有这样子，那些龟儿子才自觉！”撒毒麦的事很得罪人，哪家鸡被毒死了，总要跳起脚地一阵乱骂。这件事大嫂交给林子青和邓卫东。好在有言在先，先在社员大会上宣布，撒毒麦的时候，又敲锣呼叫告知。鸡死了不少，也没有来找知青吵闹。这些剩下的“乐果”没有退回保管室，他们本是想用来拌上面团，在河里毒鱼，也就藏起来放在屋子床下。

林子青拿出“乐果”瓶，瓶上的白色标签赫然印有一个骷髅的警示标志，醒目而让人心惊肉跳。林子青禁不住打了个寒战。

我活下去还有啥希望？还有活下去的必要吗？社会完全抛弃了我！

还在学校，二炮文工团本来我是能去的，因为家庭政治问题！县文工团，这是最低级别的文艺团体，还是家庭政治问题！我的理想——通往音乐神殿之门对我彻底关上了。

我知道自己家庭的政治问题，已经不敢再有更高的要求。我远离家庭，认真地接受劳动改造，我只希望就像普通人一样。但是，这一次，还是因为我的家庭，我就连一般的劳动权利也被剥夺了！难道我去军工厂，劳动生产出来的武器，就成了帝国主义的杀人武器？难道我去了制药厂，我就会在药品中放毒？

是啊，这里很多人祖祖辈辈就生活在这里，我为什么就不能？我不是在这里生长的，我是和所有知青一样来到这里。这样太不公平，太不公平了！难道我永远没有出头的日子，就该永远在这里像一个没有根基的浮萍？我已经很低调了，我夹着尾巴做人，自卑，懦弱。但我有一个正常人的权利，我就该忍受这样的不公平待遇？

我的第一个老师，在我童年时代，他的琴声让我那么着迷，把我的心带进了音乐的殿堂，他是那么慈祥善良，而他被迫害死了！我的第二个老师，才华横溢，也只能四处逃窜，现在只能安身大西北的荒野之地。他们的音乐取得了那么大的成就，但命运又是这么无情！

小红，亲爱的，你的深情我不懂吗？我真是榆木脑壳吗？不不不！你第一次在小巷出现，我的小伙伴对我是那么羡慕甚至妒忌，我的虚荣心得到了极大满足，深感无比幸福自豪，浑身充满力量。我不敢去构建爱的殿堂——我的家庭——你一旦知晓——顷刻间就会崩坍，将我们埋葬。但我的心还残存着希望，我企图通过自己的努力，让自己强大，甚至幻想我的家庭只是一个噩梦，那样我就有力量撑起爱的殿堂。

唉！……前面的道路漆黑一片，狰狞的魑魅魍魉在阴险地狞笑……悲哀绝望涌上心头，我的心在惨叫，身子漂浮坠入了无底深渊……

林子青泪如泉涌，神情恍惚，他关上知青小屋，闩上门闩，打开瓶盖，一股浓烈的死亡气息顿时在小屋弥漫开来。

“死吧，多好！悄悄地离开这个世界，所有的痛苦折磨就没有了——”他的嘴角浮现出惨淡的微笑……

一轮明月升起，皎洁的月光从牛肋巴窗口照了进来，静静地投射在小提琴上，琴弦闪耀着银色的亮光。林子青呆呆看着……他想到了围墙里的琴声，满目沧桑的父亲母亲、姐姐和可爱的弟弟，他想到了楚天明、李维思，又想到了邓卫东、王秀华……

他心中的琴声奔涌而出，刺破夜空，在寂静的乡村回荡。它像河流在低声哭泣，像苍天在惨痛呼叫……

他的眼泪不断流淌……

楚天明老师把这把琴托付给我，我有什么理由离开它？李维思老师对我充满着期待，我就这样让他失望？李小红对我一片真情，我的死将会让她痛不欲生！还有，还有……

你自认为还有些音乐天赋，老师也觉得你才华超群。而你……自认为内心坚强，却如此懦弱？你自认为热爱生命，却又轻易地了断今生？你这个胆小鬼，你怕什么？你连死都不怕了，还怕什么？你是个可怜虫？可怜虫，可怜虫！

他紧紧抱着小提琴，脸伏在上面惨痛地哭泣着……

“啪！”“乐果”瓶摔在地上，死亡气息钻出窗口向四周蔓延……

王秀华还没走近小屋，浓烈的“乐果”气味就扑面而来。不祥的预兆袭上她心头，她加快步子跑到小屋。小屋木门紧闭，死一般寂静，浓烈的“乐果”气味不断从里面散发出来。她吓得浑身冰凉，连推几下门也没推开，又胡乱喊叫着拼命地使劲拍打木门。

屋里没声音，黑沉沉的。她打开手电，从牛肋巴窗照进去，她看见林子青趴在床上，动也不动。“子青，子青！”她声音发颤大声喊叫，见他还是没动，她从旁边找来一把锄头，往牛肋巴窗子砸去，“啪嚓！啪嚓！啪嚓！”牛肋巴断了，她一纵身跃上跳进屋里。

她哭喊着：“你……你不要吓我啊？你不要吓我啊！”她凑近他的脸，在他嘴上闻了闻。

她又在屋子里寻找，手电照在碎裂的“乐果”瓶上，她倒抽一口冷气，惊恐地后退了一步扑在他身上，双手紧紧抓住他哭喊道：“你死啦，你死啦，你这个狼心狗肺的东西，就忍心丢下我走了！我咋个办啊？咋办啊？呜！……你那次——哎呀呀——我差点儿都是你的人了，本来我想……我要嫁人的时候就给你……哎呀呀，我咋办嘛……”

林子青忍不住泪如泉涌，他紧紧抱住她。王秀华一怔，停止了哭泣看着他。

“我没喝，没喝……”

王秀华一把推开他，怔怔地看着他，突然挥手一巴掌打在他脸上，又“哇!”的一声哭出来，她扑上前紧紧抱住林子青，生怕他就不见了一样。她像是一个受了委屈的小女孩，在他身上不断地哭，双手不停地拍打他。林子青紧紧抱着她，像溺水的人抓住了生的希望。

二十

公社传来可怕的消息，周缨服毒自杀，正在卫生院抢救。

林子青赶到时，已经有几个知青在这里了。大家都是因为家庭的政治问题而没招走的，大家相互看了看，全都阴沉着脸。

周缨已经洗过胃，还在昏迷中，惨白的脸像死人一样。

周缨的生产队里共三个女知青，都得到了农民的推荐。这次两个被招走，让性格好强的她伤心了好一阵。后来周缨打听到公社根本就没把她推荐给招工单位，这对周缨是个很强烈的刺激。她心里明白一定是那个人使的坏。这个人从县里下来不久，就把她调到公社当广播员。那段时间，她为自己的能力感到骄傲自豪，但她内心更感激他。公社其他人晚上都回乡下的家，就只有这个人和她住在公社。他俨然像父辈一样在呵护她。而那个夜晚，在她惶惑恐惧中，那个人就把她压在了床上，占有了她。她不像其他女孩一样，从此像一只柔顺的羔羊任人宰割。她看清了他的丑恶嘴脸，她为自己一时间的懦弱感到羞耻而深深懊悔，她不能忍受那个人对她的摧残。她血管里流淌着父亲骁勇的血液，秉承了外公权贵之家的傲骨，她桀骜不驯的个性，是不容别人欺侮的。她的自尊受到了极大伤害，内心充满仇恨。

她不喜欢在乡下，这个广播站对她是有吸引力的。她的内心充满矛盾，她希望留在这里，但她不能忍受这样的身心摧残。很多时候，她顾影垂泪自怜，一个名门闺秀、公主般的女孩、外公的掌上明珠，竟然落得这般凄然下场。后来县文工团招工，本来她是可以离开这里了，但这个人不要她离开，警告她，如果要去，就将她失身的事抖出去。这让周缨退缩了，不得不放弃了那次机会。

林子青伙同邓卫东蒙面暴打那个人以后，那段时间她得到了暂时的安宁。但她知道，那个人还在暗中等候机会继续占有她，如果她继续在这里，就难逃他的魔掌，她选择了尊严，离开公社广播站，回到生产队。

这次招工，刘队长偷偷找过她。他提出的条件是把她招回去，但必须和他结婚。在学校时，周缨对他的反感，桀骜不驯的性格，让他不敢轻举妄动，他的身份也使他不敢逾越雷池。这次招工，他觉得时机已经成熟，当他向周缨明确提出条件，周缨感到受了侮辱一样，马上就拒绝他。他很快又物色上了周缨同在一个队的女知青，这个女知青就是周缨童年时的小伙伴，也是她的闺中密友马丹丽。密友大喜过望，也不敢告诉周缨，她怕夜长梦多，就以身相许，最后终于如愿以偿。

招工中发生的这些事，都让周缨感到沮丧愤慨不已。当知道了公社根本没有将她的名单提交给招工单位，周缨彻底绝望了，她的刚烈个性彻底爆发出来。她喝下了农药，在药物发作的一刻，她感到自己渐渐地滑向黑暗的深渊，她内心充满凄凉悲伤。她想到了林子青，她对他充满歉疚，她多希望林子青来到她身边，像她很多无助的时候一样，勇敢地出现在她身边。

周缨和林子青从小在一起，长大后反而疏远了，可能是男女间时间长了，太熟悉反而没有那种一见钟情或爱慕的感觉。男女青年的恋爱很少发生在周围身边，如果有那也是完全的婚姻，那是了解对方、熟悉对方家庭等等，比较可靠的一种婚姻选择，而不是爱情。爱情往往需要神秘感和浪漫情调，而这往往发生在不太熟悉的男女身上。

周缨喜欢林子青，她钦佩他的音乐天赋。在宣传队，林子青给她伴奏，她在台上总会进入最佳的状态，他们有一种心的交流和碰撞。不觉间她的心悄悄潜上少女的爱慕之情。但是在那条小巷，他们太熟悉对方。他们的家庭，那是相差千里，林子青的父亲是反革命，家庭又是个普通小市民，周缨内心深处不喜欢这样的家庭。在她心目中，她更喜欢那种家境较好、风流倜傥、贵族般气质的男孩，那才是她心中的白马王子。周缨少女时代对林子青的爱慕之情也就仅仅停留在过去了。

在农村的特定环境中，孤独寂寞都让女孩那些白马王子梦慢慢远去。她们希望现实生活有个依赖、支柱。在经历了无数磨难后，她们开始重新审视自己，开始搜寻身边的真实情感。周缨经历了死亡的重生，仿佛大彻大悟，她更加珍惜过去。眼下，她还在死亡谷里挣扎，混沌中，她挣脱了魔鬼的利爪，慢慢回到人世间。

晚上，周缨还是没醒过来，林子青主动提出来自己照看她。其他几个知青，一直也觉得他们两人关系比较好，既是街邻，又同在宣传队。有段时间，都还以为他们就是一对恋人。大家也就关照几句纷纷离开了。

夜里，林子青伏在床前盯着她。微弱的灯光下，周缨两眼紧闭，嘴唇咬得死死的，苍白的脸上不时扭曲着痛苦的表情。

林子青长长舒了口气，他想起自己差一点儿就像周缨这样。

黎明时分，周缨醒了过来，她茫然地望着天花板。

“周缨！周缨?!”林子青轻声地呼唤她，悬着的心终于放了下来。周缨看了他一眼，头扭向一边，泪水止不住流出来。林子青紧紧握住她的双手说：“好了，都过去了!”

周缨扑在他怀里失声痛哭起来，像受伤的野兽哀嚎：“我以后……以后怎么办啊?”

林子青使劲握住她的手，周缨的手也抓紧了他。

二十一

周缨回到她的知青小屋后几天，林子青每天都去照顾她。到周缨那里有十来里地，他每天清晨天不亮就赶往周缨那里，晚上把一切准备好，再回到自己的知青小屋。

周缨终于度过了最危险的时刻，但整个人仿佛还在噩梦中，她目光暗淡，神情恍惚，寡言少语，常常眉头紧锁，双眼紧闭躺在床上。这让林子青暗自担心。他每天帮她煮饭，这天他又带上小提琴，他希望用音乐唤起周缨对生活的信心，尽快从阴影中走出来。

果然，在他连续拉了几首欢快的乐曲后，周缨脸上露出笑容，她要林子青把二胡给她，她在床上拉起了《江河水》。林子青连忙打断她，要她拉《赛马》，林子青听着听着不禁皱了皱眉头说：“你这也是赛马？我看里面全部是瘟马。”

周缨也不好意思地笑了，她起身跳下床，重新拉了起来，林子青的小提琴和了上去。

“哈哈哈!”他们都为小提琴和二胡和得别扭忍不住大笑。

傍晚，夜雨淅淅沥沥地下个不停，乡村笼罩在雨雾中。

晚上，林子青和周缨吃过晚饭后他又烧了开水，灌满温水瓶。他让她吃过药，又让她洗完脸脚。再次嘱咐她要多喝水，这对身体恢复有很大的好处。说完就收拾东西，看了看屋外。

夜雨丝毫没有要停下来的样子，越下越大，唰唰唰拍打着竹笼、树木，屋檐口也挂上了一排雨柱，哗哗地流个不停。

周缨轻轻叫住他："这么大的雨，你怎么走！就不回去了吧。这里能住呢，你看，还有两张空床。再说，我一个人也有点儿害怕。"一句话说得林子青也担心起来。他看着周缨瞪大眼睛无助地望着他。

"我还是回去吧，要是你队里的农民知道了，那还不……"

"谁知道啊？知道了也没啥，让他们说好了，我不怕，我们又没做啥。"

"这……好吧！我……"

周缨露出开心的微笑。

林子青看了看那两张空床，还好，有一张上面铺着谷草还有一张破草席，但没被子，周缨一时也不知道咋办，林子青在她衣箱里找出一件大衣披在身上："这不就可以了。"

夜里，雨还在不停下着。林子青从睡梦中醒过来，夜里的寒气让他身上阵阵发冷，他不禁打了个寒战。这时候他听见周缨的床在响动，周缨在摸索着起身，他连忙问："你咋了？"

"我——我——要上'1'号。"周缨有些不好意思，忍不住笑了。

林子青也笑了："看来是美国总统要登机啦！"说着，他点燃煤油灯。

农村的厕所叫茅房，一般单独修建在屋子后面。这是一种旱厕，很简陋，四四方方、上大下小用石灰糊起的一个土坑，上面一个麦草顶盖，三面用麦草秆夹成。粪池一年四季里面都是满满的，夏天长满蛆虫。旱厕没有踏足的蹲位，人也只能靠在边上蹲下，非常危险，稍有不慎，就可能滑下去。农村女人都不用旱厕，她们都是把粪桶提进房间使用，粪桶没有盖子，屋子里气味可想而知。很多女知青宁可晚上结伴去旱厕，也不愿意像农村女人那样把粪桶放进屋子里。

林子青听到外面的雨声很大，有些担心，想了想说："还是我去把粪桶提进来，你用过后再提出去？这个时候了，就不要臭假了！"见她没说啥，林子青就去把放在旱厕边的粪桶提了进来。

周缨犹豫着叫他背过身去，他好长时间见还是没动静，回过身去，周缨难为情地说："你在这里我解不出来。"

林子青也笑了："好好好！我出去！"林子青走出屋拉上门，屋檐下，雨借着风飘洒在他身上，他禁不住打了个寒战，双手抱住肩膀。终于听她在里面说好了，他连忙进屋去，提出粪桶，弄好后又紧紧裹着大衣躺在床上。

不知又过了多久，周缨在床上翻来覆去，她床下的稻草窸窸窣窣地响个不停。好不容易静下来，就听周缨在轻声叫他："子青？子青？……"

迷糊中他听见那声音颤巍巍的，还以为她在睡梦中说话，但听她不停地叫，林子青起身走过去。

"你……过来睡吧，那样好冷。"黑暗中周缨眼睛闪动着光亮。

"过来？"他吓了一跳。

"来吧，你怕啥？你那样我也睡不着。"她伸手拉了他一下。

他慢慢撩开蚊帐，坐在床沿上说："你睡吧，别管我。"

"你也躺下来睡吧。"周缨又拉了他一下。

他慢慢侧身躺下来，头靠在周缨的脚边。知青的床，都是供销社专门为知青打造的，连床边八十厘米宽。林子青只是将半个身子躺上去。

周缨坐起身，把他的身子往里拉了拉，又把被子盖在他身上，林子青感到身上暖和了。

在这样一个狭小的空间，林子青感到有些不自在，也有一种异样的感觉，他明显感觉到，他和周缨的身子挨在了一起。他从来没有和女孩有这样近距离的身体接触，他禁不住浑身战栗起来，一个劲打哆嗦。他也明显感到，周缨也是浑身抖个不停，好像要抓住什么一样。他们靠得更近了，两人浑身抖个不停，床下铺垫的竹篾笆和稻草，包括床榫也都发出了叽叽嘎嘎的响声。

“哗哗哗……”滂沱大雨肆虐着大地，知青小屋仿佛像黑夜中孤零零的一叶小舟。周缨突然坐起身爬了过来，她一把抱住林子青，浑身筛糠般抖动，嘴唇也在打颤。林子青感到眩晕，不由得紧紧和她抱在一起。黑夜里周缨丰厚滚烫的嘴唇在他脸上不断狂吻，最后紧紧贴在他的嘴唇上，舌尖伸进里面卷动着……“抱抱我！抱抱我！”她一边呢喃着一边褪去上衣，连拉带扯地解开胸罩，然后又摸索着去解他上衣的扣子，慌乱中一时解不开，她就使劲把林子青的上衣往上掀。

这是一个成熟少女的身子，散发出一种诱人的气息。林子青仿佛像是被海浪颠来颠去，紧张而奇妙，他的身子好像在漂浮。他紧紧地抱着她，双手抚摸着她丰满柔软的身子，她的肩头是那么浑圆滑润，后背肌肤那么结实而富有弹性，她的腰肢是那么柔软窈窕。往下一点儿，她丰润的臀部一个优美圆润的弧线往后翘起，像一段音符，突然狂放起来。周缨的呼吸越来越急促，她把他的头使劲往自己胸前压，他的脸靠在她的饱满的乳房上，他感到她的心在剧烈跳动。

他从来还没有看过女孩的这样隐秘的部位。虽然在黑夜，他还是清楚地感到了她胴体的迷人。很多时候，他看见周缨高高挺起的胸部，对他来说也只是一个未知的充满诱惑神秘的地方。而此刻这对饱满的乳房就在他眼前，他的手像贼一样摸上去，抓住那对乳房使劲揉捏，乳房胀鼓鼓充满弹性强烈地刺激着他，他心中燃烧着阵阵欲望，他喘息着……

经历了生与死的他俩，任由自己的情感在生命中狂泄，他们生命中压抑着青春的躁动洪水般汹涌澎湃，不断撞击着苦行僧式的生活理念这道堤坝。

林子青的心中小提琴声战栗着激越地升腾，神奇美妙……

他的手在她柔软的腰上滑向臀部，他感到她结实浑圆的屁股在不停地扭动，他感到一身欲火在燃烧，他的手在她小腹上停留了一下，犹豫着摸向下方……他的手触摸到那一簇丰茂“水草”，他感到她的身子猛然一抖，他也被吓了一跳……

像一首乐曲，还没有进入最后高潮的时刻，戛然而止，显得那么突兀。

黑夜中，林子青的眼前突然浮现出了李小红的面庞……他的手在周缨身上松开了……

周缨抱着他的脖颈，靠在他胸膛上，心里充满幸福。他紧紧拥抱着她，久久地没有说一句话……

第二天，林子青回到他的知青小屋，他内心经历了痛苦的抉择。他决定给李小红写信，他感到千言万语，却不知从何说起。他接连开了几个头，刚写几个字，又“哗”地撕下来……

好不容易终于写完了，他反复地看着，一遍又一遍：

小红！

我一直没有给你写过信，我知道，那会是些遮遮掩掩、言不由衷的话语，也就干脆不写。而现在，我感到应该把这些告诉你。

我的内心很多时候是通过琴声抒发的。就像你也说，我的演奏不像我的性格，我的性格背负有很多沉重的东西。我内心深处，充满明媚的阳光和奔放的激情，渴求着生活的美好未来。我也感觉到，只有拉起小提琴的时候，我才能进入到这样一个美妙的世界。

我一直没有告诉你，这也一直是我感到压抑和自卑的原因。我怕失去你的友情……这是我很自私的一个想法。我的家庭不光是你看见的居住在贫民窟里，我的家庭还有重大的政治问题。我父亲解放前参加过国民党，后来在六一年那个非常时期，又因为不满社会的言论，被判了反革命罪。

一个公主般的女孩，爱上一个贫民家的男孩，那种不顾一切，那种让人向往的美丽动人的故事。这在书中有过，多少痴情男女为之动容神伤，我也深深感动不已。但那只是家庭地位和财富的差别悬殊，倒还可以理解。而我们之间却隔着一条不可逾越的鸿沟，我们的家庭在社会地位、政治的巨大反差，完全就是革命和反革命、水与火、生与死的对立面。社会现实是严酷的，在这个鸿沟面前，每一个人都会退缩。

小红，本来我想对你说，我不爱你，那样你就死了心，可以开始自己的生活。但我想了很久，我认为那样更残酷，我对不起自己的心，更对不起你。我看过的一些书上描写的，为了让自己爱的人更好地生活，往往会采用这样绝情的方法斩断最后一丝情愫。但后来在多年以后知道了真情，又引起了更多的伤痛和不可弥补的遗憾。所以我还是把我的想法清清楚楚告诉你。

小红，你是第一个走进我生活的女孩。你从来没有居高临下的傲气，你知道我家穷，你怕我的自尊心受到伤害。在你叔叔那里，你第一次悄悄为我的小提琴换上新琴弦。我拉起琴心中一热，忍不住眼泪就涌了出来。我第一次感受到了少女炽热的情怀。我倾慕你，感谢你，深深地爱着你！你给我带来了幸福、快乐！我欣喜地感到生活竟如此美妙神奇！

当你不远千里来到我的知青小屋，在夜色和琴声令人心醉的氛围中，当你拥抱我的那一刻，当热吻点燃了我的欲火——我的心战栗了。你在我心中是那么圣洁，你的爱让我感到太重太重，我不敢也没有力量来承接你的这份真情，我在你面前是那么懦弱。看着你伤心地哭泣，我的心也在流血。

你来信的时候，正是我们这里招工的时候。我一直想等到有个好的结果后再给你回信，我希望有一个让你高兴的消息。现在招工结束了，我不得不告诉你，我没有被招工单位录用，你已经想到了这样的结果吧？

我们同来的知青，这次走了很多。我们就像放飞的鸽群，在陌生的地方，不断在天空茫然盘旋。最后他们飞走了，飞向自己的故乡。而剩下来的鸟儿，精疲力竭跌落在地上，扑扇着已经折断的翅膀，凄切地望着天空发出哀叫。

即使这样，我还是没有想要放弃你的情感。我给你说过的邓卫东，他这次招工走了，临走之前，他和我谈到你，他是那么看重你对我的情感，他说，你是我生命中不可缺少的一部分，要我好好珍惜。

如果不是发生了这件事，我……

下面我要告诉你这件事情。

我的一个女同学，也是我的街邻，她和我同时下乡来到这里，这次由于家庭问题也没有招走。她受尽了很多女孩不能想象的摧残，绝望中，她服毒自杀，刚被救过来。一个鲜活的生命差一点儿就永远离开人世间，想起来让人害怕。

她是那么痛苦绝望。她从死亡中醒过来的时候，她那凄惨的目光让我的心都碎了。我希望用自己的情感来温暖她，让她不再感到孤独无助。你知道我的意思了吧！

说好了，你不要再给我来信，我也不会回复你的信，你不要再为收不到我的回信而担心我，我会好好的。

我现在越来越感到只有小提琴才能表达我内心的情感，我的全部情感都会寄托在它的身上……

我们相遇的这段情感历程，也是我难以忘怀的初恋之情！我会深深地把你珍藏在心中。我希望以后在我的乐曲中能够表达出来。

你永远的朋友　子青

林子青在油灯下又仔细看了几遍，他感到还是没有完全表达出自己对李小红的复杂情感。深深的留恋向往、决然的舍弃离别交织在一起折磨着林子青，让他心如刀绞。这天晚上，他备受了一生以来最痛苦的情感折磨……

第三部　阳光

一

这条小巷，闲耍的同伴少了许多，街上很少见到成群的年轻人在游荡。社会生产开始恢复，那些年龄大点儿的社青，都得到了工作安排，一般就是区级单位或是街道生产组，但这样也足以让这些没有下乡的青年感到很幸运满足。

林子青这次是专门陪周缨回城，他和周缨一起到了她的家。以往他们结伴而回，在巷口就分手各自回家，不会陪到家里。

周缨的母亲扑上来抱着女儿喜极而泣，外公也忍不住双眼湿润。他们听其他同学说了周缨在农村服毒这件事，他们没法前去看周缨，只有苦苦期盼等待，看见周缨回来，他们悬着的心终于放下来。周缨的母亲一改往常对人的淡漠，对林子青热情有加。外公眼里透出赞赏，话语里充满感激之情。

周缨送林子青走出大院回来，母亲看着她的眼神不由得暗自思量，虽然他们是同学，在学校又是一个宣传队的，以往相互也有往来，甚至也让林子青给周缨带过东西到乡下。但这一次她还是在女儿的眼睛中感觉到他们的关系不同以往。

林子青回到家里，父亲特地用当月的一直舍不得吃的肉票去割了肉，一家人倒还是开开心心。弟弟一个劲问哥哥是不是招工回来了，林子青都避而不答，只是说还没结果。父母没有问，心里都忐忑不安。林子青悄悄把招工的事情跟姐姐说了，姐姐脸色阴沉下来，她深知家庭对一个人命运的决定性作用。命运就是这么样开玩笑，本来她读技校是一个痛苦的选择，在知青下乡时，又成了一个最好的选择。这是她的幸运，如果是普高，这次刚好就赶上下乡。而她在技校，不属于下乡的范围，最近她已经进了工厂上班。

这次知青招工，她就觉得弟弟会因为父亲的政治问题受牵连。但她一直没敢说出来，那样会引起父母更多的痛苦绝望，她也怀着美好的愿望，希望这一切不是真的，或许有个例外。看着那些平日里在街道上就是各种习气很坏的人，这次也招工回了城，她感到社会太不公平。

在父母期待的眼神中，姐姐不得已把林子青招工的事情说了出来，母亲只是叹息，而父亲沉默了一会儿，小心翼翼地说："不是说重在个人表现吗，是你在农村表现不好吧？"

"爸爸！你太天真了。家庭的问题……"姐姐在家里，一般不会提及父亲的政治问题，这是个让家里所有人都感到很沉重的话题。

父亲显得有些愤然："我不偷不抢，没做过伤天害理的事情，我有啥问题？"在外面父亲是夹着尾巴做人，低声下气，但在家里有时候还是会表现出心中的怨气和愤怒。嘴上他尽管这么说，但内心像是在滴血一样，自己遭受了那么多的屈辱，还影响到孩子这一代。

"那就断绝父子关系，这样你们就不受影响了！"父亲仿佛和谁在争论。

"爸爸，就是断绝了父子关系，你的政治问题还是改变不了。"姐姐担心地看着爸爸。

"咋不可以呢，解放前有的登报脱离父子关系后，老头儿和娃娃各是各，关到监狱里的也放出来了。"林父想起了解放前发生在身边的一些事情，觉得这样就可以不连累孩子了。他觉得这是一个解脱的好办法。

"登报？登报断绝父子关系！"

林子青心里沉甸甸地望着父亲。"断绝父子关系？"他和姐姐心中感到太可怕了。他们内心是那样爱父亲，难道真的从此就没有了爸爸？

姐姐快要哭了："爸爸，你别这样想。这也没有用！"

父亲瞪大眼睛："这也没用，那也没用，那那那……我去死，我死了，总不会影响这个家了！"

妈妈在一旁气得直流眼泪："你去死，死了我们一家人就轻松了。那年我入党，就是你这个问题……"

"爸爸妈妈，你们不要吵了！社会是这个样子，这是没有办法的事情。"姐姐说着也掉下眼泪。

林子青痛苦地闭上眼睛。这一晚，他一直难以入睡，他听见父亲在床上也是翻来覆去地叹息。

第二天，林父早早地就去找了办事处的干事，直接提出来要和林子青断绝父子关系，并声称要登报。

干事一脸严肃："这个事情多着呢，好多像你这样有政治问题的都来找我们，要断绝了父子母女关系。但是，我告诉你，就是那样，你孩子的出身和家庭政治面貌还是不能改变的。他的父亲还是你，他的家庭成分还是不会改变。"

"就没有其他办法了？"林父痛苦地问。

"有啥办法，你说有啥办法？"干事两手一摊，不耐烦地说。

林父叹息着突然狠下心说："那我死了就不会影响娃娃了吧？"

"死？"干事瞪了他一眼，"林柏荣，你想干啥子？你死了问题更严重，那就是自绝于人民，畏罪自杀，你娃娃受到的影响还要严重。"

"天啦……"林柏荣痛苦地闭上眼睛哀号道，"天啦，老天啊，老天！"他在心里惨痛地呼喊，他感到自己的处境是生不能生，死不能死。

他不知道是咋个走出办事处，踉踉跄跄向沙石组走去。

当天林柏荣下班后，是由沙石组上一个同事送回来的。父亲显得疲惫不堪，两眼无神，浑身散架了一样。

“爸爸，你咋了？”林子青急切地问道。

“你爸今天踩跳板掉下水里了。他平时水性那么好，今天掉下去，动也不动，不晓得啥子迷倒了，幸好摔得不严重。”

同事将他扶在座椅上，叹口气：“老林，你好好歇着吧。明天就不要上班了，我帮你请个假。”

林柏荣挣扎着坐起来：“不要请假，不要请假，我歇一会儿就好了。我明天还去上班！”

“哎呀！老林，我看你是要钱不要命了？”同事摇着头唏嘘着走了。

看着父亲眯着眼微弱地呼吸着，林子青心中更加不安了。他深深地爱着自己的父亲，在父亲身上有很多让他尊崇的品质，那种对未来生活的信心，面对艰难困苦的承受力，都深深激励着林子青。他心中也有怨恨，是父亲的政治历史问题，让他一次又一次遭受了沉重的打击，一次次被社会无情地抛弃。他不知道社会这样的政治歧视对他何时有个头，他感到异常绝望。

这天晚上，他迷迷糊糊睡去，醒过来的时候，隐约听见楼下爸爸和妈妈在说话。他向屋顶亮瓦望去，天还是黑沉沉的，小巷周围是那么寂静，他感觉离天明也不久了，爸爸妈妈怎么还没睡？断断续续听见爸爸一边叹息一边说：“……都是我，害得这家人……唉！”妈妈嘤嘤地说：“说这有啥用，别说了，说起我就伤心，以后这个娃娃只有在农村了。”后来他听见爸爸压抑着低声地不断叹息……

林子青浑身开始起鸡皮疙瘩，后来又感到一阵燥热，他的头就像要爆炸一样，他的心像撕裂一样难受。

他知道自己在家一天，就是父亲心痛的一个影子，他知道在家里待下去，对所有人都是一个痛苦的折磨。他决定还是早点儿回乡下去。

二

临行前，他去了周缨家，周缨见到他很开心，又是叫外公又是叫母亲来见他。

周缨的母亲客气地招呼他坐下来，这个保养得很好的女人，永远是那么矜持，她的眼睛中比以往多了些警觉。这次林子青和女儿回城里来，明显跟她家里来往多了，看着女儿对他的眼神和亲热的举动，她知道他们之间的关系已经不再是原来那么单纯，她感到不安。但她还是那么平静从容地对林子青说：

“这次发生了这么严重的事情，多亏你帮助她。你们从小是街坊又是同学，下乡又在一个公社，以后在乡下要多帮助周缨。但是你们目前的处境……”她欲言又止。在她心中，林子青没有什么不好，她从小看着他长大，聪明能干，厚道善良。虽出生在平民家中，也没啥不良品行，模样长得大气英俊，还有几分雅致，但她不愿意也害怕林子青和女儿走得太近。她早听说了知青很多男女青年在农村耍朋友谈对象，甚至堕胎的事情。林子青的家庭政治历史问题，她是很清楚的。这么多年，她早受够了家庭政治问题的压迫和歧视。如果林子青和女儿真的恋爱了，那以后的生活还有出头之日吗？他们的孩子也会继续背上沉重的黑锅，想到这儿她不寒而栗。

在她眼里，林子青家是一个普通的贫穷家庭。作为大户人家的小姐，她根本就看不上这样的家庭，更不愿自己的女儿和这样的家庭发生婚姻关系，这会让她感到羞耻。听周缨说了在乡下喝农药的事情，她感到很可怕。她感到女儿在那样孤独无援的处境下，是需要有一个精神情感的寄托和关爱，她觉得林子青是个完全可以相信的，也是最合适的孩子。她像天下所有母亲一样，对女儿有一个最大的担心，那就是在那种孤独寂寞的环境中，女儿也许就会失去少女最宝贵的贞洁，这样在以后的谈婚论嫁时女儿将要大打折扣。她的内心很矛盾，但也很清楚必须要制止这种关系的发展。她对林子青的口吻和态度也表现出了一种冷漠。

“妈，你去做你的事情。子青，走，到我房里去。”周缨很不喜欢母亲用那种教训式的口吻和林子青说话。她拉起林子青往自己屋里走去。

林子青看到她母亲眼里闪过不满。他推开周缨的手：“算了，我不进去了。我要回乡下去了。”

“不是说好多待几天，你咋就要回乡下去?”

“嗯，要不，你就多待几天再回去吧，我先回去。”

“不，你走我也走!”

周缨母亲在一旁制止道：“你现在回去做啥？不准回去！你来，我有话给你说。”

周缨看了林子青一眼，不情愿地跟着母亲进了里屋。

外公陪着林子青闲聊。林子青心里很乱，心不在焉地应答着，却在听里屋的说话声。开始母女俩还小声地说着，慢慢地声音就大起来，周缨和母亲吵开了。

“不行！绝对不行！给你说了那么多，你还是不听。”母亲坚决地说。

“我就要！我就要和他……”周缨高声叫着。

“你是不听我的话了!”母亲显得有些恼怒。

“我就要回去，我不想在这个家里待了!”周缨没有理母亲，开始收拾自己的行李，准备和林子青一起回乡下。母亲断然地阻挡她，和她拉扯起来……

屋子里传出高声的争吵和激烈的打闹声。

林子青如坐针毡。外公也坐不住了不断往里屋张望……

突然，一声凄厉的惨叫声响起，紧接着，周缨母亲面色苍白、惊恐万分地冲出屋子来，她浑身颤抖、语无伦次地叫道："快！快！周缨……周缨……"

林子青冲进里屋，只见周缨手握剪刀，脖颈上鲜血长流倒在地上，他慌忙上前扶起周缨。

"你这个傻丫头！"外公连连顿脚，连忙找来毛巾将周缨脖颈围起来。他满面怒容，挥起手一巴掌打在周缨母亲脸上，怒斥道："你，你干的好事！"

周缨满面泪水，呻吟着："我不活了，不活了，反正我也死过一次了。"

"你傻呢，傻丫头……"外公禁不住流出眼泪。

"好好好，我不管你，不管你了！我命好苦啊……"周缨母亲身子一瘫，坐在地上呼天抢地号哭。

林子青背着周缨向医院跑去……

还好，经医生检查，剪刀幸好没有刺中颈动脉。做了伤口处理后，周缨又回到家。她母亲是被吓坏了，小心翼翼地再也不去提那件事。但她的内心还是坚决不同意这件事情，在后来很多时候她总在找机会阻止他们。

林子青为周缨以死相争的刚烈深深震撼，为她的坚贞感动。他为有周缨这样的女孩在自己生活中感到骄傲自豪，他那失落和绝望的心得到了暂时的安慰，而他的内心也增添了更多忧虑。

这件事轰动了这条小巷，昔日的小伙伴说起来都唏嘘不止，林子青和周缨成了小巷中引人注目、令人钦佩的一对恋人。

三

小批量的招工不时进行着，留在农村的知青越来越少。公社仅有的那条小街在平日里显得那么冷清。除了供销社的大门每天照常开着，其他店铺平日里基本上就是关门闭户。就是在赶集的人潮中，也很少再看见原来那种知青三五成群的景象。餐馆和茶馆里也很少出现知青的身影。该走的都走了，留下的基本上都是家庭有比较严重的政治历史问题的知青，而他们都很清楚，他们回城基本上没有希望了。

在以往，知青群体下乡来的时候，开始是慌乱无措，继而是迷茫失落。而现在希望出现了，却给留下来的知青一个非常明确的信号，这个希望不属于他们。遥遥无期的农村生活摆在他们面前，像是漫漫冬夜没有一丝光亮。

在乡下后来的日子里，林子青无奈地面对死气沉沉的社会现实，他不知道自己以后该怎么办，他也不敢去想。他的内心总是在期盼着社会能有一个裂变。

小提琴成了他生活中的最大寄托，他常常拉得精疲力竭，才仿佛忘记了现实的苦恼。在夜里，他常常醒过来，点上油灯在昏暗的灯光下，在五线谱上记录自己内心的感受。很多时候，本来在梦中感受到让自己也激动得流泪的旋律，却在醒来后，又消失得无踪无影。他为此很苦恼，心里像压有一块巨石，让他喘不过气来。

农村生活在他心中已经渐渐褪去了诗一般的情调，留下的是皮肉的煎熬和精神的痛苦折磨。

“背太阳过西山”是农民最常用来形容农村劳作的口头语。知青们对学大寨，那种无休止的改造农田的景象，戏谑称之为

"修补地球"。如果把这些字句放在文学作品中，那是极为形象的描述，也是充满豪情的乐观主义。而现实中地球和太阳这样巨大的星球天体，人在它们面前连一粒灰尘也不如，自然"修补地球"并非一句话那么简单轻松。

和周缨在一起，林子青会感到一种慰藉，一种温馨，那种孤独的心好像有了依附。周缨把他当救命恩人一样，依赖尊崇。林子青第一次和一个女孩有了那样亲密的肌肤之亲，他在周缨身上第一次认识了异性的胴体，那是美妙神奇的，这让他在精神上得到了一种满足。

"不要听我妈说啥，不要理她！"周缨这样对林子青表白说，"我们的事情不要她管。"周缨恢复得很好，有时候，林子青看着她的时候，心中暗自感叹，这么鲜活的生命差那么一点儿就陨落了，生命真是那么脆弱又是那样顽强。

周缨不知从哪里经常可以找到流传在社会上的知青歌曲，像南京、广州、上海、武汉、重庆、成都等地的。这些歌曲都是知青自己创作出来的，曲调大多忧伤迷茫。作曲者作词者也不知道是谁。只有一首南京知青的歌曲，听说知青作者已经被抓起来判处了死刑，后来改判处十年徒刑。因为这个缘故，这首歌曲在知青中更为广泛流传。林子青在这些歌曲中，最喜欢这首《我的故乡》，这首歌曲调优美、大气恢宏。歌词情感真挚、质朴自然，叙述着知青内心对故乡的怀恋之情和心中的郁闷忧伤，以及知青对农村生活的乐观态度。这首歌竟被定性为反动歌曲，林子青对作者充满同情和不平。他想到了自己写的乐曲，如果是歌词的话，那他也绝对逃不过反革命这个罪名，他的内心深深感到一种恐怖。

后来，周缨拿回来一首手抄歌曲，歌名叫《娜娜》。周缨还把这首歌曲的出处说得像模像样。说是他们城市一个拉小提琴的知青，他在大街上遇见一个美丽的上海姑娘，竟不由自主地紧紧跟随她。这个姑娘婀娜多姿的身段，偶尔回头一瞥的明眸大眼，让他深深着迷而不能自拔。从此，每到这个时候，他就会站在那个地方，等候姑娘的出现，然后默默地跟随她。姑娘以为遇上坏人，害怕了，在路上寻机走进派出所报了警。男青年糊里糊涂也跟着进去，结果被警察当场擒获。后来以流氓罪判刑，他入狱三年。他无怨无悔，在监狱更加思念这个姑娘，在痛苦忧伤中写下了这首歌曲。

“我好感动，这个知青这么痴情，他一定是真爱她。如果这个女知青知道了这首歌曲是在监狱为她写的，她一定会为当初自己的行为深深懊悔自责。如果我是她，我会去找他！”周缨忘情地说。

她让林子青伴奏，自己凄婉地唱起了这首歌：

月亮高挂天上
水仙花正开放
抬起温柔脸庞
向月亮吐露芬芳
啊——月亮
啊——月亮
我只对你吐露芬芳

我的娜娜呀
你是我的爱
我的心儿呀
永远为你歌唱
啊娜娜啊娜娜
我只为你

而欢乐忧伤

……

周缨忘情地唱着，心中一阵热流滚滚，她双眼泪水涟涟……

“子青，你也给我写一首小提琴曲子？这样我一生多幸福，以后就是死了也值得了！”

林子青苦笑道：“我写，可我写不出来。”

“能！一定能！一定要写！必须要写！”周缨总是这么霸道。

周缨也经常去林子青那里，在那里常常遇到王秀华。周缨像很多女孩一样，不免有些警惕，脸上也显得不高兴。她对王秀华有一种轻视，总是爱理不理，每次让林子青和王秀华都有些尴尬。王秀华也感觉出来了周缨不喜欢自己而很快离开。

王秀华是个直性子，过后忍不住要问林子青：“这个知青是你女朋友?”林子青笑着不置可否。

“哦，她就是原来公社那个广播员，我晓得！”王秀华扁了扁嘴。

“你和李姐吹啦？我觉得她没得李姐漂亮，人也没李姐好。”王秀华对周缨的印象也不好。

生活中有人说，如果你要追一个人，或维持一种恋爱关系，一定要首先维护好和他（她）朋友的关系，要让他（她）的朋友认为你好。他们会在你们的爱的天平中，放进看似微不足道却能致使天平倾斜的筹码。他们不经意、轻描淡写的一句话也会像一支冷箭，让你猝不及防落下马来。初恋的周缨是不会懂得这个道理的，她的个性和品质毫不掩饰地流露出对周围的态度。她太轻视王秀华了，她不懂得王秀华在林子青心中的重要位置。她不知道还有个李小红，王秀华的每一句话，都会影响林子青。李小红和周缨都是一种自然的流露，但在王秀华心中却留下了完全不同的印象。

在回城毫无希望的那段时间里，林子青尽管和周缨已经确立了关系，但他们谁也没有去想过谈婚论嫁。在他们内心还是有一种希望潜伏在那里，他们说不出这是一种什么样的希望，他们在无奈中期盼等候。在他们心中，总有一种预感，社会不可能就这么长久地这样停滞凝固，他们也不可能就这样下去。

四

社会总是会不断爆发出惊人的大事件，让知青在绝望中不断地看到一丝希望。

随着中央知识青年小组的成立，各地开始了对知青工作中出现的问题进行整顿和查处。

首先传来了让知青拍手称快的消息：

他们县刚上任不久的宣传部长，被隔离审查，县知青办专案组开始调查他的恶行……

专案组来到他曾蹲点任职的公社调查，开始在知青中走访收集证据，包括那些已经调回城里的知青。很多女知青三缄其口，就是犯罪人已经交代了的，她们也不愿意说出来。毕竟对一个女孩来说这是耻辱，也会对自己未来带来很大影响。

往日的屈辱让周缨心中怒火燃烧，她愤愤地说："我要检举他！我是死过一次的人了，我不怕。这个色狼居然还道貌岸然混上去了?！恶有恶报，让他去死吧！"周缨不顾一切，亲自去找专案组的人员，将他对自己的恶行检举出来。

"我要让他受到严厉的惩罚！"她是那么坚决，充满勇气，无所畏惧。

周缨的检举，为专案组工作打开了缺口，不断有人来到专案组反映问题。所有证据已经确凿，专案组雷厉风行，迅速将材料上报。一个让知青悲喜交加的消息传出来，公社要在现场召开专门的公判大会。

知青们奔走相告，传递着这个消息。很多已经回城里的知青赶来了，邓卫东也专门从煤矿赶回来。

大会还是在公社那个戏台召开，那天是人头攒动，水泄不通。从来没有过这样多的人聚集在这个地方。这个以往宣传部长在台上煞有介事讲话的地方，今天成了宣判他恶行的审判台。

剧场前横幅标语上赫然写着“公判大会”，主席台上坐着一排神色严峻的人。

不断播放着毛主席语录歌曲的高音喇叭停下来，会场上一片肃静。

一声威严的怒喝从扩音机放大在会场上响起：“把死刑犯押上来!”

宣传部长被五花大绑押了上来，口号声不断响起。在他后颈背上插着一个木牌，他的名字被粗大的红笔打了个叉。

周缨第一个冲上台，对着他一阵耳光，一边伤心哭泣一边怒骂道：“你这个禽兽！你这个流氓！你……”

邓卫东跳上台去，把他的头往上提了提：“你狗日的，认得到我不？那个半夜把你装进麻袋的人、打你的人，你晓不晓得是哪个?”宣传部长望了他一眼，又赶快低下头，像鸡啄米一样点着头。

“你还晓得！唵，你狗日的屁儿黑，把老子整到煤矿去!”邓卫东对着他一阵拳打脚踢，知青们都拥上台去一阵暴打。

一些受过他侮辱的农村的小媳妇也冲上台去，不停往他脸上吐口水，感到不解恨又脱下鞋子，用鞋底板噼噼啪啪抽他的脸、打他的头……

法院工作人员庄严地宣判着：“……贪污，腐化，破坏毛主席知识青年下乡运动，奸污女知青多名，奸污妇女多人。实属罪大恶极，不杀不足以平民愤……判处死刑，立即执行！——押下去！”

在广滩那个空旷的河滩上，正义的枪声响起，罪大恶极的宣传部长受到了应有的惩罚。

那天很多知青在街上的饭馆喝得烂醉，就连周缨和林子青也喝醉了。

邓卫东那天悄悄地问了林子青和周缨的关系，末了笑着说：“你呀，我看你真有点儿女人缘，很讨女人喜欢啊。前面有个拉小提琴的李小红，现在又是周缨，我看队里那个王秀华对你也有那个意思呢，漂亮女人都被你占了。哪像我这个挖煤工，没人要啊……哈哈哈……”

五

县里在贯彻落实知青文件中，对周缨的情况进行了重新审定。他们一致认为，周缨在知青生活中遭受欺辱，在招工中受到贫下中农推荐，又被罪大恶极的宣传部长利用职权卡下来。这是一个破坏知识青年下乡运动的典型案例。在开展打击破坏知识青年运动的工作中，周缨表现积极，首先检举揭发，推动了这个工作。对周缨招工的纠正，就是县里贯彻中央文件精神，落实知青上山下乡政策取得的丰硕成果，也是贯彻党“唯成分论，不唯成分论，重在个人表现”政策的典范。

县里破例给了周缨一个招工名额。在政审中，以接受贫下中农再教育中，劳动积极、政治思想好和家庭划清界限几个理由顺利通过了。

招工通知书来了，周缨捧着通知书泣不成声。她想起了那个屈辱可怕的黑夜，想起了喝农药绝望的一刻……她哭得那么伤心。后来又拿起了很久没拉过的二胡，拉起《江河水》。动情处她浑身颤动、潸然泪下……

林子青一直以来都感到她二胡水平太一般。在乐曲表达上，毫无乐感，平淡机械。她总是力图借助身体夸张的动作来表达，那并不是心灵所动、在动作上的自然流露，而是和乐曲没有多少联系的夸张动作。她只有在跳舞的时候，才完全融入音乐，随着音乐的节奏强弱快慢，动作才显得那么自然和谐。

而今天，她的情感倾泻而出，把一首《江河水》拉得让人心碎……

林子青为周缨撕心裂肺的情感喷涌流泪了，他的心情异常沉重……

周缨的内心曾经是那么阳光灿烂，这个青春年华有多少梦幻向往！正值少女最美好的时光，却遭受了一生中最为惨痛的屈辱、捉弄，差一点儿离开了人世。无论怎样的补偿，她心灵的创伤都是无法愈合的，那个噩梦将伴随她的一生。他明显感到周缨就是在最开怀的时候，眼睛里也有一种痛楚忧郁。他为周缨能够离开这个地方而欣慰，这里带给周缨太多的屈辱和痛苦。在新的环境里，让岁月河流慢慢抚平她心中的伤痛，冲刷掉以往屈辱的痕迹。

“子青，如果我们一起走，那多好。”周缨黯然地说，“要不我先不走吧，留下你一个人在这里，你会更难受！”

“走一个算一个，这么好的机会，你不要傻了。”

“这段时间，要是没有你，我真不知道能不能度过这些日子。我真不愿离开你。”

林子青内心很感动。知青在招工中，很多曾经是很好的同学，为了争夺一个名额而反目成仇。更有本来已经是恋人，一旦一方招工录取，虽然对还留在乡下的恋人依依不舍，但都是决然地离去。这样的事情发生得太多太多。

“子青，我等你，我一定等你。我向毛主席保证!”周缨对着天地虔诚地起誓。

这是知青年代最毒的发誓。

周缨要回城去了，林子青感到很悲凉。在他和周缨的心里，都有一种预感，那句“我等你”将是遥遥无期的等待，人的一生有那么多时间来等待吗?或许有，那只是在心中!

在知青中，恋人中一个招工走了，双方内心都会隐隐感到，那就是情感结束了。

男知青调回城市以后，一般还能等待在乡下的女友。女知青在离别时，信誓旦旦，对天起誓，甚至有的还以身相许以示决心。离别把所有情感推向高潮，那是真实感人的。而回城后，一切差别就开始显现出来，那种在乡村的誓言很快就被现实所取代。最快结束的是从此渺无音信，有情有义的一般也就在半年光景。他们回到城里年龄已经不小，早已过了男婚女嫁的最好时光。而现在有了安定的工作，成家就顺理成章了，家里亲朋好友都在心急如焚地张罗介绍对象，尤其是那个时代女青年还很抢手。几个月下来，好多女青年在城里已有新的男朋友，谈婚论嫁也进入到议事日程。这不是女知青的无情无义，在回城的前夕那一番表白也不是虚情假意。这就是现实，城乡巨大的悬殊差别，女青年不会等待还在农村又毫无希望的男知青。

周缨紧紧拥抱着他：“子青，我不会像其他人，不会，我会等你，等你!”

林子青心情很沉重，他没有说话，他希望是真的。

当他在清晨送她到火车站，列车徐徐启动，他看见流着泪水不停地挥手远去的周缨，他感到自己仿佛坠入了万丈深渊……

他不知道怎样走回了生产队，在河边那条小道上，远远地就听见大嫂在高亢凄婉地唱《兰花花》。

正月里（那个）那个说媒——

二月里订——

三月里交大钱——

四月里迎——

三班子（那个）吹来——

两班子打——

撇下我的情哥哥——

抬进了周家——

……

大嫂的歌声，在林子青听来，从来没有这么凄凉，一声声撞击着他的心，听得他心寒心酸。他想绕开大嫂，他不愿她看见自己这副模样。

大嫂看见了他，歌声停下来，她高声呼喊着他，他只得硬着头皮走过去。

大嫂打量着他："看你，哪个借了你的米还了你的糠？哭丧着脸！"见他不说话，大嫂又说："你那个知青女朋友调走了？"

他点点头。

"怪不得！"大嫂神情有些黯然，但很快又说，"怕啥子，把她抓紧点儿，经常回去，大张旗鼓，让街坊邻居所有人知道她是你的人。我才不信，哪个就敢把她抢走了！哦，我再问你，那个来看过你的李小红现在和你咋样？"

林子青苦笑着。

"你看你，男子汉大丈夫，像个婆娘一样，哪个女娃娃喜欢你这蔫啾啾的样子！"

林子青被她说得不好意思了，但心里好受了很多。他心里重新燃起了希望。林子青受欧美小说的影响太大了，在他内心深处对爱情还是充满浪漫的理想色彩。他总是觉得周缨不会像生活中那些女孩，尤其是周缨那次用剪刀刺破自己脖颈，以死相拼的决心，让他震撼感动。如果说，林子青开始对她还有些犹豫和怀疑，那一刻林子青的心完全被这个女孩征服了。

而现实却让他又一次看到严酷性，周缨后来来信越来越少，也没有了那种火一般的激情，这让他有了不祥的预感。

六

当他再次回到那条小巷，昔日的小伙伴把那些看到的听来的都告诉了他。

他和周缨的事情早已在小巷传开。那次周缨以死来和母亲抗争，这件事轰动了小巷所有的人，尤其是林子青昔日的伙伴，他们钦佩周缨勇敢不屈的个性，暗自为在自己人群中的伙伴获得这样出色女孩的芳心而感到荣耀，甚至为在自己群体中出现的佼佼者感到无上光荣，最早那种妒忌和不满已经消失。他们极力维护着这样的一段情缘，也在维持着自己的尊严。

当周缨要离开林子青，离开这个群体，这就引起了他们的愤愤不平。

“眯贼”的消息是最多的，他很早就看见过周缨的男友，还知道那个小伙子在这座城市的军工信箱厂，父母是南下干部。小伙子是个北方种子，高高大大，最近下班和周缨双双骑着自行车。一个骑“飞鸽”，一个骑“凤凰”回到周缨家。

大家七嘴八舌：“妈哟！想不干就不干？哪有这么容易的事情!”

“狗日的，打，打那个男的！狗日的乱撬‘盒盒’。”昔日的小伙伴越说越气愤，“眯贼”开始策划……

林子青也是充满怒火怨气，在心中他早已有准备，他们也会像所有知青恋人一样的结果，而不是像小说里描写的那种，爱情可以战胜一切。周缨和母亲以死相拼，他感受到周缨的强烈的个性，她要做的事很难有其他原因来动摇她的决心。

现实摆在面前，他情感上确实不能接受，甚至觉得就像一场噩梦。

他怀着愤懑和一种侥幸的心理来到周缨家。

“你回来了。”周缨母亲客客气气招呼他，但目光闪烁，显得极不自然地说，“周缨上班去了，你……”

“那我等她回来再来吧。”他脸色很不好看。

“等等，小林。我有话给你说。”

周缨外公走出来，他眼里闪过惊喜，很快又躲开林子青的目光。他不再像以前一样，显得那么亲热、带着赞许口吻拍拍林子青的肩膀，然后坐下来和他天南海北地侃上一阵。在客客气气问候过后，周缨外公就借口回里屋去了。

周缨母亲毕竟是大户人家出身，不是像一般小市民那样，采用刻薄讥讽或是指桑骂槐，而是以贵族的方式，明确传递出她要林子青和周缨结束恋人关系。

“小林，我是看着你长大的，你和周缨的关系，我也不知道该咋样和你说……”她欲言又止，但还是坚持着把话说明白。她知道，如果周缨和林子青面对面来说这件事，或许会出现很不好的结果。她只有硬着头皮说下去：“她在农村，你对她帮助不小，对她很好，这个我们都知道。如果你也招工回城了，我们也不反对你们在一起。但……你也要为她考虑，周缨年龄也不小了，现在她已经有男朋友了，你以后……最好就不要来找她了。”她说着走进里屋，不一会儿出来，手里拿着一双将校皮鞋和一件上海牌的确良衬衣，这是她精心准备的，这在当时也算是很厚重的礼物。她知道会有面对林子青的这一天，她虽然不愿意周缨和林子青在一起，但内心也感到有些歉疚。她把东西放在林子青面前：“我们也没啥感谢你的，这是给你买的，一点儿意思。”

林子青一言不发，感觉受到了侮辱，他把那些东西推开，冲出周缨家。

那一下午，他躺在阁楼小床上，他非常痛苦，那些在农村和周缨在一起的很多情景不断浮现出来。绝望、悲伤沉重地压在他心上，他的泪水无声地流了出来，他动也不动任泪水在脸上流淌、流向枕间。

这是他无法改变的现实，他早已经意识到这样的结果，他的心充满矛盾。他还在乡下，一个连自己都不能正常生活的人，还有权利要求她和自己保持这种关系吗？他也很希望周缨能过上正常的生活。但在他心中，周缨又是他精神上一个巨大的支撑，如果这个支撑崩塌了，那他的生活将是一片黑暗。

天色渐渐黑了，他突然想起“眯贼”和昔日小伙伴谋划晚上要去巷口，拦截周缨和她的男朋友，并且要他一同前去，向周缨的男朋友宣告，周缨早已属于他。他知道，小巷里的伙伴什么事都做得出来，他们不会那么光明磊落，不会给人讲道理，他们用拳头说话，用能够想得出来的所有手段、下三烂的什么都做得出来。的确，他们没有那么高尚，他们太弱小太卑微，一旦用那种正大光明的方式，他们就显得那么虚弱、有气无力。

林子青赶到巷口，果然事情已经发生了。其中一个小伙伴，已经借故撞翻了周缨男友的“飞鸽”自行车。那个北方小伙子恼怒地正在和他们发生抓扯。“我的车！我的车！”他心痛地叫道，上前刚要扶起自行车，又被后面的人推倒，有的乘势在他屁股上踢上一脚。他像一头被猎狗围住的狮子，恼怒又毫无办法。“眯贼”上前：“你撞了我们，还要这么凶？打你狗日的！”周缨在一旁看着，急得束手无策。

“是你们撞了我，还这么不讲道理！”周缨的男友气呼呼地说。

“我们撞了你？你骑车我还撞了你！来，我骑车你来撞一下？唵！”

“狗日的！”

“怎么要骂人？”

一个小伙伴跳上去：“骂你，老子还要打你！”说着当胸就是一拳。“打！打！打！”众人冲上前，噼噼啪啪一阵乱打。

林子青走上前，周缨看见他，躲闪着他的目光，但还是求救似的望着他。

林子青上前拖开几个小伙伴，又把地上的自行车提起来架上。

北方小伙子以为林子青是路见不平来帮他，他感激地对林子青说：“你看，这些街娃……”话还没说完，林子青脸色突变，他一把揪着他的领口：“你骂谁是街娃？”

“他们不是街娃是什么！”他愤愤地骂道。

“嘭！”林子青的拳头狠狠地打在他的脸上。

他气急败坏冲上来，周缨使劲拦住他：“你不要找打了！”

林子青看了周缨一眼转身走了。

众伙伴七嘴八舌对着周缨男友吼叫道：“周缨是我们林子青的，你娃小心点儿。”说着跟着林子青散去。

周缨的男朋友看着远去的林子青，他紧盯着周缨厉声问：“林子青，他是谁？这是怎么回事？……”

七

林子青回到乡下，收到了李小红寄来的一个包裹，里面是一摞乐谱和几副琴弦。林子青虽然给李小红的信中表明了自己的想法，但在内心深处，也在期盼着她的来信。尤其这次回城，知道了周缨的情况，他失落的心就特别想念她。他急促地拆开李小红的信：

子青：

你的来信让我很震惊，我简直不敢相信。

那次，我从你乡下回来，心中一直对你有种怨恨。现在我理解你。我们的家庭，让我们之间的爱情横亘着一座高不可攀的山峰，一道深不见底不可逾越的鸿沟。我的心充满矛盾、纠结、痛苦和忧伤。我仿佛得了一场大病，真像那句话，人比黄花瘦。

最近，他老是在催我结婚，我感觉到自己已经无力挣脱命运的安排……

我感到自己好懦弱，感到自己很悲哀，我没有勇气面对我们两人的家庭现实，而我也不愿放弃你，我真不知道怎么办。除非，世界发生了我们不可想象的惊天动地的事件，我甚至想到了战争或意外的灾难，现有的社会格局被完全打破，才可以改变我们现在的处境，才可以逆转这一切。不说这个了，越说我心里越乱、越难受，我会好好想想……

你现在和那个女同学在一起，这对我是非常残酷的。虽然她的遭遇让我同情，但我的内心呢？又有谁来抚平我流血的心?

你希望我祝福你吧?我不会，我绝不会祝福你们!我知道不该怨她，但我真的好恨她，她怎么能来占据我在你心中的位置!

你想怎么样我也管不着，随你吧!我只是想问你，你爱她吗?我还想问你，在你内心，你爱我还是爱她?这让你难以回答了?我有点儿过分了?好好好，我不说了。

还是要把叔叔的消息告诉你，他目前在新疆农场。我把你现在的情况都告诉了他，他给我寄来了在那边收集到的小提琴乐谱还有一些作曲的书籍，让我转交给你——我真不想给你寄去(谁让你把我气糊涂了)。

叔叔一直对你的音乐天赋充满了信心和期待，他在目前的环境还念念不忘关心着你的小提琴学习。你能体会到他的苦心吧?

我现在的演奏水平已经不能再往上提升了，看来我的音乐潜质和天赋远远不够，加之对演奏技巧的练习是那么枯燥乏味。我深深体会到，要想在小提琴这个领域获得更大成就，仅凭对音乐的激情、热爱远远不够。他必须面对一个备受煎熬折磨的痛苦过程，这个过程没有顽强的意志和坚忍的毅力是很难坚持下去的。

原来我看见叔叔对你那样的钟爱和指导，心中也有点儿嫉妒，觉得他对我没对你那么用心。现在看来，那是他对我们有不同的理解和期望。你能够把自己生活中的感受在乐曲中表现出来，而且是那么深刻动人，虽然还不完整，单就你已经拉过的那些曲子片段，也让我非常的钦慕敬佩。叔叔也说过，你的生活基础和我不一样，你有社会底层真实的生活，那种磨难浸泡着你，让你的情感变得丰富，真实感人。而不像我，一个在蜜水中长大的女孩，对生活没有深刻的体会理解，情感也显得肤浅，在音乐上表达也流于表面。

子青，我说了这么多，尽管我的心中还是气嘟嘟的，我还是希望你在那种恶劣的环境中，在没有期盼的生活中，不要气馁，不要放弃。音乐对你来说，那是一种最大的心灵安慰。还有，这也是我心中的一个寄托期待，你的天分决不会被埋没，一定会有一个最好的归宿。坚持吧！我期待着你的那一天。

子青，你总不能让我两手空空？

永远爱着你的人　小红

林子青的目光久久地停留在最后一句话上……

他将李小红的信整理好，放进那口木箱里，一切都过去了，他的生活，一切都显得那么空荡荡，一片苍白，一片黑暗。

李小红就要结婚了！周缨也离开自己了！林子青内心充满痛苦悲伤，他情绪低落到极点。仿佛丢魂落魄，浑身散架一般瘫在床上……

王秀华从大嫂家里出来天已经快黑了，她急急赶往林子青的小屋。她听大嫂说：部队的男人来信说李小红快要结婚了，这让她大吃一惊。大嫂又说：林子青的女朋友周缨回城后好像也和林子青吹了。末了，大嫂也唉声叹气："你看他这次从城里回来，简直人也变了个样。唉！一个人啥念想也没有了，这个日子就难过了！唉，我们就是想帮他也帮不上！"

王秀华心里难过极了，但她还是半信半疑，她希望不是那样，她要亲自问问林子青。

屋子里一片漆黑，王秀华不由得心里一紧，想起了那次他差点儿就喝了农药，她急忙推开门，急切地叫喊着，听到林子青的应答，她才放下心来。她摸索着点燃油灯，昏暗的灯光下，她见林子青面朝里侧身躺在床上。她上前使劲拉他，把他扳过身来，林子青仍旧闭着眼，她用手扳开他的眼皮，看着他的眼珠子，王秀华吓了一跳，手一松，他又紧闭着双眼。

王秀华坐在床沿上气呼呼地说："我问你，李姐是不是要和别人结婚了？"

"唔——"林子青有气无力地哼了一声。

"我再问你，周缨是不是也和你吹了？"

"唔——"

王秀华一顿脚，咬牙切齿地说道："简直是知人知面不知心，我要骂她，把她的手表退给她。"

"你别……"林子青睁开眼睛。

"还有那个周缨，我早就看出来她是个势利眼，回城就变了，啥子东西！"说着说着王秀华竟难过得流下泪来。

"秀华，你不知道，你不了解情况，她们都是好人，你不该怪她们。"

"好好好！她们都是好人，就我一个是恶人！"王秀华嘟起嘴。

林子青苦笑着："谁敢说你是恶人？"

王秀华嘟起嘴俯身冲着他叫道："就是你，就是你！"

林子青忍不住笑了，心里一热伸手抱住她。王秀华扭动着身子，嘴里叫道："不要你抱，不要你抱。"但情不自禁地伏在林子青怀里，一边哭起来嘤嘤说道："她们太狠心了，我知道你心里……好难过。"

林子青的眼睛湿润了，他被她的善良质朴深深地感动了，他痛苦的心灵感到一阵阵温暖。他的手在她肌肤上抚摸，仿佛感受到内心流血的伤痕得到了抚慰……当他的手不知怎么挨近了她饱满的胸部，他一下惊醒过来，连忙缩回手……她把他的手拿过来放到自己乳房上，双手紧紧捂着……

他感动得哭了，紧紧抱着她……

后来，他们见面都有点儿难为情，王秀华也是满脸绯红。不知过了多少天，才恢复了以往的随和平静，他们都把那晚深深地隐藏在内心深处。

八

林子青从低沉的情绪中解脱出来了。他开始仔细地整理阅读寄来的乐谱，李维思写得很清楚，要求他继续系统地将下面的练习曲谱拉完。

《马扎斯小提琴练习曲》作品36号、《顿特小提琴练习曲24首》作品37号、《克莱采尔小提琴练习曲42首》。

这些练习曲后面是小提琴独奏曲谱，其中《流浪者之歌》下面李维思特地又写上了也叫《吉卜赛人之歌》，还将乐曲的几个部分做了简介。另外还有很多林子青听也没听说过的世界小提琴独奏的作品，像《齐普里安·波隆贝斯库》《魔鬼的颤音》等等……李维思特地批注，在演奏那些练习曲的过程中，把独奏作品也带上演练。

这期间他在小提琴独奏曲中，已经拉会了像《梁祝协奏曲》《草原上红卫兵见到了毛主席》《金色的炉台》《苗林的早晨》《阳光照耀着塔什库尔干》。他喜欢那些曲子中的技巧，也感到自己拉得很急躁，完全没有真正地拉出那些情感来，而在《流浪者之歌》这首曲子中才感到最能抒发和寄托自己的情感。

看了李小红寄来的乐谱，好多天林子青都陷入在苦苦的思索中。他心中充满矛盾，那种无助和绝望的情绪影响着他，他很难静下心来认真拉琴，在特别苦闷的时候，也只是拉起自己作的那段小提琴曲子。他知道自己的技巧技术并不高，在演奏很多曲子时还是很吃力，在细节上也有些含混不清。每次练习这些曲子，他都感到是一个很艰难的过程，毕竟他没有严格地完成过这么多练习曲。在看了这些新的曲谱后，他感到这些练习曲的难度更大，必须要认真地通过很长时间的练习，才能够达到要求。

他又看了李维思特别给他的小提琴叙事曲《齐普里安·波隆贝斯库》曲谱，他的内心不禁深深感到震撼。这是一首饱含情感的叙事曲，曲子里叙述着忧伤的情感，在低音区反复倾诉内心深处的苦痛和伤感，但在高音区又明丽温暖充满爱意，洋溢着内心的希冀之情。当他演奏后，他的心久久不能平静，他深深地喜爱上了这首曲子。

这段时间，他很多时候又读起了过去带来的书。他特别喜欢杰克·伦敦那本《热爱生命》，那是让他获得最大安慰的一本书，在那样艰难困苦甚至绝望的环境之下，那种对生命的渴求，永不放弃求生的欲望深深震撼着他、感动着他、激励着他。他读了邓卫东留给他的《斯巴达克思》，一个从贵族沦落为奴隶的人，在那样艰难的时候，也在不断寻找属于自己的机会来改变自己。还有《钢铁是怎样炼成的》中的保尔·柯察金，自己一直深深崇敬的英雄，在病床上还在不断延续不屈不挠的坚忍精神。

在这个世上，难道只有自己才是最大痛苦的承受者？一定还有很多人，他们也受到生活的不公正对待，经历了生活的痛苦磨难。就像父亲，默默无言地承受着政治、经济上的双重压迫，他内心就不痛苦吗？可他还在为供养一家人而顽强地努力生活。还有邓卫东，这位像兄长和老师一样的人，一个才华横溢、阅历丰富、对文学充满热爱、文学上有着深厚功底、理想是成为一个伟大作家的人，现在不也在那个黑暗的煤井下光着屁股挖煤。而他们是那么乐观，对生活充满激情，对未来充满信心。这不就是一种对生命的热爱和追求?!

他又想起了一幅油画般难忘的景象：生产队一个面目沧桑的老农，坐在院坝石头上，吧嗒着叶子烟，望着房梁上架满的金色的玉米棒，喜极之情洋溢在脸上，他润湿的双眼背后，是风里来雨里去的心酸和辛劳。

他读了雨果的《九三年》以及《悲惨世界》，他感受到仁爱的坚忍和力量在改变每一个人，所有人在这种坚忍力量的感召下，最后成为了充满仁爱之心的人。那样的情感的升华都深深震动着他的心灵。他对周缨的那种由爱到恨，恶魔般一样折磨他的仇恨也渐渐地平息下来。

林子青的生命在经历了这样的磨难后，他的心彻底平静下来。就像那条大河，在流经了上游的狭窄湍急进入到平缓的河道变得平静了，但却更加宽阔深沉。

他又想起保尔·柯察金那句名言：“人生最宝贵的是生命，生命属于人只有一次。一个人的生命应当这样度过：当他回忆往事的时候，他不致因虚度年华而悔恨，也不致因碌碌无为而羞愧；在临死的时候，他能够说……”

曹操那几句诗词深深地鼓动着林子青：“老骥伏枥，志在千里。烈士暮年，壮心不已。”那是何等豪迈乐观，笑对人生，充满积极的进取精神。

他在心里深深感叹：这些伟大的人啊!

尽管他们追求的目标千差万别，但他们的精神却是一致的。

林子青不由得问自己：你本来就是一个平凡普通的人，有什么理由、有什么资格来自暴自弃？他想起李小红的那句话：子青，你总不能让我两手空空?！他想起了周缨抛弃了自己，自尊受到的伤害、屈辱。他的心再也不能平静，他决不能就这样沦落下去。

林子青的眼睛变得更加坚毅沉稳，他清癯的脸由于那张嘴唇紧绷也变得更加刚毅。

他用更多的时间在练习小提琴，很多时候他对自己很不满意，很多时候和自己都有点儿过不去了。就是在农忙的时节，当他已经精疲力竭，也没有心思去做饭，而是不顾一切地看那些乐谱和拉琴，直到自己感到没有浪费时光，才去生火做饭吃。

承受，坚忍，勤奋，一个经历了生活和情感磨砺后的林子青成熟了，他在记忆中思索那些过去的经历，将原来的曲子片段再次一一审视演奏后，把它们衔接起来。

九

又是一个秋收季节，林子青打完谷子回来。他在屋前的小沟渠里洗去了身上的泥浆，回到小屋就拉起琴来。

不一会儿，王秀华来了，进门就大声嚷嚷：“咋了，这几次喊你去吃饭也不去了?”一看灶里又叫起来：“还冷锅冷灶的，这么晚还不煮饭，你是神仙啊?”她一边说一边就生火做饭：“今天我来给你做一顿。”一边弄一边说道：“看你这里啥都没得，简直是过一天算一天的样子。”

林子青尴尬地笑了笑，上前要去帮忙，她叫他别动：“你笨手笨脚的，去拉你的琴。”

她利落地将米淘了几遍放进锅里，又在灶台下去烧火。灶膛燃烧的火焰映出的红光，照映在她的身上，她裤脚高挽，光着脚板，长长的辫子甩在身后，圆圆的脸在红光辉映下，显得那么健康饱满、神采奕奕，她的眼睛里充满微笑。一瞬间，林子青看呆了，她仿佛一幅动人的油画，淳朴自然，充满乡村的气息。

王秀华好像感觉到林子青的目光，有些不好意思地说："看啥子，认不得了！"

林子青笑笑，心中好像有了一曲音乐在升起……

饭做好了，林子青感到今天的饭那么香那么可口。看着林子青狼吞虎咽吃饭，王秀华在一旁开心地盯着他。

王秀华帮他把碗洗好后，才在他对面坐下来，她欲言又止，林子青也感到有些奇怪，这个姑娘大大咧咧的，没有说不出来的话。

"我……我……我要结婚了。"王秀华说着竟眼里含着泪花，但脸上却是笑着。

虽然这已是林子青意料中的事情，但还是显得有些惊讶。

"我咋觉得还没准备一样，但他催了好多次了。和他谈上对象，我总觉得要变要变，但还是没变。"

王秀华犹豫了一下，又问他："你说是不是每个女的，在没有结婚前，哪怕是结婚前的一天，都还在想，能不能找到自己更喜欢的人？"她说着，怔怔地望着林子青，大眼睛里充满着困惑和期望。

"这个？……"林子青没想到王秀华这样的农村姑娘，竟然有这样的想法。他以为父母之命媒妁之言就是她们农村女孩的归宿，而自己不会去想。现在，他感觉自己把她们想得太简单了，她们也是充满爱情向往的少女，也有自己的情怀和爱情的追求。他为王秀华能够有一个归宿而高兴，同时又有些伤感失落。他也不知道，是不是每个女孩都有这样的想法。他好像在问王秀华又在问自己：“你们真的心里是这样想的？”

“我们？还有谁？是……”王秀华心里好像猜到了，她有些不高兴地说，“人家咋想我就不知道了，我就是这样想的。”王秀华说着有些伤感地看着他：“以后，我就听不到你拉小提琴了。我想你专门给我拉一首，我要记在心头。”

“结婚那天，这里不是时兴请吹吹班子。又是锣鼓又是唢呐，吹吹打打，那才热闹呢。”

“不是结婚那天，是你单独给我拉一首！”王秀华望着他。

林子青看着她那饱含深情、充满期盼的目光，心中不禁一热。他站起身在屋里转了转，又猛然停住，激动地说：“秀华！我要为你写一首，专门为你写一首曲子——祝福你的婚礼。”

王秀华惊异地瞪大眼睛，慢慢地她眼睛湿了，她合上双手抬起头喃喃地说：“真的？真的！”

“秀华，这么多年，你……在我最艰难的时候……如果没有你……我真不敢想……你在我生命中是多么重要！”

“你……你给李姐、给周姐也专门写过曲子？”

“没有，真的没有！”

“啊！你……”王秀华扑上来紧紧抱住林子青。

这天晚上，林子青翻来覆去地睡不着。

他的眼前浮现出第一次和王秀华去河坝的情景。宽阔清澈的河面上雾气缭绕，河水轻轻拍打着小船，王秀华站立在船头，河风轻柔地吹起她的秀发，仿佛一幅宁静的水乡图画。

舒缓缥缈的旋律在远处飘起，慢慢地越来越近，越来越明亮。明媚的阳光照耀着河岸，王秀华的倩影慢慢出现了，在自然劳作中晒得光亮的肤色，丰满健康的体态，满含笑意的眼睛，还有那有些俏皮的雀斑。咯咯咯的欢笑声，胖胖的光脚丫在奔跑，回眸一笑，仰头一甩，粗大的黑辫子在空中划过一道弧线……

林子青跳下床，急速地记下那些音符……

一乘花轿在唢呐声中渐渐走近……她微笑的面庞上透出一丝淡淡的忧伤，眼睑下还残留着隐约可见的泪痕。那是新娘的眼泪，告别了，充满梦想天真烂漫的少女时代。她的眼在张望，含着泪花最后看了一眼林子青，眼里是一种爱意、留恋、凄美和幽怨。

琴声低婉忧伤，如泣如诉……

林子青感到一阵阵心酸，他的眼泪大颗大颗地滚落下来，滴在乐谱上。

他抹去眼泪，奋力地挥动着琴弓……

爆竹在喧闹中噼里啪啦响起来，花轿抬起来，锣鼓敲起来，唢呐高亢直冲云霄，众人一片欢腾。他呆呆地望着远去的花轿，感到心绞般疼痛……他扔下笔，颓然地倒在床上。

第二天，他在修改了乐谱后，想了好一阵，给曲子加上标题“致新娘秀华”，他看了看又划去“新娘”两个字。

当王秀华拿着五线谱乐曲，虽然她看不懂乐谱，但一看见那个“致秀华”的标题和五线乐谱上下飞舞的音符，她激动得脸上飞起红晕，兴奋地跳了起来：“你还真写了？真给我写的?”

林子青点点头。

她双手紧紧把乐谱捂在胸口上，呼吸也急促起来，她怔怔地看着林子青，一扭头拿起乐谱飞快地跑了。

“这个人，还没听我拉呢!”林子青笑着，也开心极了。

傍晚，王秀华来了，她拉起林子青就往自己家里走：“快走，看我给你弄啥好吃的？我把家里的鸡杀了!”林子青深深感动了，在王秀华心中是这样珍惜这首乐曲。

晚饭后，她要林子青带上小提琴去河边，要他把这首乐曲拉给她听。

林子青感到很惊讶，他没想到王秀华还特意选了这样一个环境。

秋天夜晚，拱穹的天空湛蓝湛蓝，仿佛就在头顶。一轮新月爬上河对岸桤木林，好像在探头俏皮地偷笑。露气像淡淡的青烟在河面升腾。河水泛起一阵阵幽静的光亮。河岸，谷草把四处堆码着，散发出阵阵成熟的清香。

小提琴声像是从遥远的地方飘来——像秋水盈盈清澈、明亮、纯净，像那片野芦苇花穗轻柔随风摇荡。

王秀华把乐谱紧紧捂在胸前。月光下，她的眼睛闪亮闪亮，嘴唇微微张开，脸上洋溢出惊讶喜悦和幸福的微笑。

林子青背过身去，他忘情地拉着……

慢慢地，泪水从王秀华眼里流下来……

林子青闭上眼挥舞着琴弓，低沉忧伤的旋律缓缓涌出……

王秀华哽咽抽泣起来……

林子青的泪水夺眶而出，他奋力挥舞着琴弓，手指在琴弦上大幅度地揉着弦，他把自己心中的思念全部寄托在琴弓上、琴弦上……

王秀华号啕大哭起来，她不停地抽动着肩头，那哭声像一只受伤的野兽在哀嚎。

琴声慢慢从伤感的低音冲向高音，变得欢快起来——像无数把唢呐在高亢，像无数人群在欢呼，最后在一个缥缈的泛音中轻柔地飘向远方……

也不知过了多久，他们慢慢地往回走，快到她家门口，王秀华脸上已经有了笑容："今天我好开心，我太喜欢了！"

在王秀华家院子门口，王秀华大大的眼睛久久望着林子青，欲言又止不想进屋去。

虽然在夜里，他们的目光却是那么清澈明亮地相望着。王秀华低下头，声音小得听不见，但林子青还是听见她在说：

“我……我要和你……亲个嘴!”话刚一说完，她就猛地扑在林子青怀里，双手捧住他的脸，对着他的嘴唇，只听见“啵!”的一声，亲嘴声在夜里是那样清脆响亮。王秀华像一只惊慌的小兔飞快地跑进了家门。

十

文化馆老师胡耀先突然来到林子青的知青小屋。在看了林子青演奏过的乐谱和他写的小提琴曲谱后，胡耀先赞叹之余，又不停地摇头叹息。

“这次我来找你，是为一个重要的演出。明年春，地区有一个近年来最大的群众文艺调演。县委、县文化部非常重视，一共确定了两个剧目，一个是歌剧，一个是舞剧。剧本已经通过了专区的审核。县里拨出专用经费，要文化馆动员组织所有力量，力争获奖。”

他苦笑道：“我这个平时靠边站的人又被拖了出来，要我组建乐队，负责舞台艺术指导。考虑再三，我想请你去做这个乐队的首席小提琴兼指挥。”

“我？你不就是……”林子青疑惑地看着他，他没有指挥的经历，甚至没有看过这方面的书籍。

“我还要全盘负责这些剧组的艺术指导。再说，我也希望你有个锻炼机会。你没问题的，那些都是很基本的东西。你对乐曲的理解、把握，指挥上完全可以做得很好。再说这个乐队，东拼西凑，简直就是散兵游勇，都是来自各个乡村，知青占了主力。这些人毛病很多，水平不高还傲气十足，一般人还把他们指挥不下来。就是我，我这个身份，有时候也会遭到起哄。”

“我不去，谢谢胡老师的好意，能够这么看得起我。”林子青想起报考县文工团被拒之门外，心里就感到憋气。

胡耀先语重心长地说：“我理解你的心情，这个时代让人感到压抑，甚至自暴自弃。这次去了对你是一种锻炼。时间有整整半年，待遇上也是很优厚的，住在文化馆，每月有三十元生活费，队里每天还记上一个全劳力的工分，这都是县财政补贴。这个期间，你完全可以在那样的环境中安心地练习小提琴，你的音乐素质也能得到提升。毕竟是一次重大演出，也会认识很多的人。”见林子青没有再反对，便从挎包里拿出一沓东西：“这是乐谱和剧本，我给你留下，你先看看，过几天你来文化馆报到。”

临走时，胡耀先说：“不要放弃，每一个机会对你都是非常重要的。你来吧，你不是喜欢写曲子吗，这还是需要理论基础和专业知识训练。利用这个时间，我会帮助你的，这也是我让你来的主要想法。”

林子青送走胡耀先，望着他远去的背影，心里阵阵感动，就冲胡老师这么看重自己，他也没有理由拒绝。

他看了那些乐谱，都是比较简单的，读起来很熟，很多就是搬抄其他乐曲的。除了在很少地方出现小提琴的合奏和小号的独奏，基本上就是一个所有器乐合奏贯穿全剧。

他又看了剧情，一翻开那个歌剧，剧目是《大干快上》。这让他心中很诧异，这也叫文艺作品的标题?

剧情也基本上是样板戏的格式。一个女青年，生产中是一个女强人，处处牢记阶级斗争路线。队长只知道抓生产，对生产队的地主富农没有阶级警惕，差点儿就被地主分子利用破坏了生产。

那个舞剧的标题还比较合适，叫“希望的田野上”。这是一个轻快的集体舞蹈：通过姑娘们翩翩起舞、喜悦开怀的场景，表现出一派丰收景象。但在剧情中还是设置了一个富农，半夜里悄悄挖开田埂，把稻田里的水全部放干，企图达到破坏农业学大寨的目的。

他感到有些好笑，这样也能破坏稻田？农民是傻的？看着稻田干枯？第二天再放上水不就行了！这些剧本完全脱离现实生活胡编乱造。再说，地主有这么猖狂吗？他所在生产队里就有两个地主富农。这些人在长期的运动之中，早已魂飞胆慑，夹着尾巴做人，纵有满腹仇恨，也是小心翼翼，哪还敢找些虱子往脑壳上爬。

林子青去了文化馆，把自己的想法告诉了胡耀先馆长，胡耀先也是苦笑道："这个也是没办法。表现阶级斗争，你看所有的样板戏都是这样。曲子不行的地方可以做些改动，剧情的冲突也就只能这样了。要不然，通不过的。现在都成了一个套路了。唉！……"

"我在农村生活的现实中，地主富农是不会无缘无故地去破坏生产，只有当他们受到了强烈的刺激才可能有那种发泄怨愤的行为，而往往还是以自残来发泄。"林子青把农村发生的一件事情告诉了胡耀先。在刚打稻谷的第一天，那些早已揭不开锅的农民每个人分到了五斤稻谷，而没有分给地主和富农。一个富农家里才十多岁的儿子，在愤愤不平中和生产队长吵了一架，而后含恨吊梁自尽了。

"五斤稻谷就让一个人丢了生命，这事太惨了，这就是人格受到欺侮，不公平给人带来心灵上的伤害和摧残。"胡耀先叹息着，"现在这些文学作品描写的阶级斗争，简直是病态的，无中生有的。"胡耀先拍拍他的肩头："这是没有办法的事情。不这样，这些剧目就无法通过。你说的故事很有用，我也考虑一下，不能把所谓的坏人写得那么脸谱化。"

林子青又说："这个《大干快上》的剧名必须改才行！"

胡耀先苦笑道："就是乱整，这算啥剧名？听说原来不是这个剧名，是县宣传部部长改成这个的，让人哭笑不得。还是要改才行！这样……我先把意见提上去，看看上面怎么说。"

"我们不能改吗？"

胡耀先看了他一眼："还是先报上去吧。"

林子青借了几本有关指挥的书籍，提出了自己在乐谱上的修改意见，胡耀先听着不断点头。末了，胡耀先叮嘱说："反正这个舞蹈曲谱，节奏一定要强烈，让那些演员跳得高，跳得起劲，曲谱可以做做文章。"

林子青用几天时间将那两个乐谱修改完毕，然后交给胡耀先。胡耀先就带上修改后的乐谱和他去了乐队。一路上，胡耀先给林子青讲了这个乐队桀骜不驯，把一个拉大胡的老头儿气走的事："你说气不气人，他们不喜欢这个人，说他的乐器在乐队不和谐，不知谁竟然用锥子给大胡蛇皮上锥了个洞，气得那个老头儿要吐血，那么大的蛇皮，要换一张很难啊！"林子青偷偷笑了。这样的恶作剧在他们小巷孩子中简直是屡见不鲜。

"一定要上去就把他们镇住，不然……前面那个指挥就是被他们轰走的。"胡耀先内心还是有些担心。带着他挨个儿见了舞蹈队、歌剧组、乐队。

这是一支由知青和农民共同组成的队伍，知青占据了主要的位置。

乐队一共就只有十来个人，几把小提琴，两把二胡，一支竹笛，一把大胡，一把小号，一部手风琴，一套锣鼓，一把唢呐。

舞蹈队倒还比较整齐，看来很多女孩都具有舞蹈的天分。歌剧中A、B主角嗓音也还不错。

乐队排练开始了，林子青刚到就听见下面叽里咕噜的声音。

林子青看着他们，他没有拿指挥棒，用手做出准备的手势，他一挥手，乐队开始了演奏。

他明显听到有的人在漫不经心地演奏，甚至有一种捣蛋的意味，而且音位有高有低。他停下来，叫出一个小提琴手，要他单独演奏一下。

大家笑了，好像在看笑话。

小提琴手磨磨蹭蹭不情愿地站起来，单独演奏了那一段。

“不错！”林子青觉得他水平还是过得去，演奏也比较到位。而为啥在合奏的时候单单就他出问题呢？

“大家再把音准校一下，手风琴给一个A音。”

“这谱子刚修改了，我们适应不了，你拉给我们听一下。”下面又躁动起来。

林子青来这几天，忙着修改乐谱和练习指挥，还没动过自己的小提琴，他看出这些人还不服他。尤其是在乡村中的那些人，孤陋寡闻，能拉个二胡，吹个笛子，在十里八乡也会有点儿小名气，自己也就会认为是音乐天才。这让他们自满自大，而不把别人看在眼里。而城里来的知青，在这个乐队又明显感到高过他们一筹，仿佛是不愿与他们为伍。有的人就时常在演练中借机装怪。整个乐队显得松松垮垮，一直达不到本该有的水平。前面那个指挥，本是一个文工团的正式指挥，文化馆临时借过来的，也拿这些人没办法，干脆就一走了之。

林子青看着他们，拿出自己的小提琴，调整了琴弦，就是那么几下，下面已经开始发出了唏嘘声，他看着乐谱直接演奏起舞剧开始的一段曲子。

下面有一个人轻声叫起来：“就是他！”

下面交头接耳，窃窃私语起来。

林子青不断演奏，遇到有难度的地方他就停下来，讲解克服难度的要点。最后他静静地看着他们，一直等待他们静下来才说：“这个曲谱不难，以大家的水平，只要同心协力，我们完全可以演奏得很好。这样吧！现在我和大家一起演奏这首乐曲！”

他的琴弓一挥，乐队演奏起来，这一下，林子青感觉好多了，每个人都那么努力，他感到一阵喜悦，他看见胡耀先在不远处盯着他微笑，赞许地点了点头。

排练几个月的节目，终于要如期在专区大礼堂演出。那个《大干快上》的剧目还是被县宣传部长敲定保留原剧名。林子青非常气愤，他实在是难以忍受，每次排练一听到报这个剧名，他都感到别扭，也感到羞耻。最后一次彩排下来，胡耀先把他介绍给来观看的县宣传部长，林子青忍不住向他提出这个剧名要修改。刚才还在称赞他指挥不错的县宣传部长脸色阴沉下来，一挥手不容置疑地说：“大家都说好，就你有意见？就这样，谁也不能动！”

林子青怔怔地看着他离开的背影，愤怒地把指挥棒往地上摔去，大家脸上露出惊讶慌张的神色，纷纷离开。胡耀先上前拾起指挥棒，扶着林子青的肩回到乐池。

演出如期在专区大礼堂举行，就在要轮到林子青他们节目时，林子青悄悄跑上台，和报幕员说了几句，然后掏出笔在剧目单上做了修改。

林子青带着乐队进入到乐池里，他心里很紧张，望着徐徐拉开的幕布，报幕员和他对视了一下目光，他点点头，表示准备就绪。

清澈的报幕声响起：

下面演出的是——歌剧——《大地在颤抖》。

林子青毫不犹豫挥起了指挥棒……

县宣传部长惊诧地瞪着眼，脸都气歪了……

县里的节目在场景上、音乐上都显示出了独特的艺术效果，远远超过其他县里的剧目，获得了大奖。

演出完毕，林子青不等颁奖典礼，悄悄告别了胡耀先，离开了剧组。尽管，这次演出是成功的，他内心也有一种喜悦，但他不喜欢这样的剧目演出，那是让他感到违背了艺术原则的一种演出。他感到内心很悲哀。让他感到欣慰的是，几个月来，胡耀先在很多时候，教给他很多作曲理论的基础知识。

获奖后，县宣传部长把胡耀先叫去，恼怒地叫喊道："乱弹琴，这简直是脱离党的领导，无组织无纪律，这是一个政治问题，严重的政治问题！谁改的？居然敢……一定是他！这样的人坚决不能用！"

十一

岁月长河奔流不息，转眼间林子青已下乡七年了。

这一年，各种让人惊愕的消息接踵而来。清明时节，天安门爆发了百万群众自发的集会，人们在纪念碑前缅怀去世的周恩来总理。这位伟大政治家的坚毅、机敏、智慧以及日理万机的辛劳，获得了一代人的敬仰爱慕。在人们心中，他是在夹缝中艰难地维护着国家安定、为民辛勤劳作的人。人们痛心他的离去，备感悲伤、失落，甚至有一种对未来茫然无措的忧心忡忡。人们认为他是受到其他当权者排斥打击，而过早地失去了生命。人们对整个社会不满的情绪早就在暗中涌动，他们好不容易等到这个有利时机，将心中压抑已久的不满情绪火山爆发般喷发出来了。

在乡下，知青中不断流传着天安门的事态发展。林子青也坐不住了，他心中早就期盼社会有一个巨变。他急切地回到了城市，希望打听到更多的消息。而回到城市首先就是想到邓卫东，这位对自己像兄长和老师一样的人，对于生活有着丰富阅历，对政治时事敏感，还常常透露出很多内部消息。他时不时毫不掩饰抨击时政的激烈言论也让林子青对社会现状有了更深刻清晰的认识。

邓卫东在煤矿完全不安心，像在乡下一样，常常请病假回到城里。

“这正是人民对目前社会状态的不满，社会已经窒息得不仅让人没有希望，简直窒息得让人绝望。”邓卫东激愤得脸色都变了。

“我听小道消息说，天安门那些人被镇压了，抓了很多人。已经被定性为‘反革命事件’。”

“欲悲闻鬼叫，我哭豺狼笑，洒泪祭雄杰，扬眉剑出鞘。”邓卫东念出了这一段诗词。

“这样的社会现状，不光是我们这样家庭的人没有出路，就是所有的人也看不到一种施展能力、实现价值的自由空间。这次镇压、定性，使社会进步的力量又一次被扼杀，以后又不知道要等多久才有希望。”

邓卫东慢慢平静下来，说话也开始平静变得小声。

他轻声地说起那些事件中的一些令人毛骨悚然的事情，很多人被打死被关押，林子青听得全身都在打哆嗦。

后来林子青也把自己在乡下，尤其是参加地区会演的事情告诉了邓卫东。

“哈哈哈！你现在也真胆子大，气死那些人，也算出口气！……以后有机会就要去表现，这是展现自己能力和才华的机会。虽然具体得不到什么，至少向社会展示了在这样环境中，仍然有人在坚守。”

邓卫东叹息着：

“妈的，现在这个国家还在搞血统论。以前，我看过印度一个电影《流浪者》。影片通过主人公拉兹的成长经历，深刻地批驳了血统论，影片在世界获得了巨大轰动。而我们国家居然这个时候了还在宣扬血统论。”

邓卫东站起身：“等一下，我去找找，我这里有《流浪者》电影插曲的留声机片子，还有六十年代初期，艺术上获得巨大成功的电影插曲。像《冰山上的来客》《阿诗玛》《五朵金花》《刘三姐》《洪湖赤卫队》……”

林子青原来在文化宫露天电影中也看到过一些电影，但那个时候还是朦朦胧胧的。这些影片他都没看过，家里根本没有钱来买电影票。他对电影了解太少。他感到邓卫东真了不起，内心不禁更增添了几分崇敬。

这天晚上，他在邓卫东家喝着酒，邓卫东在一个隐秘的角落拿出陈旧的手摇留声机和一摞唱片。

《流浪者》那张唱片，已经有个裂口，每旋转到那个裂口，总要发出“咔嚓”声响。林子青全神贯注紧紧盯着唱片上一道道录音纹线，竖起耳朵，仿佛像一个饥饿的乞丐，吞噬着丰盛的美味。

音乐推向高潮，那带着忧伤痛苦的男高音，浑厚高亢地唱着那首经世不衰的歌曲：

到处流浪，到处流浪
命运唤我奔向远方，奔向远方
到处流浪，到处流浪
我没约会也没有人等我前往
到处流浪
孤苦伶仃，漂流四方
我看这世界像沙漠
那四处空旷没人烟
我和任何人都没来往，都没来往

活在人间举目无亲，任何人都没来往
好比星辰迷茫在那黑暗当中
到处流浪
命运虽如此凄惨
但我并没有一点儿悲伤
我一点儿也不知道悲伤
我忍受心中痛苦事，幸福地来歌唱
有谁能禁止我来歌唱
命运啊！我的命运啊
我的星辰，请回答我
为什么这样残酷作弄我
到处流浪——

邓卫东充满着深情地解说着："拉兹悲伤地唱着这首歌，但他的内心充满希望。影片的画面，拉兹向一个缓缓向上的台阶走去——台阶尽头，一束明媚耀眼的阳光照射在他身上，拉兹的剪影向着阳光走去……"

林子青感受到"拉兹之歌"强烈的冲击感，他的心被深深地震撼了。他第一次感到印度音乐那么和谐，把内心的诉说和音乐自然巧妙地结合在一起。影片的内容也深深吸引着他，让他感慨不已。

邓卫东继续讲述影片的故事：

"流浪者的故事是这样。拉兹是一个大法官的儿子，大法官在判处犯了偷盗罪叫扎卡的年轻人时，无视社会的责任，认为扎卡的父亲是贼，所以'贼的儿子就是贼！'大法官将年轻人判刑入狱。

"扎卡痛恨大法官以'贼的儿子就是贼'来判处自己有罪，他在监狱里发誓，要让大法官为自己这句话付出代价。扎卡出狱后做了强盗，抢走了大法官的妻子，当知道大法官妻子已有身孕后，他大喜过望，放走了大法官妻子，并散布流言，大法官妻子怀上了强盗的儿子。

“大法官相信了这个流言，在妻子即将临产时，将她赶出家门。妻子流离失所来到贫民窟，在风雨交加的夜里，大法官的儿子拉兹降临人世。幼年的拉兹和母亲在贫民窟中饥寒交迫。一次拉兹见母亲饿病在床，不得已去偷面包被抓。他不愿让母亲知道，拒不说出母亲，而被当成流浪儿送进监狱，在狱中度过了自己的少年时代。出狱后，拉兹处处受到社会歧视排斥，没有人愿意接受蹲过监狱的他，社会将他逼上绝境。这个时刻，强盗扎卡出现了，诱导拉兹走上了犯罪的道路。后来，拉兹在怨愤中杀死强盗扎卡。大法官面对这个案件，知道了杀人犯拉兹就是自己的亲儿子，他被现实深深震撼，他为‘贼的儿子就是贼’而痛苦忏悔……”

拉兹的故事，很多天来都在撞击着林子青的心灵。他也生活在贫民窟，工厂招工不要自己，县文工团也不要自己，是不是音乐也不要自己？他没有勇气去偷去抢，也不愿那样让自己坠入罪恶的深渊。他感到自己是幸运的，他想起了小巷的楚老师，还在他的童年，就把他的心带到了音乐之门。他想起了李维思，在他学琴的道路上茫然无措的时候，出现在他面前，仿佛拉着他的手开始了漫漫旅程。他想起了邓卫东，这位老师般的兄长，在他孤独无助的时候不断给他帮助，让他感到有了依靠和力量。还有李小红、王秀华、周缨总在他寒冷的心中不断给他阵阵温暖。

他没有拉兹那样一个地位显赫的父亲，而是一个始终在关注着他，处于贫寒和政治压迫下的父亲。父亲没有文化，没有深刻的道理来指导他，但始终是那么质朴地期望他能面对生活不低头。他那个被社会歧视和压迫的家庭，充满着父母的温暖和姐弟的友爱。他没有遇上强盗般的人，怂恿他走向无底深渊。

他有理由让自己青春美好的时光白白地流逝？有理由让他们失望？尤其是李小红在最后的信里的那句话："子青，你总不能让我两手空空？"总是不断在他耳边响起。或许，他老老实实做一个农民也没有人来指责他。但是，他不能这样对不起自己，那会让自己的心陷入痛苦深渊，让自己的心灵受到永不安宁的折磨。当他一看到那把意大利小提琴，想起自己生活中的磨难，他就心情澎湃不已，他的心就升腾起要把自己的生活在音乐中表现出来的强烈欲望。

这个期间，他像发疯了似的拉琴……

十二

国家更重大的事件接二连三地发生了，朱总司令去世后不久，毛主席去世的消息像一个晴空霹雳惊呆了全国上下。人们的心，仿佛一下坠入了绝望的深渊。举国上下惊愕痛惜，怀着悲痛送走一代伟人。那个期间，仿佛是天空低垂，山河哭泣。整个社会进入了一个悲伤焦虑、惴惴不安的时期。

不久，传来了更加令人震惊的消息，中央位居显赫的"四人帮"被逮捕。人们在习惯的政治生活中，很难接受这样的现实。就连农村中很多人也在议论，大嫂也说：把毛主席的婆娘都抓起来了？神圣不可怀疑的政治高坛一夜间崩塌了。

很快，人们在惊愕中苏醒，兴高采烈、热烈欢呼旧时代的结束。自发的游行集会迅速在全国席卷蔓延。人们突然发现，那种窒息的空气在慢慢散去，新的希望充溢着社会。

人们开始感觉到生活中在发生一些变化。大家不再那么谨小慎微，说话的声音也大了许多，不少人也敢在大庭广众之下批驳社会弊端，不仅没有告密者，反而引得人们纷纷加入议论。

姐姐来信告诉林子青，街道上已经没有批判斗争会了，父亲每天扫街的惩罚性劳动也取消了。

林子青隐约感到社会就要发生巨变，这是所有身陷困境中的人心中升起的希望。

这一年的春潮来得特别早，潮头上还是密布着泡沫枯叶和混浊的泥沙，但已是汹涌澎湃，激流而下，冲刷着饥渴已久的河床。不觉间，河水满盈，两岸已是绿荫一片。

生产队在传递着一个消息，大嫂在部队里的男人要回来了，听说到了部队以后，又去了军校学习了几年，现在已是团部参谋。

大嫂接到男人的信，止不住内心喜悦，她要让人分享自己内心的幸福。男人的假期已批下来，返家日程已定。她每天都计算着他回家的日子，男人离开她八年了，那是多难熬的日子。她盼望着他的归来，不仅仅是精神上的渴望更有生理上的期盼。

在等待男人回来的日子，她更爱照镜子了，又把过去的照片拿出来对照，心里不由得叹息：老了！她又在心里给自己打气，我老他就不老？再摸摸自己滚圆性感的身子，心里就踏实了。

她的脸上像开出了一朵花，泛起了红光，仿佛体内荷尔蒙在剧增。本来很利落大步的步子这时反而有些慌乱。她自己也感到有些别扭，走小步了不带劲，走大步了又感到浑身都在扭，尤其是感到肥硕的屁股像个箩篼左右摇晃很不自在。在人面前，她故意装作没事一样，但那亮闪闪的眼睛遮掩不住她内心的喜悦。

她的心思谁都看出来了，队里那些男人遇上就要逗她：

“大嫂，你那男人就要回来了。当兵三年，老母猪当貂蝉。看你打扮得像个新媳妇，你要准备好哦，他可不像我们这些平时沾到荤的，到时候看一口把你吞了！”

那些小媳妇在一旁呵呵笑个不停：“我们大嫂也不是吃素的，弄不好是把他一口吞了！是不是？大嫂。”

大嫂追上去对着那个说话的小媳妇屁股上就是几巴掌，她忍不住笑，脸也红了，心里却感到很畅快。

一个男人说得更加粗野了：“我看吞是吞不下去，不过，他回来的头个晚上，起码要大战三个回合！”

大嫂头一仰，对那个男人笑道：“你还说少了，八个回合又咋样！”

“哈哈哈！……”在场所有的人都开心大笑起来。

大嫂回头走了，这些粗俗的玩笑在她心里涌起一阵冲动。在空旷的田野上，她止不住放开嗓子唱起《兰花花》。她总能把这首歌按照自己的心情唱出情感来，她把思念之情唱得那么动人：

> 青线线（那个）蓝线线，蓝格英英（的）彩，
> 生下一个兰花花，实实的爱死人。
> 五谷里（那个）田苗子，数上高粱高，
> 一十三省的女儿（呦），就数（那个）兰花花好。
> ……

在大嫂的期盼中，她的男人终于回来了。这天傍晚，大嫂的小女儿跑来叫林子青过去吃饭，小女孩兴奋地告诉他，她爸爸回来了。

当林子青一走进大嫂的屋子，桌上已摆好了饭菜。一个军人马上站立起来，大嫂连忙给他们介绍：“来，兄弟，这就是

你大哥。”又对男人说：“看嘛，他就是林子青！”

军人亲切地握住林子青的手，久久没有放开：“就是你，早就听说你了。”一口普通话中带有很浓的东北口音。

大嫂笑笑：“你看你说话简直像《抓壮丁》里的陆队长，装啥子装！说不来家乡话啦？”

“呵呵，看你说的，我装啥，还不是习惯吗。我要是陆队长，那玉子娃的婆娘又是哪个？呵呵呵！”他大笑起来，还是带着东北口音。

大嫂忍不住“扑哧”笑出声来：“我看你啊……在部队这么多年，嘴巴还是怪兮兮的！活宝！”

林子青也被他们逗笑了，他亲热地叫了一声：“大哥！”林子青看着他，见他气宇轩昂，背脊笔直，眉眼间透出果敢坚毅，双眼充满智慧机敏。

大哥的手一个劲地握着他，好像在传递着自己的感慨。他看着林子青，心中不由得赞许，果然是年轻英俊，气度不凡，多才多艺，怪不得军区文工团那个女孩……

他拉着林子青坐下来：“兄弟，今天我们好好喝一杯！”一边说，一边倒上两杯酒，大嫂又加上一个酒杯：“给我倒满！”

“呵呵！你啥时成了酒罐罐！”大哥说着给大嫂倒满酒，小女孩也凑上前叫道：“我也要喝！”

“好好好！拿杯子来，跪下给干爹敬一杯酒！”

小女孩看着林子青嘻嘻笑着叫道：“干爹？嘻嘻嘻！干爹！”

大哥举起酒杯：“兄弟，亏你救了她一命，大哥在这里谢你了！”

喝酒间，大哥几次想提起李小红，都没有找到话头。那次李小红专门到他部队，带来家里捎来的东西。他在大嫂的信里隐约知道了林子青和李小红的关系，让他感到意外的是，那段时间，他的一个战友正在拼命追李小红。这个战友和他一个团部，是一个首长的儿子，和他关系不错，这个战友把他当成老大哥，自己追李小红的很多事情都要和他说，还要他帮着出谋划策。他回来之前，听战友说他们就要准备结婚了。他还是不太相信：你瞎吹吧！他偶尔看见李小红来团部，感觉到他们并不是很融洽。他总感觉李小红心事重重。这次回家，李小红知道后专门来找他，要他给大嫂带去一些礼物，又要他给林子青带来两副琴弦。

回到家里，他和大嫂说起这件事，他才有些明白了其中的缘由。大嫂也有些失望地叹息道：看来，林子青没希望了！

晚饭后，大哥对大嫂说："当家的，我要和兄弟出去转转，你还有没有重要指示?"

"鬼指示哦！你给兄弟好好摆一下，该说啥就说啥，不要捏捏藏藏，大不了……"大嫂摆了摆手。

"兄弟，我们走吧，去河边转转!"大哥扶着林子青的肩膀走出院子。

林子青和他走了出去。在黑夜里，大哥走在前面，看来他对这一带非常熟悉，这河边的小路他不知道走过多少遍了。

路宽了，他慢下来，让林子青走上前来，他停下来看着林子青："兄弟，这次我回老家，李小红专门来见了我，她要我看看你现在的情况。我问她要看什么情况？她不好意思地笑了，犹豫好久才说，你和一个叫周缨的女孩现在情况怎么样了？还要我不能对你说是她的想法。以前，她只是说，来这个地方是见她的一个琴友，她叔叔的学生。后来，她才把你们怎样认识，你和他叔叔的关系告诉了我。说着说着她就流泪了。我感觉到了，她很崇拜你，喜欢你。她对她的处境显得很无奈。她说起你，是那么的忘情和思念，这不是一般关系有的情感。这也是她和你的秘密吧?

"我给你说说她现在的情况，她现在的男朋友是我们一个团里的战友，这个小伙子拼命追她很多年。后来，好不容易确定了关系。不知咋的，她和男朋友的婚事一拖再拖，她说她还不想结婚，不行就拉倒！那个男朋友也没办法，只好这么依着她。毕竟李小红个性很强，她的父亲又是一个军区首长。

“这次我见到你，我原先的猜测印证了，我知道李小红为啥那样，你们……你们之间有着非同寻常的情感。

“大嫂把你的很多事情告诉了我，你的小提琴拉得那么好，考文工团被拒之门外，招工也没你的份。如果不是家庭……或许你们就不会像现在这样了。

“忘了，你现在和那个调回城里的女知青怎么样了？我回去也好给李小红交差。”

林子青一时不知道该怎么回答，听大哥说了李小红和男朋友的事，他心里乱纷纷的，他想说：他和周缨关系已经结束了，但他嘴里却说道：“我和周缨还是那样。”

“真的？我听你大嫂说……哦……兄弟，你对大哥一定要说实话，这对李小红太重要了。”

林子青一时说不出话来，他保持着沉默。

大哥沉吟着又问他：“好啦，你不说我就不再问了，你有没有啥话要带给李小红？”

“没有……没有……我真的祝愿她幸福！”林子青咬着牙说。

大哥苦涩地笑着摇摇头：“你……就不去争取一下？先不要这样……我今天第一次见到你，感到你们也很般配。就像你大嫂说的，真是郎才女貌，佳人一对！我还要休假一段时间，到时候我们再说吧！”大哥叹息着，重重拍了一下林子青的肩头。那是一种深深的遗憾，一种无言的鼓励。

十三

十届三中全会闭幕了。人们注意到，样板戏中的有些主角渐渐没有了身影，原来被打倒和排斥的名演员陆续出来了。

邓卫东来信告诉他，一个上海著名小提琴家的独奏音乐会将在这里演出，他已经为他买好了演出会的入场票，希望他回去观看。林子青以前就是连回家的路费也没有，更别说去看专场音乐会。他还没有看过小提琴演奏家的独奏音乐会，他兴奋不已，在市场上卖了三十斤自己的口粮，然后又在公路上，死皮厚脸地搭上了货车……

傍晚，省音乐学院的音乐大礼堂前，林子青久久伫立在那里，看着“音乐学院”几个大字，心潮澎湃不已。这是他梦中也想来的地方，但它就像一个高耸云端的神殿让他不可攀越。

进入礼堂前，几个学生模样的人在散发演奏目录。林子青接过来一看，有《阳光照耀在塔什库尔干》《金色的炉台》《苗林的早晨》，后面是一些国外小提琴独奏曲的小品，而看不到世界最著名的小提琴曲子，林子青有些失望。

这是音乐学院专门为音乐演出修建的音乐厅，音响效果远远超过舞剧团。音乐厅四壁是无数的吸音孔，音乐的声音更加原汁纯正。

天鹅绒幕布徐徐拉开，小提琴曲在演奏厅回响……

这些曲子林子青已经演奏过，这是他第一次听到小提琴家在演奏大厅演奏。林子青这么多年的演奏在生活中没有老师可以学习和模仿，甚至对自己演奏的乐谱是不是达到了演奏的最好境界，心里也没有数。他除了在广播里听过，完全是在自己的理解中和摸索中演奏。而今天终于听到小提琴家在演奏大厅的演奏，他对自己的演奏能力水平才有了一个基本认识。

邓卫东也在问他："拉得怎么样？"

"不错！但我拉得和他有些不一样。"林子青心里没底了。

"可能是个人的理解和风格的不同吧。如果不是技术上的瑕疵，曲子完全可以按照自己的理解去演奏。"邓卫东虽然不懂小提琴，但他按照对音乐和艺术的理解来安慰林子青，这也是他的想法。

最后一个曲子演奏完了，小提琴家向观众席深深鞠躬谢幕，殷红色天鹅绒的幕布徐徐拉上——演奏大厅爆发出雷鸣般的掌声，伴着呼喊声，幕布又徐徐拉开。演奏家走上台前鞠躬谢幕，他刚回身走了几步，大厅掌声更加热烈了，伴着狂热的呼叫声。演奏家再一次走到舞台前，充满感动、微笑着望着情绪沸腾的观众。报幕员微笑着走上前台，大厅顿时安静下来。

林子青猛然站起来大声喊道："流浪者之歌！流浪者！流浪者！"大厅顿时响起了欢叫声："流浪者！流浪者！流浪者！……"

邓卫东看着林子青，他很难见到他这么疯狂。

小提琴演奏家微笑着，看着报幕员，报幕员看看他，又向侧台张望。演出总监从舞台幕后小跑着上台来，他凑近演奏家，小声说了几句，两人点了点头，总监又向报幕员点点头，然后疾步跑进后台。

报幕员上前几步，观众席上静下来。报幕员微笑着，清澈饱满的声音响起：

"请听——小提琴独奏曲——《流浪者之歌》。"

小提琴演奏家微闭双眼琴弓猛然一挥……

低沉、厚重、粗犷、沧桑的琴声骤然响起，回肠荡气，灌满了整个音乐大厅……

邓卫东还在为刚才舞台上的情景纳闷，现在他知道了，不由得低声嘀咕着："看来现在演奏这首曲子还有一定的政治风险!"

林子青微微闭上双眼，他在极力捕捉每一个音符，他的思绪仿佛回到过去——李维思在河边疯狂地演奏……

林子青心中阵阵悲凉，他仿佛看见：李维思在苍凉的戈壁滩上漫漫无际地艰难行走，在风雪肆虐之夜，无奈地仰望着黑沉沉的夜空，忍受着寒冷孤独的煎熬……

李老师！你在哪里？……

琴声戛然而止。大厅响起了雷鸣般的掌声，林子青从哀伤中回过神来，眼里含着泪水。

人们在兴高采烈中逐渐退场，林子青还是一动不动。

邓卫东看着他："这样吧，我们去后台，这个小提琴家是上海来的，说不定知道你老师的一些情况。走！我们去打听一下。"说着邓卫东不由分说拉着他站起身。

后台，化妆间，小提琴演奏家正在和音乐学院老师交谈，邓卫东走在前面："老师，向你打听个人，你认识一位小提琴家李……"邓卫东回头看了看林子青。

演奏家看了看他们。

林子青走上前："李维思老师。"

演奏家停止和其他人说话，往一边走了几步，回转身打量着林子青和邓卫东，有些警惕地看着他们："你们……"

"很多年以前，他在这里教过我学小提琴。后来他回了上海，就再没他消息了。听说去了新疆……"林子青回答道。

演奏家舒了口气，神色缓和下来，他沉吟着在想着什么，然后看着林子青问道："哦……你是……"

邓卫东连忙说："他叫林子青!"

演奏家拍拍林子青的肩头："来，我们里面说。"

他把林子青和邓卫东引到一边，避开那些人，悄声说道：

“李老师还在新疆，听说不久后就要回上海。我听他说起过你，那时候我也在新疆，他还向我要过一些乐谱，说是要寄给这个城市的一个孩子。看来就是你吧？你现在还在拉琴？”

林子青点点头。

“哦……”演奏家走过去拿过自己的小提琴递给林子青：“来，你拉给我听一下，随便拉一首。”

林子青稍微调了一下琴弦，拉起了《沉思》。

演奏家眼里露出惊异赞许，微微颔首，那些在一旁等待演奏家的人也慢慢围了上来。

林子青拉着拉着，就想起在围墙外聆听阁楼上的琴声……

当他拉完曲子放下琴，演奏家若有所思地说：“你拉这首乐曲的风格，很像你们这里一位小提琴演奏大师——楚天明。只是……唉！……听说已经去世了。”

林子青点点头，想到楚老师去世前悲惨的景象忍不住眼泪滚了出来。

演奏家爱怜地抚着他肩头，轻轻拍着。随后又问起他现在的情况。

林子青黯然地说道：“我还是知青。”

“还在乡下？怎么会呢，这……”演奏家有些惋惜地摇摇头，说，“过几天我还要去其他城市演出，很快就会回到上海。把你的名字和乡下地址给我……”

告别了演奏家，回家的路上，邓卫东为林子青感到非常高兴。

“看来你的小提琴演奏水平已经到了一个专业高度！”他吟唱起李白的诗句，“天生我材必有用……今天，去我家喝酒，我还有一瓶‘白兰地’，今晚干了！”

不久，一封从上海寄过来的挂号信件送到了林子青手里，这是李维思老师寄过来的信，林子青兴奋得手忙脚乱地拆开看着：

小林：

我们已分别十年了，我一直都挂念着你。那时候，你还是一个孩子，现在肯定长成了一个大小伙子了吧！

我回到上海不久就到了新疆。这是一个类似劳改农场的地方，羁押了很多文艺团体中的人。繁重的体力劳动和政治上的压制，让我们遭受了心理和身体的摧残。很多时候，在漫漫无际的荒野上，四周寒气笼罩，我常常望着黑沉沉没有边际的黑夜，感到很冷很冷，总是在期盼太阳升起的时候。

终于熬到这一天，我回到了上海。当年的血雨腥风已经过去了，那些跳梁小丑也一个个下了台。

现在一切显得那么凋敝、冷清。一些人去世了，一些人至今没有下落。但我的内心明显感受到，百废待兴，中国文艺界一个新的时代或许就要到来。

你见到的那个小提琴演奏家是我的学生，他告诉了我你现在的演奏能力以及你的音乐素养。我很欣慰也很激动。这么多年来你没有放弃小提琴，在艰苦的农村生活中，一个身处逆境又无老师指导的知青，若无顽强的毅力，这是很难做到的。

这让我很惊异，也感到莫大安慰。本来，我希望你以后能够有机会进入音乐学院获得正规的学习过程，来完成你小提琴的技巧和音乐基础的训练，看来我对你的期望值太低了。

你已经完全超越了音乐学院小提琴毕业生的演奏

水平。虽然你的学习过程不是很系统规范，但你的艰难曲折的生活经历让你对音乐有了更深刻的理解。生活这个土壤，给你的内心世界不断提供了丰富的营养。

你原来写的那首乐曲片段很好。在这十年来的生活中，我想你又有了更多的生活经历，也对生活有了更深刻的体会。你一定要接着把这首乐曲写完。我心中突然对这首曲子有了一个新的想法……

适当的时候，等我这里有个眉目，我会过来看你。如果这期间你有什么学习上的问题，可以给我写信。

……

林子青激动地看了一遍又一遍，能得到李维思这样的肯定，他受到了极大鼓舞。那首自己写作的曲子还是支离破碎的，还没有成为一首完整的曲子。他不断阅读自己的曲谱，回忆那些让自己冲动的情感，在漫长的生活经历中寻找价值和意义。

他反复揣摩，该怎样来写这个曲子？这首曲子究竟想要表现一个什么主题？他在心中一遍又一遍寻找那飘浮不定的音符。他的内心有那么多切身体会感受，常常让自己进入了激动不已的情绪之中，而真的要写成一首完整乐曲时，他还是感到了思绪纷乱。

林子青陷入了深深的思索苦闷之中。他进入了一种创作的痛苦情结，那是心的煎熬折磨，欲写不能，欲罢不甘。迷茫、彷徨、焦虑笼罩着他。

这段时间在乡下，他显得无精打采，农活也提不起精神，就连饭量也下降了很多。他整个人显得消瘦憔悴，他总感到内心有个上不去的坎，感到乐曲走入了死胡同。他很困惑纠结，他的心在苦苦挣扎，忍受着创作蜕皮般的痛苦折磨。他本来想把这些感受告诉李维思，希望得到他的指点。但他忍住了，在自己没有绝望之前，他决定还是不要把这些心中的郁闷告诉李维思。

十四

一个不幸的消息传来。姐姐来信告诉他，父亲由于长年辛劳，身体已经很衰弱，一天从河里挑沙石到岸上，又从跳板上摔下来。在医院检查时发现患有食道癌，医生说已经是晚期，只有三个月到半年时间了……

林子青就像当头一棒被打蒙了，他呆呆地看着信，浑身像散了架似的。内心巨大的悲痛涌了上来，眼泪夺眶而出……

他草草收拾了一下，背上小提琴跑去向大嫂请假，还未说话，眼泪就滚了出来。

大嫂大张着眼睛，听他断断续续说完，脸色阴沉下来，她叹息着："我也说你咋了，这么多年没见过你今天这个样子？唉！咋会得上这个病？赶快回去吧，找大医院，只要能够医好，花再多的钱也要医！"说着大嫂转身在里屋提出一个竹篮子，里面有十多个鸡蛋，稻谷壳填充在周围。

林子青想要说啥，大嫂不由分说将篮子塞进他手里："这又不是好金贵的东西，提得起，快回去吧！"

林子青走了好远，还听见身后传来大嫂在忧伤凄切地唱《兰花花》……

父亲躺在床上，林子青看见爸爸已经消瘦了很多，脸上皱纹更深了，也显得更黑了。

"爸爸！"林子青紧紧抓住爸爸的手，弯下腰靠在床沿。

爸爸看着风尘仆仆赶回来的儿子，眼里露出一丝安慰，嘴里却说道："你不在农村好好劳动，跑回来做啥？请过假没有？

我没啥的，过几天好了，我就去淘石头。”

“爸爸，你不要去了。”林子青快要哭出声来。

“不干活哪有钱买米，一家人要吃饭啊！”父亲叹了口气，看着林子青的小提琴。

林子青默默地看着父亲，随后，他把李维思的消息告诉了爸爸。

“李老师有消息了？”父亲一下坐起身来，“他现在……”

“有消息了，他给我来了一封信，那一年从我们这里离开后，就去了新疆。现在他已经回到上海了。”

“新疆？哦！听说原来是流放犯人的苦寒地方，李老师那样的人怎么受得了！唉，作孽啊。”父亲黯然流下了眼泪，“好人总是有好报，回来了就好。”

父亲看着林子青，想到他还在农村，不知何年何月才有出头之日，他嘴唇抖动着，心想说，但他口里说不出来：

儿子，都是爸爸影响了你，唉，这个世道。不要怨爸爸，我不是坏人啊，不就是说了挣的工资连饭都吃不饱。我就成了反革命。

想到这，他忍不住愤愤地说：“我冤得很啊，这种日子，唉……”

“爸爸，情况在发生变化了，现在邓小平也出来了。”

父亲眼里露出了光亮：“嗨！他要早点儿出来，我也不会说那些不满的话，也不会……唉！这下好了，这个人出来老百姓生活会好起来。”

父亲平时很少谈及社会，尤其是政治方面的。他好像对这一切漠不关心。林子青这才感到父亲对社会有着最质朴的理解以及自己心中的想法。父亲以前只是不敢说，怕惹祸上身，而压抑在心中没有说出来，那是需要多大的忍耐力。想起原来父亲有时候偶尔问起社会上一些突发的政治事件，他都极不耐烦，甚至觉得父亲不懂，问这些干啥。林子青不由得心中充满了内疚。

父亲说到他的冤，让林子青心里一震，父亲心中压抑着怨愤，一直没有接受这样的反革命罪的结论。

林子青和妈妈、姐姐商量着，父亲的病还要找城市最好的医院复查，说不定这是个误诊。但一说到要继续治疗，妈妈就犯难地说，父亲是街道生产组的，这个月没上班，已经没有了工资，平时也没有医疗费，更别说这个病要用很多钱。妈妈说起不停地掉泪："你爸爸一生好造孽啊，看到几个娃娃大了，没想到落个这样的病。"

姐姐也不知道咋个办，家里根本就没有储蓄，每月微薄的工资就那么几十元，压根儿就不够用，每月姐姐还要给自己买琴弦和寄上几块钱，余下的就是全家一个月的生活费。

"一定要找最好的医院，给爸爸好好检查治疗。"林子青决然地说。

母亲和姐姐看着他，半天，母亲才嘀咕道："哪里去找钱啊？"

林子青夜里久久不能入睡，他痛苦万分。爸爸一生历尽千辛万苦，一直生活在沉重的政治压迫之中，为了一家人的生活，承受着繁重的体力劳动，超体力的劳累严重损坏了他的健康，使他过早地衰老以致得了绝症。他心中只有一个想法，一定要将爸爸的病治好，不管付出什么！而自己有什么呢？

楼下，父亲偶尔发出几声痛苦的呻吟和沉重的叹息。

林子青和弟弟睡在一个床上，他不由得坐起身来，在黑夜里他听着父亲急促的呼吸声。听着父亲没有动静，这才又躺下来。弄得弟弟也在嘀咕："哥哥，你还不睡，在想啥啊？"

清晨的时候。他拿出小提琴，轻轻地抚摸着，翻来覆去地看着，最后他一咬牙，放进琴盒，像做贼似的夹着小提琴出了门。

弟弟睁大双眼看着他夹着小提琴走出去，追了上来，眼睛一刻也没离开小提琴，担心地问："哥哥，你拿小提琴去哪里?"

林子青躲闪着弟弟目光狠狠地说："你不要管!"说着头也不回走出去。

他在那条大街上的寄卖行不知道来回走了多少遍，刚到门口，又退了回来，走了不远又回身来到寄卖行，来来回回几经周折，最后他一咬牙走了进去，他在心里痛苦地喊叫："楚老师，饶恕我吧！为了我的爸爸，我辜负了你，我没有办法啊。也许这就是我的命运！就是我的命!"

寄卖行里各种旧东西摆满了宝笼柜，宝笼柜里放的是上海牌和宝石花手表，以及那些国外的老怀表，也有一些海鸥照相机。宝笼柜里面靠墙是一排货架，一个货架上面摆放着几把小提琴、手风琴以及扬琴。几个货架上摆放着旧衣服。门前，放有几辆寄卖的旧自行车，上面挂着红纸条写着价格。

寄卖行的一个老头儿戴上老花镜反复看着琴，看得那么仔细，一边又不时抬起头来看着林子青，然后又用放大镜往音孔里面看……

"要卖?"老头儿紧盯着林子青，眼里满是疑惑。

林子青连话也说不出来，只是点点头。

"这把琴是……"老头儿从老花眼镜上方盯着他。

"别人送的，不是偷的!"林子青说着拿出户口本。

老头儿尴尬地笑笑："哦，送的，卖了可惜啊!"老头儿将琴递回给他："还是不要卖吧?"

林子青忍受着煎熬："要卖！要卖！快点儿吧!"

老头儿叹息了一声："一定要卖？想卖多少钱?"

"你看吧，多点儿最好。"

老头儿看着他说："现在金雀牌小提琴一级出口转内销是七十元多点儿，红棉特级琴最高也就是三百多元。旧琴价格要低些，你看上面的这些琴最多的也几十元。你这个琴就不好估价了，看这把琴品相，肯定不是‘东方红’，我从来不信商标。我还没见过这样品相的琴。”他将琴放回盒子里，又问林子青：“这把琴是你自己在拉?”

林子青点点头。

“那就不要卖了！卖了，可就难找回它了。小伙子，有啥不能克服的，卖房子卖地……”说着他自己也笑了，“现在哪个还有田地？我是说就是卖其他，也不能卖自己拉的琴!”

“我要卖！要卖！你收不收?”林子青有些不可忍耐了。他感到自己简直在受酷刑一样快要崩溃。他想快快地结束这样的煎熬!

老头儿叹息着把琴放进盒子：“这样吧？寄卖行是两个方式。一个是标上价，东西卖了才付钱，这样价格可以高点儿，但时间就不好说；第二个方式，寄卖行先付钱买断，但这样价格就低些。”

“我马上要钱。”

老头儿看看他，沉吟着：“这样，我先给你预支二百元？如果琴卖了，你再来拿余款。如果没卖，你还可以拿钱来取回去。”看林子青点着头，他拿出票据开好，让林子青签字后，将钱数给林子青。林子青一把揣进怀里急忙离开了。

老头儿一声不响望着他远去的背影，慢慢拿起琴转到里面去，从盒子里取出来，放到柜上和几把小提琴放在一起，又用毛笔写上一张红纸标价签：“意大利小提琴售价：899元整。”刚放好他看了看，又犹豫着，从上面取下小提琴，撕掉标价签，放进琴盒。他的动作轻缓，特别慢。他见过太多了。解放前他当学徒就在当铺，解放初期就一直在寄卖行工作。所不同的只是现在这个行业不再是私人的，而是政府的。他的寄卖生涯让他看了很多，那些生活陷入绝境，迫不得已将自己心爱的东西拿来寄卖的人，他们本来就经过了反复的思想斗争，好不容易最后下了决心，而在最后一刻，当真的要失去自己心爱东西的时候，很多人反悔了，拿上自己珍爱的东西离开了。也有的人，最后不想卖了来取东西，结果东西已经卖出，这些人就捶胸顿足无奈地离开了。

老头儿小心把琴放进琴盒，又打上封条，写了几个字，“此琴暂不出售”，然后放进里屋。

十五

邓卫东骑着刚买来的永久牌自行车到林子青家，他把林父扶上自行车后座，然后推着自行车往这座城市最好的医院走去。

林父坐在自行车上，抚摸着亮锃锃的自行车身，脸上露出兴奋神情：“小邓，刚买的？漂亮，你真能干啊！”

“伯父，是啊，这就是我们中国老百姓的丰田轿车了。”

林父喜滋滋地坐在后架上：“我们这个家是买不起这个了，今天坐一下也是福气啊！”

在医院，父亲做了一系列检查后，大夫又会同了医院里几个大夫进行了会诊。最后让病人在外面等候，就留下林子青、邓卫东，医生又特意上前关上门，然后拿着X光片对林子青说：“你们要有思想准备，他是……”

“我爸爸他……”

“你要有思想准备，你爸爸这个病症是……癌症。食道中段约六厘米癌变。虽没有经过‘活解’，根据我的经验，基本上可以确定。已经是晚期了，错过了手术最好的时间，只有保守治疗。”

“错过了？原来是可以治好的？”林子青一脸的悔恨。

“当然，发现得早是可以手术，但手术也有很大风险，手术也许会引起癌细胞扩散，那样生存时间就更短，有的病人甚至在手术台上就下不来了。不手术呢，后果也可以预见，最多还可以活三个月或半年，有的或许更长些。现在医学只有这个水平，没有特别有效的药物。再说手术费用很高，一般人的经济能力根本不能承受，你们不要再花这个钱了。”

邓卫东问道：“保守治疗又是啥方案？”

医生苦笑道：“保守治疗？基本就是维持现状。食道癌后期，会发生食道狭窄而吃不下东西，也会出现难以忍受的疼痛。吃不下东西的时候，就输点儿液补充。疼得厉害的时候就打杜冷丁。”

林子青和邓卫东面面相觑……

大夫最后叹息说：“多做点儿好吃的，多休息。他有啥心愿未了的，尽量满足他，少留点儿遗憾吧！”

林子青被彻底击垮了，最后一线希望也破灭了。他的心像坠入了无底的深渊。他感到脚软软的，站不起来，邓卫东把他扶住，在他耳边说：“不能让你父亲看见你这个样子，这样他就会知道他病情的严重性，会让他心里承受更大痛苦。”

姐姐和妈妈陪着父亲在外面等候，林子青和邓卫东出来都尽量装出比较轻松的样子，林子青装出笑脸：“爸爸，医生说了，这是一个有点儿顽固的炎症，可以治好。”

邓卫东也笑着说：“伯父，没啥大病，你身体好着呢！”

父亲疑惑地看着林子青和邓卫东，前段时间刚在其他医院检查过，又到这所全国著名医院检查，他怀疑自己可能得了重病绝症，他的心也是七上八下。他伸出手要林子青手中的病历：“我看看医生写的啥？”

林子青手不由得往后一缩，邓卫东按住他的手，将诊断书递给林父：“伯父，你看看吧！”他又在林子青耳边悄悄说：“只有这样了，上面也没有写，医生不说，我开始也看不懂，可能你爸爸也看不出啥来。”

病历上写着：

钡餐透视：食道中段约6cm狭窄梗阻。

诊断意见：食道6cm ca?

父亲在病历上面看了看，也没什么反应，就递给林子青。姐姐也说：“看了没啥吧?”

父亲不好意思地笑了笑。

林子青一颗悬着的心放下来，他在庆幸也感到很悲凉。父亲没有读过书，基本上属于文盲，只写得出自己的名字。要不是这一次父亲的病情，自己也不知道“ca”就是癌症的缩写。能够瞒住爸爸，至少可以让他的内心不再遭受那种生命倒计时的恐惧折磨。

邓卫东离开林子青家时，他的心异常沉重，他紧紧地握住林子青的手，从身上掏出仅有的十多元塞给林子青。林子青的同学朋友中，林父最喜欢他，邓卫东心中也对林父充满崇敬。虽然和自己父亲不一样，但他深深感到林父坚忍的伟大精神。

林子青给爸爸买了很多像奶粉之类的营养品，听说人参有治疗效果，又去买了几根人参。这个期间，报纸上有一篇国外论文，说生吃蟑螂也可以抑制癌细胞。那是他非常厌恶的东西，但他还是和弟弟捉来，撕掉蟑螂翅和头以及那些带刺的腿，然后剁成酱，放上糖。这个过程他们都瞒着父亲。当看见父亲一口喝下去，他就禁不住打了个寒战。

在这个小屋里都感受到死神的威胁。这是一种慢性的精神折磨，全家都小心翼翼瞒着父亲，生怕他知道了自己的病情。看来父亲还不知道，他显得是那样平静。

而在一个深夜，林子青听见厨房里窸窸窣窣地响个不停，他蹑手蹑脚慢慢走下小阁楼，出现在他眼前的一幕让他惊呆了。借着微弱的光亮，他看见父亲用火柴照着碗柜，手上刚抓住一个蟑螂，父亲抬起头，惊慌地看着他，他的手慢慢松开蟑螂，蟑螂惊恐地从他手臂上爬过，他掩饰着说：“你咋还没睡，我……我是看看……有没有老鼠……”

林子青强忍着泪水，他慢慢走上小阁楼。看来父亲已经知道了自己的病症，既然大家瞒着他，他也就默默承受着故意装作不知道。林子青在被窝里悄悄哭着，他生怕父亲听到自己哭声……

十六

一天，父亲躺在床上醒过来突然问他：“子青，这么多天咋没听见你拉小提琴了？”

“爸爸，你想听？”林子青惊讶地盯着父亲。

父亲点点头。

“爸爸，我……”

“你……”父亲看着他，“该学的还是学吧，该做啥还做啥！我的病慢慢会好的，不要影响了你。”

弟弟在一旁突然叫起来：“爸爸，哥哥把琴拿去卖了。我看到的，拿到寄卖行去了！”弟弟说着哭起来。

父亲瞪大双眼盯着林子青：“啥？……你……你……你……你把楚老师的琴……拿去卖了?!”

林子青避开父亲的目光，没有说话，屋子里死一般沉寂。

父亲脸色难看极了，突然，他不停地咳嗽起来，挣扎着抬起身。林子青上前想扶住父亲，父亲一掌推开他，看着床前小桌上放的奶粉、人参、药瓶，他猛然挥起手哗啦啦地打翻在地上，恨恨地说："我这个病不医了，我就是死了，你也要把楚老师的琴找回来!"

林子青冲出屋子在大街上漫无目的地走着……

深秋的夜，天空飘着淅淅沥沥的小雨，一阵阵凉风吹过，林子青不禁打着寒战……父亲的话，让他猛然惊醒过来，他意识到，自己做了一件不可饶恕的错事，怎么能把楚老师的小提琴卖了!

卖小提琴的钱给爸爸看病，又买了些奶粉和其他，也剩下不多了。

如果父亲见不到琴会怎样？他不敢想下去。

卖血？卖血！他心里突然闪过这个念头，刹那间小提琴声凄切悲怆地响起……

早上天刚亮，林子青就悄悄起床，向医院走去……

殷红殷红的血液从身体中流出来，流进那个血液瓶。小提琴声在伤心哀诉……

林子青在柜上数了数钱放进包里，他又走向另一个医院……

当他再次伸出胳膊，一只瘦小的胳膊伸了过来，一只更粗壮的胳膊也伸了过来，他回头一看是弟弟和邓卫东，他紧紧抱着弟弟忍不住流下眼泪。

弟弟在怀里掏出一个纸包递给他说："早晨爸爸悄悄拿着一包东西出去，回来后就叫我找到你，把这个给你。"

林子青打开一看里面是六十元钱，林子青心里一紧，他知道家里没啥值钱的东西，难道？……

林子青胳膊殷红的鲜血再次汩汩流进血液瓶……

邓卫东胳膊殷红的鲜血汩汩流进血液瓶……

林子青数了数钱，离买回小提琴的钱还差得很远，他双眉紧皱咬着牙说："再换一家医院。"

邓卫东沉吟着："不能再卖血了，这样，你等着我。"他推着自行车慢慢走了几步，一纵身跳上自行车飞快地骑去。

不一会儿，邓卫东急急走回来，他从兜里掏出钱来往林子青手里一放说："这下钱差不多了，快去把小提琴赎回来。"

林子青惊喜如狂，也没想那么多，马上和弟弟向寄卖行跑去。

傍晚，寄卖行马上就要关门了，林子青和弟弟赶到门前。林子青一看货架上自己的小提琴不见了，顿时一阵紧张，心里一沉，绝望得话也说不出来。

弟弟则对着老头儿大喊起来："爷爷，我哥的小提琴呢？我哥哥的小提琴呢？"

老头儿眼里露出一丝欣慰，转身进里屋拿出小提琴，放在柜上，慢慢拆开封条……

林子青心中一阵狂喜，连忙从包里掏出钱。老头慢慢地数着钱："小伙子，你这是……"

"爷爷，这是我哥哥卖血的钱！"弟弟说着就把琴抱在怀里。

"啊……"老头儿停止了数钱，他自语道，"幸好！幸好……不然，不然……"

弟弟突然望着里面叫起来："自行车？邓哥的自行车！你看，他的自行车这里有个疤疤。"

老头儿惊诧地看着林子青："这辆车？"

崭新的自行车上一张红标签写着"九成新自行车，售价：130元"。

弟弟突然指着宝笼柜哭喊起来："爸爸的羊皮袄，爸爸的……"林子青再也忍不住，失声痛哭起来……

老头儿背过身抹了抹眼泪，长长地叹息着，盯着兄弟俩紧紧抱着小提琴远去的身影，消失在越来越暗的夜色中。

阁楼上，林子青拉起小提琴，那是和父亲一起在长长的乡村公路上的乐曲片段……

父亲默默倾听着小提琴声，慢慢地他睁大双眼，坐起身来……

当知道儿子卖掉了小提琴，一刹那仿佛晴天霹雳，他惊得头就要爆炸，胸口火烧一般，仿佛鲜血就要喷涌而出。

是的，他没有能力给儿子买小提琴，也从来没有支持过他学小提琴。当儿子和他去拉架架车，儿子想有一把小提琴的痴迷，也让他动了爱怜之心。架架车被勒令停运被砍毁后，他心中曾闪过的念头也化为泡影。看着儿子悲痛绝望的神情，他的心仿佛被刀割一样。

他第一次在阁楼上很隐秘的地方发现了小提琴，他掀开上面压着的破旧杂物，打开紧裹的破布麻袋。他心里一惊，看儿子这么鬼鬼祟祟，这把小提琴一定来路不正，会不会是儿子偷的？这个想法顿时让他惊出一身冷汗。过了几天，他实在忍不住了问儿子：“你那把琴是哪里来的？”儿子一怔，躲开他的目光，沉默着没说话。他不由得胆战心惊，他生怕别人听见，轻声却是严厉问道：“是不是偷来的？”看着儿子坚决否认。他急了，忍不住厉声呵斥：“那你是从哪里来的？”在他的逼问下，儿子才极不情愿说出是楚老师送他的。看着父亲疑惑的眼光，儿子从小阁楼拿来楚天明的书信，他将信将疑，直到把这封书信让林子青的姐姐念给他听后，他才落下心来。但他心中又有了另一种担心，他总感到这把琴会给儿子和这个家带来祸端。

后来，他听说了儿子被街上孩子打的事。又亲身经历了李维思被追捕的风波，儿子学琴差点就害死了李老师。这些都让他深信不疑，儿子学琴绝不是好事，那把琴将会给儿子带来灾难。他曾动了要把这把琴毁掉的念头，让这个祸根远远离开儿子。但是，那是让他尊敬的人送给儿子的。他能去违背楚老师的意愿吗？还有，他内心深处厚重的父爱，让他不忍去伤害儿子的心？不！不！不！这简直就是儿子的命。他不敢往下想。这些年，他就这么在极端的矛盾中忧心忡忡地关注着这把琴。

当这把琴真的卖掉了失去了，他的脑子一时间一片空白。这把琴简直就是儿子的命，为了治自己的病，救自己的命，儿子竟然连自己的命也不要了。他已经猜到自己得了不治之症。他知道儿子瞒着他，是让他心里不要受死亡的恐惧折磨，他也就装着不知道，也让儿子心里也安稳些。自己悄悄在半夜里捉蟑螂被儿子看见也让他惴惴不安。

这么多年，他从来没有一句话支持过儿子学小提琴，甚至在内心希望儿子断了这个念头。他感到自己亏欠儿子太多，在自己就要离开人世前，绝不能眼睁睁看着这把琴从儿子身边消失。

看着儿子伤心欲绝孤立无助的神情离开家。他叹息良久，儿子哪里去找钱赎回小提琴？他绞尽脑汁搜寻家里能值点钱的东西，最后他的手停留在身上的羊皮袄上。他坐起身，慢慢脱下这件伴随自己多年的羊皮袄，摩挲着细心整理着每一曲卷毛，然后卷起来包好。他忍着病痛，艰难地下了床，紧紧地把羊皮袄夹在腋窝下，这才打开门。一阵寒气扑面而来，他不禁打了个寒战。

寒风裹挟着雨雪一阵紧过一阵，吹打在林父脸上，他裹紧上衣低垂着头步履蹒跚艰难地顶着风雪走去……

悲凉、沧桑的琴声回旋在小屋，仿佛被压抑已久的内心情感爆发出来，在不断诉说着一生内心的苦痛、忧伤……

父亲的思绪仿佛回到了悲惨的童年，回到艰辛磨难的岁月……他的眼泪涌了上来，喉头不断哽咽，他止不住老泪纵横、失声痛哭起来……

十七

一个让所有年轻人欢欣鼓舞的消息，在大江南北迅速传播开了。恢复高考，不再推荐，面向工人、知青……所有的人都可以参加高考。这个消息后来在《人民日报》刊登以后，得到了证实。高考正式拉开了序幕，一个以人才选拔为主的大学招生，在年轻人中引起了轰动。

林子青心中欣喜若狂，就像在漫漫长夜里，看见了一线曙光。

他激动地将自己这一刻的情绪记录下来写进乐曲。

李维思从上海专程乘飞机来了。当他和林子青见面时，他们一时间都愣住了，岁月在他们脸上留下了深深痕迹……在惊喜的呼唤中，他紧紧抱住林子青，林子青像一个孩子般委屈地哭了，李维思轻轻拍着他的肩背："好了，这下好了，走，我们先去看你爸爸。"

李维思走在小巷，百感交集，他在楚天明的小屋前静静地站了好一阵才慢慢离开。

"老哥，嫂子！"李维思一踏进林子青家，疾步走到躺在床上的林父跟前，双手紧握住他的手。看着形容枯槁的林父，李维思一时间说不出话来。

"李老师！快坐下，快坐下！"父亲慌忙撑起身子，对林子青妈妈说，"去多弄几个菜，今天我要和李老师好好喝几口！这么多年让李老师费心了，真不晓得该咋个感谢你哦。"

"老哥，你不要这么说啊，其实在你们身上我也学到了很多东西。我年轻时是一个富家公子，老爸有钱才让我能够学小提琴，那个时候也不是一般家庭孩子可以学的。而子青在这样的家中，这样的生活环境，又遇上了上山下乡运动当知青。这么多年，还能够坚持下来。可以想象，他比我，比很多孩子更难。他对小提琴的热爱，他的精神比我强多了！”

“李老师太会说话了，他能赶得上你一个小指头我也就满足了。”林父心中高兴极了。

林父说着说着，放低声音，下意识地望望门外，李维思也望了望，他一下会意地笑起来，他伸手指指门外：“老哥，还在担心啊？呵呵呵！”

不觉间，茶没喝上几口，妈妈把饭菜就弄好了。

“大哥，我敬你一杯！我为林子青有你这样的好爸爸感到高兴，干！”李维思仰头喝了下去。

“我？……”林父愣住了，看着李维思，“我从来就没有支持过他，从来就不要他学小提琴。这不光是我们家庭没这个能力，还有，我虽然不懂这个，我也知道，要真学成器，就不是那么简单了，我一直觉得这个娃娃还是吃不得这个苦。”林父痛快地喝下一口酒：“再说，这玩意儿再好也是杀龙的本事，现在哪有龙来杀？他爷爷年轻时就弄这个‘梵婀玲’，结果咋样？”

“哈哈哈……”李维思笑得前仰后合。他擦擦眼睛若有所思点点头，“看来子青是有点儿遗传基因啊！”

“我是大老粗，就是想他学个啥手艺，像木匠啥的。手艺人啥时候都饿不到饭。”

“大哥！”李维思又举起杯，他想起了林子青拉的那段曲子，深刻地表现出了父亲顽强的毅力对一个儿子的影响力。林父没有那种深刻震撼人心的言辞教导，但他默默无声的行为，却潜移默化在影响着林子青。他深有感触地举起杯由衷地说：“大哥！我尊敬你！钦佩你！”

林父这天喝得很高兴，妈妈在一旁担心地不住给林子青使眼色，让他不要再给父亲斟酒。

“倒上!”父亲一口饮干酒，空酒杯对着林子青。他今天太开心了，李维思的话让他也在内心对儿子充满希望，他从未有过这样的开心。

“大哥，这次音乐学院招生，林子青可以报考了，你愿意他去?”

“这？这？这个……当然好，他行不行哦?”

李维思轻轻握住林父的手：“大哥，等着吧！子青这孩子……”

不觉间一瓶酒喝完了，小巷也安静下来。李维思告辞了，音乐学院早已在招待所安排好了住处。林子青把自己写的曲谱给了李维思：“还有一些没写完，后面还没想咋样结束。”

“没关系，我先带回去看看。”一路上，李维思告诉林子青，这次是专门来看他的曲谱，亲自看看他的小提琴演奏水平，“这样吧，明天你带上琴来我住的地方。”

林子青这一晚上久久不能入睡。他感到惶恐不安，他不知道自己的曲子究竟怎样，他没有正规系统地学习过作曲和小提琴的严格训练。虽然他自己常常被感动得心中在流泪，在以往的很多场合，他也感到自己演奏技巧远远超过很多人，但这毕竟是音乐学院，那是一个在他心目中神圣的殿堂。

第二天傍晚，林子青背上琴忐忑不安地来到音乐学院招待所。那是一栋绿树掩映的米白色小楼，周围静静的，远远地他听见李维思正在演奏自己写的曲子，他停下来，有些紧张、激动、兴奋地聆听着。他还从来没有听别人拉自己作的这首曲子，他的内心有一种异样的感觉……曲子到了后面断了，随后就是沉静……

他沉思着慢慢走进去，在房间门口轻轻敲了门……

李维思将他迎进屋，一边放下琴，拾起摆放在桌上的乐谱拍了拍说："这首曲子……你自己感觉怎么样?"

"我……"林子青有些紧张望了他一眼。

李维思点点头说："写得不错，这首曲子旋律深沉优美，叙事清晰可见，情感激越澎湃。大致是一个三部式的叙事曲。这三个段落你都备注了一个副标题，第一个段落——萌芽，第二个段落——风雨，第三个段落——阳光。最后这一段……唔！还没有写完，我感觉到这里有点儿茫然失去方向了。"

林子青不由得点点头。

"这个我们等会儿再说吧。我认为这首叙事曲应该有一个标题，该不该有呢？要还是不要呢？这个……作曲方面的专业知识……哎！你看，差点儿就忘了，学院的胡耀先老师不就是作曲家嘛，先找找他！看叙事曲标题是怎样的，包括三部式能不能不受曲式限制、有一个充分的自由度？这样，你后面写起来就可以尽情地发挥了。"

李维思为自己的想法感到非常高兴，他在房间里慢慢踱着步，走着走着他停下来："这首曲子的标题你想过吧？也许你已经想好了?"

林子青摇摇头说："我想过，我想到过《命运》这个标题，但是，我想到有了贝多芬的《命运交响曲》，我就没有勇气去取这个名字了。这首曲子从题材到篇幅都不能支撑这样一个宏大的标题。我也想到过类似'悲怆''苦难'等这样的名字……从我内心来说，我不愿意这首曲子背负一个沉重、灰暗、伤感的名字。我希望这个名字带有光泽、充满希望、蕴含力量而又质朴无华。"

"唔……哦……哦……好……好！"李维思不断颔首赞许、神情凝重思索着。他感叹林子青这样一个生活在社会底层，内向含蓄的孩子，经历了那么多的辛酸磨难，却对生活没有丝毫怨恨。他的内心充满阳光，平静中透出蓬勃朝气，胸怀和思想是那么宽广深厚。

李维思被深深地感动了，他低头沉吟着在屋子里来回踱着步……慢慢地他走到窗前，凝视着天空，猛然，他举起右手，仿佛像握住了指挥小棍轻轻地摇晃着："这个？这个……这个名字怎么样？太阳……太阳……太阳升起……太阳升起的时候。"李维思情不自禁向上张开双臂。

林子青瞪大眼睛看着他……

"太阳升起的时候?"

一刹那，林子青心中感到一阵小提琴声油然而至，像金色温暖的阳光一般闪耀……林子青胸中豁然开朗："对，就是这个，就这个!"

他的人生历程让他深深体会到，一个人的命运和祖国的命运紧密相连，自然界的万物只有当太阳升起的时候，才有了蓬勃旺盛的生命力。

李维思激动地抽出笔，飞快地在乐谱首页写上了标题。他也为自己突然想到这个标题而激动不已。他兴奋地点上一支烟，又问林子青："后面为啥没写完？有什么新的考虑吗?"

"我写不下去了，我也不知道为啥。"

"哦……"李维思在屋里来回走着，慢慢地停了下来望着林子青，"你有一个心结？对！就是还有一个心结，让你的曲子写不下去了。这道坎，这个心结，或许就是你父亲的政治问题，它像一团阴霾笼罩着你的心。"

"我爸爸他……"林子青哽咽着。

"他怎么了?"

"我爸爸患了癌症，医生说他的日子已经不多了。"

"哦……"李维思叹息着久久说不出话来，后来他又问了病情和治疗情况。他静静地听着，半晌才说出话来："小林，你爸爸的病，我们只有期盼奇迹在他身上发生了。眼下，你爸爸的历史政治问题，完全可以申诉重新复查。我来的时候，上海纠正历史冤假错案已经开始了。这样吧，你先抓紧时间，到法院提交申请，要求复查，重新结论。如果有一个好的结果，对你爸爸是最大的心灵抚慰，压抑了那么多年的精神枷锁一旦解开，这对一个人是何等开心、扬眉吐气的事情！也许他的病情就会发生奇迹。”

李维思沉思着慢慢说：“这首曲子，可能正是这个心结让你写不下去？那么，是不是就要等待那一天到来，你的心结解开了才继续去写？我看，你不必等，你完全可以按照自己最美好的愿望来写完这首曲子的最后一部分。音乐、文学、艺术必须要发挥相当的想象力，而不是照搬、复制生活。这就是艺术的创造力！”

李维思想了想又说：“小林，小红……把她对你的情感都告诉了我……”

林子青脸红了，内心的秘密被别人发现，他像个贼一样心虚，躲开了李维思的目光，低下头。

李维思上前扶着林子青的肩头感叹地说：“本来我不想提这个事，现实是残酷的，这在你曲子中也表达出一种纠结和矛盾，再后来似乎不知道怎样去表达。我想对你说的是——这样的情感完全可以按照自己的愿望，在乐曲中去表现对爱情的向往，这也是我们对生活的追求。”

林子青听着，心里豁然开朗。

末了，李维思又问林子青：“我让小红寄给你的乐谱拉完了？”

林子青点点头。

“很好，那些曲子是音乐学院小提琴系四年级的全部曲子，有的是研究生才要求完成的曲子。过会儿我听你拉几首，看看你的技巧和对乐曲的理解。如果没有什么问题，我有一个想法，我要为你组织一场小提琴独奏音乐会。”

林子青瞪大了眼睛，他简直不敢相信这一切是真的：“我行吗？我不敢，我心里没底。”

“勇敢点儿！不要怕，你的演奏水平已经到达了一个高度。音乐学院的胡耀先老师，你认识吧，今天我们还谈起你，他谈起下放在你们县里文化馆的一段经历，谈起了你在一次年度会演的表现，他也同意我这个想法。你不要怕，我们到时候都会有独奏曲目和你同台演出，但重点是你这首小提琴叙事曲。”

“啊！”林子青惊异了，看着李维思充满信任的目光，他心里慢慢平静下来。

李维思拿过林子青的小提琴，看着看着眼里就涌上泪水，他喃喃地说道：“楚大哥，你的琴就要重见天日，你的愿望就要实现了！”

“小林，这首曲子你一定要加快写完。还有，这次高考你有啥打算？”

“这段时间我一直在陪爸爸治疗，还没想好。”

“这样，你先报考中央音乐学院。如果没有这次高考，你完全可以先到一个乐团去，先改变自己的处境，也就是混碗饭吃吧！现在，我感到你有必要接受完整的音乐理论基础知识和严格的演奏训练，这对以后你的演奏作曲能力的提升，很有必要。在那里，成绩优异的学生也会获得更多的去欧洲留学的机会，在那里可以获得世界级演奏大师的进一步指导。”

“我爸爸……在政审中可能会……”

“这个……这次在招生中倒是对政审有这么个说法，家庭政治历史清楚，重在个人政治表现，这是一个比较模糊的东西。或许有影响，或许影响不大。”李维思说着也有一丝忧虑。

后来几天，林子青在李维思的指导下，把那些乐谱全部演奏了一遍。李维思很满意，一再强调，小提琴只是一个载体，最重要的是用这个载体表达自己对音乐的理解，而不是机械简单地完成那些音符。

“你看，我拉这首曲子，就没有你表现得好。毕竟，绳索深深勒进过你的肩头，那是皮肉熬出来的感受……”

李维思离开林子青回上海的时候，林子青到机场送他。临行前，李维思一再嘱咐他，要尽快完成这首乐曲，将乐谱寄给他，李维思充满感触地说：

“这是音乐会最重要的一首曲子，这不光是你的生活经历，更是很多生活在社会底层的人，他们历经千辛万难，充满对生活的热爱的追求精神。这是整个人类，是生命永不停息的伟大精神，它将会激励更多的人在艰难困苦中自强不息。”

十八

林子青决心要为父亲的案子申诉，要求平反。

林子青向爸爸妈妈详细询问了那段历史，他的心中充满愤怒，他要看看那个当初置父亲于死地，让父亲蒙受多年冤屈的人。

林子青和弟弟一起去了。这是一条很窄的小巷子最里面，一个用各种材料搭建的凌乱低矮小屋的院子，他们进去后又拐了好几个弯，在角落处一个牛毛毡搭起的低矮的棚子里见到了这个女人。这个据说当初长相还不错，非常活跃，喜欢出风头的女人，厂里的积极分子，现在已经是老态龙钟，孑然一身孤寡独处。她脸上浮肿，两只眼睛就剩下一条缝，苍白的脸上覆盖着土黄色，整个身子像一堆烂泥样窝在椅子里，显得那么脏，让人感受到一股死亡的气息。

就是她？林子青心里感到阵阵恶心。

好像她的生活中很少有人来了，她微微欠起身，显得有些惊讶："你们？"

林子青压抑着内心的愤怒，俯下身："你还记得林柏荣吗？"

"林柏荣？哦，想不起了……"老妇人仿佛在记忆中搜寻，她麻木地说。

"你狗日的装疯！"弟弟在一旁骂道。

"六一年在粮食困难时期，被你整材料打成反革命的那个人！"

老妇人身子猛然抖动一下，她坐起身子，使劲睁开眼睛打量林子青："你们是……"

"我们是他的儿子。"

"哦……"老妇人有些吃惊，嗫嚅地说，"你长这么大了？那个时候你才这么高。"她用手比了比，脸上又现出一丝挤出的笑容，"你爸爸还好吧？"

"他能好吗？这么多年，反革命帽子一直扣在他头上。"

"哦……哦……"老妇人含混不清地嘀咕着。

"当初我爸爸咋会被你写材料打成了反革命？我们要了解一些当时发生的事情。"

老妇人眨巴着眼，像是在搜寻过去："哎哟！这又不是我一个人做的事情，那个时候的人都在乱整，一句话不对就遭殃了。"老妇人显然在掩饰："你看我后来还不是被人家整了，现在还翻不了身。"

"你狗日的活该！"弟弟又骂了一句。

老妇人说着竟然流下泪来："我命苦啊！我男人走了，娃娃也走了。我好惨啊，一个人……现在一身都是病……"说着就号啕大哭起来。

林子青感到阵阵悲凉，他厌恶地看着她，站起身对弟弟说："我们走！"弟弟走了几步又回转身去，一脚踢翻桌子这才离开了。

他们听见身后那个老妇人在哭喊："作孽啊，作孽啊!……"

林子青来到法院，接待处一个中年女人接待了他，听了他的述说，就让他填写了一个案件复查申请表，还笑容可掬地安慰他，现在正要开始审查和解决历史上遗留的一批重大问题，对以往的冤假错案重新复查，相信会有一个公正的结果。

林子青回家把这个消息告诉了全家，全家人都欢欣鼓舞，尤其是父亲，好多天都在一种兴奋之中，他的身体状态也像好了许多。在欢欣之余，妈妈还是很担忧地问："会不会说不服从判决，又加重……"

弟弟气呼呼地说："不服就不服，咋个了？你们就是怕！怕！怕!"

林子青在兴奋之余，他的心结解除了。在一个晚上，在那个小阁楼上写完了最后那段乐曲。他试着演奏了一遍，顿感如释重负，他若有所思默默地走出家门。

夜已深了，小巷依旧，路人稀稀落落，但在林子青心中感到一种生机勃勃的景象。他脑海里，童年时代的场景一幕幕不断浮现，他仿佛听见了童年时代的欢声笑语，他来到小巷那片高高的围墙前，仿佛那小楼上琴声又飘然而至……

"林子青!"一个女孩的声音响起，他才从梦幻中醒过来，他转过身去。

这不是梦幻，是周缨站在他身后轻声叫他，他怔怔地看着她。

"我刚才经过你家听见你拉这首曲子，就一直听完又跟你过来了。你那首曲子写完了?"

林子青点点头，很久没见到周缨，他一时竟不知道说啥，他感到好陌生。

他们慢慢走着，走到巷口那次和周缨男友发生冲突的地方，周缨笑了笑："那次，你们也真够狠!"

"恨我吧?"林子青望着前面，不敢看周缨。

"恨！在这条小巷，真是让我脸面丢尽。如果不是你，我恨不得扇他两耳光。不过，要是我换成你，我也会这样，这就是男人。子青，是我伤害了你，你恨我，别说你打他，就是打我，我也认了。无论你怎么样，我都不怪你。"

林子青心里有些感动了，想起那晚的情景，笑了笑："要不是你阻拦，那天真的就打开了!"

周缨也笑笑："可能吧，他在我面前也是很要面子的人，看起来也很强势，也像个男人。不过，后来他让我很失望，我感到他内心还是很懦弱，我们不是一个类型的人。唉……"周缨叹口气："不说这个了，说起心就烦!"

这次，她要男朋友和她都去参加高考，他说什么也不愿意去，还不要她去。周缨知道他的想法，他已经是单位的一个小科长，他怕如果考不上，在单位上很丢面子。他不要周缨去完全是一种很自私的想法，他怕她一旦考上了大学，本来就已经有些裂痕的关系说不定就结束了。就是能够维持下去，以后他在家庭中的地位也会受到削弱。他要维持自己的绝对优势，他嘴上没说出来，周缨已是心知肚明。周缨没有和他纠缠，只是坚定地按照自己的想法，开始了高考准备。

"高考就要开始了，你去参加吗?"

"我……我还没想好。"林子青又想起了无数次被挡在门外的经历。

"这还用想吗？必须去！这是一个对我们来说不可多得的机会，我已经决定了，这次要去!"

"你也要去?"林子青经周缨这么一说，他心中摇摆不定的天平倾斜了。一时间，他下了决心。

“这样吧，我知道你和邓卫东的关系，他是高六六级的，我们只读了初一的课程，学得太少了，仅仅靠自己学不行，我们可以在他那里复习，让他给我们一些基本辅导。我姑妈又给我找了一个大学的老师，每周再针对高考给我们辅导一次。你看这样行不?”

“我……不知道邓卫东的想法？我们还没有说过这事。”

“他还会有啥想法？他现在还是煤矿工，他会安心吗？他那个人是个弄潮儿，他能不赶上这个潮流？这样，我们去找邓卫东，没有不行的!”周缨不由分说拉上林子青。

路上，林子青问起周缨的密友马丹丽，就是第一次在周缨家看见拉小提琴，后来借小提琴给自己的那个女孩，她下乡时和周缨在一个生产队，这么多年，林子青对她一直心怀感激，他也希望她能参加高考。

“她现在怎么样?”

“糟糕透了，他们根本就不是一路人，要不是为了招工……唉!”

周缨当时拒绝了刘队长的招工条件，刘队长转而对她的女友提出了要求。这是女友后来才告诉周缨的，刘队长的条件是回城去后和他结婚，本来她也只是想先答应下来，回去再说。结果在县招待所房间里，刘队长拿出一张招工表，然后要她先兑现诺言，万般无奈下，女友只得把身子给了他，这才如愿录取回城。

“前段时间，刘队长在接受审查，也不知道以后咋样呢。唉！我那女朋友也是红颜薄命。你说得对，我给她说一下，让她和我们一起复习。”

在周缨的张罗下，大家在邓卫东家里每天一起复习。邓卫东是高六六级的，基本学完了高中全部课程，那些功课他很快地就复习差不多了，转而在功课上指导大家。后来一些学校的同学听说后也来邓卫东这里复习功课。

紧张而激动的复习不觉间，就进入了高考最后阶段。进入冬天，全国统考如期进行，所有上了分数线的考生都在翘首以盼。

十九

新年伊始，在这座城市的晚报上头版刊登了一个消息：

> 我国著名小提琴家李维思将在我市音乐大厅演出。同台演出的还有林子青，这是一位自学成才的小提琴演奏新秀……

这个消息让小巷沸腾了。夜晚，小阁楼下聚满了林子青少年时代的小伙伴，他们安静地聆听着林子青小阁楼传出的琴声。

林子青拉完琴走出屋，他被眼前的情景惊呆了。小伙伴怀着钦佩、内疚的心情，静静地望着他……

林子青想起了父亲临终前的嘱咐："如果你真有出头的那一天，不要去怨恨那些曾经伤害过我们的人，更不能在他们面前洋洋得意，尤其是在这条小巷，在你小时候的伙伴面前……"林子青眼睛湿了，他慢慢向他们走去……默默无语张开胳膊抱住了几个小伙伴，小伙伴们呼啦一下紧紧围住他……

突然，"眯贼"吼了一声："呵！演奏家，演奏家！为我们小巷的演奏家欢呼！"小伙伴们"哗哗哗"地拍起手来……

这是在城市中心宽阔的广场侧面刚落成的音乐演奏大厅，一座浅白色新现代古典建筑。大厅前，八根粗壮的大理石圆柱从地面高高耸立到屋顶，显示出建筑的高大宏伟气势。音乐大厅拱穹巨大的圆弧屋顶，显得庄重典雅，充满艺术感。随着夜幕的降临，灯光明亮起来，轻柔的音乐响起，回旋在大厅上空。大厅前入口处，年轻的女孩在不断向观众发演出剧目单。

大门口，“票串串”在大声喊叫：“有没得多的票？有没得多余的票?”叫声此起彼伏，在门前一声盖过一声。

只要出现一个在怀里掏摸动作的人，四周人群马上就蜂拥上来……

林子青的姐姐、弟弟，还有邓卫东满面笑容地走进大门，弟弟忍不住挥舞着票叫了一声：“我有票！我有票!”哄的一下马上拥过来一群人。

邓卫东赶快止住他，又向众人歉意笑着：“对不起，对不起，自己要看的，没得多余的。”

“票串串”恨了他一眼：“没得票？喊啥子，神经病!”

姐姐瞪了弟弟一眼：“乱叫啥子！看把你票抢了，就没得你看的了，快进去了!”

人群中走来李小红，她若有所思地走进大厅。

周缨和女友马丹丽相挽着走了过来，她神情复杂，不停地看着手中的剧目……

“眯贼”和小巷一群孩子向大厅走去，兴奋地说个不停，又不时走到看剧目单的人面前，指着上面炫耀地说：“看见了，这里，林子青，他是我们小巷的!”

观众席上，前排中央，李维思和几个老师坐在一起。

李维思说：“真不容易，张老、赵老你们几位都专程从北京过来了!”

头发花白的张老说："是啊！我们这些牛鬼蛇神——又出笼了。呵呵呵！你不叫我，我才要拿你是问！你看，作曲系赵老师也来了，这可是个不怀好意的家伙，早就暗中窥视。"

"公平竞争，公平竞争！我岂敢虎口夺食。"赵老师微微颔首，话语温和，含而不露，暗藏机锋。

张老呵呵大笑："你们看，这个人啊，好毒，好毒……呵呵呵!"

李维思也忍不住笑了，他告辞了他们往后台走去。

音乐大厅灯光暗了下来，聚光灯光束投射在大红色天鹅绒幕布上，幕布闪耀着熠熠光辉。报幕员着一身红色的旗袍走到幕布前，她微笑着的目光向观众凝视，大厅顿时静下来：

"亲爱的观众朋友们！一九七八年全国小提琴独奏音乐会——现在开始！请听，小提琴独奏曲《新春乐》。作曲：茅沅，演奏者：著名小提琴家李维思。"

幕布徐徐拉开了，聚光灯光束移动着，李维思走上台前，凝视着观众席，慢慢将琴搭上肩。他很激动，眼眶也湿润了。这么多年来他像一只长久困守在笼子里的野兽，一旦放归山林，狂野自然的浓烈气息，就会让他抑制不住内心的兴奋。

李维思怀着快乐的心情，激动地演奏完《新春乐》。在一片掌声中，他没有退场。报幕员款款走到台前：

"下面请欣赏，《巴赫D大调双人小提琴协奏曲》。演奏者：李维思、林子青。"

报幕员向台侧注目，观众的目光跟随着她望去。

林子青脚步有些慌乱，急忙走到台前。舞台强烈的灯光投射在他身上，让他感到很紧张。以前在乐池，那是一个灯光柔和很小的场景，他面对的就是乐队为数不多的人，看见的就是舞台上已经进入了剧情的演员，他很自然地在乐池柔和的灯光下进入到音乐。

几天前李维思和他来走台，那个时候的观众席空空无人，他很兴奋，内心有一种抑制不住的冲动感。而现在，黑压压的观众塞满大厅座席，让他感到一种压迫感，他感到整个身子都僵硬了。

李维思已经看出他内心的紧张，他微笑着向他对视着目光，又上前走了一步和他对了对音。然后轻轻一点头，猛地一挥弓，琴声顿时在大厅回响。

林子青跟了上去，李维思不断地和他对视着眼神引导他演奏。慢慢地，林子青进入到乐曲里面，动作和身子也灵活起来。李维思和他对视着，在眼神，在动作上调动林子青对乐曲的激情。慢慢地，两把小提琴仿佛在对话一样自由地抒发着情感。

曲子演奏完了，林子青意犹未尽，还处于兴奋之中。在一阵掌声中，幕布徐徐拉上了，大厅灯光暗了下来。

观众席上，人们交头接耳在议论着……

几束柔和的灯光齐聚，投射在幕布台前，女报幕员从幕布中央款款地走出来，微笑着面对观众席，大厅静了下来。报幕员看着一页稿纸，清澈饱满的声音回响在大厅：

“亲爱的观众朋友们，下面请欣赏：小提琴叙事曲。作曲：林子青。小提琴演奏：林子青。他演奏的小提琴，是意大利制琴大师安东尼奥·斯特拉迪瓦里一七一五年制作的小提琴。”

“哄……”观众席上发出惊讶的赞叹声。

女报幕员微笑着等观众席上静下来：“请欣赏，小提琴叙事曲《太阳升起的时候》。”

幕布徐徐拉开了，一束灯光投射在林子青身上，他神情严峻，微微低着头。

钢琴声在悄悄铺垫着……

林子青奋力挥起了琴弓，沉重沧桑的小提琴声骤然响起，他双眼微微闭上了，像是在思绪中追寻……

那是他生活的小巷，狭窄的小巷，歪歪斜斜的瓦屋，穷困贫寒的景象……

一群孩子在欢声笑语中追逐……一个小孩滚着铁环，跑到围墙边停下来，痴迷地聆听围墙里阁楼上传出的琴声。小孩一边向阁楼张望，一边像小狗一样在地上趴着飞快画写着，又直起身奋力举起小手在墙上飞快地记录着音符……他一摸脸上汗水，脸上出现几道手指印。

老头儿在阁楼窗口伸出头，俯身盯着小孩，神情严峻的脸上慢慢露出微笑，他悄悄地走下楼，打开门，轻手轻脚向小孩走去。

小孩一抬头，将粉笔紧握手中，怔怔望着……老头儿笑着伸手想要抚摸他的头，小孩一个转身一溜烟儿跑了，一边跑一边回头张望。老头儿看着小孩跑去的背影，露出开心的笑容……

温暖的琴声像甘洌的清泉流进荒漠，润泽欢快……

琴声急转直下，在低音区急促地响起。顿时，仿佛狂风呼呼大作，雷电轰鸣……

“嘎斯”卡车在楚天明黑漆大门前伴着尖锐的急刹车声戛然停下，一伙人跳下车，挥舞棍棒冲进大门，楚天明家里乐谱四散……

挂着“里通外国反动学术权威”木牌的楚天明不顾一切冲上去，夺下刘队长手中的小提琴，紧紧抱在怀里。刘队长一脚狠狠蹬开他，楚天明踉跄倒在地上。林子青看着这一幕心如刀绞，他扑上去，刘队长对着他一阵棍棒……

楚天明躺卧在床上，形容枯槁，奄奄一息。弥留之际，他泪痕满面将小提琴郑重传递给林子青，闭上双眼。林子青伏在楚天明身上号啕大哭。

琴声悲怆凄凉，撕心断肠让人喘息不过来……林子青眼里含着泪水奋力挥动琴弓，琴声仿佛在旷野响起，凄凉无助。

长长的乡村公路，烈日高照。架架车在炽热的路面上艰难行走。一个长长的缓坡上，拉架架车的一老一少精疲力竭，身子前倾紧绷拉绳，汗水不停流淌。沉重的架架车在公路沥青路面上呈“之”字形艰难移动，地上留下一大一小的脚迹和车轮两道弯曲的深深痕印。

候车室，少年满面泪水从窗口跑开，琴声像鞭子一样鞭笞着他的心……

暮色降临在原野，少年在乡村公路上奔跑，追赶远处暮霭中的架架车……他套上了背带拉绳，父亲回头看了他一眼，脸上露出欣慰。

琴声低沉而充满了坚忍和毅力，越来越强烈，反复奏出最强音……

林子青在小阁楼和弟弟数着拉架架车挣来的钱，兄弟俩露出欣喜的微笑，林子青拿出几元钱给弟弟，弟弟又将钱塞进他手里，林子青兴奋地说：“弟弟，过不了多久，我们就可以买小提琴了。”弟弟跳起身来高声呼喊。

楼下传来刘干事和父亲激烈的争吵声，林子青和弟弟连忙跑下小阁楼，只见父亲在屋里拖出一把斧子冲了出去。

“嘭！嘭！嘭！……”父亲疯狂地挥舞斧子不断砍向架架车。

“爸爸？”林子青惊叫一声，弟弟扑上前抱住爸爸的腿，哭喊着：“爸爸，爸爸，不要砍架架车，不要砍架架车……”

父亲看了他们一眼，推开弟弟又挥起斧子……

斧子一次又一次砍下去，仿佛砍在林子青心上，他的梦想被击碎了，他的心在无声地哭喊……

琴声在低音部反复挣扎，没有一丝光亮，渐渐沉入黑夜……

李维思泪流满面。他已经多次拉过这一首叙事曲，每次都让他深深震撼。在新疆农场，很多个死一般沉寂的夜晚，当他拉起这首曲子的部分章节，引得他身边的落难的音乐同人唏嘘不止，泪水涟涟。但他在心底还是认为，自己演奏这首曲子，只是触摸到那种情景，远远没有林子青拉出的那种悲怆和痛苦。虽然，林子青在技巧上还显得稚嫩，还不是一个真正的演奏家和作曲家，但这首曲子是林子青的皮肉和灵魂熬炼出来的音符，只有他来演奏才能最深刻地表现出曲子的内涵和情感。

这次音乐会一切就绪，他特地打电话把这个消息告诉李小红，李小红在电话那边先是惊叫了一声，然后就没有声音了。

“喂，喂，喂？……”李维思不断呼喊着，好一阵，他听见电话那边传来李小红的抽泣声。李维思心情复杂地说：“小红，小红，我们……应该高兴才是。”

电话那边终于传来李小红的声音，她泣不成声，断断续续说道：“叔叔，谢谢你……给我带来了这个消息，我一直期盼……这一天，相信有……这一天。叔叔，这一天……这一天来得……来得……我怎么办？……”电话里，李小红禁不住失声痛哭起来……

“小红，小红，这个事……我们见面再谈吧……”好一阵，李维思心情沉重慢慢放下电话。

李维思的思绪回到音乐厅，他看着台上的林子青自然舒缓的动作，凝峻的表情，他感到林子青已经忘记了在演奏小提琴，而是用弓在弦上述说自己内心积压已久的情感，在描绘一幅幅震撼人心的图画。

观众席上，张老取下眼镜擦了擦湿润的眼睑，赵老身子前倾脖颈伸得老长盯着林子青。

河畔桥洞下，林子青被“排骨”推搡，林子青忍气吞声收起小提琴离去，回头看见“排骨”欺负李小红，他转身上前打翻“排骨”匆匆离开。

李小红望着他的身影，内心充满钦佩之情，她怔了怔，拔腿追了上去……

琴声温暖甜美，充满奇妙的情感……

李小红追上林子青和他并肩走在一起。黑夜中，他们清澈的目光闪动着光亮对视着，李小红大胆地看着他，林子青慌乱中避开目光，心中涌上一种神奇的感觉。

李小红悄悄为林子青的琴换上一套新琴弦，林子青拉着琴心里一热，他眼睛湿漉漉地望了她一眼，琴声充满感动之情……

火车站站台上，林子青告别李小红，黯然神伤依依不舍。缓缓启动的车轮声中，列车渐行渐远，车窗前李小红泪眼婆娑，不断挥动手臂，林子青心中的琴声追逐着远去的列车……小提琴声悄然响起，哀婉忧伤，诗一般的缠绵。

夕阳西下，李小红的身影在河滩上伫立，仿佛一尊女神雕像，她向河岸下游极目望去，终于，她看见林子青拉纤的木船出现了，渐渐地越来越近，她止不住内心的喜悦，挥舞着双手，呼喊着向林子青跑去……

知青小屋，李小红从包里掏出一副琴弦，神秘地说："我给你偷来的……"

演出前的夜晚，林子青默默地给小提琴换上了这套多米兰特琴弦。

林子青充满激情演奏着这段乐曲。琴声舒缓明丽，阳光灿烂，饱含着对李小红的赞美、爱慕，对散发出强烈青春气息的异性的渴求。他想起了在知青小屋的那个夜晚，他浑身一阵哆嗦……

李小红在身后抱住他的那一刻，当他们炽热的嘴唇紧紧粘在一起的时候，他的内心强烈地冲动着。他爱她，就像仰望星星月亮一样，她是那么圣洁、华美、灿烂、动人。在他心中，她总是像太阳般耀眼夺目，像一汪清泉润泽甘甜。他一想到她心中就充满愉悦舒坦。而李小红的炽热大胆使他有些惶恐，感到茫然无措。在他内心深处，李小红的家庭背景是他不敢正视的现实，他根本就不能设想他和李小红能够走在一起，他内心的自卑限制了对李小红的爱慕之情，严酷的现实扼杀了他对李小红的情欲。过后他又深深地自责，咒骂自己的软弱。他就是这样内心充满矛盾、纠结。这就让他更加痛苦，甚至感到内心在滴血一般惨痛。但他不像很多具有音乐特质的人，可以在歇斯底里和神经质中得到释放，他总是显得比较平静。他可以压抑自己内心哪怕已经燃烧的情感而承受着折磨。他推开了紧紧拥抱着他的李小红……

琴弓大幅度摆动着，撞击着琴弦，积聚已久的忧伤和痛苦仿佛决堤的堰塞湖倾泻而下，汹涌澎湃般在琴弦上奔涌而出……

李小红坐在前排，她的双眼一直没有离开林子青。她在琴声中感受到了清澈的爱意和思恋，感受到他内心的炽热、奔放。此时，她被深深地震撼了、感动了。当她感受到他的情感不是在向自己表白，而是充满压抑、孤独地在述说，她的心一阵酸楚，泪水止不住涌了上来。

当她第一次在河边认识林子青，就被他的琴声深深吸引住了，那把神秘的小提琴和他演奏的水平，她以为他生活在一个音乐世家。当自己受到几个无赖纠缠时，林子青不惧强暴，勇敢地为自己解围，这让她为他的勇敢和力量钦佩不已，也感到开心极了。她在他身上感到一种信任和安全。当再次在小巷见到林子青，才知道他生活在贫民窟，她也很失望，她的内心还是瞧不起这样家庭的人。后来林子青在跟叔叔李维思学琴的过程中，她被林子青坚忍的毅力和坚强的性格所吸引，被林子青的音乐天赋所折服。在叔叔经历了小巷那次劫难后，林子青的勇敢无畏更让她钦佩不已。她喜欢他深沉的眼睛，喜欢他内敛的性格，喜欢他身上旺盛的生命力。尤其是当林子青知道了她的身世，没有像很多人有一种讨好和巴结的行为，反而和她拉开了距离。开始的时候，她要给林子青一套琴弦，被他拒绝了，这让她还有些生气。渐渐地，她感受到林子青看起来温文尔雅，实则内心很自尊、孤傲。这让她内心对他更加钦佩。她自己感到在林子青面前也变温柔了。在不知不觉间，她少女的情怀竟然慢慢向他开启，那是多奇妙的一段时光。

林子青最后给她的一封信，告诉了他和周缨的事情，她当时被气昏了，她恨不得用手枪对着周缨，对周缨强烈的妒忌和对林子青的怨恨让她难受了好多日子，她发誓不再理他。而现在，她不知道该怎么办，她茫然地望着台上演奏的林子青，深切感受到，她的心一如既往深深地爱着林子青。

台上，林子青情绪饱满的演奏完全进入了生活中，他被自己内心的情感深深感动，他对自己生命中出现的每一个人，充满感激之情，是他们在他身心极其疲惫、精神濒临崩溃时，让他从绝望中走出来。琴声仿佛是他们在亲切抚摸自己伤痕累累的身子……

河边纸厂，邓卫东豪迈地把一捆书籍扛起和林子青走向沙石场……

李维思和林子青被专案组捆绑，连拖带拉走向巷口，警备区司令部军官挥动决然的手势拦住去路……

小提琴声硬朗起来，充满了正义伟大的力量，那是林子青在心中期盼的一种力量。

和农民械斗中，大嫂和武装部长对峙，大嫂大声吼叫着，林子青背起血泊中的邓卫东离开……

田间劳动，大嫂关爱地为林子青包扎伤口，《兰花花》在空旷的田野响起。

小提琴声舒缓悠扬，充满田园气息……

无边的田野宁静自然，大地散落着慈竹紧密围绕的院落，院落半腰上悬浮着一抹淡淡的暮霭，上空升起袅袅炊烟，空气中弥漫着诱人的炊烟味。远远看去，像一幅淡雅的水墨画。清纯秀美的乡村姑娘王秀华手挎竹篮走进这幅图画，轻轻一抹额头的秀发……

林子青的知青小屋前，高音喇叭下，大嫂、王秀华和生产队的村民聚集在一起，仰望着喇叭，抑制不住内心的喜悦，兴奋地听着里面传出的林子青演奏的小提琴声。

王秀华紧张得双手紧紧捂住胸前，她脸上红扑扑的，激动之情洋溢在脸上。她今天专门从十来里地的夫家回来和队里的人一起听广播。这里是她生长的地方，她豆蔻初放的少女时代，林子青出现在她生活中，她喜欢这个来自城里的小伙子，喜欢看他拉小提琴的神情。那次游泳不经意中林子青抱住了她的身子，双手触摸到她的乳房，她又惊又喜，又羞又怕。好多天心里都感到躁动不安，她甚至觉得自己就是他的人了。她对林子青也更亲近了。林子青每次从城里回来，总要给她带回来一些女孩用的化妆护肤类的东西，这让她少女的心充满喜悦和满足。好多时候，她看见林子青孤独痛苦的样子，她都不知道该怎样去安慰去帮助他，她悄悄地想过，如果能让林子青开心快乐，她甚至愿意把自己少女的身子给他。李小红的出现，她没有一点儿妒忌，她感觉到他们俩简直就是天生一对，她为林子青高兴。但后来……周缨出现，她心中难过了好一阵。她想起了自己婚礼的头一天晚上，在朦胧的夜色中，她止不住悄悄来到林子青的小屋门前，她不知道自己要做什么，只是觉得走之前应该给林子青留下……她的心是那么慌乱，浑身颤抖徘徊在小屋前，当林子青觉察到屋外动静，打开门的那一瞬间，她又一溜烟儿地跑了……

王秀华一边听着喇叭里的小提琴声一边胡乱地想着，突然她禁不住站起身拍起掌兴奋地叫起来："林子青现在拉的，就是我们这个地方!"晒场上顿时响起一片欢腾声。

大嫂长长舒了口气："我这个兄弟这下好了。"

王秀华坐下来凑近大嫂耳朵："你说，林子青还会和李小红……"

"这……哪个也说不清！不晓得这个女子现在咋样了。"

琴声回响在演奏大厅。

林子青眼里仿佛看见了宽阔澎湃的河流，那是伴随着他的童年、少年和现在，最让他内心喜欢和震撼的大自然。

宽阔的大河河畔，林子青在拉纤，充满险峻的激流中，木船船头激起汹涌的浪花，艰难行进。响彻大河上下一阵阵悲怆的号子声不断涌出……小提琴弓在低音部反复来回激昂演奏，厚重的低音充满坚忍顽强的力量，慢慢爬升向上奏出了欢快的节奏。

他的人生仿佛就像一条大河，在这条河流上，不光是有激动人心的力量，还有不动声色的暗流，表面平静的深潭以及阴险狞笑的旋涡在等待失足落水的猎物。

招工政审被拒，绝望的情绪爆发，象征死亡的“乐果”瓶上，那骷髅图令人不寒而栗，砰然一声，“乐果”瓶摔碎的声响……

琴声轰然低沉，缓慢绝望，像黑夜中游丝隐隐约约……仿佛看不见光亮。

观众席上，周缨眼泪流出来，她一只手紧紧捂住胸口，她想起了那张丑陋淫笑的面孔，想起了刘队长贼一样的目光，想起了喝农药的那一瞬间，仿佛噩梦一般遥远虚无而又像昨天发生的一样真实，挥之不去、不堪回首。她调回城市，痛楚、滴血的心慢慢得到修复，经不住母亲和朋友的轮番劝说，勉强交了新的男朋友，她此时的内心充满内疚和不安。难道自己也像很多回城的女知青一样，那样无情？那么势利？她留恋他，感激他，爱他！那段时间，他们经历了生与死的劫难，仿佛在荒漠中奄奄一息的人，相互搀扶、相依为命。而这个时候，她已经走出了荒漠，新的道路在她眼前展现，她回头望着还在泥潭中挣扎的他，她实在没有力量来拉他一把，那样只会使她再次陷入绝望的境地。她满面泪水，心中充满苦痛，依依不舍向前走去，不断回头张望，希望他好好活下去，走出来。一直以来她就是这么挂念着他。

她现在的生活并不如别人羡慕的那样，她个性强，有思想。在别人看来现在这个男朋友是很优秀的人选，但在她内心却深深感到他的自负和权欲熏心，一个没有思想的人，浅薄的人，性格暴虐。周缨曾经提出过分手，而他却将一柄雪亮的匕首猛地插在桌上，阴冷地说："你要有胆，就把我杀了！要不我就把你杀了！"周缨感到很无助无奈，她没想到自己遇上这样一个人。当他第一次和周缨发生肉体关系时，他没看见处女红，他停了下来，勃然大怒追问："你和谁？是谁？原来你……"他冷笑着。周缨感到心中的伤疤被人疯狂地撕扯开来，鲜血淋漓。她不顾浑身裸露着跳起身来，对着他狠命一耳光。他捂着脸，惊恐地看着她……

周缨再也忍不住号啕大哭起来……

哀伤的小提琴声在大厅环绕……

寄卖行，林子青望着放上货架的意大利小提琴，内心充满悲伤绝望，小提琴声像是心中惨痛的刀绞……

医院，林子青在卖血，殷红的鲜血汩汩流进血液瓶……弟弟的胳膊伸过来，邓卫东的胳膊伸过来……殷红殷红的鲜血不停地流进血液瓶……

林父躺在床上，他挣扎着站起身，脱下身上的羊皮袄夹在胳膊下，在凛冽的寒风中颤抖着往寄卖行走去……

琴声像是带着血泪在哭泣……

林子青挥舞着"判决书"走向父亲。父亲眼里露出光亮，他挣扎着坐起身，紧紧盯着儿子指着的"平反"两个字，看了又看，嘴角上露出一丝欣慰的微笑，两行泪水夺眶而出。他把“判决书”紧紧贴在胸口，长长地吐出一口气，安详地闭上眼睛。林子青和家人扑在父亲身上，号啕大哭……

音乐大厅中是那么静，只听见不断有人在抽泣……

演奏大厅外，来往的人稀稀落落。黑暗中，刘队长环顾四周悄声无息地走过来。他在海报前停下，凑上前紧紧地盯着海报，又抬头望了望演奏大厅，听着里面传出的小提琴声。他表情复杂，目光再次盯了盯海报上“林子青”几个字，慢慢转身紧紧地裹了裹衣服，嘴里轻轻嘟囔道：“这小子……”渐渐远去，消失在黑夜之中。

琴声渐渐明亮起来，仿佛天空出现一丝曙光……

邮递员将录取通知书递给邓卫东，邓卫东优雅地在邮递员本上签字，然后打开大信封，上面写着：“中央戏剧学院录取通知书”，邓卫东兴奋地挥舞着通知书……

周缨收到录取通知书，她急切打开：是“中央舞剧学院录取通知书”。周缨擦拭着泪水，露出微笑，紧紧把通知书捂在胸上。

林子青舒缓地挥动琴弓，琴声更加明快热烈，闪耀着钻石般的光亮，火焰般炽热……

山巅上，一轮红日从天边冉冉升起，羸弱的大地上万物伸展，在畅快地呼吸，接受着太阳升起的时候那巨大无穷的能量。

林子青在山巅拉琴，仿佛一幅剪影……李小红的剪影慢慢地向着林子青走去，渐渐地融进这幅图画……

小提琴泛音仿佛在天外漂浮……

座席上，李小红任幸福的泪水慢慢流淌……

时间仿佛停止了，大厅在寂静了片刻后，爆发出雷鸣般的掌声。大家不约而同站立起来，不停地鼓掌。

林子青在台上呆呆地站着，他的思绪还在乐曲中……慢慢地他的眼泪流了出来，他哭了，他想忍住，但他感到内心有一股强大的情感奔涌而出，他止不住号啕大哭起来……

观众席静下来，人们惊愕地望着他……幕布徐徐拉上了，只听见幕布后受伤般野兽的号啕声久久在音乐厅回响……

二十

就要启程的列车机头，就像将要出征的战马，兴奋不已，不停地发出迫不及待的“哧！哧！哧！……”的喷鼻声。

站台上，人来人往，林子青背着小提琴和家人站在列车前，他依依不舍和母亲姐姐告别，弟弟上前，林子青和他久久拥抱在一起，两人都流出了心酸的眼泪。

邓卫东脸上露出欣慰羡慕的神情，末了，他和林子青四目注视，他忍不住上前张开双臂，和林子青紧紧拥抱在一起，他无言地拍打着林子青的肩背。

“呜……”一列北上的列车在雾气弥漫的清晨，发出一声声洪亮清澈的鸣叫。车轮飞速撞击着铁轨，“咔嚓！咔擦！咔擦！……”声响彻大地。

林子青在车窗前望着广袤的原野。路基旁的树木和一根根电杆飞速向身后闪去……

不远处，淡黄色的油菜花和绿油油的麦苗覆盖着大地，远处的田野和院落像是在跟着列车缓慢向前，在旋转……

地平线上，晨曦中，一道明亮的阳光刺破了笼罩在大地的晨雾，一道道不停闪耀的光亮中，一轮红日喷薄而出，升腾在地平线上。

车轮撞击着铁轨发出轻快的嗒嗒声，在欢快悠扬的小提琴声中，大地在太阳的照耀下从沉寂中苏醒过来，呈现出一派生机勃勃的景象……

2011-6-28初稿——2011-11-16稿完

2012-6-18一稿——2012-8-27 19:08稿完

2012-8-27 19:12二稿——2012-10-12 18:07稿完

2013-2-2 10:00三稿——2013-4-30 22:11稿完

2013-6-1修订——2013-7-12 23:15修订完

后 记

我的思绪又回到开始写这部小说之初……

这已是三十年前就萌生的愿望了。其后多次蠢蠢欲动，都在嗟叹中望而止步。真正想要写的第一次，是在十年前的一个春夏交替的时节。那天夜里我一反常态，翻来覆去怎么也睡不着。感到时光飞逝，忙忙碌碌不觉间，人竟已到中年。而心中的梦若隐若现，渐行渐远。不由得忧伤自责，恐惧悲切，继而寒气锥心，毛骨悚然。再后浑身阵阵发燥，大汗淋漓。不得已起身下床，悄悄走上阳台。

四围静悄悄地，天空还是黑沉沉的一片。烟一支接一支。想到人生忙于生计，到头来心中空空。沮丧懊恼，悲恨交加。此时，自感心中滴血惨然，万箭穿心……

天边鱼肚色渐露，黎明气息渐浓，一抹晨曦杳然而出。突然，一声鸟鸣响起，抬眼一看，一只黑白相间的小鸟已经站立在对面屋顶上，仰头冲着天空叫个不停，又向天空腾起上下翻滚飞扑，叫声愈加急促欢快……

我呆呆地看着，我的心被这只小鸟快乐的叫声和不知疲倦的翻飞感染了。它的生命如此旺盛，情绪这样饱满。它怀着喜悦欢呼着一轮太阳的升起，新的一天到来。

一时间，我竟然羞愧自惭……我发恨地对自己说：别哭丧着脸，去写吧！

要写？又谈何容易！于是那种状态继续折磨着我。我想摆脱这种内心恐惧纠结，我总怀疑自己是不是陷入了一种精神的狂想。我希望能从哲学高度来解释人生这个阶段的现象，希望一个哲人一句经典之言点破迷津，救赎我的心灵，从此走出内心的困惑。于是，我给一位年轻时就相识，我极为崇敬的著名心理学家、一位经历了无数人生坎坷睿智的老者去了信。诉说了心中的郁闷和状态。

回信收到了，我在字里行间反复搜寻，却大失所望。他毫不留情地说：你蒙骗不了自己，就希望我来蒙骗你？让你忘记曾在心中给自己的许诺，想找个理由活得轻轻松松？

你目前的心境非常好！（天啦，还非常好？这简直要出人命了。）没有人能救赎你。去写吧！只有你还能救自己！

完了！完了！没望了。唉——我的心又继续折磨我……

时光飞驰，人要混时间也很容易。一转眼这么多年又过去了。我感到生命的尽头已经依稀可见，我的梦想也渐渐陨落沉入黑夜。无尽的悲伤和深深的自责就更加强烈地折磨着我。我常常在问自己，一定要写吗？

五六年前，看到张艺谋接受采访说了这么一句话：现在为了找一个好剧本找得很苦，现在原创文学作品太少……他的话强烈地震动了我、诱惑了我，刺激起我强烈的创作欲望，我暗自想：看来很多人都不写了，我何尝不该去写？

我清楚地知道，如果再不写，或许就永远没有机会实现在生活中没有完成的梦，那将会在心中留下无尽的伤痛和遗恨。

而要写，我又仿佛望见了茫茫苦旅，那是一种或许我不能胜任的旅程，也将会给我带来难以忍受的折磨。

写，是折磨。不写，更是痛苦，还有离开生命那一刻的遗恨。

于是，我选择了对我稍好点的结局，悄悄抱上电脑，溜到山里租了个房子写去了。

我不敢对朋友们说我去写小说了，我给自己留了点面子。如果写不下去，就灰溜溜回来，啥也不提，就像没有发生过。从此不再心痒肺痒，老老实实过日子吧！

这一去，历时两年，不觉间满目又是金灿灿红叶一片，我已目睹草木两度春秋、生与死的轮回。

这天夜里，作品已进入到最后一章，历时两年来的写作就要完成。我仿佛像一个在生命长河里将要走到尽头，饱览了无数情感还恋恋不舍停下来的人。此时此刻，我恋恋不舍地望着他们挥手惜别远去的身影，内心涌上无尽的伤感失落。

我的双眼湿润了，年轻时的梦，竟然在进入晚年实现。悲凉和欣慰在心中涌动，生命如此短暂，在不经意中，人生就要走到尽头。我欣慰在人生最后时刻，完成了那心中的纠结，我从此无怨无悔。

感谢生命中的奇遇，感谢我生命中每一个出现的人，在这里，我深深地向你们道一声：感谢你们！你们在我生命中像太阳般的温暖，滋润着我的心田。所有的怨与恨，爱与情，此时竟然是那么让我那么痴情。没有你们，我的生活将像黑夜一样。感谢你们！如果真的有这一天，人们对这部作品认可，那些在看起来非常简单质朴的情感得到他们的共鸣，我就很满足了。我会说：是我生命中所有的人，他们会聚在一起，让我把他们的情感表达出来了。

明天，将是作品最后完成的时刻。此时，我的心，对作品里每一个人物充满感恩和崇敬。也向我生活中出现的每一个人致敬，我在这里向你们说一声："我爱你们！"

当我再见到朋友们的时候。他们对我这两年的行踪猜测让我大笑不已。本来，我去的时候，也编出了一些还说得过去的事由。但他们根本不信，有的说：我皈依佛门了，已经是一方庙宇的住持。有的说，我可能患了不治之症去了深山老林求仙访道。还有更邪门的居然说中了我写的人物，说我带着那把意大利古琴，去寻找少年时代奇遇的女小提琴手、一位将军的女儿去了，和她去了一个神秘地方……

当我把自己写书的事情告诉了大家，所有人顿时沉默了。

我知道，这中间有惊诧，也有无所谓，更有对自己的反思。

我无不感慨发自肺腑地说：你们所有人的生活经历都比我丰富，你们的人生故事也比我精彩。你们也都有能力写出一部小说。或许，你们只是觉得这对自己不重要，或者觉得这也不算个啥。或者你们早在心中就有这个想法，只是还没有开始去做。我是一个很普通的人，这个过程让我深刻体会到，一个人的能量是巨大的，只要我们去做，一些看似遥不可及的梦想也终能实现。

一个朋友站起身，打开酒瓶：

我们要为你，为自己的梦想去做的勇气和精神干杯！

于是我端起酒杯……

谨将此书献给自己的生命，献给所有奋斗者。

2013年6月8日

图书在版编目（CIP）数据

太阳升起的时候/秦万鑫、秦万明著. –北京：作家出版社，2015.5

ISBN 978-7-5063-8009-6

Ⅰ.①太… Ⅱ.①秦… Ⅲ.①长篇小说–中国–当代 Ⅳ.①I247.5

中国版本图书馆CIP数据核字（2015）第102079号

太阳升起的时候

作　　者： 秦万鑫　秦万明
责任编辑： 张　平
装帧设计： 丁奔亮
出版发行： 作家出版社
社　　址： 北京农展馆南里10号　　**邮　　编：** 100125
电话传真： 86-10-65930756（出版发行部）
86-10-65004079（总编室）
86-10-65015116（邮购部）
E-mail:zuojia@zuojia.net.cn
http://www.haozuojia.com（作家在线）
印　　刷： 三河市紫恒印装有限公司
成品尺寸： 152×230
字　　数： 280千
印　　张： 23.5
版　　次： 2015年7月第1版
印　　次： 2015年7月第1次印刷
ISBN 978-7-5063-8009-6
定　　价： 36.00元